Sisters. Lazos infinitos

T0343538

Novela

Biografía

Anna Todd (autora/productora/influencer) es la autora bestseller de *The New York Times* de la trilogía *Stars* y la serie *After*. La serie After se ha publicado en treinta y cinco idiomas, ha vendido más de doce millones de ejemplares en todo el mundo y se ha posicionado en el número uno en varias listas internacionales de bestsellers. Lectora voraz, empezó a escribir historias desde su móvil en la plataforma Wattpad, en la que *After* se ha convertido en la serie más leída con más de dos mil millones de lecturas. Anna Todd ha ejercido de productora y guionista de las adaptaciones cinematográficas de *After. Aquí empieza todo* y *After. En mil pedazos*, y en 2017 fundó la empresa de entretenimiento Frayed Pages Media para producir obras innovadoras y creativas de cine, televisión y editoriales. Nacida en Ohio, Anna vive actualmente en Los Ángeles con su familia.

Puedes encontrarla en:

 AnnaTodd.com

 @AnnaTodd

 @AnnaTodd

 Imaginator1D

Anna Todd
Sisters. Lazos infinitos

Traducción de Vicky Charques
y Marisa Rodríguez

 Planeta

Desde editorial Planeta queremos dedicar este libro
a Elena Francisco, hermana y compañera. Va por ti,
Elena. Siempre recordaremos tu sonrisa afteriana.

Obra editada en colaboración con Editorial Planeta – España

Título original: *The Spring Girls*

Diseño de portada: Planeta Arte & Diseño
Fotografía de la autora: © Anna Todd
Ilustración del interior: Planeta Arte & Diseño

© 2018, Anna Todd
La autora está representada por Wattpad.
Publicado de acuerdo con el editor original, Gallery Books, una división
de Simon & Schuster, Inc.

© 2017, Traducción: Traducciones Imposibles, S. L.

Canciones del interior:
pág. 60: © *Macarena*, ℗ 1996 Serdisco, interpretada por Los del Río
pág. 70: © *Hello*, ℗ 2015 XL Recordings, interpretada por Adel

© 2017, Editorial Planeta, S. A. – Barcelona, España

Derechos reservados

© 2024, Editorial Planeta Mexicana, S.A. de C.V.
Bajo el sello editorial BOOKET M.R.
Avenida Presidente Masarik núm. 111,
Piso 2, Polanco V Sección, Miguel Hidalgo
C.P. 11560, Ciudad de México
www.planetadelibros.com.mx

Primera edición impresa en España: noviembre de 2017
ISBN: 978-84-08-17829-3

Primera edición impresa en México en Booket: agosto de 2024
ISBN: 978-607-39-0360-8

Impreso en los talleres de Impregráfica Digital, S.A. de C.V.
Av. Coyoacán 100-D, Valle Norte, Benito Juárez
Ciudad de México, C.P. 03103
Impreso en México – *Printed in Mexico*

Para todas las «mujercitas» que están intentando descubrir lo que significa ser mujer; aquí nos tienen, a mí y a sus numerosas hermanas, para lo que necesiten.

CAPÍTULO 1

Meredith

—La Navidad no será lo mismo sin los regalos —declaró Jo desde su sitio en la alfombra.

Estaba sentada a los pies de su hermana mayor, Meg, con su largo cabello castaño oscuro alborotado como siempre. Jo era mi chica fuerte, y la única de mis hijas que no acaparaba el baño. Sus delicados dedos, con el esmalte de uñas negro gastado, jalaban los flecos del extremo de la alfombra afgana que tenía bajo las piernas cruzadas. En su momento, la pieza tejida a mano había sido hermosa, de un rojo y un negro muy vivos, y recordé cuando mi marido la envió a nuestra casa de Texas desde su antiguo puesto en Kandahar, en Afganistán.

En mi mente, la voz chillona de Denise me recuerda que utilice la jerga militar adecuada: la *base de operaciones avanzada* de mi marido en Kandahar. «La base de operaciones avanzada más grande de Afganistán», añadiría ella. Denise siempre tenía algo que corregir o que criticar. Ahora que lo pienso, recuerdo que también hizo algún comentario cuando recibí la alfombra. Dijo que podría haberla mandado a la base para no tener que pagar el envío.

Pero a mis hijas eso no podría haberles importado menos. Adoraron esa alfombra tanto como yo desde el momento en que llegó. Cuando abrí el paquete que había enviado su padre, que había pasado los últimos ocho meses en el otro lado del mundo, las niñas, y especialmente Jo, se mostraron entusiasmadas por poseer un tesoro tan bonito y cultural procedente de aquellos lugares lejanos. A Meg le encantaba la idea de que ahora tuviéramos una magnífica obra artesanal en nuestra sencilla morada. Era la más materialista de mis hijas, pero siempre supe que, si intentaba educarla bien, emplearía su pasión por las cosas llamativas en hacer algo mágico y fructífero con su vida. Amy era demasiado pequeña como para apreciar la alfombra, y —cómo no— Beth sabía de antemano que iba a llegar porque su papá era consciente de que ella era la única chica Spring que sería capaz de guardarle el secreto. Además, a un nivel más práctico, Frank sabía que estaría atenta a su llegada, ya que Beth estudiaba en casa. Más tarde me explicó que había querido enviar el paquete directamente a casa para consentirnos con una sorpresa en la puerta en lugar de molestarnos con tener que desplazarnos hasta la base para recogerla. No estoy segura de que Denise fuera capaz de entender algo así.

En los últimos tiempos, nuestra preciosa alfombra ya no era tan bonita; los zapatos sucios y el peso de los cuerpos la habían desgastado, y los colores se habían apagado adquiriendo un tono café. Por más que me había esforzado en limpiarla, no había logrado recuperar su viveza.

Pero no por ello la adorábamos menos.

—Dijeron que va a nevar en Nueva Orleans. A mí eso me parece bastante navideño —comentó Meg mientras se peinaba el cabello castaño con los dedos.

Ya lo tenía a la altura los hombros y le había explicado a Jo cómo hacerse mechas californianas, de manera que las puntas quedaran rubias y las raíces oscuras. Ese año hacía tanto frío que las carreteras se habían helado y, al parecer, todos los días había un accidente que bloqueaba la única carretera principal de la ciudad. El letrero ubicado en el exterior de nuestra base militar que llevaba la cuenta del número de días sin muertes en carretera volvía a ponerse en cero casi a diario en lugar de semanalmente. El número más alto de días sin fallecidos que el letrero de Fort Cyprus había registrado había sido sesenta y dos.

Aquella mañana no parecía hacer tanto frío como había anunciado el Canal 45. Me preguntaba si mi hermana vendría a nuestra casa o si usaría el tiempo como pretexto para no hacerlo. Siempre tenía alguna excusa para todo. Su marido estaba destinado en la misma base que el mío y había ventilado algunos asuntos personales al bromear sobre el peso de su mujer frente a un grupo de soldados y al comentar que se había acostado con una doctora el mes anterior.

—¿Ya llamó la tía Hannah? —les pregunté a mis chicas.

La única que me miró fue Beth, que contestó:

—No.

Desde que se había trasladado a Fort Cyprus el verano anterior, Hannah se había comprometido dos veces, se había casado una y pronto se divorciaría. Adoraba a mi hermana pequeña, pero no podía decir que me hubiera entristecido porque se hubiera mudado más cerca de la ciudad hacía unos meses. Había conseguido un trabajo de mesera los fines de semana en Bourbon Street, en un pequeño bar llamado Spirits en el que servían combinados en calaveras iluminadas y preparaban unos ricos bocadillos *po'boys*. Tenía la personalidad ideal para ser mesera.

—¿Va a venir? —preguntó Jo desde el suelo.

Miré a mi hija a los ojos, de color chocolate con leche.

—No estoy segura. La llamaré dentro de un ratito.

Amy rezongó levemente y se quedó viendo la tele apagada.

No quería hablar con mis hijas de temas de adultos. Quería que siguieran siendo lo más niñas que fuera posible, pero también que fueran conscientes de las cosas. Les comentaba lo que sucedía a su alrededor. Les hablaba de los acontecimientos que estaban teniendo lugar, de la guerra. Trataba de detallarles los peligros y las ventajas de ser mujer, pero, cuanto más crecían, más difícil se me hacía. Debía explicarles que a veces las cosas eran más fáciles para los chicos y los hombres de su entorno, a menudo sin razón alguna. Debía enseñarles a defenderse si uno de esos chicos u hombres intentaba hacerles daño. Tener cuatro hijas de edades comprendidas entre los doce y los diecinueve años no sólo era el trabajo más difícil que jamás había desempeñado, sino que también sería la cosa más importante que haría en mi vida. Mi legado no sería haber sido meramente la esposa de un militar, sino haber criado a cuatro mujercitas responsables, sensatas y capaces de desenvolverse en este mundo.

Tenía un inmenso sentido del deber. Aunque no hiciera nada más en la vida, quería que ostentaran su fuerza con orgullo y su amabilidad abiertamente.

Meg era la princesa de la familia. Había sido nuestro bebé milagro. Llegó a nosotros tras dos dolorosos y desgarradores intentos fallidos y, por fin, vino al mundo una noche de San Valentín. Aunque Frank y yo no estábamos precisamente disfrutando de una velada romántica y de unas copas de Yellow Tail Merlot cuando eso sucedió, sino que mi marido estaba sentado tras una mesa en el edificio de su compañía, esforzándose por mantenerse despierto. Cada hora tenía que hacer una ronda por los almacenes de detrás del edificio. Siempre parecían asignarle el cargo de guardia («cuartelero», apuntaría Denise).

Él detestaba hacerlo, y nuestras hijas también, pero el ejército lo requería una vez al mes. Aquella noche tuve que llamar al teléfono de la compañía cuatro veces hasta que por fin alguien contestó y avisó a mi marido. Llegó a casa justo cuando las contracciones se habían vuelto insoportables, y corrimos hasta el auto. Creíamos que nacería justo ahí, en nuestro Chevrolet Lumina, 1990. Me centré en mirar los dados que colgaban del retrovisor y contaba mientras éstos se mecían adelante y atrás, adelante y atrás, intentando mantener a raya el leve olor al Marlboro que Frank solía fumar en el auto antes de que supiera que estaba embarazada. Él me sostenía la mano y me contaba chistes que me hacían reír con tantas fuerzas que se me brotaban las lágrimas y tenía que hacer un esfuerzo por no orinarme sobre las fundas negras de los asientos. Qué bien estábamos entonces.

Cuando por fin llegamos al hospital, el parto estaba demasiado avanzado como para ponerme la epidural, de modo que, mientras Meg nacía gritando en la pequeña sala, yo me esforzaba al máximo por no hacer lo mismo. No obstante, aquello fue sólo una noche, un momento. Ser madre había cambiado algo en mi interior. Sentí que las desperdigadas piezas del rompecabezas de mi vida encajaban, y supe que tenía un nuevo propósito.

Jo fue la siguiente, y su nacimiento me pasó factura. Venía sentada, y su testarudo cuerpo se negaba a colocarse en la posición correcta, de modo que el médico acabó programando el parto.

El nacimiento de Beth fue fácil; sólo tuve que pujar durante treinta minutos. Fue un parto tranquilo, como ella, y se agarró a mi pecho con más facilidad que el resto de mis hijas.

Por último, nuestra pequeña e inesperada Amy nos sorprendió un «martes de tacos», cuando me di cuenta de que a mi estómago ya no le gustaban los tacos, aunque al resto de mi cuerpo sí. Después de Amy, le pedí al médico que se asegurara de que no habría más sorpresas.

Durante unos minutos, nadie dijo nada, y yo me quedé observando a mis hijas y fingí por unos instantes que Frank estaba allí, sentado en el viejo sillón reclinable que habíamos tenido desde nuestro primer departamento. En mi cabeza estaba cantando la canción que sonaba en la radio. Le fascinaba cantar y bailar, aunque las dos cosas se le daban fatal.

—Vi en internet que el White Rock redujo su programa de música otra vez —dijo Beth, devolviéndome de golpe a la realidad.

—¡Caray! ¿En serio? —preguntó Meg.

—Sí. Pobres alumnos. No es que antes tuviera un gran programa, pero ahora prácticamente desapareció. Nada de instrumentos nuevos ni excursiones... Nada.

Amy observaba a sus hermanas mayores mientras intentaba seguir la conversación.

—¿Estás bromeando? —exclamó Jo—. Pienso ir directamente al despacho de la señora Witt. Es una perrada que hayan...

—Josephine, esa boca —dije sin apartar la vista de Amy.

Jo siempre decía palabrotas, por mucho que afirmara que intentaba no hacerlo. Y, dado que ya tenía casi diecisiete años, no sabía qué hacer al respecto.

—Lo siento, Meredith.

Por alguna razón, también había empezado a llamarme por mi nombre.

El teléfono sonó al otro extremo de la habitación, y Amy se levantó corriendo para contestar.

—¿Qué dice en el identificador? —pregunté.

Amy se inclinó y puso los ojos en blanco.

—Banco no sé qué. Banco Nacional de Fort Cyprus.

Sentí un hueco en el pecho. ¿En Nochebuena? ¿En serio? Bastante corrupto era ese banco ya con sus intereses abusivos y su estrategia inmoral de *marketing*. Eran conocidos por colocar a chicas guapas en las entradas de las tiendas del ejército y los Walmart para tentar a los soldados a abrir una cuenta con una sonrisa y la fantástica promesa de depósitos directos anticipados por el ejército.

—Deja que suene —le indiqué.

Amy asintió y silenció el timbre. Se quedó observando la lucecita roja hasta que dejó de parpadear antes de preguntarme:

—¿Quién llama del banco?

Encendí la televisión.

—¿Qué peli vamos a ver? —interrumpió Meg—. Creo que... —Pasó sus uñas esmaltadas por el estante de DVD que tenía ante sus pies y le dio un toquecito a uno—. ¿Qué les parece *El aro*?

Agradecí que Meg cambiara de tema. Se le daba muy bien captar el ambiente e improvisar y pulir cualquier historia con el fin de distraer, deslumbrar o desarmar a alguien.

—Detesto esa película —se quejó Amy, y me miró con expresión suplicante.

Aquella vez que Meg disfrazó a Jo de la chica de la película que sale del pozo no tuvo ninguna gracia. Bueno, puede que un poco sí, pero yo todavía estaba enojada con mis hijas mayores por martirizar a su hermana pequeña.

—¿En serio? —dijo Jo con voz tenebrosa, como si intentara asustarla.

Después alargó los brazos para hacerle cosquillas a Amy, y ella se apartó.

—¡Por favor, mamá, dile a Meg que no vamos a ver *El aro*! —imploró, jalándome el pants.

—¿Y qué tal *La llave maestra*? —sugirió Beth.

Era su película favorita. A Beth le encantaba cualquier película en la que saliera Kate Hudson, y vivir cerca de Nueva Orleans hacía que ese *thriller* resultara especialmente terrorífico.

—Jo, ¿a ti cuál se te antoja ver? —pregunté.

Jo se acercó al estante de los DVD, y Amy chilló cuando la rodilla de su hermana aterrizó sobre los dedos de su pie.

—*La cabaña del miedo* o… —Sacó *Entrevista con el vampiro*.

Me sentía como una madre excelente cuando a mis hijas les gustaban las películas que yo adoraba de joven. *Entrevista con el vampiro* era mi película favorita de todos los tiempos desde hacía más de veinte años. Hasta la fecha, Anne Rice era la única autora cuyos libros había leído enteros.

—Esa peli me recuerda a River… —dijo Meg en voz baja.

El mero hecho de oír el nombre de ese chico hacía que algo se me revolviera por dentro, como una rueda de la fortuna en llamas, pero, afortunadamente, la afición de mis hijas por el drama me distrajo. Amy se puso de pie, le quitó a Jo la película y la tiró debajo del árbol de Navidad.

—¡Eh! —gritó Jo indignada, y Meg le lanzó un beso a Amy.

—¡Me está llamando John! —dijo de pronto Meg, y desapareció de la sala antes de que el teléfono llegara a sonar siquiera.

—Bueno, pues *La cabaña del miedo* —dijo Jo, y tomó el control de la mesa.

Mientras Jo ponía el DVD, Amy corrió al baño y Beth se fue a la cocina. La casa se quedó en silencio, excepto por los pitidos y el leve zumbido del microondas mientras preparaba lo que fuera que Beth hubiera metido. La casa rara vez estaba tan silenciosa. Cuando Frank estaba allí, siempre se oía algo de música, o a él riendo, cantando... algo.

El silencio no duraría demasiado, y tampoco estaba segura de querer que lo hiciera, pero lo disfrutaría mientras durara. Cerré los ojos y pronto empecé a oír los granos de maíz estallando y a percibir el pecaminoso aroma a mantequilla.

Jo estaba sentada con las piernas cruzadas al lado de la televisión, mirándose los calcetines navideños de rayas. A cualquier desconocido podría haberle dado la impresión de que estaba triste, con sus labios carnosos que parecían estar poniendo gestos y su mirada agachada, pero yo sabía que estaba tranquila. Daba la impresión de estar pensando en algo importante, y me habría gustado poder leerle la mente para intentar aliviar un poco la carga que llevaba sobre los hombros. Ya no quería más silencio.

—¿Cómo va el artículo? —le pregunté.

No pasaba mucho tiempo a solas con Jo ahora que tenía trabajo; un trabajo que parecía encantarle, ya que pasaba tanto tiempo en él.

Se encogió de hombros.

—Bien, creo. —Se frotó las mejillas y me miró—. Me parece que es bueno. Me parece que es muy bueno. —En su rostro se formó una sonrisa tímida pero cegadora, y se tapó la boca—. Está casi listo. ¿Debería usar mi nombre real?

—Si quieres. También puedes usar mi apellido de soltera. ¿Cuándo podré leerlo? —Su sonrisa desapareció aún más rápido de lo que había tardado en formarse—. O no —dije, y sonreí para hacerle ver que no estaba enojada.

Entendía por qué no quería que leyera aún su trabajo. Es cierto que me dolía un poco, pero sabía que tenía sus motivos, y no pretendía añadirle más presión.

—Deberías enviárselo a tu padre —sugerí.

Lo pensó por un momento.

—¿Crees que tendrá tiempo? No quiero distraerlo.

A veces me parecía demasiado adulta.

La puerta del baño se abrió en el pasillo, y Amy volvió a entrar en la sala arrastrando su cobijita. Mis padres me la habían regalado para celebrar su nacimiento, pero ya estaba muy gastada y los parches que la conformaban estaban bastante descoloridos.

Con su obsesión por el brillo labial y su pelo rubio, Amy intentaba crecer demasiado deprisa. Deseaba ser como sus hermanas mayores más que nada en el mundo, pero eso era típico de las hermanas más pequeñas. A la mía le pasaba lo mismo, siempre me seguía por todas partes y trataba de imitarme. Amy estaba ahora en séptimo año, que era discutiblemente el año más difícil de todos. No recuerdo nada de mi séptimo año, de modo que no debió de ser tan difícil para mí. Ahora que lo recuerdo, para mí el peor fue noveno.

Jo siempre le hacía bromas a Amy y le advertía que debía empezar a prepararse ya para la secundaria. Pero Amy estaba en esa edad en la que creía que lo sabía todo. También estaba pasando por esa fase incómoda en lo que a la apariencia física se refiere, ya que todavía no se había desarrollado completamente. Las niñitas de su salón se reían de ella por no tener curvas ni el periodo. Justo la semana anterior, había llegado a casa preguntando cuándo íbamos a dejar que se afeitara las piernas. Mi norma siempre había sido que mis hijas no podrían afeitarse hasta que tuvieran la regla, pero cuando le dije eso a Amy, hizo un berrinche de niña de doce años en el baño. La verdad es que no sé de dónde saqué esa norma, probablemente de mi madre, y teniendo en cuenta por lo que mi hija estaba pasando, la ayudé a afeitarse las piernas ese mismo día.

Meg no sólo era la mayor, sino que además era la segunda al mando de nuestra vivienda oficial. A veces resultaba demasiado fácil fingir que la casa era nuestra, hasta que algo pasaba, como el hecho de recibir una multa por tener el pasto demasiado crecido. Miré por la ventana y vi a un hombre en mi jardín, agachado y midiendo el pasto. Cuando salí, corrió de nuevo a su vagoneta, pero no sin antes entregarme la multa. Al parecer, el Departamento de Vivienda no tenía nada mejor que hacer que medir el pasto de la gente.

Esperaba que algún día pudiéramos comprar una casa propia, quizá cuando Frank se retirara del ejército. No sabía en qué estado nos instalaríamos cuando por fin hubiera cumplido sus años de servicio, pero algún lugar en medio de ninguna parte en Nueva Inglaterra sonaba bien. Frank hablaba con frecuencia de mudarnos a una ciudad playera en la que se pudiera andar en sandalias todos los días. Obviamente, eso dependía también de dónde acabaran nuestras hijas. Amy aún tardaría unos seis años en irse de casa, y Beth..., bueno, no estaba segura de si Beth querría irse algún día, cosa que también me parecía bien.

Beth trajo dos platos con palomitas, y todas nos pusimos cómodas en la pequeña estancia. Yo permanecí en el sillón de Frank, Amy se sentó entre Beth y Meg en el sofá, y Jo se quedó en el suelo, cerca de la televisión.

—¿Están listas? —preguntó Jo, y le dio al *Play* sin esperar una respuesta.

Mientras la película se reproducía, volví a pensar en lo rápido que habían crecido mis hijas. Aquél podía ser el último año que estuviéramos todas juntas en Navidad. Al año siguiente, Meg probablemente la pasaría con la familia de John Brooke en Florida, o donde fuera que tuvieran su casa de vacaciones. A veces me perdía. No es que Meg saliera con muchos chicos, pero había tenido unos cuantos novios. A diferencia de mi madre, yo vigilaba de cerca a mis hijas y a los chicos que traían a casa, aunque hasta el momento sólo había tenido que hacerlo con Meg. Frank se preocupaba, pero yo sabía de primera mano que ser excesivamente protectores con nuestras hijas sería peor que asegurarnos de mantenerlas bien informadas acerca de lo que eran las relaciones.

Cuando Meg tenía dieciséis años, la llevé a comprar pastillas anticonceptivas, lo cual me significó recibir un incómodo sermón por parte de mi propia madre.

Pero ella no era quién para dar consejos: tuvo dos hijos antes de los veintiuno.

El teléfono de casa volvió a sonar, y Jo se acercó y lo desconectó.

Después sonó el celular de Meg, una canción pop que Amy empezó a cantar de inmediato.

—Vaya con la tecnología —comentó Jo desde el suelo.

—Es la señora King —suspiró Meg mientras se ponía de pie.

Jo tomó el control y pausó la película. Meg desapareció en la cocina.

Amy se acostó donde Meg había estado sentada, aunque sabía que tendría que levantarse cuando su hermana volviera.

—Soy demasiado pequeña para trabajar pero, cuando sea lo bastante mayor, trabajaré en un sitio mejor que una cafetería o una tienda de maquillaje.

—Eres insufrible —dijo Jo.

—Eres insufrible —repitió Amy, burlándose, con una voz que se parecía mucho a la de Jo.

Al ser la más pequeña, a Amy le gustaba señalar los defectos de sus hermanas a la menor oportunidad. Me daba la sensación de que ser la menor de cuatro hermanas a las que admiraba a su manera causaba grandes estragos en su seguridad. El amor por sus hermanas era complicado, porque las quería más que a nada pero, al mismo tiempo, sentía celos de prácticamente todo de ellas. De las caderas anchas de Meg, de la seguridad en sí misma de Jo, del don de Beth para cocinar cualquier cosa...

Cuando Meg regresó a la sala, Jo continuó reproduciendo la película.

—¿Ya pagó? —preguntó Beth leyéndome el pensamiento.

No me importaba que Meg trabajara para la señora King, aunque la mujer me intimidaba con su inmensa casa y sus minúsculos perros de raza pura. No la conocía en persona, pero sí me había encontrado con sus tres hijos en distintas ocasiones. Meg había estado enamorada del chico, Shia, y entendía muy bien por qué. Era simpático, tenía un gran corazón y era tremendamente apasionado. Creía que, si había un hombre que pudiera seguirle el ritmo a Meg, ése sería Shia King. No tenía mucha idea de por qué lo habían terminado, pero suponía que, si Meg hubiera querido que lo supiera, lo habría sabido.

Ella se encogió de hombros.

—Aún no.

Jo puso los ojos en blanco y agitó las manos en el aire. Meg abrió tanto los ojos en respuesta que estuvieron a punto de salírsele de las cuencas.

—¿Y no se lo has preguntado? —dije.

—Sí. Ha estado muy ocupada.

—¿Con qué? ¿Celebrando fiestas?

Meg suspiró.

—No. —Negó con la cabeza—. Son vacaciones, está ocupada.

—Me sorprende que estés tan conforme. Creía que eras más dura —dijo Jo.

—Y lo soy.

—Sí, lo eres. Pero no eres tan dura como Jo. ¡Jo es dura como un chico! —Amy rio.

20

Jo se levantó en el acto.

—¿Qué dijiste?

Suspiré desde el sillón.

—Amy. —Pronuncié su nombre con la bastante severidad como para que me mirara de inmediato—. ¿Qué te dije?

No pensaba tolerar eso en mi casa. Mis chicas podían vestirse como les diera la gana.

—Dije que eres dura como un chico.

Amy se incorporó en el sofá y esquivó el intento de Meg de abrazarla. Sabía que si las cosas se ponían demasiado tensas tendría que intervenir, pero prefería dejar que las niñas intentaran al menos solucionar sus problemas solas. Y lo mismo respecto a Meg y la señora King, por mucho que me crispara que aquella mujer no le hubiera pagado a mi hija por su duro trabajo.

—¿Y eso qué significa exactamente, Amy? ¡Porque eso de que los chicos son más duros o más fuertes que las chicas es una tontería! —dijo Jo alzando la voz y doblando los dedos en el aire a modo de comillas—. La fortaleza no tiene nada que ver con ser un chico. En todo caso...

—¡No es verdad! ¿Puedes levantar el mismo peso que un chico? —la desafió Amy.

—Basta ya. —Jo se puso muy seria.

Meg apoyó las manos sobre los delgados hombros de Amy y la instó a acostarse presionando un poco hacia abajo con sus uñas floreadas en el camisón azul celeste de su hermana. Amy resopló con testarudez, pero se acostó y dejó que Meg jugueteara con su cabello.

Jo esperó, con las manos en las caderas.

La película avanzaba al fondo.

—Disfrutemos de estos días de vacaciones. Esto es mejor que una clase de matemáticas, ¿verdad? —preguntó Beth.

Mi dulce Beth, siempre intentando arreglar las cosas. En ese sentido era la que más se parecía a Frank. Jo había heredado su pasión política y social, pero Beth era una cuidadora natural.

Amy y Jo se quedaron mirándose la una a la otra unos instantes más, hasta que Jo cedió y se sentó en el suelo sin decir palabra.

Sin embargo, no había pasado mucho tiempo cuando Amy volvió a sacar el que había sido su tema favorito en el último par de días.

—Uf, no es mucho mejor que la clase de mate. No es justo. Ustedes no entienden que todas las niñas de mi salón volverán con ropa nueva, celular nuevo, zapatos nuevos... —Hizo el recuento con los dedos y levantó su celular en el aire—. Y aquí estamos nosotras, sin un solo regalo debajo del árbol.

Se me partió el corazón y me invadió la culpa.

Esta vez, Beth habló primero.

—Tenemos más dinero que la mitad de las niñas de tu salón. Mira nuestra casa y mira la suya. O nuestro auto. Observa a tu alrededor y recuerda lo que teníamos antes de que papá fuera oficial. —Las palabras de Beth eran más ásperas que de costumbre, pero, al parecer, hicieron mella en Amy, porque frunció el ceño y su mirada recorrió la sala, desde las paredes beige hasta la pantalla plana de cincuenta pulgadas que habíamos comprado en la tienda del ejército, libre de impuestos, claro.

Amy observó entonces el árbol de Navidad.

—Eso es justo lo que estoy diciendo. Que podríamos...

Pero, como había estado sucediendo con frecuencia durante las vacaciones, Jo la interrumpió enérgicamente para recordarnos a todas que la familia sólo tenía dinero extra cuando Frank estaba esquivando balas y artefactos explosivos en Iraq, y que teníamos que mostrarnos respetuosas con eso y no parecer que estábamos aprovechándonos de su riesgo.

Detestaba cuando eran tan explícitas a la hora de hablar, era demasiado para mí. Me pregunté si aún tenía esa botella de Baileys en el refrigerador. Creía que sí.

—Además —prosiguió Jo, agitada—, las niñas de tu salón roban casi todas esas cosas. ¿De verdad crees que la familia de Tiara Davis puede permitirse regalarle unos lentes de sol de Chanel? Sólo los oficiales pueden permitírselo, y en tu salón no hay ningún hijo de oficial, aparte de ese niño que vino de Alemania; ¿cómo se llama?

Amy casi gruñó su nombre:

—Joffrey Martin. Es un patán.

Jo asintió.

—Sí, ése. Así que no tengas celos. Nadie más tiene dinero por aquí a menos que acaben de cobrar.

—A excepción de los King —susurró Meg.

Sus palabras expresaban más que el mero enojo por no haber cobrado. Todas en la sala detectamos el anhelo por las cosas más buenas de la vida en su voz, y los King poseían todas esas cosas. Se rumoreaba que hasta tenían inodoros de oro en su cara mansión, aunque Meg decía que ella no había visto ninguno.

Sabía cuánto disfrutaba mi hija trabajando de asistenta personal para la señora King. No estaba segura de cómo soportaría mi princesa estar recibiendo órdenes todo el día, pero desde que la señora King la había sacado de Sephora y le había pedido que trabajara para ella, aún no la había despedido. Hasta el momento, sus tareas seguían siendo una incógnita, aparte de maquillar a la mujer y pasear a sus perritos labradores. La semana anterior, Meg había puesto el lavatrastes, pero la señora King le había dicho que no volviera a tocar un plato sucio jamás. No estaba segura de que me gustara ese mensaje, pero Meg tenía diecinueve años, y ella misma debía decidir qué clase de mujer quería ser.

—A nadie le caen bien los King —dijo Amy.

—¡Claro que sí! —los defendió Meg.

—Bueno, sólo a ti, que no es mucho decir. Es como decir que a la gente le cae bien Amy —bromeó Jo, pero Amy no pensaba permitírselo.

La pequeña se incorporó de inmediato para gritarle a su hermana.

—¡Jo siempre...!

Meg puso una mano en el pecho de Amy y volvió a acostarla sobre su regazo.

—Amy, era un cumplido... De todos modos, a John Brooke pronto lo nombrarán oficial también. Cuando se gradúe en West Point dentro de un tiempo.

Me sentí como una adolescente cuando puse los ojos en blanco ante su comentario.

—No hables así. Pareces una esnob.

Lo que Meg no dijo fue que no le importaba ser una esnob si eso significaba tener unos lentes de sol de Chanel o una alberca en el jardín, como la señora King. No lo dijo, pero la había oído decirle esas mismas palabras a Amy la semana anterior.

24

—Eso, Meg —añadió Amy.

—Cállate, Amy.

—Meredith, ¿sabes lo ricos que son? —preguntó Meg.

Negué con la cabeza. Sólo sabía que el señor King ayudaba a grandes empresas a librarse de las demandas. Los King no me fascinaban tanto como parecían fascinar a mis hijas. Yo era todo lo opuesto a mi hija mayor; detestaba a los que se creían mejores que los demás, cosa que sucedía con demasiada frecuencia en la comunidad del ejército. Antes del último ascenso de Frank, sentía que encajaba perfectamente con el resto de las esposas de los reclutas. Todas estábamos igual de solas, igual de pobres e igual de preocupadas por la guerra y cuidando nuestras casas. Algunas de ellas incluso trabajaban, cosa que me encantaba. Tenía un pequeño grupo de amigas, una mujer joven que acababa de tener a su primer hijo y una mujer de mi edad a cuyo marido habían destinado a Fort Cyprus desde Fort Bragg hacía poco.

Cuando Frank ascendió a oficial, el grupo de esposas de menor rango ya no me aceptaba, pero tampoco encajaba en el círculo de las mujeres de los oficiales. Ser la esposa de un oficial conllevaba más responsabilidad social, algo que yo simplemente no quería. Ya tenía cuatro hijas a las cuales criar y un marido al que apoyar cuando estaba lejos.

Denise Hunchberg, la líder de nuestro Grupo de Apoyo a las Familias, antes se mostraba amable, pero se había vuelto cada vez más malintencionada y estaba obsesionada con el poco poder que tenía. Me sacaba de mis casillas ver cómo utilizaba su supuesta autoridad para acosar a las mujeres más jóvenes. Cada vez que me regañaba o que se burlaba de otra mujer a sus espaldas, me lamía mentalmente los dedos y le borraba esas horribles cejas pintadas de su cara de engreída.

A veces, cuando me sentía especialmente maliciosa, se me pasaba por la cabeza decirle a Denise, esa mujer que actuaba como si su posición en el grupo equivaliera a dirigir el mundo libre, que su marido se había acostado con la doctora, dos veces, durante el último despliegue de la compañía. Cuando meneó ese dedito suyo delante de mi cara por haberme olvidado de llevar los panes para los hot dogs a la última recaudación de fondos a la que asistí, estuve a punto de decírselo. Pero me contuve. Era demasiado inteligente como para hacer una estupidez así. Sería horrible por mi parte destruir una familia y, además, los maridos eran responsables de las bocas de sus mujeres, de modo que el comportamiento de éstas tenía que ser maduro, casi impecable.

Las esposas de los oficiales se regían por un estándar distinto del de las mujeres de los reclutas, y yo no podía hacerle eso a Frank. A veces, en Fort Cyprus, me sentía como un pez en una de esas peceras de Walmart. Demasiados peces, muy poca comida y ningún lugar al que ir más que al otro lado del sucio tanque.

Nuestras hijas debían tener una buena reputación también. Bueno, al menos, la mejor que nuestras cuatro hijas adolescentes pudieran tener. La voz corría como la pólvora en una base militar, y las hermanas Spring habían estado sembrando las semillas del chisme por toda la ciudad.

Algo había cambiado el curso de la conversación mientras yo pensaba en Denise, porque, cuando volví la atención, Amy estaba diciendo:

—Y el trabajo de papá es más seguro que el de todos los demás. Ni siquiera tiene que usar un arma.

Nadie la sacó de su error.

Le dije esa mentirita en su cumpleaños para que se sintiera mejor. En fin, ¿qué diablos se supone que debía decirle a mi hija de siete años cuando me preguntaba si su papá se iba a morir?

Por su parte, Jo siempre intentaba pasar por alto el inmenso fusil que su padre llevaba cruzado sobre el pecho en todas y cada una de las fotos que él publicaba en Facebook. Detestaba las armas y lo expresaba con frecuencia. Esperaba no tener que tocar ninguna en toda su vida. Yo opinaba igual.

—Yo no diría que estar en una base en medio de Mosul sea seguro —dijo Jo, sin molestarse en ocultar su tono sombrío.

Hacía mucho tiempo que había dejado atrás las apariencias.

A pesar de la falta de detalles en el caso de Amy, mis hijas sabían dónde estaba su padre y lo peligrosa que era la situación en Iraq. Sabían que los hombres morían allí, los de ambos países. Hombres como el padre de Helena Rice. Se fue dos días antes de terminar su último año de secundaria y murió antes de Navidad. Helena y su madre iban a regresar ahora al lugar desde el que habían llegado antes de que el ejército les dijera dónde debían vivir. Sólo les habían dado noventa días para evacuar su casa en la base.

Era horrible. Sencillamente horrible.

—Es la base más segura —dijo Amy.

Otra mentira que le había dicho.

—No —empezó Jo, pero yo la interrumpí pronunciando su nombre.

De repente, me sentí cansada. A veces tenía momentos así, en los que deseaba que Frank estuviera allí para ayudarme a explicarles cosas tan importantes a las niñas.

—Meredith —me replicó Jo, aunque su actitud se suavizó un poco cuando sintió la mirada de Beth sobre ella.

—Basta, Jo. Vamos a ver la película.

Estaba sentada, pero me sentía fatigada. Quería levantarme para ir a buscar en el refrigerador.

—Discúlpame, Beth, si mi preocupación por la vida de nuestro padre te está arruinando la película —le respondió Jo cruzándose de brazos.

Si Jo le hubiera espetado eso a Amy o a Meg, o incluso a mí, habría recibido un regaño, un sermón o incluso una bofetada por parte de Amy. Pero Beth no dijo ni una palabra. Pasaron unos segundos, y Jo subió el volumen de la televisión. Sentí cómo la tensión abandonaba los hombros de Jo, y también se disipó la mía.

Tan sólo extrañábamos a Frank.

Las hermanas Spring pasaban por fases de añorar a su padre. A Meg le hizo falta sobre todo cuando su novio les mostró a los demás chicos de la escuela unas fotos que se suponía que eran exclusivamente para que las viera él. A Jo le hizo falta sobre todo cuando la seleccionaron como la editora más joven que había tenido el periódico escolar, y lo extrañó aún más cuando le arrebataron ese título. A Beth le hacía falta sobre todo cuando tocaba y no daba con la nota correcta. A Amy le hacía falta sobre todo cuando quería escuchar cómo él cantaba sus canciones favoritas de Disney. Y, por último, a mí, su madre, me hacía falta mi marido cuando la vida se volvía demasiado pesada para cargarla sobre mis hombros.

Las cinco extrañábamos a nuestro capitán por diferentes motivos, y deseaba que regresara al mes siguiente. Parecía que llevara fuera mucho más que un año, y dos semanas de descanso y recuperación no serían para nada suficientes.

Durante esas semanas, siempre intentaba compensar el año perdido con sus chicas. Hacía unos años habíamos ido en auto desde Texas hasta Florida y pasamos una semana en Disney World. Sentía cómo la ansiedad de mi marido aumentaba con cada estallido de los fuegos artificiales que se alzaban sobre nosotros. Se fue durante el espectáculo, y siempre recordaré el aspecto que tenía al regresar al hotel; los hombros le temblaban con cada flor de fuego que iluminaba el cielo nocturno. Los ojos muy abiertos de Jo y la amplia sonrisa de Amy indicaban que a ellas les parecían preciosas. Yo, en cambio, no lograba disfrutarlas, preocupada como estaba por mi marido, que no soportaba las caóticas explosiones de color.

Cuando Frank desapareció entre la ruidosa multitud, corrí tras él y, al parecer, Meg dejó a Jo al mando y corrió tras un chico que había conocido en la fila para entrar en el castillo de Cenicienta.

Jo sonrió y se inclinó hasta quedarse junto al oído de su hermana pequeña. No pude oír qué le dijo, pero seguro que no hubiera querido saberlo.

En la cocina, el horno pitó y Beth se levantó inmediatamente. Si las demás lo habían oído, no dieron muestra de ello. Beth pasaba mucho tiempo en la cocina. Últimamente, cada vez se me antojaba menos cocinar, y ella era la única de mis hijas que se percataba cuando se acumulaba la ropa sucia.

—Pero ¿vamos a ver la peli o qué? ¡Dejen ya de levantarse y de hablar! —exclamó Amy, y al oírlo Jo puso los ojos en blanco.

Todos los años hacía que mis cuatro hijas vieran películas de terror en Nochebuena. Había sido una tradición desde las primeras Navidades que pasamos solos Frank y yo. Estábamos estacionados en Las Vegas y yo añoraba mi casa. Halloween siempre había sido la mejor fiesta durante mi infancia. A mi madre le encantaba, y yo había heredado su pasión por la festividad, de manera que, al buscar algo que me reconfortara y me hiciera sentir como en casa, me topé con un maratón de terror que ponían en la televisión esa noche. Desde entonces, había mantenido el hábito y se lo había transmitido a mis hijas.

A todas les gustaba Halloween y las cosas que daban miedo, pero desde que nos habíamos trasladado a Nueva Orleans, Beth y Amy se habían mostrado cada vez más interesadas por el vudú y las leyendas urbanas que rodeaban a la ciudad. Me enorgullecía tener la casa que daba más miedo del barrio, independientemente de dónde estuviéramos. Rememoraba mi infancia y contaba historias de fantasmas sobre lugares encantados en mi pueblo natal en el Medio Oeste. Cuando era pequeña, mis amigos y yo pasábamos los fines de semana visitando terrenos «encantados» cerca de nuestra pequeña aldea, y ésos eran los pocos buenos recuerdos que guardaba de aquel lugar. De modo que fue una suerte que aquella noche diera con el maratón de terror en la tele en lugar de con algún programa sobre zonas rurales deprimidas y alcoholismo.

Jo señaló la pantalla.

—Me encanta esta parte.

Mi hija escogía el mismo tipo de películas de la misma época todos los años, siempre de temática zombi o zombivírica. El año anterior había sido *Exterminio*. Las elecciones de Meg, en cambio, dependían del actor principal. Su amor platónico del año pasado era Tom Hardy, y tuve necesariamente que estar de acuerdo con ella en eso..., lo cual es más raro que echarles catsup a los tacos.

—A mí también —dijo Amy.

Descubrí a Jo sonriéndole a su hermana pequeña y se me derritió el corazón.

La casa se quedó en silencio, aparte de los gritos de la televisión.

CAPÍTULO 2

Jo

Como de costumbre, aquel año también fui la primera en levantarme la mañana de Navidad. Generalmente me despertaba antes de que saliera el sol y bajaba para echar una ojeada a los regalos no envueltos de «Santa Claus». Después, despertaba a Beth y luego a Meg. Amy siempre se despertaba a la vez que Beth, ya que compartían habitación.

Pero aquel año era diferente. No tenía prisa por correr a escondidas a la sala para ver los regalos. Al menos, sí habíamos colgado los calcetines. Lo de los calcetines siempre había sido mi costumbre navideña favorita, porque mis padres embutían tantas tonterías pequeñas, sobre todo caramelos, como podían dentro del calcetín gigante. Yo lo vaciaba en el suelo y debía procurar que mis hermanas no tocaran mis cosas, aunque ellas tenían las propias. Amy era la peor; cuando nadie veía, intercambiaba sus cosas por las nuestras si las nuestras le gustaban más.

Cada una tenía su propio calcetín de lana gruesa de esos que pica, con su nombre cosido en la parte superior. Mi abuela materna nos hizo uno a cada una cuando nacimos.

El mío era el más feo, con un Santa Claus en la parte delantera que parecía algo demente y bastante borracho. Tenía la barriga torcida y la barba de un color gris oscuro, al igual que los dientes. Su sonrisa era ligeramente siniestra y, con el desgaste del tiempo, parecía como si el propio Santa Claus maléfico hubiera podrido la tela. Todos los años sonreía al sacarlo de la caja para colgarlo.

Meg siempre protestaba y decía que en Target vendían diseños de calcetines más bonitos. En lugar de exquisitas piezas de joyería de un lejano pariente real, las hermanas Spring habíamos recibido calcetines viejos de nuestra abuela, con la que Meredith llevaba casi dos años sin hablar. A pesar de eso, tuve que escoger un bando, y sólo una de aquellas dos mujeres me daba de comer, así que apoyé a Meredith.

Aquel año había sido Meredith la que se había encargado de colgar los calcetines (el día después de Acción de Gracias, por supuesto). A mí me importaba menos la ausencia de regalos navideños que a mis hermanas. Incluso a Beth, que no estaba obsesionada con la ropa como Meg, o con los libros, como yo, o consigo misma, como Amy, le afectaba. Si la Navidad se encarnara en una persona, ésa sería Beth. Beth era sinónimo de galletas recién horneadas, risas cálidas y generosidad.

«Yo sería Santa Claus», pensé mientras abría el cajón superior de mi tocador y sacaba los libritos que les había comprado a mis hermanas. Me había gastado la mitad del sueldo en ellos. Había estado trabajando como mesera en una cafetería-librería y me encantaba ganar mi propio dinero. Sabía que Beth sería la única dispuesta a leer un libro de poesía, y estaría orgullosa de mí por emplear mi dinero en hacer regalos a los demás, aunque esperaba que Amy y Meg por lo menos los abrieran. De lo contrario, los autores se llevarían un dinero por mi compra y hasta ahí.

Soñaba con el día en que escribiría palabras que la gente leería. Me contentaría con vender tan sólo cuatro copias. De hecho, me bastaría con que sólo una persona comprara algo escrito por mí y se sintiera en cierto modo identificada con mis palabras. Carajo, me volvería loca con el hecho de que alguien llegara a leerlo completo. Beth siempre me decía que era demasiado dura conmigo misma, que estaba demasiado obsesionada con el futuro y que me ofendía con demasiada facilidad, pero yo no estaba del todo de acuerdo con ella. Si el pasado y el presente eran un asco y nadie parecía aprender de sus errores, ¿por qué no iba a desear que llegara el futuro? El futuro era lo único que podía esperar con ilusión.

Sólo Beth leía todos los artículos que lograba publicar en el periódico de la escuela, y siempre elogiaba mi talento. Alababa mis absurdos escritos acerca de bailes escolares y de reuniones del club de debate, pero yo deseaba escribir sobre el mundo más allá de las paredes del instituto White Rock. No quería escribir que Shelly Hunchberg había ganado una brillante corona hecha de plástico barato y diamantes pegados que reflejaban la luz de lo que sólo podía describirse como sueños que pronto se quedarían en nada.

Quería escribir sobre el caos en el que estaba sumida mi nación, en el que estaba sumido el mundo. Quería usar mi voz para algo más que para acariciar el ego de Mateo Hender con una página llena de fotos suyas en el campo de futbol americano, vestido con su uniforme, con sus inmensas hombreras haciendo parecer aún más grande su ya sobremusculado cuerpo. Estaba harta de publicar los datos estadísticos del Cuerpo de Entrenamiento para Oficiales de la Reserva y, puesto que el noventa por ciento de los estudiantes del White Rock eran hijos de militares, eso no tenía pinta de acabar. Tampoco me importaba, me gustaba bastante seguir las estadísticas, pero necesitaba más libertad.

Quería escribir sobre cosas que importarían dentro de dos años, cuando Shelly estuviera embarazada del hijo de Mateo y él enlistado o vendiendo hamburguesas a los autos a través de una ventanilla. Debería haber podido escribir sobre el número de soldados que habían regresado a casa junto a sus familias en la última semana, o sobre los que no. La cadena de favores de veinte autos que vimos Meg y yo en la fila para vehículos de Starbucks, en la que el cliente de cada vehículo pagaba por adelantado una bebida al siguiente, jamás se publicaría en el periódico del White Rock. Podría haberlo hecho; era una historia sencilla y bonita. El señor Geckle era un idiota.

—Nuestros lectores son demasiado jóvenes para leer esto —me había dicho mientras apuntaba con su dedo arrugado mi artículo sobre las crecientes protestas que estaban teniendo lugar por todo el país.

—No, señor Geckle, no lo son. Son adolescentes, tienen mi edad —repuse, señalándome como si el hombre fuera incapaz de entender lo que significaba ser adolescente en el siglo XXI.

—Es demasiado parcial, demasiado controvertido —murmuró, despidiéndome con un débil movimiento de la mano.

No pensaba rendirme así como así, y estoy convencida de que él tampoco esperaba que lo hiciera. Por aquel entonces ya me conocía desde hacía dos años.

—Es real, es completamente real. —Tomé la hoja y lo seguí hasta el otro lado de su escritorio.

El caro escritorio de madera de imitación estaba lleno de rayones y de iniciales de estudiantes. El centro había decidido no sustituir los escritorios una segunda vez. En la escuela se había puesto de moda escribir las iniciales en los escritorios de los profesores. Siempre me había parecido algo inmaduro y sin sentido, hasta ese momento. Quise alargar la mano por encima del escritorio lleno de grafitis, sacar la pluma con monograma del bolsillo de la camisa del señor Geckle y escribir mi nombre en la falsa madera.

Fue en ese momento en el que estaba delante de él, viendo cómo desestimaba mi artículo porque no quería darle el crédito suficiente a la capacidad mental de su cuerpo estudiantil, cuando entendí esos grabados como algo diferente. Como una rebelión. Y me encantó. Me prometí que reuniría el valor suficiente para volver después y grabar mi nombre en su escritorio para que jamás pudiera olvidarme (u olvidar lo equivocado que había estado con respecto a mis ideas).

Pero el señor Geckle no paró de rechazar mis artículos una y otra vez, lo que cimentó mi preocupación de que las historias reales jamás llegaran a ojos de mis compañeros. Al menos, no en esa minúscula escuela en el trasero de Luisiana. Afortunadamente para ellos, existía internet, de modo que no eran del todo ajenos a lo que sucedía en el mundo más allá de la base militar. No pensaba rendirme, pero tenía que aceptar que mis historias nunca alcanzarían las portadas. Los Mateos y las Shellys del mundo eran quienes alcanzaban las portadas.

Mi celular empezó a sonar en el bolsillo del *pants*, y me metí los cuatro libros negros en el bolsillo delantero de la sudadera con capucha para apagar la alarma que había programado.

Debía llamar al trabajo para decirles que podía cubrir cualquier turno vacío que tuvieran durante las vacaciones de Navidad. No quería tener los días libres como el resto de mis compañeros. Me encantaba pasar las vacaciones en Pages. Era el sueño de cualquier escritor. Una cafetería posmoderna con mesas de metal negro y madera, grandes murales de arte local colgados en las paredes y botes para propinas con referencias a la cultura popular. El día que hice la entrevista, las opciones de los dos botes de propinas eran Voldemort o Dumbledore. Metí un dólar en Voldemort sólo porque estaba vacío y me sentía especialmente rebelde aquel día. Sonreí y le di las gracias a la hiperactiva chica que estaba tras la barra. Debía de haberse tomado un par de expresos aquella mañana.

Entre la hiperactiva Hayton y mi jefe, que siempre alentaba mi creatividad y me pedía leer mis escritos, estaba encantada con mi trabajo.

Le envié un mensaje de texto a mi jefe, y entonces recordé que era muy temprano y día festivo. No importaba, él me lo había hecho a mí otras veces. Saqué los libros y me dirigí sin hacer ruido hasta la cama de Meg, al otro lado de la habitación. Estaba dormida y roncaba con suavidad (aunque ella juraba y perjuraba que no lo hacía), acurrucada con las piernas contra el pecho. Movía levemente los brazos mientras dormía, y tenía la camiseta levantada, dejando uno de sus pechos al descubierto. Meg parecía haber heredado los mejores genes de la familia. Tenía las tetas y las caderas de Meredith y la sonrisa de nuestro padre. Recuerdo que, cuando estaba en secundaria, me miraba en el espejo y me sentía superpoco desarrollada en comparación con las escandalosas curvas del cuerpo de mi hermana. Ahora ya no deseaba tanto tener las tetas más grandes, pero Meg no sólo tenía unos pechos grandes. Tenía calzoncitos de encaje en su primer cajón y se había acostado con River Barkley y con algunos chicos más.

Y, sobre todo, tenía un Prius rojo. Yo deseaba poder conducir. Hacía siete meses que había aprobado la prueba teórica, y sabía que Meg estaba contando los días para que pudiera ayudarla a hacer de chofer para todo el mundo. Sabía que detestaba tener que llevar a la tía Hannah de regreso al barrio francés o a Amy a las Girl Scouts. Por alguna razón, Meg creía que su tiempo era más valioso que el mío. Y tal vez fuera cierto. Llevaba un año fuera de la escuela, estaba más cerca de ser toda una mujer que yo.

Se movió de nuevo, y me pregunté si estaría teniendo una pesadilla. Quizá estaba soñando que en Sephora se habían quedado sin paletas de sombra de ojos o que Shia King la había bloqueado en Twitter. Le hizo un berrinche cuando todos sus antiguos amigos de Texas la bloquearon, pero se negaba a decirnos qué había pasado exactamente con su grupo de allí y por qué todos sus amigos se habían puesto del lado de River. O por qué ya no soportaba a Shia King.

A Meg le encantaba espiar su paradero en internet. Lo siguió desde Camboya hasta México viendo (sin que le gustaran) todas sus fotos. Se empeñaba en decirme lo mala persona que era, pero a mí me costaba creerlo al ver las fotos que publicaba en pequeñas aldeas de todo el mundo. En una de ellas estaba leyéndole a una niñita en Uganda mientras ella abrazaba sus definidos brazos por detrás. Shia y la pequeña tenían la piel casi del mismo color. La de la niña era ligeramente más oscura. Era preciosa.

Meg no soportaba a Shia, pero a mí me fascinaba. Un chico guapo, popular y rico que había dejado la universidad para viajar por el mundo y que había usado el dinero de su fideicomiso para convertirse en activista. Supongo que entiendo que a Meg le preocupara la idea, pero a mí me parecía una historia fantástica y me fascinaba que tanto él como sus hermanas se hubieran ido de aquí. Recuerdo aquella vez en que Meg le preguntó a Meredith si a alguien le importaba que Shia fuera negro, y Meredith pasó más de una hora explicándonos que podíamos salir con quien quisiéramos: chicos o chicas, negros, asiáticos o de donde fueran. Meg no volvió a preguntar. Además, mi hermana no parecía tener un tipo en particular, cada chico nuevo que traía a casa era completamente distinto del anterior.

Levanté con cuidado el extremo inferior de la almohada de Meg y deslicé el libro de poemas debajo de su cabeza durmiente. No se movió, sólo roncó, y estaba preciosa mientras lo hacía. Siempre pensé que era una privilegiada por tener ese aspecto. Durante un tiempo envidié sus suaves caderas y su pecho generoso, pero, conforme más mayor me hacía, menos me importaban las tetas y cosas así. Meg estaba orgullosa de su cuerpo, aunque pasara demasiado tiempo quejándose porque tenía que llevar brasieres reforzados y soportar el peso extra.

Cuando a Beth empezó a crecerle el pecho, Meg le advirtió que los chicos la acosarían aún más de lo que me acosarían a mí. Meredith dijo que eso no era verdad, que los chicos pueden acosar a cualquier tipo de chica. No sabía si eso era cierto, pero esperaba no tener que averiguarlo nunca.

Sin duda, Meg le sacaba partido a su físico. Siempre intentaba darle consejos a Beth sobre cómo lidiar con los chicos, pero ella se ruborizaba y sacudía la cabeza para evitar que sus palabras penetraran en su cerebro. Suponía que Meg sabía lo que se decía, sobre todo teniendo en cuenta que vivíamos en un lugar plagado de soldados. A Meg le encantaba. Siempre decía que le gustaban los hombres uniformados. Como su novio, John...

—¡Carajo! —Meg se incorporó de un brinco de la cama y soltó un grito que me tomó por sorpresa.

Miró a su alrededor, claramente confundida, con un mechón de pelo oscuro pegado a la boca.

—¿Qué carajos haces, Jo? Me diste un susto de muerte.

Se pasó las manos por la cara y se colocó el pelo detrás de las orejas.

Me tapé la boca con los libros e intenté contener la risa.

—Estaba haciendo de Santa Claus.

Meg me sonrió y metió la mano debajo de la almohada. Se le veía emocionada, y recuerdo que pensé en lo pequeña que parecía cuando sacó el libro. Analizó el regalo con la vista y, aunque no era maquillaje, me sonrió e incluso dio un gritito al llevarse el libro al pecho.

—Gracias. —Me tapé la boca al sonreír, pero Meg lo vio—. No es una paleta de Naked, pero sabía que algo tendrías preparado, Jo.

Me gustaba la idea de que se esperara que hiciera algo por mis hermanas. Siempre era Beth la que pensaba en los demás antes que en sí misma. Pero aquel año no. Aquel año había sido yo.

Pensé que tal vez todas nos llevaríamos bien esa Navidad.

—Bueno, ya hice mi buena acción del año.

Volviendo a la normalidad, puso los ojos en blanco.

—Podrías haber sacado la licencia para que no tuviera que ser la única que tiene que llevar a Amy y a Beth de aquí para allá. Eso habría sido un mejor regalo.

—Beth nunca va a ninguna parte.

—Ya sabes lo que quiero decir.

—La verdad es que no.

Me quedé mirando el póster del actor que le gustaba a Meg. Había salido en casi todas las películas que habían estrenado ese año. Lo seguía en Twitter y creyó que lo conocería cuando vino a una convención en Nueva Orleans el otoño anterior. Cuando se enteró de que se había comprometido la semana anterior a la convención, mi hermana regaló las entradas para el evento.

—Tú recuérdale a Meredith que te lleve a hacer las prácticas. Hace siete meses que aprobaste la prueba teórica.

—En serio, Meg, son las siete de la mañana, relájate. Le he pedido a Meredith que me lleve tres veces esta semana. Está demasiado ocupada.

Meg volteó los ojos.

—¿Haciendo qué?

Me encogí de hombros y me dirigí a la puerta. No tenía una respuesta, y aún debía entregar tres libros.

—Meredith hace algo más que tú, princesa —le recordé.

Meg me enseñó el dedo.

41

—Deberías leer el libro esta vez.

Cuando volteé para mirarla, lo estaba abriendo por una página al azar. Esperaba que las palabras que contenía significasen algo para ella, del mismo modo que habían significado algo para mí. Últimamente había empezado a notar que quería acercarme más a ella; quería crecer. Quería que mis tres hermanas se sintieran identificadas con las palabras de la autora. Sobre todo Meg. Ella se sentiría identificada con los poemas más que ninguna de nosotras, de eso no me cabía duda. Algunos de ellos hacían que me dieran ganas de enamorarme de alguien, e incluso de tener el corazón roto después.

A continuación, me dirigí al cuarto de Beth y de Amy, al otro lado del pasillo. Estaba oscuro y la puerta rechinó cuando la abrí. Amy había pegado un cartel que decía Sólo hermanas Spring en la puerta la noche anterior después de pelearse con su amiga Tory. Las amigas no le duraban mucho, pero cuando tienes tres hermanas que te quieren de manera incondicional eso no tiene tanta importancia. Nosotras teníamos que aguantar que fuera una mandona, pero Tory no. Ni Sara, ni Penélope, ni Yulia...

La parte de Amy del dormitorio era un auténtico desastre. Era peor que mi parte y la de Meg juntas. Beth, en cambio, mantenía la suya impoluta, y eso la sacaba un poco de quicio, así que se la ordenaba una vez a la semana. Amy siempre esperaba que lo hiciera.

La cama de Amy estaba vacía. Miré hacia la de Beth, que era un poco más grande, confiando en que estuvieran las dos acurrucadas en ella, pero no, Amy no estaba en ninguna parte.

Deslicé los dedos por la suave tapa negra del libro y me

detuve en la ilustración de una abeja. Hasta la cubierta de aquel libro era perfecta. Y me encantaba cada uno de los poemas que contenía.

Cuando levanté la almohada de Beth, se despertó.

—¿Qué pasa?

Negué con la cabeza y pegué el dedo índice a mis labios para indicarle que guardara silencio.

—Nada, vuelve a dormirte. Perdón.

Cuando terminé de hacer de Santa Claus, bajé la escalera y me dirigí a la cocina. Me alegré al descubrir que los cuatro calcetines estaban repletos de caramelos y me sorprendí al ver tres regalos sobre la barra de la cocina. Estaban colocados en línea recta junto a la canasta vacía de fruta que mi madre había comprado para decorar la casa, pero se había negado a poner fruta de mentira dentro porque decía que quedaría ridículo.

Los tres regalos estaban sin envolver, de modo que se suponía que eran de Santa Claus. Ninguna de nosotras creía ya en Santa Claus, pero Meredith se empeñaba en no reconocerlo. Quería que sus niñas siguieran siendo lo más pequeñas posible durante el mayor tiempo posible, cosa bastante complicada en un mundo tan lleno de odio, guerras e injusticia. Pero tenía que admitir que, al observar la fila de regalos, se me aceleró el corazón cuando mis ojos se posaron sobre el último de ellos: un libro.

Las palabras *La campana de cristal* escritas en letras moradas se leían claramente en la cubierta. Había mencionado que quería esa novela semiautobiográfica de una de mis escritoras favoritas: Sylvia Plath. Era una de sus pocas obras que aún no había leído. A Meredith no le hacía mucha gracia mi oscura obsesión por aquella mujer, pero yo había estado absolutamente fascinada por la autora desde que tropecé con una publicación sobre ella en Tumblr, antes de que mi padre me obligara a eliminar mi cuenta. Estreché el libro contra mi pecho. Meredith había dado en el clavo ese año.

Lo estaba haciendo lo mejor que podía con mi padre destinado en Oriente Próximo por cuarta vez en ocho años. Era una carga muy grande ejercer de padre y madre a la vez. Bastante duro era ya para ella ser madre, teniendo en cuenta que tenía cuatro hijas adolescentes. Tomé el libro y acaricié con suavidad la silueta de la mujer que aparecía en la cubierta. Era preciosa; el corazón me latía muy deprisa. Sólo los libros lograban hacerme sentir así. Deseaba escribir una gran novela algún día, aunque lo mío fueran más las columnas periodísticas. Quería escribir para *Vice*, o quizá incluso para *The New York Times*.

¿Quién sabía? Si alguna vez conseguía salir de esa ciudad del ejército tal vez llegara a hacer algo.

El regalo para Meg era un estuche para guardar más maquillaje aún, y el de Beth era un libro de cocina, lo que en realidad era también un regalo para nuestra madre, porque significaba que Beth estaba un paso más cerca de convertirse en la sirvienta de todas. Beth se encargaba literalmente de hacer todas las tareas domésticas, y nunca le agradecíamos su servidumbre. Su vocación se había ido manifestando de una manera tan natural (recogiendo el maquillaje de Meg, metiendo mis calcetines sucios en la cesta de la ropa sucia, lavando toda nuestra ropa...), que apenas nos dimos cuenta. Viéndolo por el lado positivo, el libro prometía comidas que se preparaban en treinta minutos, de modo que Beth tendría más tiempo para lavar la ropa de todas.

El sonido del refrigerador al abrirse me tomó por sorpresa y dejé caer el libro de Beth sobre la barra. Amy estaba allí de pie, agarrando de los estantes del refrigerador cosas para el desayuno. El tarro de cristal de la mermelada cayó al suelo y golpeó mi pie descalzo. Rodó más allá y se coló bajo la isla de la cocina.

—¡Shhhh! ¡Vas a despertar a todo el mundo! —la regañé.

La pijama navideña de Amy era demasiado grande para su pequeña complexión. Estaba repleta de muñecos de nieve y *pretzels*. Los *pretzels* no tenían mucho sentido, pero recuerdo que me encantaron hace cinco años, cuando mis padres me la compraron en Navidad. A veces me sentía mal por Amy, porque al ser la más pequeña la pobre siempre heredaba toda nuestra ropa usada. Con cada hija nueva que nacía, mis padres tenían que estirar el dinero para que llegara para todos. Cuando éramos más pequeñas, éramos la razón por la que Meredith no podía trabajar; un sargento del ejército no ganaba lo suficiente como para alimentar seis bocas, a menos que lo destinaran fuera, claro está, de modo que no podían permitirse de ninguna manera pagar para que alguien cuidara de cuatro niñas. Ahora que éramos más mayores, al no tener ningún título, Meredith únicamente podía conseguir algunos trabajos en Fort Cyprus. Sólo algunas de las madres de mis amigas trabajaban, así que aquello no era nada fuera de lo común. Algunas de las madres que conocía vendían esos cubos de cera aromatizados o *leggings* para ganar algo de dinero extra para la casa, pero tampoco es que diera para mucho.

En realidad, la mayoría de las familias que conocía de nuestro viejo vecindario sólo tenían dinero de más los días de cobro, durante los despliegues y en temporada de impuestos. Eso me sacaba de quicio; era la clase de historia que desearía haber estado escribiendo. Ahora que papá era oficial, deberíamos haber tenido más dinero y estar más desahogados, pero por alguna razón parecía que teníamos todavía menos.

—¿Qué haces despierta? —le pregunté a Amy.

Cerró la puerta del refrigerador y dejó un yogurt y un cartón de jugo de naranja sobre la barra. Parecía que llevaba un rato despierta; incluso se había peinado, cosa nada habitual a esas horas del día. Yo siempre me despertaba antes que el resto de mis hermanas. Así, pasaba un rato con Meredith sin que nos interrumpieran las discusiones sobre qué ver en la tele antes de ir a clase.

—Es Navidad. —Se encogió de hombros y el ancho cuello de la pijama dejó uno al descubierto.

Parecía tan menuda en esa ropa tan grande que creí que la estaba viendo por primera vez en mucho tiempo. Estaba segura de que había alguna especie de metáfora en el hecho de que mi ropa quedara tan grande en su cuerpecito, pero todavía no me había tomado un café, y mi cerebro aún no estaba preparado para ser metafórico.

Amy abrió el cajón que tenía delante y sacó el cuchillo de la mantequilla.

—¿Quieres un poco?

Miré la barra. ¿Pan tostado con yogurt?

—Está bueno, créeme —dijo como si tuviera mucho más que doce años.

Decidí ir en contra de mis instintos habituales y confiar en ella. Sólo era un pan tostado.

Mi hermana preparó el desayuno y yo hice café. Después de comernos el pan tostado, que sorprendentemente no estaba asqueroso, Amy tomó el libro de recetas de Beth.

—¿Qué te han regalado? —pregunté.

Sacó su celular del bolsillo delantero de mi antigua pijama. El dispositivo tenía ahora una brillante carcasa dorada. No era mi estilo, pero era bonita. A Amy le gustaban los brillos, aunque era más una chica de *jeans* y camisetas de algodón.

—Qué linda —le dije, tocando la brillantina dorada.

Era algo áspera al tacto y me quedé con un poco de brillantina pegada en el pulgar.

—¿Sí? —Sonrió.

Me alegré de que le hubiera gustado su regalo.

—¿Crees que serán nuestros únicos regalos? —preguntó.

El pelo de Amy se veía muy rubio en nuestra oscura cocina. Recuerdo que cuando nació tenía el pelo y la piel muy blancos. El resto de nosotras éramos morenas, como nuestro padre. Todas teníamos el pelo y los ojos oscuros, excepto Meredith y Amy.

Amy y Meredith parecían sacadas de una película de Disney. En apariencia, Amy era la más clara, pero, por ironías del destino, era la que tenía el fondo más oscuro de todas nosotras. Recuerdo lo celosa que estaba Meg del pelo rubio de Amy cuando éramos más pequeñas, pero a mí personalmente me gustaba mi pelo castaño. Meg quería ser Cenicienta, pero yo estaba más que conforme siendo como Bella. Bella tenía una biblioteca y podía hablar con candelabros y relojes. Con o sin príncipe, me iría muy bien.

—Puede, pero no pasa nada. La Navidad no son sólo los regalos, ¿recuerdas? —Eché un vistazo a la sala, pero desde donde estaba no veía el árbol.

Amy suspiró y dio un sorbo a su jugo de naranja, contempló el celular y no dijo nada más hasta que Meredith nos llamó desde la sala.

CAPÍTULO 3

—¡Chicas!

—¡Mamá ya se levantó! —exclamó Amy como si yo no la hubiera oído.

Se metió el brillante celular dorado en el bolsillo y corrió a la sala.

Tomé mi taza de café de la barra y la rellené. Puse una nueva cafetera para Meredith y me dirigí lentamente hacia la sala. Cuando llegué, todo el mundo estaba en el sofá, excepto Amy, que se había sentado en el suelo a los pies de Meg. La suave voz de Beth estaba escribiendo la contraseña de la *laptop* de Meredith por décima vez esa semana.

—Recibimos una carta —empezó a decir Meredith.

Envolvía con las manos una taza de café, y nuestras miradas se encontraron. Tenía los ojos hinchados y cansados. Otras vacaciones sin mi padre. Creía que se haría más fácil con el transcurso de los años, pero, por alguna razón, Meredith parecía estar pasándolo peor aquel año que los tres anteriores.

—¿Un *e-mail*? ¿De papá? —Amy dio unos saltitos antes de aterrizar sobre el regazo de Beth.

—Sí. De papá. ¿De quién, si no? —nos dijo Meredith.

Dejó la taza en la mesita auxiliar y yo me asomé para

mirar dentro, pero estaba vacía. No había manchas de café y olía un poco agrio. Qué raro.

Me sentí mal por no sorprenderme ni emocionarme al tener noticias de mi padre. Siempre tenía la sensación de que, cuanto más tiempo pasaba fuera, con más fuerza debía aferrarme a los recuerdos que tenía de él, y si leía demasiados correos electrónicos de su versión en línea acabaría olvidando cómo era en realidad.

Mi padre estaba todo el tiempo alegre y rebosaba energía. Iluminaba y llenaba una habitación con su risa y sus comentarios ingeniosos sobre cualquier asunto. Me encantaba escucharlo cuando hablaba; su visión del mundo era apasionada y fascinante, y eso era algo que adoraba en él. Meredith decía que había heredado mi sentido humanitario de él, y me parecía estupendo.

La frialdad de la pantalla no lograba transmitir su sentido humanitario.

Me esforcé en sonreír por el bien de mi familia.

—¡Queremos leerlo! ¿Dónde está? —Amy jaló con impaciencia de la manga de la camisa de Meredith.

—Es un mensaje de correo electrónico, tiene que abrirlo. Ten paciencia, Amy. —Beth acarició el cabello de nuestra hermana pequeña, que se calmó al instante.

Traté de ocultar mi expresión vacía tapándome la cara, pero se me daba fatal esconder algo, especialmente a mi familia. Todos los que me rodeaban sabían qué estaba pensando antes de que pudiera decir una palabra. Eso me sacaba de quicio. Era incapaz de mentir, no podía ocultar mis frustraciones ante mis hermanas o mis padres, por mucho que me esforzara. Mi padre siempre decía que se me leía como un libro abierto. Cuando me sacaron del programa de periodismo de la escuela y me degradaron a gestora de publicidad del anuario, entré corriendo por la puerta intentando poner cara de póquer para no llamar la atención sobre mi fracaso. Pero, en cuanto estuve dentro, todas las miradas de la casa se centraron en mí y mi familia acudió a consolarme como un montón de gallinas enloquecidas. Lo único que le dije a mi madre fue «Estoy bien», pero en ese momento tenía la sensación de que toda mi carrera había acabado antes de haber empezado. Detestaba ser de las alumnas más jóvenes en mi salón. No tenía ni diecisiete años.

Y, por si eso fuera poco, tenía que pasar el curso bajo el pegajoso sol de Luisiana, donde mi piel se quemaba mientras la de Meg se bronceaba, y mi pelo se volvía de un tono ceniciento mientras el rubio playero de Amy adquiría tonos dorados. Siempre había detestado el sol. En serio, sabía que decir eso estaba de moda entre los adolescentes que eran populares, pero yo no pretendía ser popular ni proyectar una imagen oscura. Sencillamente detestaba tener que estar todo el tiempo con el ceño fruncido por la luz, y mis piernas permanecían pálidas todo el año por mucho que recibieran los veraniegos rayos de sol. Aborrecía el modo en que el sol constante hacía que todo el mundo fuera como flotando y tuviera una excusa para llevar demasiada crema protectora y estar todo el tiempo sonriendo de oreja a oreja. Era raro, como caminar por tierra de zombis. Aunque, obviamente, no eran los zombis carnívoros de *The Walking Dead*. Éstos eran menos salvajes: sólo eran esposas y niñitos del ejército con amplias sonrisas, demasiadas pulseras con adornos colgantes y la tristeza oculta tras su mirada. Sin embargo, esa parte no podía odiarla. Yo compartía esa misma tristeza. Nuestra base había desplegado a más soldados que ninguna otra en todo el país, y un miembro muy importante de la familia había tenido que irse: un padre o una madre, o un marido o una esposa.

Aquel año la Navidad era especialmente dura sin papá. Aparte de que el pegamento que mantenía unida a nuestra familia estaba sentado en una tienda de campaña al otro lado del planeta, por alguna razón, no teníamos dinero. No lo entendía. Pensé en cuántas veces había oído a mis padres hablar enojados entre susurros sobre el dinero. Siempre se decía que el dinero era la fuente de todos los males, pero Meg me dijo una vez: «Seguro que es mucho más fácil ser feliz cuando se es rico», y eso tenía más sentido para mí. Pensé que el dinero sólo podía ser malo cuando no se tenía.

Añoraba a mis amigos de Texas casi tanto como a mi padre. Bueno, a una de mis amigas. Por fin había hecho una mejor amiga justo antes de recibir la orden de trasladarnos a Luisiana. Llevábamos un año en Nueva Orleans y todavía no había intentado entablar ninguna amistad.

Bueno, eso no es del todo cierto. Establecí contacto visual con el anciano de la casa de al lado. Dos veces. Y una semana después lo saludé con la mano.

Permanecí sumida en mi irregular línea de pensamiento mientras Beth leía el mensaje de mi padre. Sonreí una vez, cuando leyó mi nombre. Decía que me extrañaba. Yo a él también. Imaginaba que jamás volvería a extrañarlo, pero nunca se sabe lo que puede pasar, o dejar de pasar, en la vida.

Mi madre y mis hermanas suspiraron y lloraron frente a la *laptop*, y Meredith dijo que intentaría programar una videollamada con nuestro padre para esa misma semana. Pensé que probablemente habían decorado un poco el campamento en Mosul, y eso me hizo sentir algo mejor. En Bagram o en Kandahar lo decoraron en casi todas las fiestas. La Navidad que pasó en Afganistán cenó langosta y entrecot. Era lo menos que podían hacer por aquellos soldados que estaban pasando las fiestas lejos de sus familias. En esta ocasión estaba en una de las bases más peligrosas de Iraq, de modo que esperaba que al menos tuviera un árbol. Le habíamos enviado una caja de provisiones llena de dulces y galletas de parte de Beth, paquetes de conos de maíz 3D de mi parte, artículos de aseo personal de Meg y un dibujo de Amy.

—No olviden que hoy es la fiesta de Navidad del batallón. Será mejor que se vaya bañando una de ustedes —dijo Meredith, y se relajó sobre el respaldo del sofá mientras Amy y Meg discutían acerca de quién se bañaría primero.

Mientras mis hermanas se arreglaban, yo permanecí acostada en la cama y tecleé unas cuantas frases en mis notas. Llevaba más de un mes trabajando en el mismo artículo, lo cual era mucho tiempo para mí. Miré mi nuevo libro, *La campana de cristal*, y lo abrí por la primera página.

CAPÍTULO 4

Cuando Meg salió por la puerta, todas la seguimos. Mi hermana tenía algo que hacía que todo el mundo quisiera seguirla. Habría sido una gran política o actriz. Debía de ser algo en sus ojos castaños, o la seguridad que transmitían sus hombros femeninos.

No sabía qué era con exactitud, pero atraía a la gente como la miel a las abejas. Meg entablaba amistad con los chicos con mayor facilidad que con las chicas. Me dijo que era porque éstas se sentían amenazadas por ella. Yo no lo entendía. Personalmente, me intrigaba su sexualidad y me fascinaba la experiencia en la vida que destilaba por todos los poros. Le encantaba ser el centro de atención. Yo era todo lo contrario, pero admiraba su manera de ser.

—¡Vamos, chicas! —gritó Meg mientras aceleraba el paso.

La punta de mi bota tropezó en el marco de la puerta y me tambaleé hacia delante. Me habría caído si Beth no me hubiera agarrado con fuerza del codo hasta que me estabilicé. Conseguí impedir que la bolsa que llevaba colgada al hombro cayera al suelo, pero no puedo decir lo mismo de mi nuevo ejemplar de *La campana de cristal* y de mi celular. El teléfono resbaló por la pequeña pendiente de nuestro camino de acceso y yo corrí tras él al tiempo que maldecía.

—Cuidado —dijo Amy burlona y con tono jocoso.

A veces me sacaba de quicio.

Alargué la mano para darle una palmada en el brazo, pero ella la esquivó y echó a correr por el camino. Fui tras ella, la agarré de la larga manga de su suéter y la jalé hacia mí. Justo cuando soltaba un grito, levanté la vista y vi a un chico en el camino de acceso de la casa de al lado. Parecía de mi edad, o tal vez de la de Meg. Tenía el pelo rubio y largo por debajo de las orejas, y traía una sudadera de color tostado, el mismo color que la de Meg. Habrían ido vestidos iguales de no ser porque él llevaba unos *jeans* negros en lugar de azul claro. Su accesorio más destacable era su sonrisa de suficiencia. Estaba intentando no reírse de mí, y eso me habría enojado de haber tenido tiempo de procesarlo.

—¡Jo! —gritó Amy mientras me jalaba la mano y me hacía caer.

Mi rodilla golpeó el suelo con fuerza, y oí que Meg gritaba mi nombre. No me había dado cuenta de que Amy había caído ya al suelo. Pero ahí estaba yo, tumbada a su lado, rodeando su pecho con el brazo. Me latía la rodilla bajo los *jeans* rasgados, y la sangre manaba a través de la ruptura en la tela negra.

Amy estaba riéndose, y Meg se acercó y me ofreció la mano. Beth ya estaba ayudando a Amy a levantarse. Cuando miré al otro lado del patio, el chico seguía observándonos. Se estaba tapando la boca, intentando ocultar la risa.

Me dieron ganas de enseñarle el dedo, y lo hice.

Él se rio con más ganas y, en lugar de apartar la vista, me saludó con la mano con una enorme sonrisa mientras me ponía de pie y me sacudía los *jeans*. Siguió agitando la mano en el aire hasta que le devolví el saludo con el dedo aún levantado. Me había rasguñado la palma y me ardía.

—¿Quién es ése? —susurró Meg, y me jaló la chamarra para cubrirme la espalda.

Miré a mi hermana. Traía los labios pintados de rojo y tenía un aspecto impecable, todo lo contrario de mí, con mis rasguños y mis *jeans* rotos.

—No lo sé.

—Pregúntenselo —dijo Amy.

Estaba recorriendo el camino de acceso a la casa del viejo señor Laurence.

—No —nos apresuramos a responder Meg y yo.

—¡Eh! —gritó Amy dirigiéndose al chico.

Ella era así.

Empecé a caminar, ignorando el dolor de la rodilla. Mis hermanas me siguieron por el camino hasta la banqueta.

—¡¡Cómo te llamas?! —gritó Amy al desconocido.

Estábamos pasando por delante de él, y empecé a acelerar el ritmo todo lo posible.

—¿Y ustedes? —Y levantó la barbilla como diciendo «¡Eh!» o «¿Qué hay?».

—Acaba de levantarles la barbilla —les dije a mis hermanas.

Estaba convencida de que me había oído, pero me daba igual.

—Está... —dijo Meg, probablemente mirando su dedo en busca de un anillo de casado.

Desde mi punto de vista, parecía demasiado joven para estar casado. Puede que fuera mayor que yo, pero demasiado joven como para ser el marido de alguien.

Era muy distinto de los demás chicos con los que había salido Meg. Tenía el pelo largo, así que no era soldado, y Meg no salía con nadie que no fuera soldado. Ella era así.

El chico caminaba rápido, siguiéndonos. Yo quería acelerar para poner algo de distancia entre nosotros, pero no quería volver a caerme.

—Apuesto a que es el nieto del que Denise le hablaba a mamá —comentó Beth.

Siempre estaba al tanto de todo lo que pasaba en el mundo de los adultos que nos rodeaban.

—Probablemente —coincidió Amy.

—Dejen de mirarlo —les dije a mis hermanas, con los dientes apretados.

Era como si estuvieran babeando como cachorritos.

—Parece la clase de chico que lo hace con su novia de toda la vida sobre las hojas de los poemas que ha escrito para ella —dijo Meg, sin dejar de mirarlo embobada.

Sabía que había usado la expresión «lo hace» porque estaba nuestra hermana de doce años al lado. Sabía qué quería decir, y sabía lo que los chicos con su aspecto hacían con sus novias, en plural.

—¿No? —insistió Meg, y Beth y Amy asintieron.

Mis hermanas se echaron a reír, y Amy se plantó delante de mí y dio media vuelta.

El chico estaba a tan sólo unos pasos de nosotras. Cuando nos alcanzó, caminó al lado de Amy como si la conociera. Mantuvo nuestro ritmo.

—Ahora vivo en la casa de al lado.

—Me alegro por ti —le dije.

Volteó hacia mí y me sonrió con unos dientes blancos y perfectos. Era un niño rico, sin duda.

—Bueno —ladeó la cabeza y su pelo rubio rozó la parte superior de su hombro—, alégrate por ti también. Estoy seguro de que seremos amigos.

Su voz tenía algo de acento, pero no estaba segura de cuál.

Su sonrisa petulante combinada con sus ojos negros me recordó al villano de los dibujos animados que pasaban los sábados por la mañana.

—Lo dudo —respondió Amy—. Jo no tiene amigos.

El chico se echó a reír de nuevo. Amy se volteó y caminó a su lado, mirándolo directamente a la cara. La agarré del brazo y ella me dio una palmada. Me dieron ganas de soltarle una bofetada.

—Ya lo veremos —dijo él, y se apartó de nosotras.

Las cuatro volteamos hacia él, que regresaba sobre sus pasos. Nuestras botas negras formaban una línea en la arena, un presagio para ese nuevo vecino.

—¡Más te vale esperar sentado! —gritó Amy, y Meg la mandó callar.

Él estaba de nuevo en el camino de acceso justo cuando un auto se detuvo frente a la casa del viejo señor Laurence. Sin decir palabra, se subió en el reluciente auto. Sonrió en nuestra dirección pero algo en el modo en que su mirada se ensombreció me hizo pensar que le dábamos un poco de miedo.

Bien.

A veces tenía la sensación de que éramos una fuerza de la naturaleza. En ese momento éramos un viento huracanado que se había formado para destruir una ciudad.

Bueno, puede que eso sea algo dramático, pero éramos una fuerza de la naturaleza, las cuatro hermanas Spring.

CAPÍTULO 5

El centro comunitario estaba repleto de voluntarios y de niños que corrían de un lado a otro como pollos sin cabeza. Meg se quitó la chamarra en cuanto entramos por la puerta y la colgó en uno de los ganchos de la pared. Las paredes estaban cubiertas de manualidades de papel y unas largas mesas de banquete alineadas ocupaban todo el espacio de la sala. En cada mesa había algo distinto: piezas de artesanía a la venta en una, un taller de artesanía en otra... En un rincón había un anciano vestido de Santa Claus, y la voz familiar y áspera de Denise Hunchberg sonaba por el altavoz pronunciando los nombres de los ganadores de la rifa.

—Leslie Martin, Jennifer Beats, Shia King —carraspeó su voz de fumadora por el altavoz.

Yo caminaba detrás de mis hermanas y buscaba la comida. Si tenía que estar allí y sonreír por obligación, necesitaba comer.

Iba detrás de Meg pero delante de las demás mientras dábamos una vuelta por la sala. Hallé mi lugar: dos largas mesas repletas de comida al lado de otra con un puesto de maquillaje. Y, junto a ésta, había un hombre haciendo caricaturas. La fiesta de Navidad parecía una feria, y me encantaban las ferias. Observé al artista durante unos segundos mientras realizaba un retrato de la familia Sully. Frente a él estaban sentados sólo dos niños y una madre, pero el dibujante añadió al señor Sully, que estaba en Iraq, con mi padre, usando una pequeña foto suya.

A la fiesta navideña del batallón acudían siempre muchísimas familias. El año anterior, aunque mi padre estaba en casa, fuimos a pasar el día con el resto de las familias que tenían a la madre o al padre desplegados. Acabábamos de trasladarnos a Fort Cyprus, y mis padres querían que entabláramos amistad con los vecinos, que empezáramos de nuevo. Papá dirigía el grupo de baile, y yo pasé toda la tarde viendo cómo enseñaba a los niños a bailar el estilo *electric slide* y la «Macarena».

—¡Oigan, chicas! ¿Y su madre? —preguntó Denise Hunchberg en cuanto nos vio revolotear por las mesas de la comida.

—Vendrá enseguida —le aseguré a la chismosa líder del Grupo de Apoyo a las Familias.

Su marido y su hijo pequeño eran un encanto, pero ella y su hija mayor, Shelly, eran unas ratas. Shelly era lo peor. Parecía muy buena e inocente, pero yo había sido testigo de demasiadas escenitas maliciosas de niñita popular como para saber que no era más que un lobo con piel de cordero, y hacía todo lo posible por mantenerme alejada de ella.

Denise asintió y respondió que quería ver a mi madre. Mentía fatal.

Meg me dijo que iba a acercarse al puesto de maquillaje para ayudar, y Amy corrió tras ella. Beth se quedó conmigo y, juntas, inspeccionamos la mesa llena de productos de panadería y pastelería, es decir, mi lugar favorito, y después empezamos a repartir terrones de azúcar y maicena a niños ya de por sí hiperactivos.

Meredith apareció una hora después con dos fuentes de dulces. Sus famosas cortezas de menta y sus *brownies* con *ganache* de chocolate desaparecieron en cuanto entró por la puerta. Denise la saludó muy rápido y le reprochó largamente que había llegado tarde para engullir uno de sus *brownies*.

—Jo Spring, ¿eres tú? —Reconocí la voz, pero no logré ponerle rostro, hasta que me volteé.

Shia King. Ahí estaba, delante de mí. Parecía algo mayor, mucho más que hacía cuatro meses, cuando lo vi por última vez.

Tenía el pelo más largo que nunca por la parte superior de la cabeza y se había rapado los costados. También estaba más alto, y parecía un hombre.

Este nuevo Shia no se semejaba en nada al fanfarrón adolescente con quien sorprendí a Meg fajándose en la sala el día de su graduación. Recuerdo que había globos por todas partes. Yo tenía el pelo lleno de confeti. El vestido de Meg era demasiado estrecho, y el mío demasiado largo. Estaba devorando un trozo de *pretzel* cubierto de chocolate y corriendo por la casa con un pasón de azúcar y de cafeína. Lucía una tiara en la cabeza y llevaba un rato buscando a mi hermana mayor. Cuando la encontré, estaba sentada con ambas piernas sobre el regazo de Shia; sus muslos de color crema cubrían su piel oscura, y tenía el vestido de flores arrugado en la cintura. Él hundía las manos en su densa mata de pelo castaño, y yo me tapé la boca y los observé. No entendí lo que dijo cuando dejó de besar a Meg, pero, fuera lo que fuera, la hizo saltar de su regazo y darle un empujón en el pecho. Entonces, él la agarró de la cintura y le susurró algo más. Ella lo besó de nuevo. Unos segundos más tarde le dijo otra cosa, y ella lo empujó otra vez. Esta vez, se apartó de él y se dirigió hacia mí en el pasillo. Me eché a correr antes de que me viera y, que yo supiera, Meg no había vuelto a dirigirle la palabra desde aquel día. Lo seguía a través de las redes sociales, pero juraba y perjuraba que no se hablaban.

—Pues sí —murmuré, esforzándome por borrar de mi cabeza la imagen de la boca de Meg pegada a la suya.

Shia King sonrió y me rodeó con los brazos.

—¿Cómo estás? —preguntó, apretando mi caja torácica.

Me levantó del suelo.

Nadie excepto mi padre me había abrazado así.

La verdad es que me gustó, aunque me había tomado por sorpresa. Su tacto era cálido, y me dije si se habría confundido pensando que yo era Meg. No nos parecíamos mucho, aunque algunos decían que sí. Yo tenía el pelo largo y de un solo tono, y mis ojos eran más claros que los suyos. Ella tenía más por donde agarrar y más seguridad en sí misma.

—Bien —logré proferir. Me dolían las costillas por el apretón. Diez segundos más y perdería la consciencia, estaba convencida de ello—. ¿Volviste a la ciudad?

No recordaba que me conociera tanto como para darme un abrazo tan cariñoso, pero tampoco recordaba cuándo había sido la última vez que alguien me había dado un abrazo la mitad de fuerte que aquél.

—Sí, volví una semana. —Me dejó en el suelo—. Para las vacaciones. El tiempo justo para remojarme los pies y salir corriendo —bromeó.

Sus ojos brillaban bajo la desagradable luz amarillenta del salón.

Analicé su rostro y advertí los cambios que había en él. Vestía una camiseta gastada que tenía la forma del planeta impresa en color. La Tierra estaba repleta de montones de edificios, y había un único árbol solitario en el centro, en algún lugar cerca de Colorado. Llevaba un *pants* holgado y unos tenis sucios sin agujetas. Seguro que a su madre la sacaba de quicio que hubiera salido de casa con el mismo aspecto que el resto de nosotros. Apuesto a que la señora King quería que su descendencia vistiera de pipa y guante.

Mientras Shia preguntaba por Meredith y por las dotes artísticas de Amy, yo miraba hacia la caótica fiesta en el salón y buscaba la blusa roja de Meg. Parecía una estrella de Hollywood aquel día, con sus gruesos rizos oscuros y claros recogidos hacia atrás con unos pasadores. Llevaba unas bonitas pestañas postizas que batían como las alas de las mariposas. El rubor y el iluminador de sus mejillas eran impresionantes, una de las muchas ventajas de haber trabajado en una tienda de maquillaje. Siempre estaba perfectamente maquillada y, aunque rozaba el límite entre demasiado y poco, al final siempre acertaba. A mí el maquillaje no se me daba del todo mal, pero mis habilidades estaban muy lejos de las de Meg.

—¿Cómo está tu familia? ¿Y cómo estás tú? Dios mío, estás muy cambiada —dijo Shia.

La luz de su mirada recorrió mis ojos, mi boca y mi frente.

Cuando lo vi por primera vez, estaba escuálido y tenía los ojos demasiado grandes para su cabeza. Siempre había sido lindo, pero demasiado mayor como para que me fijase en él.

—Gracias, creo —murmuré.

No tenía claro si era un cumplido o no.

Sus ojos me indicaban que sí, pero las constantes quejas de Meg sobre él me decían lo contrario. No estaba preparada para fiarme de él. Meg era mi hermana. Él era un desconocido de quien la mayoría de la gente sólo tenía algo malo que decir. Por algo sería.

¿O tal vez no? Estaba empezando a pensar que todo aquello no era más que una gran conspiración. Como cuando Shelly y Mateo cortaron por tercera vez el verano anterior por una chica nueva llamada Jessica. Jessica tenía las tetas más grandes y llevaba la falda más corta que Shelly, de modo que cuando Mateo dejó a Shelly para conquistar a la chica nueva, Shelly le dijo a todo el mundo lo horrible que era Jessica. Al final resultó que Jessica era una chica estupenda, hasta el punto de que fue difícil no echarse a reír cuando rechazó a Mateo.

Su sonrisa me decía que él tenía más de Jessica que de Shelly.

—¿Cómo está tu familia? —volvió a preguntar.

No sabía hasta dónde debía contarle. A pesar de su comportamiento, nunca había llegado a conocerlo. No estaba segura de si debía darle una respuesta superficial, el típico: «¡Uy! ¡Estamos todos estupendamente! ¡La vida es maravillosa!».

Estudié su rostro y sus manos, y el modo en que permanecía erguido con la espalda recta pero los hombros un poco caídos.

Al ver que me demoraba demasiado en responder, fue más específico. Se llevó la mano a la nuca y preguntó:

—¿Cómo está Amy? Debe de estar enorme.

—Está en séptimo.

—Vaya, pues sí que estará grande. —Sonrió y sus ojos se iluminaron—. ¿Y qué hay de Beth? ¿Sigue tocando el piano?

¿Cómo sabía que Beth tocaba? Intenté hacer memoria para ver hasta qué punto lo conocía, pero sólo lograba recordar algunas escasas interacciones con él.

—Sí, todavía toca algo.

Sentí que el pulso se me aceleraba y tragué saliva, mirándolo directamente a los ojos. No tenía claro si debía contestarle con sinceridad a todo, pero cuanto más tiempo pasaba frente a él, más convencida estaba de que Meg debía de estar ocultando algo. No veía razón alguna para odiarlo, desde el mensaje que transmitía la camiseta que llevaba hasta el modo en que gesticulaba con las manos al hablar. No entendía por qué Meg le tenía tanta rabia, pero sabía que debía de ser algo relacionado con el amor, o más bien con la falta de éste. Problemas típicos de mayores.

De repente me sorprendí queriendo preguntarle por sus viajes en lugar de hablarle del resto de mi familia. Volví a fijarme en el árbol que llevaba en la camiseta y, cuando levanté la vista de nuevo hasta su rostro, nuestras miradas se encontraron. De modo que le hablé de Beth. Le conté que pasaba los días y las noches soñando con llegar a ser un gran músico. Le dije que últimamente había estado componiendo algo propio, en lugar de hacer *covers* de las canciones pop que sonaban en la radio.

—Tenía mucho talento —dijo, como si recordara algo sobre Beth que yo no sabía—. Cuando estuve en Perú, conocí a una mujer que enseña música a niños sordos. Es fascinante.

Tuve que detenerme a pensar dónde estaba eso en el mapa más tiempo del que quería admitir.

Me imaginé a Shia en Perú y me sentí muy pequeña, y me di cuenta de que mi vida no estaba siendo como esperaba que fuera con casi diecisiete años. Quería hacer cosas por la gente como sabía que él las había hecho. Quería ayudar de verdad, no sólo discutiendo con troles de internet en comentarios de Facebook.

—¿Y qué tal Perú? Parecía muy bonito —dije al recordar las fotos que había en Facebook de su viaje.

Meg me había obligado a estar allí sentada durante dos horas mientras hacía clic en las fotos de su nueva vida en el extranjero. Lo seguimos desde California hasta Brasil, y desde Brasil hasta Perú. Pensé en la cantidad de sellos que debía de tener su pasaporte, y entonces recordé que yo ni siquiera tenía uno.

Shia puso los ojos en blanco y ladeó la cabeza confundido.

—¿Ah, sí?

Creía que iba a tener que explicarle por qué había estado viendo sus fotos de Perú, México y Filipinas. No podía decir sencillamente: «Uy, mis hermanas y yo te estábamos stalkeando y nos sabemos toda tu vida».

Al menos, la que él publicaba en internet.

Justo en ese momento, Meg se dirigió hacia nosotros con las mejillas radiantes. Shia estaba de espaldas a ella y, conforme mi hermana se acercaba, vi cómo su semblante se transformaba en una expresión que indicaba claramente que no esperaba ver a Shia King en la fiesta. Aunque sabía que la cosa se pondría fea, me alegraba que me fuera a ahorrar la incomodidad de tener que inventarme alguna excusa que explicara por qué sabía de su vida cuando apenas lo conocía.

Meg se acercó y se puso a mi lado con una perfecta cara

de póquer. A los mayores se les daba bien poner esa cara. Cuando Shia la vio, la expresión de mi hermana cambió como indicando que no podía estar más encantada.

—¡Meg! —exclamó Shia con una amplia sonrisa, pero ésta era aún más falsa que las pestañas de ella, que revoloteaban y rozaban sus mejillas al cerrar los ojos.

Una chica de su trabajo se las ponía todas las semanas, y a ella le encantaban. Cuando todas las chicas a mi alrededor empezaron a usarlas, consideré dejar que la antigua jefa de Meg de la tienda de maquillaje me las pusiera, pero vi un video en YouTube y decidí que mi vista era más importante. No estoy dispuesta a sacrificar tanto por la belleza...

Al menos, todavía no. Aún estaba en la escuela. Ni siquiera había desarrollado del todo mi personalidad. Bueno, al menos eso era lo que decía internet, y quería pensar que era cierto. Yo aún estaba observando las pestañas de Meg cuando ella le respondió al fin:

—Shia. —Hizo una pausa, y entonces aumentó la intensidad de su sonrisa—. Hola. —Meg vio la sonrisa falsa de Shia y la dobló, esbozando la sonrisa más amplia y más brillante que jamás había visto dibujarse en el rostro de mi hermana—. ¿Cómo estás? ¿Qué tal te va en la vida? ¿Dónde estás viviendo ahora? ¿En Canadá?

Él se echó a reír y se lamió su generoso labio superior. Sus labios eran los típicos que los chicos no suelen tener: carnosos y perfectamente arqueados. Meg estaba obsesionada con los suyos, quejándose de lo finos que eran. Siempre nos decía lo mucho que deseaba tener el pelo rubio de Amy y mis labios gruesos. Me preguntaba si todas las chicas guapas despreciaban tanto su aspecto como Meg. Me parecía una lástima que, siendo tan afortunada, no parara de encontrarse defectos. Yo crecí detestando mis labios, especialmente cuando era pequeña y las niñas de mi clase que se odiaban a sí mismas se metían conmigo, hacían gestos y me llamaban *cara de pez*. Uf, cuánto odié la secundaria.

—No. —Shia se rio, pero no me pareció una risa real—. La verdad es que me voy a Washington D.C. un par de semanas, y después me quedaré con un amigo cerca de Atlanta. ¿Qué tal la vida aquí, en Fort Cyprus? Igual, supongo. —Hizo una pausa y su mirada se ensombreció—. No parece que las cosas hayan cambiado mucho por aquí.

La sonrisa de Barbie de Meg flaqueó por un instante, y Shia se inclinó hacia ella y le susurró algo al oído. Mi hermana me miró y puso los ojos en blanco, pero cuando Shia fijó la vista en ella compuso el semblante y volvió a adoptar su gesto sonriente. Se le daba bien sentirse cómoda en cualquier situación, o al menos aparentar que lo estaba.

Se le daba muy bien ser una mujer, pensé.

—Por aquí todo va de maravilla. John regresará de West Point dentro de unas semanas. Fue el primero de su clase, ¿no es estupendo? —contó Meg sin mirar a Shia a la cara.

Vi cómo la dura expresión de él se desmoronaba como los pétalos de una flor muerta. Tenía la sensación de que me había perdido algo, pero no estaba segura de querer saber qué era. Aún no quería saber nada sobre esos asuntos entre chicos y chicas.

—Lo sé. Hablé con él hace unas semanas —respondió Shia.

Meg se puso tensa. ¿A qué clase de juego estaban jugando esos dos? No tenía ni idea, pero parecía agotador. Esperaba no caer en eso cuando empezara a salir con chicos.

—No me digas.

—Sí —se limitó a responder Shia, y entonces nos dijo a ambas lo genial que era habernos visto.

Meg dio media vuelta y no lo vio alejarse como yo.

—Es un imbécil —resopló.

Tomó un rollo de papel para envolver y lo golpeó contra la mesa.

—Se cree infinitamente mejor que todo el mundo. —Le temblaban un poco las manos, pero fingí no darme cuenta—. Me importa una mierda lo que esté haciendo. Además, John volverá pronto a casa.

—¿Y en qué va a variar las cosas el hecho de que John vuelva a casa? —pregunté, deseando que compartiera sus secretos conmigo, pero sabiendo también que esperaría recibir un secreto mío a cambio.

Así era Meg, y en cierto modo me gustaba la idea de aquel trueque.

Ella se limitó a suspirar, entrelazó su brazo con el mío y me apartó de mi puesto en la fiesta navideña. Nos cruzamos con Lydia Waller y su novio, Joeb Waller (no eran familia, lo que era muy raro), que iban agarraditos de la mano.

—Cuando lleguen a esa columna, ¿cuál de los dos crees que se soltará primero? —me susurró Meg al oído.

—Ninguno. —Me eché a reír y observamos cómo daban vueltas alrededor del pilar de apoyo en lugar de separar las manos.

Joeb parecía la clase de persona a la que le sudan las manos, y Lydia la clase de persona a la que le gusta eso.

Volteé de nuevo hacia mi hermana y ella me estrechó el brazo con el suyo.

—No puedo creer que, de todos los lugares en los que podría estar, esté aquí. Está aquí.

—Es de aquí, y sus padres siguen aquí —murmuré.

No me parecía algo tan raro.

Meg estaba frustrada y desorientada, y se me hacía raro, aunque fascinante, ver a mi elegante hermana, la que nunca tenía una uña desgastada siquiera, tan atormentada por alguien. Sentía la tensión que irradiaba de ella. ¿Quién iba a pensar que Shia King tenía tanto poder? Estaba alucinada.

—¿Cómo voy a trabajar en casa de los King si él está allí? Bastante tenía ya con ver sus fotos colgadas en las paredes. Ninguna era reciente, así que se me hacía bastante fácil fingir que aquel niño de ojos claros y preciosa piel morena no era Shia. Espero que no pretenda quedarse mucho tiempo. Ay, Jo, qué suerte tienes —me dijo Meg en tono dramático.

No me explicó por qué decía que tenía suerte, y yo no le pregunté.

Entonces me lanzó una mirada a la defensiva.

—¿Qué pasa? ¿Por qué me miras así?

Maldita sea mi cara por ser tan transparente. Tenía que trabajar en ello antes de emprender mi carrera como periodista. Necesitaba aprender a poner cara de póquer.

Me encogí de hombros. Entonces, una enternecedora y dulce voz cantando «Hello» sonó por el altavoz. Pensé que había oído esa canción más que ninguna otra en mi vida, aparte de aquel tema de los Black Eyed Peas que no paraba de escuchar cuando estaba en séptimo. Miré hacia la mesa de DJ improvisada que había en un rincón y vi a Beth tras ella. Mi hermana siempre estaba allí donde estuviera la música.

—Es que no entiendo qué es lo que les pasa a Shia y a ti —expliqué—. Creía que no soportaban estar en la misma habitación, y aquí estás, comportándote como si fueras su primera mujer o algo así.

—Bonita manera de describirlo. —Meg puso los ojos en blanco.

Se le daba genial hacer eso.

—Es la sensación que da. —Quería sonar lo bastante madura como para obtener una respuesta real.

—¿Qué sabes tú de los chicos, Josephine?

—No mucho.

Sabía lo que había leído en internet, pero no eran chicos reales. Me preguntaba hasta qué punto serían diferentes. Los chicos de internet parecían ser mejores que los maestros del juego con los que solía enredarse Meg.

—Tienes mucho que aprender. —Mi hermana me estrechó el brazo con fuerza, y yo dejé que lo hiciera—. ¿Recuerdas cuando estaba saliendo con River y no parábamos de pelearnos, y después hacíamos las paces, nos peleábamos y hacíamos las paces otra vez? ¿Como aquella vez que besó a Shelly Hunchberg?

Asentí. Detestaba a su exnovio River Barkley. Fue el peor de todos. Recuerdo aquel día, cuando aún estábamos en Texas, en el que Meg vertió una botella entera de salsa tabasco en la taza de Starbucks de su exmejor amiga, y todo el mundo se murió de risa cuando la chica vomitó en el suelo del gimnasio. Me sentí un poco mezquina, pero sobre todo emocionada, al grabarlo en video para enviárselo a Meg.

—Verás, Shia es como River, pero mucho peor. Es la definición de una serpiente —me alertó Meg.

Incluso añadió un leve siseo.

No pude evitar buscarlo con la mirada y, cuando di con él, vi que estaba abrazando a Meredith con una inmensa sonrisa que iluminaba su rostro.

—¿Peor que River? Uf... —Aparté la vista de Shia.

—Mucho peor que River —respondió Meg, y continuamos caminando—. ¿Te gusta alguien, Jo?

Me encogí de hombros.

—No. La verdad es que no.

Se me hacía raro hablar de chicos con Meg. A veces le daba por hablar de chicos conmigo, pero no solía preguntarme nada. Ella hablaba y yo escuchaba.

—¿Nadie en absoluto? —insistió ligeramente.

—No. Vamos, cuéntame qué pasó entre Shia y tú. ¿Se acostaron o algo?

Se me hacía extraño hablar así. Meg iba dejando caer algunas cosas de vez en cuando, pero yo estaba preparada para saber más. Estaba intentando aterrizar en el dulce espacio que existe entre ser la hermana pequeña en la que podía confiar y la hermana madura con la que podía compartir los secretos de sus relaciones. Sentía que era un cambio emocionante pero arriesgado, y notaba cómo iba sucediendo en mi interior. Percibía cómo los lazos de mis muñecas eran sustituidos por brasieres con relleno, y mis crayones de colores por tampones.

—Sí. Pero fue algo más que eso. Él me hizo creer... —Meg se detuvo a media frase, y yo me sentí decepcionada.

Tenía casi diecisiete años, y estaba preparada para oír lo que fuera que tuviera que decir.

Intenté no imaginarme a Shia y a Meg teniendo sexo, pero era casi imposible no hacerlo.

Seguí la mirada de Meg y vi que Shia estaba a unos pocos metros de distancia. Un grupo de chicas de mi curso revoloteaban a su alrededor como delgadas ancianas admirando a un recién nacido.

Meg resopló.

—Uf, necesito averiguar cuánto tiempo va a quedarse.

—No dejes que te afecte tanto, Meg. John volverá pronto.

Me gustaba John Brooke. Era bajito, con el pelo corto y rapado en la nuca y una sonrisa amable. Estaba enamorado de Meg, quien nos recordaba a diario lo mucho que la extrañaba y lo duro que se le estaba haciendo estar lejos de ella.

Mi hermana abrió muy grandes los ojos y, por un segundo, dio la impresión de que se había olvidado de que John existía.

Pero entonces inhaló hondo y exhaló.

—Tienes razón, Jo. John volverá y Shia se irá. Además, ya ha pasado mucho tiempo desde que él y yo fuimos algo; ¿por qué iba a afectarme?

No estaba segura de qué quería que respondiera.

—No debería. Además, si finges que no te afecta, tú ganas. ¿No es así como funciona la cosa?

Meg me sonrió.

—Vaya, Jo. Tienes toda la razón. ¿Quién lo iba a decir?

Me limité a asentir, y ella me guio hacia la parte trasera del edificio. Pasamos por delante de Meredith, pero ella no se dio cuenta. Estaba demasiado ocupada hablando de algo con Denise. Podría haber sido cualquier cosa, desde las dificultades de los despliegues hasta el tono de su nuevo suelo de madera maciza. Dependía del variable estado de ánimo de aquella mujer. Siempre era así.

Su hija, Shelly, era igual. Un minuto era agradable y me felicitaba por mi artículo de dos páginas sobre el agua corriente sucia de Flint, en Michigan, y al siguiente me criticaba a mis espaldas y me llamaba Joseph a modo de insulto. Muchas personas de mi escuela no acababan de agarrarme la onda y no entendían por qué no le veía sentido a levantarme de madrugada para pintarme los labios antes de que siquiera hubiera salido el sol.

Yo, que había conocido al padre biológico de Shelly cuando era más pequeña y que conocía también a su padrastro, el general Hunchberg, pensaba que había heredado la personalidad de su padre, el señor Grisham, un profesor de nuestra secundaria en Texas. Se rumoreaba que Denise, que había sido también hija del ejército, se casó con el señor Grisham justo al acabar la preparatoria, y cuando él se retiró del ejército por razones médicas diez años atrás, Denise no pudo soportar la vida civil. Le atormentaba la idea de no llegar a cumplir el sueño americano de ser la líder del Grupo de Apoyo a las Familias y mudarse a una de las casas más grandes, construida especialmente para los generales y sus familias.

Denise tenía grandes planes, y estar casada con un profesor de preparatoria no entraba en ellos. Anhelaba ser el centro de atención; anhelaba el respeto y el reconocimiento por los sacrificios patrióticos que había hecho al ser la mujer de un general. Denise Hunchberg necesitaba los almuerzos y la venta de pasteles. Y allí estaba la patriota de Denise con Meredith, engullendo las últimas cortezas de menta y regándolas con una buena copa de vino de bolsa en caja. También me resultó curioso en el mal sentido que Denise y su familia nos hubieran seguido hasta esa base.

—¿Adónde vamos? —le pregunté a Meg cuando empujó la barra negra de la pesada puerta trasera del salón.

Un aire frío entró acompañando el sonoro rechinido del metal, y miré hacia atrás para ver si nos habían visto. Nadie parecía haberse percatado de que dos chicas se escabullían de la fiesta por la puerta de atrás. En cierto modo, resultaba liberador.

—Afuera. No hables de Shia —me advirtió Meg y, antes de que me diera tiempo de preguntarle por qué, vi a tres chicos de pie en el pasto.

Sólo reconocí a uno de ellos, el joven con el que nos habíamos topado en el camino de acceso del viejo señor Laurence aquella mañana. Su pelo se veía ahora más alborotado, por debajo de las orejas. ¿Lo tenía tan largo antes? No me acordaba bien, pero me parecía que no. Tenía una buena mata de pelo, como un charco de pintura amarilla que se extendía por su cuello y por dentro del cuello de su chamarra negra.

—¿Qué pasa? —quiso saber el más alto y grande de los tres.

Tenía el cuerpo de un superhéroe de cómic. Sus brazos eran enormes y su pecho muy ancho, lo que hacía que el uniforme le quedara pegado. Me pregunté si fabricarían camisas de uniforme de su talla. El nombre que llevaba cosido en el pecho era Reeder. No lo conocía. De lo contrario, me acordaría de él.

—Ahí dentro, no mucho —respondió Meg lanzando una mirada hacia el edificio.

Todavía iba tomada de mi brazo mientras se acercaba a los pequeños escalones que daban al pasto. No me había dado cuenta de que la esquina del cobertizo de cemento estaba en mal estado hasta que la punta de mi bota tropezó y resbalé. Recuperé el equilibrio rápidamente usando a

Meg de muleta, y ella me ayudó a mantenerme de pie. El corazón se me salía del pecho. ¿En serio? ¿Otra vez? Era la segunda vez ese día que tropezaba delante de él. Me estaba convirtiendo a pasos agigantados en la típica rarita que no paraba de tropezar y de hacer bromas absurdas sobre su torpeza.

Cuando levanté la vista, el chico del pelo largo era el único que me estaba mirando. Su sonrisa burlona hizo que me dieran ganas de volver corriendo al interior del edificio o de hacerle algo. No estaba segura de cuál de las dos opciones era la mejor. Daba la sensación de ser alguien a quien nunca le habían llamado la atención por nada. Tras sopesar las consecuencias de ambas opciones, avergonzar a Meg y hacer que no me viera como una persona madura me parecía la peor de las dos. Sentía que me había acercado más a ella aquel día, y no quería echarlo a perder.

Aparté la mirada de él y observé cómo mi hermana accionaba su botón de genialidad social. Saludó a los tres, y el chico rubio al que habíamos conocido esa mañana le ofreció la mano. Ella la aceptó, después de soltar mi mano familiar, y le dijo que estaba encantada de conocerlo. Me pregunté si acaso no lo reconocía de antes.

El chico que estaba entre el del pelo largo y mi hermana también vestía uniforme. Dijo que se llamaba Breyer. Hacía tiempo que había dejado de preguntarme cuál era el nombre de pila de los soldados; de todas formas, no les gustaba que se dirigieran a ellos por él.

Breyer traía una barba de dos días tan oscura alrededor de la boca que parecía pintada. Cuanto más se acercaba a sus finos labios, más oscuro se volvía el vello. Sacó un paquete de cigarros del bolsillo del pantalón del uniforme, y el grandote, Reeder, le pasó un encendedor. Se colocó el cigarro en los labios y una nube de humo se formó alrededor de su cara. Era amenazador, y dejé volar mi imaginación. Me bastaba con cualquier cosa insignificante para imaginar mucho más. Cuando era más pequeña, pasaba el tiempo escribiendo historias sobre vampiros y magos y tierras mágicas dentro de los clósets, como Narnia, pero, al crecer, empecé a alejarme de la ficción y a sentirme más atraída por la escritura para los medios de comunicación.

—¿Cómo va la fiesta? —preguntó Reeder.

—Aburrida para mí, pero estupenda para los niños. —Meg alargó la mano y le quitó el cigarro.

No sabía que fumara. Lo que sí sabía era que confiaba en mí, o al menos confiaba en que no se lo diría a Meredith, ni a nuestras hermanas.

La temperatura había subido desde que salimos de casa por la mañana. Se había acabado la nieve en Navidad en el sur de Luisiana.

—¿No deberían estar trabajando? —inquirió a los dos de uniforme.

Me fijé en sus ojos y en cómo la miraban embelesados, como si estuvieran dispuestos a seguirla al otro lado del mar Dothraki si ella se lo pedía. Con dragones o sin ellos. Comparar a Meg con una *khaleesi* era como comparar a Juana de Arco con la mujer florero de un político.

Reeder se echó a reír, y el sonido era ondulante, como hablar por un extremo de un rollo de papel higiénico vacío.

—Y lo estamos. Estamos de guardia.

Meg rio y el humo salió de su boca formando perfectos remolinos grises.

—Ya veo.

Los chicos se rieron ante su comentario, y llegué a la conclusión de que se reirían de cualquier cosa que dijera si ella quería que lo hicieran. El rubio no parecía estar prestando atención; estaba mirando al campo vacío que teníamos detrás.

—Laurie, ¿cuánto tiempo vas a quedarte? —preguntó el grande mirando directamente al chico de esa mañana.

¿Laurie? ¿Se llamaba Laurie Laurence?

Menudo nombre habían escogido sus padres.

—¿En la fiesta o en la ciudad? —preguntó él con tono dramático, y me lo imaginé sentado frente a una taza de café y un manuscrito a medio terminar.

Mi imaginación otra vez.

—En la fiesta. —Reeder exhaló el humo; parecía algo enojado.

Dio otra calada de inmediato y miró su celular.

—Dos minutos más —respondió Laurie.

Me aproximé a él y mi boca se abrió antes de que le diera permiso para hacerlo.

—¿Y en la ciudad? —pregunté.

Meg se me quedó mirando como si acabara de preguntarle si quería acostarse conmigo delante de sus amigos.

Laurie —qué nombre tan raro— me sonrió.

—No mucho. Mi padre me mandó aquí para que establezca lazos con mi abuelo mientras él está en el extranjero. Volverá dentro de un año, y yo regresaré a Texas cuando lo haga.

Un año podía ser mucho tiempo, dependiendo de lo que uno hiciera con él...

—¿Iraq o Afganistán? —quise saber.

—Ninguno de los dos. Corea.

—Ah.

Había oído cosas espantosas sobre los puestos en Corea del Sur. Mi padre me había dicho que los locales no los querían allí, de modo que la mayoría de los soldados permanecían en la base y casi nunca salían de ella.

Laurie no dijo nada más hasta que se despidió. Observé su espalda mientras se alejaba por el campo de pasto y desaparecía entre la densa arboleda al principio del bosque.

—Bueno, ¿ustedes van a trabajar o podemos ir a alguna parte? —preguntó Meg a los dos que quedaban.

No me fui con Meg ese día. Ni siquiera esperé a oír la respuesta. Volví a la fiesta y ayudé a repartir la comida a las familias que añoraban a sus soldados en Navidad.

CAPÍTULO 6

La semana siguiente pasó muy rápido. El tiempo entre Navidad y Año Nuevo era siempre muy extraño. La decoración navideña seguía puesta, y básicamente todo en la base estaba cerrado durante dos semanas. Recuerdo que aquel año estaba preparada para el año nuevo, muy preparada.

Iba a cumplir diecisiete al cabo de tan sólo unos meses, y ya me sentía mucho mayor. Además, Meg había estado pasando más tiempo conmigo mientras fingía estar enferma para la señora King. Mi hermana me había hecho llamar a su jefa todas las mañanas desde que había visto a Shia en la fiesta de Navidad del batallón. La señora King trataba de no parecer enojada por la enfermedad de Meg, pero yo notaba la irritación en su voz. Siempre se me había dado bien saber lo que la gente sentía, aunque no lo expresaran. Sobre todo entonces. O, al menos, eso creía.

—¿A qué hora debería meter las albóndigas en el horno? —le preguntó Meg a Beth, que sabía más sobre cocina que todas las demás de la casa juntas.

—Alrededor de las nueve. Así estarán listas hacia las diez, cuando empiece la fiesta.

La cocina era un desastre, una bandeja de albóndigas y tres ollas de cocción lenta cubrían el reducido espacio de barra que teníamos. En la pequeña isla de la cocina había bolsas de papas fritas y una de 3D para mí. Eran mis favoritas, y podría haber sobrevivido alimentándome exclusivamente de ese delicioso snack salado.

Tomé el paquete y lo abrí. Me comí un puñado antes de subirme a la barra para tomar los tazones del estante. Nuestra familia hacía lo mismo todos los años: llenábamos la cocina de comida e intentábamos quedarnos despiertas hasta medianoche. Amy generalmente no conseguía pasar de las diez, pero aseguraba que aquél era su año.

—Beth, ¿me haces un café? —preguntó Meg—. Pero no me lo hagas con la cafetera de mamá, sino con la de las cápsulas. Son sólo las seis y ya estoy cansada.

Beth, cómo no, le dijo que sí, aunque tenía las manos ocupadas machacando galletas saladas para su famosa bola de queso. Como yo era vegetariana, Beth siempre me preparaba una bolita de queso especial para mí, sin tocino y con extra de almendras laminadas. Y yo me la comía entera.

—Mira —dijo Amy mientras yo vaciaba una bolsa de papas fritas en un tazón grande y rojo.

Me fijé en ella e intenté ver lo que me indicaba, pero sólo estaba mirando por la ventana que había delante del fregadero. Llevaba el pelo recogido en un apretado chongo que imaginaba que le había hecho Meg.

Tras hacer una bola con la bolsa y tirarla en la basura de reciclaje, me acerqué a la ventana y me paré junto a Amy.

Miré a través del cristal, hacia la ventana de la casa del viejo señor Laurence. El tal Laurie estaba paseándose con un libro en la mano.

—¿Crees que lo tienen prisionero ahí? —Los ojos de Amy brillaron con la esperanza de que pasara algo más interesante que el mero hecho de tener un vecino nuevo.

Lo observé y vi cómo dejaba el libro. Entonces se sentó frente al gran piano que estaba justo delante de la ventana. Había visto aquella imagen, la ventana y el piano, muchísimas veces mientras ayudaba a Beth a lavar y secar los platos, pero ahora era muy diferente, con aquel chico dentro. Normalmente, me limitaba a mirar las cortinas rojas y me preguntaba si el viejo señor Laurence se había planteado alguna vez redecorar la casa desde los años treinta.

—Parece sentirse solo —añadió Meg.

Se había colocado detrás de mí y miraba por encima de mi hombro a Laurie a través de la ventana.

—Mamá dice que es europeo. Que ha pasado años viviendo allí. —La voz de Amy estaba cargada de fascinación pueril.

—Me pregunto si tendrá algún secreto. Un secreto trágico europeo —dije, usando un acento altivo pero impreciso.

Cuando éramos más pequeñas, mis hermanas y yo representábamos obras de teatro que yo escribía, y nos disfrazábamos con la ropa de nuestro padre, que nos quedaba enorme, y hablábamos con acentos falsos para encarnar a los personajes que yo creaba. Mi favorito era un hombre llamado Jack Smead, que a veces hablaba con acento australiano y otras, con acento jamaicano.

Seguí observando a Laurie. El puente de su nariz tenía un bulto, como si se la hubieran roto en el pasado. Sus manos volvieron a tomar el libro e inhaló hondo. Podía ver cómo su pecho se hinchaba y se deshinchaba desde nuestra cocina. Me resultaba fascinante.

—Mamá dijo que no tenía ninguna educación, ya que su padre nunca estaba en casa y su madre era una artista italiana o algo así —continuó Amy chismeando.

De repente, tuve la sensación de que todos los que me rodeaban parecían más interesantes que yo.

En la sala que estaba al otro lado del patio, Laurie empezó a mover la boca, con el libro en la mano. Intenté averiguar qué estaba diciendo, pero no lograba leerle los labios. Se puso de pie de nuevo, y el dobladillo de su camiseta blanca se enganchó en una esquina del piano, dejando al descubierto la parte inferior de su estómago. Creí ver algo negro, pero se bajó la tela tan rápido que no me dio tiempo a discernir de qué se trataba.

—Tiene unas buenas cejas —dijo Meg.

Yo no podía mirar sus cejas. Todavía estaba pensando en su estómago.

—Si yo fuera un chico, me gustaría parecerme a él —les dije a mis hermanas.

Laurie daba la impresión de conocer el mundo, como si tal vez poseyera una parte de él.

Amy fue a decirme algo, pero pareció pensarlo dos veces, porque cerró la boca y miró por la ventana de nuevo.

—¿Para qué creen que vino? —preguntó Beth.

No quería decirles a Beth y a Amy lo que él me había contado el día de la fiesta de Navidad. Por algún motivo, tenía la sensación de que eso sería como traicionarlo en cierta manera, lo cual era bastante ridículo, ya que ellas eran mis hermanas y él un completo desconocido.

—Imagínense estar viviendo en Italia y venir a vivir al trasero de Luisiana —dije, observando sus manos mientras pasaba las páginas del libro.

Me fijé en la cubierta para saber qué estaba leyendo, pero no lograba verlo.

—Y encima con el espantoso señor Laurence —dije, observando cómo Laurie volvía a sentarse, dejaba el libro y extendía las manos sobre las teclas del piano que tenía delante.

—No, no seas mala. No es espantoso —repuso Beth.

Pero sí lo era. Siempre nos gritaba por pisar su pasto. En verano le contó a Meredith que me había escapado a escondidas de casa, y estuve castigada un mes. Además, cada vez que nos veía fuera siempre gritaba: «¡Las malditas hermanas Spring!». Actuaba como si le hubiera roto el parabrisas del auto adrede. Yo sólo quería aprender algún deporte para que mis padres sintieran que tenían una hija normal. Mi interés por el *softball* sólo duró una semana.

—A mí no me importaría vivir en esa casa con él, sea espantoso o no —comentó Meg.

Beth por fin se unió a nosotras y se apoyó en la ventana, con el otro hombro pegado al mío.

—Tienen un piano precioso —señaló, y cada una de sus palabras destilaba anhelo.

Laurie deslizaba los dedos tan rápido sobre las teclas que habría jurado que casi podía oír la música desde nuestra cocina.

—Cuando sea una escritora de éxito, te compraré el mejor piano que jamás haya existido —le prometí a mi hermana con total sinceridad.

—La mayoría de los escritores no pueden ni pagar las facturas, mucho menos comprar un piano, Beth. Así que digamos que, cuando me case con un hombre rico, podrás venir a mi casa y tocar el mío —dijo Amy.

Uf, parecía Meg, siempre hablando de casarse; pero al menos sabíamos que a Meg le gustaba alguien, y le gustaba incluso antes de que se fuera a West Point.

Amy danzó por la cocina, metió la mano en la fuente de los aperitivos y sacó un puñado de triángulos con sabor a queso. Eran sus favoritos. Sus dedos manchados de color naranja siempre me daban mucho asco.

—¿Y si el hombre del que te enamoras es pobre pero bueno, como papá? —le preguntó Beth a Amy.

Beth metió una cápsula de café en la cafetera Keurig para Meg y bajó el mango.

Laurie empezó a mover la cabeza en consonancia con el movimiento de sus dedos. Era algo fascinante. Era todo lo contrario de Beth cuando tocaba; ella deslizaba los dedos con suavidad sobre las teclas, con delicadeza, y cerraba los ojos para oír la serena melodía. Los dedos de Laurie golpeaban las teclas con violencia, golpeando el marfil, y mantenía los ojos abiertos mientras tocaba.

Al observarlo, mi corazón latía desde el interior de mi pecho hasta las sienes. Apenas escuchaba lo que mis hermanas decían.

—Bueno —dijo Amy—, no es como tener que vivir con una nariz grande. Al menos, puedo elegir a quién amar.

—Ya nadie tiene que vivir con una nariz grande. Es más fácil operarse la nariz que tener novio —replicó Meg.

Yo seguía con la mirada fija en Laurie tocando. Jamás había visto a nadie tan ajeno a todo cuanto lo rodeaba como él lo estaba en ese momento. Lo observábamos, bueno, al menos yo, y él no se daba cuenta. Estaba totalmente entregado a lo que fuera que estuviera interpretando.

—¿Y tú qué dices, Jo? ¿Te casarías con un hombre pobre si fuera bueno? —preguntó Amy meneando todavía su cuerpecito por la cocina. Llevaba una lata de refresco en una mano y las botanas de color naranja en la otra.

Yo no apartaba la vista de la ventana.

—Nunca me casaría con alguien por dinero. No quiero que alguien tenga esa clase de control sobre mí. Y, además, ganaré el suficiente dinero por mi cuenta.

Amy soltó una risotada.

—Claro, Jo.

No fui capaz de enojarme lo suficiente con ella; estaba demasiado fascinada por el chico al otro lado de la ventana.

—¿Y tú qué, Amy? —dije con frialdad—. ¿Crees que vas a tener un marido rico? Siento arruinarte la ilusión, pero...

—Jo. —La voz de Beth me interrumpió.

—Además, deja ya de hablar de chicos, Amy. Eres demasiado pequeña —añadió Meg.

Decidí no decir que, en séptimo, Meg ya se había besado con un puñado de chicos.

Amy bebió un trago de su refresco de naranja, que le dejó una línea de ese color en el labio superior a modo de bigote. Se relamió al instante.

—Todas creceremos algún día, Meg. Más nos vale saber lo que queremos.

Laurie se pasó el dorso de la mano por la frente y su pelo rubio se movió y rozó sus hombros. Intenté imaginar cómo sería mi marido, pero, como de costumbre, no lograba visualizarlo.

Ni siquiera sabía si quería tener marido. Parecían dar mucha lata, y jamás conocería a un chico que quisiera plantearse al menos llevarme a cenar, por no hablar de casarse conmigo. Contemplé a Laurie y entonces sus dedos se detuvieron en seco. Me agaché justo cuando miraba hacia nuestra ventana, y Beth se echó a reír al verme asomar de nuevo la cabeza poco a poco.

Él seguía allí, pero ahora tenía el libro otra vez en las manos y había dejado de tocar.

—¿En qué has estado trabajando últimamente, Jo? —preguntó Beth, dejando atrás los matrimonios y las riquezas y cambiando de tema.

«En muchas cosas», quise decir. Estaba a tan sólo unos párrafos de terminar mi artículo más largo, un ensayo sobre la explotación sexual femenina en Camboya. Había invertido más tiempo en aquel artículo que en ninguno que hubiera escrito con anterioridad. Sabía que el señor Geckle jamás permitiría que lo publicara en el periódico de la escuela, de modo que pretendía enviarlo a *Vice*. Tenía pocas probabilidades; seguramente no llegarían ni a leerlo, y mucho menos lo publicarían, pero tenía que enviarlo. Una vez que lo hiciera, estaría preparada para cualquier cosa. El señor Geckle sólo podía controlar mi voz entre los muros del instituto White Rock.

—En nada en especial —empecé a decir, aunque sabía que estaba mintiendo.

Sí que era especial; era la cosa más especial que jamás había escrito. Lo sentía en mis huesos.

—Leí tu artículo sobre la esclavitud sexual. El que tienes en la *laptop* —empezó Amy.

Volteé y la sujeté del brazo. Se le cayó el refresco al suelo, y el burbujeante líquido naranja se derramó sobre los azulejos.

—¡¿Que hiciste qué?! —le grité.

Ella intentó soltarse de un jalón, pero seguí agarrándola.

—¡Estaba abierto en tu *laptop*! —gritó en su defensa.

—¡Me da igual!

La solté al sentir la mirada de Beth clavada en mí.

No es que no quisiera que nadie lo leyera; estaba enojada porque creía que mi computadora era el único lugar en el que podía disfrutar de algo de intimidad sin mis tres hermanas, y Amy acababa de arrebatarme eso.

Meredith entró rápidamente en la cocina y di un paso atrás, alejándome del charco naranja del suelo.

—¿Qué demonios está pasando aquí? —Mi madre se acercó al lugar del accidente y exhaló con fuerza antes de que nadie respondiera.

—Nada, Meredith. Todo está bien —dijo Beth, y tomó un trapo que estaba colgado en la puerta del horno.

Lo tiró al suelo, y Amy y yo dejamos de mirarnos la una a la otra mientras Beth limpiaba nuestro desastre.

—¿Quién se estaba peleando? Oí gritos. —El tono de Meredith era serio, como si no estuviera de humor para nuestros jueguitos.

—Nadie. —Beth se agachó—. Sólo estábamos jugando. No te preocupes, estamos cocinando y preparándolo todo para esta noche. Yo casi he terminado la bola de queso.

Meredith nos miró a las cuatro y negó con la cabeza. Imaginé que no le había creído a Beth, pero que no tenía ganas de discutir en la última noche del año. Llevaba un vaso con un licor transparente en la mano, y pensé que debería tomarse otro. Nunca había estado tan tensa y cansada como en los últimos días.

Nos dijo que tuviéramos cuidado y que no ensuciáramos más, y nos dejó en la cocina.

Yo fulminé a Amy con la mirada y me volteé de nuevo hacia la ventana. Laurie ya no estaba.

Me dirigí a mi habitación, cerré la puerta y me puse a escribir para olvidar lo enojada que estaba con mi hermana.

CAPÍTULO 7

Meg

Ya estaba maquillada y acababa de terminar de secarme el pelo. Mientras esperaba a que Jo saliera de la regadera y me hiciera ondas en el cabello, tomé el libro que había deslizado debajo de mi almohada en Navidad. Sinceramente, no lo había abierto desde entonces, pero tenía unos minutos, así que abrí la negra cubierta y ojeé una página al azar. Decía:

mi parte favorita de ti es tu olor

Releí las palabras en un asombroso silencio, y después las volví a leer, y las manos de Shia me vinieron a la mente. Siempre andaba sucio; siempre estaba plantando cosas o ayudando a alguna anciana a cambiar los muebles de lugar o algo así. Siempre olía a tierra, como un jardín.

No podía creer que hubiera vuelto y, peor aún, no podía creer que estuviera pensando en él en aquellos momentos. John regresaría a casa dentro de unas semanas para verme. Debería haber estado pensando en sus manos, limpias y fuertes, y en el modo en que siempre olía a loción fresca y a detergente.

A diferencia de Shia, John jamás habría llevado camisetas rotas o tenis sucios.

—¡Jo! —grité.

Eran las ocho y media, y todo el mundo empezaría a llegar a nuestra casa sobre las diez. Por «todo el mundo» me refiero a unos cuantos vecinos y sus hijos. No había invitado a ninguno de mis «amigos», ya que la mitad de ellos habían dejado de hablarme por un rumor que ni siquiera era cierto. Eso es lo que pasa cuando en la escuela te tachan de *puta* en una pequeña ciudad del ejército. Es algo que te persigue incluso después de la graduación. Lo cierto era que me daba igual. Si de verdad hubieran sido amigos míos, sabrían que yo jamás habría hecho aquello de lo que se me acusaba. En Fort Hood me sucedió lo mismo, y aquello fue mucho peor; el rumor que había corrido aquí parecía cosa de niños en comparación.

Aquella última noche del año habríamos seguido nuestra tradición de celebrar en casa, pero Jo y yo habíamos recibido a última hora una invitación para la fiesta de compromiso de Bell Gardiner en casa de los King, de modo que decidimos pasar por allí un rato y asegurarnos de que estaríamos de vuelta en casa hacia las once. Yo no quería ir, sobre todo porque temía que Shia estuviera allí, pero como la fiesta se celebraba en aquella inmensa hacienda, habría tanta gente que las probabilidades de encontrarme con él serían mínimas.

—¡Josephine! —grité de nuevo.

Mientras la esperaba, ojeé otra página del libro que me había regalado.

El poema era sencillo, y empezaba así:

cómo va a morir nuestro amor...

Aturdida, avancé un poco más.

no va a volver...

Bajo el poema, estaba escrita la palabra *marchitándo-me*, como si Marchitándome hubiera firmado el poema. Pensé en el ramo de flores que había sobre el buró de la señora King. La tarjeta estaba firmada por Shia, y los rojos pétalos se habían marchitado. Rocé una de las flores y ésta se desmoronó y cayó sobre el mueble de madera. Recordé el modo tan repentino en que él se fue y la cantidad de tiempo que desperdicié deseando que volviera.

En un intento de quitarme esas flores marchitas y los brillantes ojos verdes de la cabeza, cerré el libro de golpe y lo tiré sobre la cama justo cuando Jo entraba corriendo en nuestro cuarto.

—¡Ya estoy aquí! —dijo con una sonrisa.

Traía las manos cargadas. En una llevaba la tenaza del pelo y en la otra, un puñado de 3D. Su cabello, largo y suelto, caía sobre sus caderas mientras avanzaba hacia mí, frente al tocador. Llevaba la cara rosada, recién exfoliada, y su piel pálida resplandecía.

Nunca me escuchaba cuando le decía la suerte que tenía de tener una piel tan perfecta. Beth y yo teníamos mucho acné, aunque el mío había mejorado bastante desde que había empezado a trabajar en Sephora, donde pude probar gratis los tratamientos más novedosos de las mejores y más caras marcas.

—Te queda muy bien ese maquillaje —comentó mi hermana.

Conectó la tenaza y yo me dividí el pelo y me lo recogí en lo alto de la cabeza para que pudiera rizarme la parte de abajo.

Miré hacia el espejo y le sonreí a mi hermana. Últimamente estábamos más unidas y estaba empezando a ver un cambio en ella. Ya no era la pequeña Josephine que salía corriendo de casa cuando el viejo señor Laurence atrapaba un mapache en una jaula y no lo liberaba. Estaba creciendo muy deprisa, y eso significaba que yo también. Estaba lista para ser mayor; detestaba encontrarme en el umbral de ser una mujer porque me sentía como tal, pero nadie me trataba como si lo fuera.

—Ondas grandes, por favor.

Jo asintió y se puso manos a la obra.

—¿Crees que Amy logrará quedarse despierta esta noche? —pregunté mientras ella comenzaba a rizarme el pelo.

Los mechones estaban calientes cuando los liberaba de la tenaza y caían sobre mi hombro.

Justo cuando iba a responder, Amy irrumpió en nuestro dormitorio.

—Jo, Meg. Hagan lo que hagan, tienen que contarme cómo estuvo la fiesta.

—Lo haremos. ¿Tratarás de permanecer despierta? ¿O estarás dormida cuando volvamos? —pregunté mientras Jo enroscaba otro mechón de cabello en la tenaza.

Amy negó con la cabeza y revoloteó a nuestro alrededor. Tomó un lápiz labial de mi estuche y se inclinó frente al espejo al tiempo que sus deditos quitaban la tapa y dejaban al descubierto el tono morado oscuro.

—Estaré despierta. —Amy giró el tubo una y otra vez como si estuviera intentando averiguar cómo usarlo—. Se la van a pasar genial. ¿Se enteraron de que Bell Gardiner se comprometió? ¡Quiero ver su anillo! Caramba, se la van a pasar mucho mejor que yo...

Suspiró pesadamente y se lamió los labios antes de pasarse el labial. Cuando terminó, se irguió y se miró en el espejo.

—Va a estar genial. Y claro que lo sabemos, Amy: nos invitaron. —Jo puso los ojos en blanco.

Amy puso un gesto de pena.

—Deja de restregármelo en la cara.

Lo cierto era que el compromiso de Bell Gardiner me tenía sin cuidado, o ella en sí. Era un año mayor que yo, y se suponía que iba a mudarse a Florida para ir a la universidad, pero sólo había llegado al barrio francés. Se rumoreaba que trabajaba en un bar en el centro de la ciudad, justo a la mitad del barrio, en alguna parte entre las calles Bourbon y Royal. Cómo no, era mesera, como mi tía Hannah.

—¿Qué tan grande creen que sea el anillo? —preguntó Amy, danzando con sus piececitos enfundados en unos calcetines por nuestra pequeña habitación.

Jo y yo nos miramos a través del espejo.

—Por cierto, ¿con quién se comprometió? —preguntó ella.

Me encogí de hombros y cerré los ojos. ¿Quién sabía? Yo no, ni me importaba. Sentía lástima del pobre hombre que le hubiera pedido matrimonio. Podría dar un montón de razones por las que ella no me gustaba nada, pero la primera y principal era Shia. Habían salido brevemente durante el final de mi penúltimo año de preparartoria, el último de ellos dos, y esas dos semanas fueron las más largas de mi vida.

—Quién sabe. Será algún soldado —dijo Jo mirando a mi hermana pequeña a través del espejo.

Los ojos de Amy se iluminaron.

—¿Te lo imaginas? Todo el mundo tiene suerte menos yo —suspiró.

—¿Suerte? ¿De comprometerse a los veinte? —repliqué.

A pesar de mi respuesta maliciosa, yo había crecido deseando encontrar al amor de mi vida a una edad temprana y conseguir ser la esposa de alguien. Sabía que estaba celosa de Bell Gardiner y, aunque jamás lo admitiría ante mis hermanas, esperaba en secreto que John me pidiera matrimonio cuando volviera a casa de permiso en unas semanas.

Beth habló desde la puerta, donde estaba apoyada en el marco.

—Me alegro de no tener que ir y estar con toda esa gente intimidante pensando en algo que decir.

Detestaba estar entre la multitud. Me sentí un poco culpable cuando recibí la invitación de Facebook sólo para Jo y para mí, pero Beth prefería mil veces quedarse en casa con Meredith y Amy a estar en una fiesta plagada de gente conmigo y con Jo.

Le sonreí con empatía y volví a mirar a Jo.

—¿Vas a usar eso esta noche? —le pregunté.

Ella asintió y observó su atuendo, todo negro. *Jeans* negros, camiseta negra. Una fina línea de piel pálida asomaba justo por encima de su cadera. No recordaba cuándo había sido la última vez que había visto a Jo con un vestido. Seguramente había sido aquellas Pascuas en que Meredith nos obligó a todas a vestirnos igual y a llevar las mismas canastas para tomarnos unas fotos de familia. Uf..., eran horribles. Con toda probabilidad aparecerían en alguna lista de *BuzzFeed* de las fotos familiares más cursis.

—¿A qué huele? —preguntó Amy entonces, olfateando el aire.

Olía a quemado.

—¡Dios mío, Jo! —Aparté la cabeza de ella y vi un mechón de pelo que humeaba aún en la tenaza.

Amy gritó todavía más fuerte que yo, y Jo dejó caer la tenaza al suelo.

—¡Recógela del suelo! —gritó Beth—. ¡Se va a quemar la alfombra!

Miré mi cabello y pasé los dedos por el corte.

—¡Lo siento! Es que... —comentó Jo.

—¡No puedo ir a ninguna parte así!

Mis ojos se inundaron de lágrimas y, por mucho que no quisiera gritarle a Jo, yo siempre sería esa chica a la que le importaba el aspecto de su pelo.

—Siempre lo arruino todo —murmuró ella en un tono apenas audible.

Sus palabras sonaban tan tristes que me dieron ganas de consolarla. Pero seguí mirando el mechón de pelo que había quemado y no encontraba las palabras.

Amy se acercó a mí y se quitó el lazo que lucía en su pelo rubio.

—Toma, ponte esto. No se notará nada.

Acepté el moño que me ofrecía y me lo puse en el pelo. Nunca me había puesto moños, era demasiado mayor para usarlos, pero aquel moñito negro en la parte delantera de mi cabello me daba un aire aniñado y provocativo.

Me miré en el espejo y enderecé la espalda. No podía dejar que mi pelo quemado me arruinara la noche. Seguía estando sexy. Me gustaba el contraste del maquillaje oscuro y el moño infantil.

—Eres guapísima, Meg. Espero ser tan guapa como tú cuando sea mayor —declaró Amy.

Eso me hizo sonreír. Ahí estaba la pequeña Amy, proporcionándome esa confianza extra que necesitaba. Bell Gardiner estaría impecable. Sabía que sería así. Siempre lo estaba, y su prometido probablemente fuera algún caballero rico sureño, y ella pasaría toda la fiesta presumiendo algún bonito diamante, y yo pasaría la fiesta molesta y recordándome que yo también tenía a alguien.

«John volverá pronto a casa.

»John volverá pronto a casa».

—John volverá pronto a casa —dijo Jo, robándome las palabras de la mente.

Sonreí ante su esfuerzo y metí los pies en los zapatos de tacón.

CAPÍTULO 8

El camino de acceso a la casa de los King estaba lleno de autos negros y de gente ataviada con sus mejores galas para la la última noche del año. Los pies ya me estaban matando, y cuando bajaba la vista y veía los tenis de Jo, deseaba que no me importara tanto lo que pensara la gente de mi aspecto. Si fuera como Jo y me diera igual, me habría puesto *jeans* y zapatos bajos. Pasamos junto a una camioneta y usé la ventanilla a modo de espejo. El vestido brillante me apretaba y las ondas del pelo empezaban a alaciarse.

Volví a mirarme, intentando ser más como Jo. Estaba perfecta, y lo sabía, pero tendría que recordármelo un par de veces más.

—Cuánta gente hay —dijo Jo, esperando que la alcanzara.

La finca de los King era una casa gigantesca de color tostado, de dos pisos con gruesas columnas blancas en el cobertizo que llegaban hasta el segundo piso. Las largas persianas de los ventanales del piso inferior estaban pintadas de negro y, desde mi última visita una semana antes, alguien había colgado tiras de destellantes luces blancas en la reja negra de arriba que descendían por las columnas del cobertizo. La casa siempre había sido preciosa y era el hogar de mis sueños desde la primera vez que había entrado en ella, pero aquella noche parecía más mágica que nunca. Había flores por todas partes. Campanitas violetas abrazaban el enrejado y unas flores azules cuyo nombre desconocía caían en cascada de cestas colgantes.

Las casas del sur de Luisiana eran lo que más me gustaba en el mundo. Me encantaban las construcciones antiguas y cuadradas, con persianas y columnas, y tenían un toque escalofriante que las hacía aún más deseables.

Cuando por fin llegamos al cobertizo, el corazón me latía a toda velocidad y los dedos de los pies me dolían horrores por culpa de los tacones. Vi al señor Blackly, el portero, quien me sonrió y me hizo un gesto con la mano para que me saltara la fila de la entrada. No podía creer lo larga que era. Aunque tampoco me sorprendía, ya que la casa de los King era la más grande que había en las proximidades de la base. Era una casa de dos pisos con balcones divididos por columnas y una cornisa en el tejado, típica en la zona de 1820 a 1850. Me encantaban aquellas casas, sobre todo las del barrio francés.

Un día le pregunté a la señora King por qué no se mudaba más cerca del barrio francés. Ella me contempló con una sonrisa en los ojos y respondió: «Porque adoro mis diamantes, querida Meg». Luego se miró la muñeca, que resplandeció bajo las luces del baño. Yo asentí y le puse rubor en las mejillas oscuras.

Le di a Jo un jalón en la manga de su chamarra de mezclilla y nos abrimos paso a empujones entre toda la gente que esperaba para entrar. No reconocía a nadie en aquel océano de caras.

El señor Blackly me dijo que me divirtiera y que me tomara una copa de *champagne* por él. Mi sorpresa fue aún mayor cuando entramos en la sala de estar. Los muebles estaban donde siempre, pero había pequeñas mesas rebosantes de aperitivos y una barra de bar en una de las esquinas. El hombre de detrás de la barra agitaba una coctelera metálica con una mano y servía licor en una copa con la otra. Me sentí como si estuviera en una de las fiestas de Gatsby.

—Qué locura de lugar —me dijo Jo al oído.

Asentí y avanzamos hacia el salón en busca de alguna cara que me fuera conocida. Cualquiera menos la de Shia.

A la primera que vi fue a Bell Gardiner, de pie junto al piano. Llevaba un vestido largo verde esmeralda y no pude evitar mirarle la mano izquierda. El anillo se veía a tres metros de distancia, y me di cuenta de que el color hacía juego con el vestido. Era precioso. El asco irracional que sentía hacia ella se multiplicó por diez al instante. Le sonrió al hombre que tenía delante y me pregunté si sería su prometido. Tenía una calva redonda y enorme, como rapado, en la coronilla, así que esperaba que fuera él. Sí, era mezquino de mi parte, pero al menos lo reconocía.

—¿Qué hora es? —Jo sacó el teléfono del bolsillo de atrás de los *jeans* y miró la pantalla—. ¿Cómo es que sólo llevamos aquí cinco minutos? —preguntó, y se guardó de nuevo el celular.

Luego tomó un pequeño sándwich de pepino y seguimos explorando. A los pocos minutos vi a Reeder y al tal Laurie junto al bar. Cuando le dije a Jo que quería hablar con ellos, negó con la cabeza y me dijo que adelante, pero que ella se quedaba donde estaba.

No quería dejar a mi hermana pequeña en un lugar tan concurrido, pero me aburría muchísimo.

—Meg. —Reeder me sonrió cuando me acerqué a él. Me rodeó con el brazo y me apoyé en su amplio pecho. Era grande como un oso.

Lo conocía desde que nos habíamos trasladado a Fort Cyprus. Todos los alumnos no tardaron en odiarme, y él siempre me había tratado bien. Solía llevarme en auto a la escuela las mañanas que estaba de guardia, y era uno de los pocos chicos que conocía con quien siempre me sentía a salvo.

Una noche lamentable, cuando estaba en secundaria y John había terminado conmigo, fui a una fiesta y me bebí el equivalente a mi peso en vodka con sabor a vainilla. Traía tal borrachera que me tambaleaba de un lado a otro, y entonces apareció Reeder con sus amigos. Fue la primera vez que lo vi sin uniforme y me colgué de él como una abeja del polen. Cuando me llevó a casa y me acompañó a la puerta de atrás, me aproximé a él y traté de besarlo.

Ningún chico, ningún hombre, me había rechazado antes ni han vuelto a hacerlo desde aquella noche en la que Reeder rechazó con sutileza mis tentativas. Me dijo que estaba borracha, y tenía razón.

—Hay muchísima gente —comenté dirigiéndome a ambos.

Me preguntaba cómo era posible que Reeder, un policía militar, se hubiera hecho amigo tan rápido del chico europeo de pelo grasiento y chamarra de piel. Un chico con ese cabello no me inspiraba ninguna confianza, la verdad.

—Ya ves... ¡Feliz Año Nuevo! —Reeder alzó la copa, que contenía un líquido claro, y yo tomé una de *champagne* de la bandeja de un mesero que pasaba junto a nosotros en aquel momento.

Laurie me miró y le dio un sorbo a una lata de Coca-Cola. Qué asco.

—¿Y la otra chica? Tu hermana, imagino.

—No deberías imaginarte nada.

La comisura de sus labios se curvó en una sonrisa.

—Bueno, ¿dónde está la que no es tu hermana?

Lo miré directamente a los ojos. Eran negros como la noche y me ponían nerviosa.

—No le interesas —le dije.

Jo nunca había tenido novio, y aquel tipo de ninguna manera iba a ser nada que se le pareciera. Los chicos como él no querían una novia, sólo les interesaba una cosa, y Jo aún no estaba lista para dársela a nadie.

—Mmm. Eres un sol. —Se pasó los dedos largos y pálidos por el pelo rubio.

Le di la espalda. No quería alimentar su ego ni molestarlo para que no se empeñara todavía más en ir por mi hermana. Sabía cómo funcionaban los chicos como él. Busqué a Jo junto a la mesa donde la había dejado, pero no la vi, ni allí ni por ninguna parte. Sabía que era capaz de cuidar de sí misma, mejor que yo, pero no lograba librarme de la inquietud que se había asentado en mi estómago desde que habíamos entrado en la fiesta.

Le dije a Reeder que lo vería luego y ni siquiera miré a Laurie antes de ir a buscar a Jo. Me abrí paso empujando unos grandes globos con los números del año nuevo, tomé otra copa de *champagne* y me fui a buscar a mi hermana.

CAPÍTULO 9

Jo

Cada parte de la casa de los King rebosaba desigualdad y avaricia. Yo estaba soñada por encontrarme en una casa tan llena de excesos cuando, de camino hacia allí, habíamos pasado junto a un grupo de vagabundos que compartían los restos de comida que habían sacado del contenedor de un restaurante criollo que había a la salida de la base.

Era consciente de que los King no podían alimentar a toda la ciudad. Bueno, tal vez sí, pero no era culpa suya que hubiera personas menos afortunadas. Sin embargo, me costaba recordarlo mientras pasaba junto a una mesa llena de botellas de *champagne* perfectamente alineadas.

Siempre había detestado lo mal que me sentía cuando alguien se me quedaba viendo. Tenía un sexto sentido para notar cuándo se posaban en mí las miradas ajenas. Esperé unos segundos para alzar la vista y, en el momento en que lo hice, vi a un hombre alto de cabello castaño que me observaba. Traía un uniforme de gala, lo cual me hizo preguntarme por qué había ido vestido de militar a una fiesta de compromiso en la última noche del año. Cuando vio que le devolvía la mirada, sonrió. No me gustó el modo en que le cambió la cara al sonreír. Su expresión no era amigable ni acogedora, sino expectante y engreída.

Como no sabía qué otra cosa hacer excepto devolverle la sonrisa, se la devolví. Una sonrisa tímida e incómoda, aunque él se la tomó como una invitación para acercarse, porque dejó la botella en la mesa más cercana y caminó hacia mí. Miré a mi alrededor en busca de Meg, pero no logré encontrarla. Así que, cuando el soldado me quitó un segundo la vista de encima, aproveché para escabullirme entre dos ancianas y rodeé una esquina.

Doblé otra esquina y otra hasta que dejé atrás la cocina, llena de empleados que se afanaban por dar de comer a los cientos de personas que se apretujaban en la mansión. El aroma a pan y a romero hizo que me rugiera el estómago. Debería haber comido algo más en todo el día aparte de los 3D y el sándwich de pepino.

Cuando un mesero cruzó el umbral de la puerta de la cocina con una bandeja, aproveché para tomar un tentempié. Miré la comida en mi mano y le di las gracias a mi suerte porque no fuera nada con carne. Parecía una especie de salsa de tomate sobre una rebanada de pan. Me acordé de Beth cocinando algo parecido alguna vez, pero no del nombre de aquello. Le di un mordisco y mi estómago rugió de nuevo.

Seguí caminando, volviendo la vista atrás para comprobar que el tipo no me seguía. No lo veía, pero, como no quería jugármela, doblé otra esquina y subí la escalera vacía que estaba junto a la puerta trasera. Allí estaba muy tranquilo, y me pregunté si debería permanecer en aquella parte de la casa. Meg me había repetido varias veces que la señora King era un poco rara con el tema de ciertas habitaciones de la casa, pero necesitaba escabullirme de la fiesta aunque sólo fuera unos minutos.

Pasé junto a dos puertas cerradas y llegué al final del pasillo. Había algo en el rincón... Parecía un banco, pero no podía verlo con claridad porque lo tapaba parcialmente una cortina. Me acerqué para ver si podría esconderme allí un rato.

Descorrí la cortina y, de inmediato, me pegué con una estatua sobre un pedestal de mármol. Mis manos corrieron para tratar de sujetarla antes de que cayera al suelo y, una vez estabilizada, volteé y me senté en el banco.

—¡Auuu! —gruñó una voz de hombre, por lo que me levanté de un brinco.

Laurie estaba sentado en el banco con una lata de Coca-Cola en una mano y mi brazo en la otra.

Me aparté de un empujón y jalé la cortina para escapar.

—¡Perdón! No te había visto.

De todos los rincones de la mansión, tenía que sentarse en el único sitio medio tranquilo que yo había podido encontrar.

Laurie dejó la lata en el suelo, frente a sus pies, y alzó la vista hacia mí.

—No pasa nada. Sólo me estaba escondiendo un rato.

Incluso sentado era alto. Tenía la boca abierta, y me quedé mirándola unos segundos que bastaron para que notara calor en las mejillas. Aparté la vista.

—Me voy —dije, dándole la espalda.

Me sujetó del codo.

—No, quédate.

Cuando dijo esas dos palabras sentí una especie de *déjà vu*, cosa que no era posible porque hasta el momento sólo había intercambiado un par de frases con él. Pensé que me estaba volviendo loca, que confundía los sueños con la realidad, pero habría jurado que lo había oído decirme aquellas dos palabras antes.

—Es que no conozco a nadie y no se me da bien entablar conversación con desconocidos. Prefiero esconderme aquí hasta que sea hora de irse.

—Si no conoces a nadie, ¿quién va a decirte que es hora de irse? —pregunté.

Ladeó la cabeza y se me quedó mirando un instante. Sus piernas eran tan largas que incluso se salían de la alfombra del suelo situada frente al banco. Esperaba que no estuviera pisoteando con sus botas negras una alfombra de piel natural.

—Buena pregunta —contestó sonriéndome—. ¿Y qué hay de ti? ¿Quién te avisa de cuándo es hora de volver a casa? ¿Tu hermana mayor?

Negué con la cabeza.

Él me miró fijamente durante lo que se me hizo una eternidad, aunque en realidad no fueron más de diez segundos. Conté cinco respiraciones mientras esperaba que moviera los labios. Los tenía tan carnosos como los míos, y me pregunté si también se habían burlado de él en la escuela por eso, como me pasó a mí, o si el hecho de ser tan guapo lo había salvado de las bromas de sus compañeros, como le pasaba a Meg.

—¿Y para qué viniste a la fiesta si no conoces a nadie? —le pregunté.

Dio dos palmaditas en el banco para que me sentara a su lado. Lo hice, aunque procuré sentarme lo más lejos posible de él. El banco era muy pequeño, no debía de medir más de sesenta o setenta centímetros.

—Para observar a la gente.

—¿Y qué tal? ¿Has visto a alguien a quien te haya gustado observar?

¿Qué demonios significaba eso?, me pregunté.

Laurie pareció entenderlo, y me sonrió.

—Tu hermana, Meg Spring, alegra la vista. —Llevaba el pelo recogido en un chongo, y pensé que debería ser modelo.

—Ah. Claro, mi hermana. —Me eché a reír—. A todo el mundo le gusta mirar a Meg.

—Ya lo creo.

Se apoyó en el respaldo acolchonado del banco y yo me quedé contemplando el largo pasillo. La casa parecía todavía más grande desde dentro que desde fuera. De las paredes colgaban antiguos retratos de familia que formaban líneas perfectamente simétricas.

—Es un poco tétrico, ¿no crees? —dijo deprisa y en voz baja. Sus labios se movían a toda velocidad—. Mira que inmortalizar a toda la familia y colgarlos aquí arriba, en paredes que es obvio que las visitas no deben de ver...

—Sí, es bastante raro.

—¿Y tú qué? ¿A quién estabas mirando ahí abajo?

Negué con la cabeza.

—A nadie.

Era la verdad. No había estado mirando a nadie del modo en que él había estado observando a Meg.

No le veía la cara a Laurie porque se estaba arremangando los dobladillos de los *jeans* oscuros para que le llegaran justo por encima de las botas.

Cuando ya no pude soportar el silencio, le pregunté:

—¿Es cierto que eres de Italia?

Me miró.

—Sí. Mi madre es italiana, es pintora. De pequeño vivía allí, luego nos trasladamos a Estados Unidos y el año pasado estuve viviendo allí durante el curso escolar, hasta que me enviaron de vuelta aquí.

Ahora entendía lo de su leve acento. Me pregunté si sería de mala educación pedirle que dijera algo en italiano, sólo para oírlo.

—¿Cómo es Italia? Me muero por ir a Europa. Tengo una lista de lugares que quiero visitar y artículos que quiero escribir cuando trabaje para *Vice*. Deseo ver un montón de sitios. Me pasé la vida viendo siempre lo mismo. La misma gente, la misma mentalidad... —Me perdí en mis palabras y en mis sueños para el futuro, hasta el punto de que casi olvidé dónde estaba y con quién estaba hablando.

—Conque tienes grandes sueños, Jo Spring.

En ese momento comprendí que era probable que nunca más tuviera otra conversación con él y necesitaba que me contara más sobre Europa.

—Sí. ¿No debería tenerlos todo el mundo?

—¿Hablas en general o de mí?

Supe entonces que aquello era precisamente sobre lo que Meg me había advertido. Los chicos a los que les gustaba jugar. No cabía la menor duda de que a Laurie Laurence le gustaba jugar. Los juegos de palabras no eran más que el principio.

Yo también sabía jugar. Daba igual que nunca hubiera tenido novio. Tenía tres hermanas. Era la reina de los juegos.

Bueno, Meg era la reina, pero yo era la princesa. Por lo menos.

—Tengo que irme —le dije en vez de mover ficha.

108

Sabía que era capaz de jugar, pero no me daban ganas. Quería saber más sobre Europa y el mundo que había más allá de lo que yo conocía, pero no parecía que él quisiera compartir información.

—¿Y eso? ¿Por qué? —Se levantó al mismo tiempo que yo, pero fui más rápida y le corrí la cortina en la cara antes de que pudiera seguir hablando.

«Jaque mate, Laurie», pensé mientras me apresuraba a bajar la escalera.

CAPÍTULO 10

Meg

—¿Has visto a Jo? —le pregunté a Reeder cuando por fin volví a encontrarme con él.

La había buscado en la sala, en el comedor, en la cocina, pero no conseguía encontrar a mi hermana. Estaba empezando a entrarme el pánico al imaginarme la reacción de Meredith cuando volviera a casa sin Josephine.

Saqué el celular de la bolsa y activé la pantalla para asegurarme de que no me había devuelto ni las llamadas ni los mensajes.

«¿Dónde demonios se habrá metido? —me preguntaba—. Más le vale no haberse ido sin mí».

Había pasado casi una hora y quería irme ya. Ni siquiera había visto a la señora King en la fiesta. Aunque últimamente pasaba casi todos los días en aquella casa, me sentía fuera de lugar cuando estaba llena de extraños.

Reeder me dijo que no, que no había visto a Jo, y entonces decidí salir al jardín trasero. Tomé mi tercera copa de *champagne* y abrí la puerta. Una multitud de cuerpos próximos unos a otros cubría la larga extensión de pasto, e infinidad de luces colgaban de los árboles. Me pareció todo precioso, hasta que oí la voz chillona de Bell Gardiner:

—¡Meg Spring! ¿Qué haces aquí?

Volteé hacia ella. Me dedicó una sonrisa tan deslumbrante que por un momento incluso me convenció de que éramos amigas. No obstante, un breve titubeo en su sonrisa me recordó que no era así. No tenía motivos para que me cayera mal, pero ella tampoco los tenía para mirarme como si fuera una intrusa en la celebración. Había por lo menos doscientas personas en la finca, y estaba segura de que la mayoría no conocían a Bell Gardiner de nada.

—Me invitaron a la fiesta —conseguí contestarle con una sonrisa.

Ni por todo el oro del mundo iba a consentir que notara que me sacaba de mis casillas.

Sus ojos azules resplandecían bajo las luces de los árboles. El vestido apenas estaba sujeto a su cuerpo esbelto, una sola tira en el hombro izquierdo mantenía el satín verde en su sitio. La prenda no tenía espalda y mostraba la piel de color crema debajo. La muy vulgar ni siquiera traía brasier.

—Ah, ¿de verdad? —Hizo una pausa para darme un repaso—. Qué bien.

Miré a la mujer que estaba a su lado e imaginé que debía de ser su madre. Tenía el mismo pelo oscuro y los mismos ojos azules que Bell.

—Felicidades por tu compromiso —le dije.

Me miró con cara de pena.

—Ha de ser muy duro para ti.

Miré a mi alrededor, a la gente que nos rodeaba, y me percaté de que de pronto todo el mundo guardaba silencio. Estaban observándonos con atención, como si estuvieran viendo el episodio final de *Gossip Girl*.

Bell bajó la vista hacia su anillo y yo intenté encontrar las palabras. ¿Por qué iba a ser duro para mí? John volvía al cabo de unas semanas de West Point. Seguro que las estadísticas de su prometido no eran mucho mejores.

Decidí comportarme como una adulta hecha y derecha y, en vez de escupirle en la cara, le sonreí. Lo que más detestaba en la vida era quedar como una idiota en público, y ahí estaba Bell Gardiner, tratando de hacerme parecer patética e inferior a ella y a su ridículo vestido verde con su anillo de compromiso y su esmeralda a juego.

—Me alegro mucho por ti, Bell. De verdad —repuse.

Di media vuelta dispuesta a salir corriendo y entonces vi a Shia, que se acercaba.

«No, no, no, no», pensé, y apreté los puños. No quería verme atrapada entre aquel par. Ni esa noche ni nunca.

—¡Shia, cariño! —Bell agitó la mano en el aire y yo dejé de mover los pies para que mi cerebro pudiera tratar de pensar en una frase ingeniosa que decir en caso de que uno de los dos se pusiera impertinente.

¿Y dónde se había metido el prometido? Si la quería tanto como para comprarle aquel precioso anillo, ¿por qué no estaba a su lado en su extravagante fiesta de compromiso?

Intenté evitar la mirada de Shia mientras se acercaba a nosotras, pero no pude. Odiaba el modo en que siempre conseguía atraerme de vuelta, incluso después de no haberlo visto en mucho tiempo. Llevaba lo que nunca pensé que le vería puesto: una camisa negra y unos pantalones negros de vestir perfectamente combinados con un saco del mismo color. Antes de aquella noche sólo lo había visto con *jeans* y camisetas.

Traté de no mirar sus ojos verdes, pero no fui capaz.

—Mira quién vino a felicitarnos. —No hice ni caso de las palabras de Bell Gardiner hasta que alargó el brazo para tomar a Shia de la mano y acercarlo a ella.

Él le dio un beso en la coronilla.

En ese instante, dejé de sentir las piernas. Dejé de pensar con coherencia al ver cómo Bell estrechaba la mano de Shia entre las suyas.

Su anillo de compromiso resplandeció, y me cegó.

¿Era una broma de mal gusto?

¿Bell Gardiner y Shia King?

¿Cómo?

¿Por qué?

Él me miró con tranquilidad.

—Gracias por haber venido, Margaret.

¿Margaret? ¿Desde cuándo él me llamaba así?

Me vino a la mente un recuerdo sombrío. Era probable que me hubiera convertido en Margaret el día en que lo dejé plantado esperándome en el aeropuerto. Entonces fue cuando pasé a ser una simple conocida.

—De nada —dije. Las palabras se me atravesaban como cristales rotos en la garganta.

No podía creer que estuviera viviendo en un mundo en el que Bell Gardiner y Shia King fueran la feliz pareja de enamorados cuyo compromiso se celebraba con semejante fiesta. Ni siquiera sabía que hubieran seguido en contacto.

La de horas que me había pasado con la señora King en la casa, en la tienda y en el club de campo, y ni una sola vez la había oído decir ni una palabra sobre Shia y Bell. O Bell y Shia. O la fiesta. Nada. En realidad, apenas había mencionado a Shia... Hablaba más de sus dos hijas. Se llenaba de orgullo hablando de ellas. Se habían licenciado en la Facultad de Derecho, siguiendo los pasos del señor King, el abogado más importante, más rico y más famoso de Luisiana.

—¿Verdad que es una fiesta estupenda? —preguntó Bell.

Sabía que me estaba hablando, y me temía que no iba a tener fuerzas suficientes para levantar la vista y mirarla a los ojos. Recordé lo que Meredith nos decía siempre: «Nunca, nunca, nunca permitan que nadie las ningunee. No permitan que nadie las haga sentir inferiores o poca cosa, y, si lo intentan, enséñenles quiénes son».

Nos lo había repetido tantas veces a las cuatro que a los diez años ya me lo sabía de memoria. Creo que nos dijo que lo había leído en un libro cuando estaba embarazada de mí.

Alcé la vista y miré a Bell Gardiner y a Shia. La sonrisa me tensó las mejillas, y esperaba que el labial no se me hubiera corrido.

—Es una fiesta fabulosa. Gracias por haberme invitado. Perdí a Jo. Será mejor que vaya a buscarla. Espero que pasen una gran noche.

Ni siquiera les di tiempo a pestañear antes de dar media vuelta y desaparecer entre la multitud, intentando menear las caderas con decisión y soltura.

Me ardían los ojos cuando encontré a Jo apoyada en la pared, tomándose una copa de *champagne*.

—No deberías beber. Meredith me matará —le dije.

Jo puso sus enormes ojos castaños en blanco.

—No pasa nada, no voy a decírselo. ¿Lista para regresar?

Tenía las mejillas rojas y quería contarle lo de Shia y Bell, pero necesitaba un minuto. O treinta.

—¿Habías probado antes el alcohol? —Tomé una copa de *champagne* de la mesa más cercana, me la tomé de un trago y fui por la segunda.

—Sí. Una vez. Beth y yo encontramos las botellas de papá cuando estábamos en Fort Hood —sonrió—. Nos pusimos malísimas al día siguiente.

Me vino a la cabeza el vago recuerdo de Beth sujetándole el pelo a Jo para que no se le metiera en el inodoro.

—No me lo esperaba de Beth —dije con una carcajada.

—¿Descubriste quién es el prometido de Bell Gardiner? No he oído a nadie hablar de él. Creo que todos vinieron por el *champagne* gratis y por los aperitivos caros. Bell no le cae bien a nadie.

Las burbujas de *champagne* me quemaban la boca.

—Ni idea —mentí—. Pero es verdad que nadie soporta a Bell Gardiner.

Deseaba contarle muchas cosas a Jo y dejarla crecer más rápido de lo que querían mis padres. A Meredith se le daba muy bien enseñarnos a ser fuertes y capaces, pero fallaba a la hora de mostrarnos las realidades de la adolescencia. Una vez me dijo que ella había tenido que crecer demasiado deprisa y que no quería que a nosotras nos sucediera lo mismo. Lo entendía, hasta cierto punto, pero Jo ni siquiera había besado a un chico. A su edad, yo ya me había acostado con tres. Ni pedí perdón entonces ni pensaba hacerlo ahora.

—Tengo que hacer pipí. ¿Podemos irnos ya?

Me bebí lo que quedaba en la copa. Había perdido la cuenta de cuántas llevaba. El pecho ya no me dolía, pero no era capaz de parar de pensar en Shia y en Bell. No lo entendía. No podían tener dos personalidades más diferentes. Shia viajaba sin parar; ¿cómo habían mantenido la relación y, más aún, cómo la habían consolidado hasta el punto de comprometerse? ¿Cuánto tiempo llevaban juntos? No tenía la menor idea. Le había seguido la pista, o eso creía yo, pero por lo visto lo de *stalkear* se me daba fatal. O a lo mejor él la quería tan poco que no se había molestado en mencionarla en la red.

CAPÍTULO 11

Me dirigí al baño de arriba, el que estaba junto a la habitación de Ineesha, la hija mayor de la señora King. Me pregunté si Ineesha también estaría en la fiesta. No la había visto, pero sería muy raro que la hermana de Shia no se hubiera molestado en volver a la ciudad para su fiesta de compromiso. Me contemplé unos minutos al espejo antes de pelearme con la faja y vaciar la vejiga.

Al salir, creí oír a unos hombres que discutían en voz baja. Me detuve junto a un pesado cuadro que colgaba de la pared. Lo conocía bien. Era el retrato de la familia King completa. No me hacía falta mirarlo para saber que la señora King lucía un vestido rojo brillante y que a sus pies estaba el pequeño Shia, con un osito de peluche en brazos. Tenía las mejillas gordidas, y el pelo largo de mechones rizados coronaba su cabeza.

Había visto el cuadro todos los días al caminar por los pasillos vacíos del piso superior. Ahora, mientras intentaba escuchar la conversación a través de la puerta abierta de la habitación más cercana, miré a mi alrededor para asegurarme de que no venía nadie. Me escondí detrás de la esquina. Los pasillos estaban vacíos, sólo se oían las voces quedas y el eco de la música proveniente de abajo. Me sorprendió lo silencioso que estaba el piso, dada la cantidad de gente que había en la casa.

Se me revolvió el estómago. La casa de los King siempre parecía tan vacía... Siempre oía el ruido de mis pasos resonando en los suelos originales de madera, que a la señora King le encantaba repetirme que eran de la década de 1860, y en los techos altos, que tan bien combinaban con las molduras que adornaban las paredes de color crema. La señora King estaba muy orgullosa de su casa. Se refería a los detalles de las vidrieras pintadas del desván con más orgullo que a su hijo y de sus aventuras alrededor del mundo, que mencionaba más bien poco.

Empecé a aburrirme y pensé en volver con Jo, pese a que me había estado poniendo nerviosa al hablarme todo el tiempo del tal Laurie.

En cuanto di media vuelta para irme, oí una voz que me era conocida.

—¡Eso no lo sabes!

Shia estaba hablando alto, con voz profunda. Deslicé los pies muy despacio por el suelo para acercarme más a la puerta.

—¡¿Qué es lo que no sé?! —oí que bramaba otra persona desde el pasillo vacío.

Algo cayó entonces al suelo y se rompió. Parecía de cristal.

—¡No sabes nada, chico! ¿Crees que sabes algo del mundo porque has estado en una misión para niños y has dado de comer a una aldea? Pues te diré...

La voz se cortó, y a continuación oí a la señora King, que pronunciaba unas palabras ininteligibles.

Pese al tiempo que había pasado en la casa, no conocía

al señor King. Sólo había oído su voz una vez en que llamó para hablar con su mujer. Tenía la voz más grave que he oído en mi vida.

—¿Ya estás contento? ¡Dejaste claro que no querías que formara parte de esta familia! —gritó Shia.

Me pregunté si Bell Gardiner estaría con ellos en la habitación. No podía contener las ansias que tenía siempre de drama. Normalmente no lo encontraba por casualidad, pero aquella noche yo estaba en lo mío, en el baño, tratando de escapar del drama de Bell. Era cosa del destino, que me había llevado a donde podía oír la discusión.

Sin embargo, era extraño porque, a diferencia de otras ocasiones, allí de pie, en el pasillo, mientras escuchaba cómo el señor King le gritaba a su hijo, no sentía nada de adrenalina. Sólo notaba que se me erizaba la piel del brazo y que se me tensaba la espalda.

—¡Nunca has merecido formar parte de esta familia! —gritó el señor King—. Eres mi único hijo varón, el único que puede perpetuar mi apellido, y... ¡mírate!

Creí oír los sollozos de una mujer.

«¿Será Bell Gardiner?», pensé acercándome un poco más.

Respiré hondo y di un último paso en dirección a la puerta. Nunca había estado en aquella habitación, pero sabía que era el despacho del señor King. Había pasado por allí una vez cuando la puerta estaba abierta, pero lo único que recordaba era la enorme mesa de escritorio situada en el centro de la estancia. Al mirar de reojo desde el marco de la puerta, vi a tres personas.

Shia era el que estaba más cerca de la puerta, de perfil. Frente a él estaba el señor King, un hombre casi tan alto como Reeder. Tenía la piel más oscura que la de su hijo y los ojos negros, pero me sorprendió lo mucho que se parecían.

El hombre dio un paso hacia Shia, que volteó la cara para mirarlo a los ojos. Este último llevaba la camisa por fuera del pantalón, con el dobladillo colgando a la altura de las caderas. Tenía una mueca tensa en el rostro, los ojos cerrados, la boca apretada y las comisuras torcidas hacia abajo.

—¡Creía que a estas alturas ya te habrías cansado de perder el tiempo con juegos de niños! —dijo el señor King gritando de nuevo.

Shia volteó y miró a su madre.

—¿Juegos de niños? —Se pellizcó el puente de la nariz y caminó zigzagueando por la alfombra—. ¡Hago lo que me gusta de verdad! ¿Sabes a cuánta gente he ayudado? ¿A cuántos he alimentado o he enseñado a leer? ¿Cómo te atreves a decir que soy un mocoso?

El tono de un celular inundó entonces la habitación. Sonó y sonó, hasta que el señor King espetó:

—Tengo que contestar.

El eco del taconeo de sus zapatos llegó hasta mí y estuvo a punto de atravesarme.

—Como siempre —dijo Shia, pero su padre no le contestó.

Se me hizo un nudo en el estómago y pensé en la primera vez que había visto a Shia King. Acababan de destinarnos al sur de Luisiana desde el corazón de Texas y estaba paseando sola por el barrio francés. Recuerdo haber dejado a mis hermanas y a la tía Hannah en un establecimiento de helado de yogurt para poder dar un paseo yo sola. Nunca había estado en el barrio francés y era lo que más ilusión me hacía desde que habíamos conocido la noticia de que nos iban a dar el destino definitivo en Luisiana.

Tras lo ocurrido en mi primer año de preparatoria, quería irme de Texas. Cuando mi padre se sentó a hablar con nosotras, preocupado por nuestra reacción, y nos dijo que nos iban a trasladar aquel verano, fue como un regalo caído del cielo. Di un grito de alegría, lista para perder de vista a los cabrones sádicos de mi escuela. Jo hizo berrinche, Beth sonrió y a Amy le dio igual.

Fue el verano en el que me reinventé. Me teñí el pelo de castaño muy oscuro y me corté el fleco. Aprendí a maquillarme, y sentía que iba a poder empezar de nuevo.

Aquel día en concreto, el sol me castigaba la piel mientras paseaba por las calles adoquinadas. A los veinte minutos ya me había quemado los hombros. Caminaba sin rumbo fijo, sólo quería explorar la ciudad, y la dulce fragancia del azúcar me condujo por la calle Decatur hasta una dulcería criolla.

Era un edificio precioso. El exterior era encantador, muy de Nueva Orleans. Una tira de metal azul que parecía de encaje adornaba los escaparates. Era imposible que nadie pasara frente al establecimiento sin entrar. Se me hacía agua la boca y tenía calor, y no era la única que visitaba el sitio aquel día. Había como veinte personas haciendo fila en el interior. El aire acondicionado estaba al máximo y zumbaba con fuerza en el techo.

Había pequeños carritos llenos de *souvenires*. El logo de la tienda estaba presente en todos los artículos, desde camisetas hasta tazas de café. Tomé una taza. No pude resistirme.

—Tienes que probar el chocolate —dijo entonces una voz detrás de mí.

Volteé y vi a Shia, de pie, con su sonrisa juvenil y sus ojos verde menta.

—Nunca había estado aquí —respondí.

Me sonrió y miró un instante la taza.

—Ya me imagino.

Me di la vuelta.

Al rato, me dio un toquecito en el hombro con los dedos.

—No has tomado chocolate —dijo, justo cuando le daba la primera probada a mi betún.

Había estado a punto de comprar el chocolate, pero finalmente decidí no hacerlo para molestar. Nuestra relación siguió por los mismos caminos. Él me daba consejos y yo los ignoraba para llevarle la contraria. Por eso nunca podría irnos bien. Lo intentamos un par de veces, pero ninguno de los dos tenía paciencia para aguantar al otro.

—¿Meg? ¿Qué haces aquí arriba?

La voz de la señora King me sacó de mi ensimismamiento. Su mandíbula cuadrada estaba alzada, y yo enderecé la espalda tratando de pensar una respuesta.

Sin embargo, su tono suavizó las palabras, como si su marido y su hijo no hubieran estado gritándose mientras talaban el árbol familiar.

—Yo... Eh... —Hice una pausa—. Estoy buscando a mi hermana.

Oí cierto revuelo en el interior del despacho y quise desaparecer antes de que Shia saliera y me viera.

—¿Tu hermana? ¿La rubia menudita o la del pelo largo?

Quise decirle a la señora King que en realidad tenía tres hermanas, pero me pareció que no era buena idea. No recordaba sus nombres, pese a que yo hablaba de ellas a todas horas. Bueno, puede que no a todas horas porque tampoco abría mucho la boca cuando estaba con la señora King, pero cuando lo hacía, hablaba mucho de mis hermanas pequeñas.

—Ésa, sí. Perdone que la haya interrumpido. —Miré a mi alrededor intentando evitar su mirada inquisitiva. La mujer intimidaba horrores.

Contemplé su atuendo y me pregunté si alguna vez vestiría como ella cuando fuera más mayor. Llevaba un saco rojo a juego con la falda pegada, que era exactamente del mismo color. De su cuello colgaba un grueso collar de perlas y se había pintado los labios de *fucsia* oscuro. Era una mujer preciosa que rondaba los cincuenta años. No me podía ni imaginar qué aspecto tendría por las mañanas al despertarse. Para cuando yo llegaba a mediodía para maquillarla, ella ya se había peinado y estaba completamente vestida, con joyas y todo.

Sin duda, de mayor quería ser como ella.

No creo que deseara que yo me percatara de la manera en que volteó y taladró con la mirada la puerta abierta cuando empezamos a alejarnos por el pasillo.

—No pasa nada, cielo. Vamos abajo —dijo como si nada.

Con sus tacones de aguja, la señora King me sacaba más de doce centímetros de alto. El modo en que era capaz de andar con ellos hacía que mis pies adoloridos aún resultaran más patéticos. Tenía mucho que aprender.

Me hacía sentir la persona más madura y, al mismo tiempo, la más joven que podría llegar a ser.

Miré a la señora King y ella volteó para mirarme en cuanto pasamos el baño del piso de arriba. La puerta estaba cerrada y una estrecha franja de luz se reflejaba en el suelo. Todo estaba en silencio. Cuando me habló, lo hizo con una voz tan dulce como el azúcar glas.

—¿Te has divertido en la fiesta? Estoy segura de que habrás oído lo que no deberías, pero siempre podemos olvidar un pequeño momento familiar, ¿no es así?

Asentí.

«Sí, por favor».

Yo rezaba para que no me reprochara por haberla llamado para avisarle que no iba a ir a trabajar porque estaba enferma y luego aparecer en la fiesta, de pipa y guante y sana como una manzana.

—Por supuesto —dije—. Y, sí, es una fiesta espectacular. Me alegro mucho por su hijo y por toda la familia.

Su sonrisa ascendió por las mejillas empolvadas. Quien la hubiera maquillado esa noche lo había hecho casi tan bien como yo.

—Yo no me alegraría tanto —señaló en voz tan baja que creí habérmelo imaginado.

Ninguna de las dos dijo nada más mientras bajábamos la escalera de la casa. La música y las conversaciones de la fiesta llegaban hasta nosotras. Era raro el silencio que había arriba. En casa de mis padres, las paredes eran de papel y se oía todo. A los treinta viviría en una casa como ésa.

—¿Te gustaría tomarte una copa conmigo antes de volver a la fiesta?

Nunca pensé que llegaría el día en que la señora King me invitaría a una copa. Ni siquiera sabía de qué iba a llenármela, pero en aquel momento me habría bebido una taza de jarabe sólo por lo halagada que me hacía sentir su invitación.

—Claro —traté de decir con calma para que no se me notara lo ilusionada que estaba. Las chicas maduras nunca pierden la calma. Jamás.

La seguí hasta una pequeña despensa de mayordomo. Mientras caminábamos, me retiré el pelo de detrás de las orejas y le di un jalón al dobladillo del vestido. La señora King sacó una botella negra con una etiqueta en forma de rombo y volteó hacia mí.

Señaló encima de mi cabeza:

—Toma dos copas.

Alcé la vista y vi un estante con vasos y copas. Había desde jarras de cerveza hasta copas altas de *champagne*. Tomé dos copas que parecían apropiadas para lo que fuera a hacerme beber. Cuando se las di, giró la muñeca y su reloj resplandeció. Todo en ella emanaba elegancia y clase. Me dirigió una sonrisa de aprobación y mi corazón dio un salto de alegría. Luego abrió un pequeño refrigerador empotrado en la pared. Se agachó y oí el tintineo del hielo en las copas.

Leí la etiqueta de la botella negra: HENDRICK'S GIN. Antes de aquella noche sólo había probado una vez la ginebra, con mi exmejor amiga de Texas. Fue una noche horrible. El principio del fin de nuestra amistad.

—Aquí tienes. —La señora King deslizó la copa hacia mí y se sirvió la suya.

Sus dedos esbeltos se enroscaron alrededor del cuello de la botella. Sus uñas de color beige eran perfectas y quedaban preciosas en contraste con su piel oscura. La ginebra transparente bañó los cubitos de hielo.

Cuando acabó, aguardé un momento con la esperanza de que sacara un refresco con el que mezclarla, pero no lo hizo. Se la bebió en seco, y luego dijo:

—No bebo a menudo, pero, cuando lo hago, me lo tomo muy en serio.

Sonreí y seguí su ejemplo. Levanté la copa en dirección a ella. Di un pequeño sorbo y me ardió la lengua. Sin embargo, no estaba mala. Era mucho mejor que la cerveza barata y que las botellas de sangría que mis amigas de Texas les robaban a sus madres del mueble del bar. Hasta la fecha, era incapaz de soportar el olor de la sangría. Me recordaba a aquellas zorras falsas que me habían arruinado la vida en Texas.

La señora King dejó su copa en la barra.

—Dime, Meg, ¿sales con alguien? —preguntó a continuación.

No pude evitar sorprenderme de que el labial no se le hubiera corrido ni un milímetro.

Asentí y recé para no atragantarme al hablar.

—Sí, señora King. Estoy saliendo con un hombre, se llama John Brooke. Se gradúa en West Point en unas semanas. —Respondí tratando de impresionarla.

—Me parece que lo conozco. Felicidades, cuidará de ti. Es lo que todas queremos.

Lo dijo de un modo que me dolió un poco, pero ¿por qué motivo había mencionado la graduación en West Point?

—Sí —me limité a contestar.

—Voy a decirte una cosa, Meg. —No me estaba pidiendo permiso. Me la iba a decir lo quisiera yo o no.

Asentí de todos modos. Bebí otro sorbo de ginebra y éste me quemó un poco menos que el primero.

—Mi hijo cree que lo sabe todo sobre el mundo y sobre cómo son las cosas. Tiene la ilusión de que es una especie de salvador. —Agitó la mano en el aire como si estuviera espantando a alguien invisible—. Lo único que queremos para él es que tenga éxito. Queremos que haga que la familia se sienta orgullosa de él y que continúe con el legado de su padre aquí. ¿Sabes la presión que nuestra familia tiene que soportar? ¿Sabes lo que supone ser la familia más rica de por aquí y ser de color?

Mi jefa me miró fijamente, pero yo no tenía ni idea de qué contestar. No sabía la clase de presión con la que vivían. Sólo sabía que la gente hablaba de los King como si fueran de la realeza o personajes de un cuento de hadas.

—Mi hijo tiene la responsabilidad de perpetuar nuestro apellido —prosiguió—. Mis dos hijas han hecho lo que debían. No..., han hecho mucho más que eso. Ineesha se graduó siendo la primera de su generación y ahora es la socia más joven de la historia del bufete. El marido de mi pequeña es candidato al Senado. Y, en cambio, ahí está Shia, perdiendo el tiempo de un país a otro, permitiendo que el espejismo de la libertad afecte a su futuro. ¡Dejó la universidad, por el amor de Dios!

Yo no sabía qué decir. No me sentía cualificada para dar consejos, ni siquiera para hacer comentarios, pero deseaba que siguiera hablando.

—¿Qué quieren ustedes que haga? —le pregunté.

No titubeó al responder:

—Que estudie Derecho. Que disfrute ser el prometido de Bell Gardiner. Que haga caso a su padre.

—Pero Shia no quiere ser abogado —repuse, y de inmediato deseé haberme cosido la boca.

Su mirada se endureció un poco, pero asintió.

—Tienes razón. No quiere, pero cuando sea adulto y viva en una casa como ésta, nos lo agradecerá. ¿Tú no serías feliz si vivieras en una casa como ésta, Meg? ¿Aunque tuvieras que hacer algún sacrificio para llegar hasta aquí?

Eché un vistazo a la despensa de mayordomo, que era más bonita y agradable que la mayoría de las habitaciones de la casa de mis padres.

—Sí —respondí.

Cuando Jo y yo hablábamos del futuro y de nuestros planes, siempre me sentía un poco culpable por querer ser esposa y madre. Mi hermana tenía planes distintos para su vida, y la idea de ser esposa y madre sin haber estudiado una carrera sería el infierno para ella. Pero para las mujeres como la señora King y como yo, no tenía nada de vergonzoso. ¿Tan malo era que estuviera dispuesta a sacrificar algunas cosas por ser esposa y madre? A mí me parecía que no. Jo y Meredith eran de otra opinión. Pero yo no.

—Sabía que tenías la cabeza bien centrada. ¿Por qué Shia no puede hacer lo que le decimos e inscribirse en Derecho? Todavía está a tiempo. Su padre tiene contactos. Podrían aceptarlo pese a que ha pasado dos años dando vueltas por el mundo. Pero es que no nos hace caso, el muy terco.

Era extraño escuchar a la señora King hablando así de Shia, como si no hiciera más que cometer errores, cuando a veces yo desearía ser como él. Desearía que no me importara lo que la gente pensara de mí, y poder dejar a mi familia para recorrer el mundo. También desearía ser valiente. Al menos, un ratito.

—Estoy segura de que acabará por entrar en razón. Es afortunado de tener unos padres como ustedes —le aseguré, aunque me sentí un poco traidora.

La sonrisa de la señora King habría compensado mi

sentimiento de culpa si Shia no hubiera pasado en ese momento frente a la puerta abierta y me hubiera mirado como
si hubiera oído todo lo que habíamos dicho de él.

CAPÍTULO 12

Jo

Meg llevaba veinte minutos desaparecida cuando empecé a aburrirme y a desear volver a casa. Bueno, para ser sincera, quería irme desde que cruzamos la puerta de hierro forjado que separaba a los King del resto del mundo. Era como estar en un universo alternativo en el que los ricos se llenaban la boca con diminutas cucharitas de caviar y se la enjuagaban con licores caros. Un mundo en el que yo nunca había encajado.

Por suerte, el *champagne* ayudaba mucho.

—¿No es una fiesta preciosa? —me preguntó una mujer alta.

Tuve que doblar el cuello hacia atrás para mirarla y, aun así, no pude verle la cara. Traía un enorme sombrero de plumas. Era un pavo real rico y barroco, y tal vez igual de inútil.

—Encantadora —dije, tratando de imitar el tono de una belleza sureña.

La mujer aplaudió.

Como lo digo: aplaudió.

—¡Lo es! Bell Gardiner tiene muchísima suerte de

tener la oportunidad de casarse con un King. ¿Te lo imaginas?

No le entendí bien, pero su deleite y su entusiasmo con todo lo relacionado con la familia me revolvió el estómago. Para mí, los King eran unos narcisistas derrochadores y aburridos. La fiesta lo confirmaba. Además, en todas las habitaciones de la casa había cuadros de los cinco, colocados estratégicamente en las paredes, y daban repugnancia. Tal vez fuera verdad aquello de que cuando te hacían un retrato te robaban el alma. ¿O era cuando te tomaban una foto?... No me acordaba, pero eso explicaría lo que ocurría en aquella casa. No sabía gran cosa de ellos, pero no me hacía falta investigar mucho por mi cuenta. Me bastaba con la suntuosa fiesta y con saber que Meg detestaba a Shia y que siempre se quejaba de la frialdad de la señora King.

—Lo cierto es que ni me lo imagino —repuse—. Apuesto a que es divertidísimo estar todo el día encerrada en este antiguo caserón y no hacer nada más que beber *champagne* y quejarte de tu vida. Debe de ser una maravilla, ¿no? —Meneé las caderas al hablar y se me dibujó una sonrisa en la cara cuando la mujer me miró con el ceño fruncido.

—¿Qué problema tienes?

Su indignación daba risa. Actuaba como si estuviera hablando de su hermana o de su madre, y por su piel blanca sabía que no era el caso.

—Ninguno. Sólo que he oído que si uno se traslada a esta casa se transforma lentamente en un robot. Es de locos. Bell Gardiner... —Señalé con la cabeza hacia una mesa larga en la que estaban sentadas la homenajeada y sus amigas. Sólo faltaba el novio. La silla vacía junto a Bell llamaba mucho la atención.

—Eres... —empezó a decir la mujer con enojo, y sus ojos brillantes aparecieron por debajo del ridículo sombrero.

No tenía ganas de quedarme a esperar a que terminara la frase, así que me escabullí entre un mesero y un grupo de hombres altos.

Quería volver al escondite del banco, pero no me quería arriesgar a que Laurie se apuntara y empezara de nuevo con sus jueguitos.

Saqué el celular y le envié un mensaje a Meg:

Me voy a casa. Nos vemos cuando acabes. No lo soporto más.

Meg sabía arreglárselas sola. Salía casi todos los fines de semana, y para cuando volvía a casa yo ya llevaba horas durmiendo. Agarré otro pan de tomate y, al salir, sonreí a los gigantescos guardias de seguridad que vigilaban la puerta principal.

Saqué de nuevo el celular para buscar un viaje compartido en Uber, pero cuando miré a mi alrededor, me atrajo la oscuridad de la calle. Podía caminar unos minutos y llenarme los pulmones del aire fresco de Luisiana y la cabeza de silencio. Ya llamaría luego a un auto para que me llevara el resto del camino hasta casa. Bueno, hasta la entrada de la base. Nadie podía pasar el control de seguridad sin una estampita especial en el auto.

A veces tenía suerte y me tocaba un conductor con estampita o con identificación militar que me llevaba hasta la puerta de casa, pero no siempre. Desde donde estaba, la entrada a la base se encontraba a diez minutos en auto, y luego había otros cinco hasta la puerta de casa. No tardaría en llegar, ponerme la pijama y estar un rato platicando con mis hermanas. Teníamos tradiciones que seguíamos año tras año. Beth y Meredith llenaban la cocina de comida, y aún era mejor cuando venía la tía Hannah. Bueno, la comida era mejor, pero no los silencios incómodos que se creaban entre mi madre y su hermana. Amy iba de un lado para otro preguntándole a todo el mundo por sus recuerdos favoritos, aunque antes contaba los suyos. Meredith y Amy solían quedarse dormidas antes de la medianoche, y Beth siempre despertaba a Meredith justo a tiempo para las campanadas. A las doce, nos abrazábamos y bailábamos, y papá siempre encendía bengalas y gritábamos «*Prost!*», «¡salud!», al brindar. Mi padre lo había aprendido en Alemania, y nos encantaba.

Últimamente lo extrañaba mucho y pensaba en él a todas horas. Cuando era pequeña me resultaba más fácil distraerme para no añorarlo tanto; estaba ocupada con la escuela y escribiendo, y los días se me pasaban más rápido. Pero ahora le prestaba atención al mundo que me rodeaba y ya no me resultaba tan fácil.

Mis profesores hablaban de la guerra y mi Twitter estaba lleno de comentarios políticos, la mayoría de opinión contraria a lo que me enseñaban en clase.

El año anterior me sentía mucho más joven.

Meredith siempre me decía que no había nada parecido a tener dieciséis años. A los quince todavía no conduces y es probable que aún no hayas empezado a salir con chicos. La regla me había venido mucho más tarde que a todas mis hermanas, salvo Amy. Me sentía mucho más joven hasta el año anterior, cuando, de repente, sin que me diera cuenta, me había encontrado en los inicios de la edad adulta. Todos los días había alguna novedad y sentía que el mundo se hacía más pequeño con cada amanecer. Mis hermanas creían que exageraba, pero yo sentía que los tiempos habían cambiado, incluso desde que Meg había tenido mi edad hacía dos años.

Un mes más y mi padre volvería a casa. Volvería con nosotras y la vida sería un poco más alegre. Tendría a alguien con quién debatir, con quién comentar mis ideas. Estaba orgullosa de mi padre, pero no podía evitar desear que no se hubiera hecho oficial. De pronto, la culpa floreció en mi pecho y desestimé mis pensamientos. Mentalmente, les pedí perdón a papá y al universo y me paré a pensar. Era afortunada de que volviera a casa, eso lo sabía. Pero saberlo no me hacía sentir mejor durante su ausencia.

Pasé junto a un terreno y pensé en la intimidad que ofrecía todo aquel espacio. Apostaba a que los King también eran los dueños de aquello, porque estaba sin edificar. Sólo había ganado. Dos ojos me miraron desde la oscuridad y me alejé un poco más del animal. Me gustaban los gatos y los pájaros, pero los animales de granja de buen tamaño no eran lo mío. Como casi todos los días en el sur de Luisiana, el aire se volvía pegajoso al caer la noche. Seguía haciendo frío, pero aquella noche estaba siendo más cálida que la mañana. Busqué más vacas con la mirada e intenté permanecer bajo los faroles por si pasaba algún auto. Meg no me había respondido al mensaje todavía, así que esperaba que a Meredith no le diera un ataque al verme aparecer en casa sin ella.

Sabía que no iba a ser así, pero por si las moscas. Tal vez Meg contestara mi mensaje antes de que llamara al auto.

Le escribí otro:

Meg, ¿dónde estás?

Creí oír el chasquido de una rama al romperse detrás de mí, pero también sabía que tenía mucha imaginación. Cuando me rodeaba el silencio, mi mente creaba alguna cosa con la cual distraerse. Por eso escribía, para librarme de parte de mi imaginación hiperactiva.

Otro chasquido.

«De acuerdo. Hay algo detrás de mí. ¿Será una vaca?

»Que sea una vaca...».

Volteé y vi a Laurie caminando a unos tres metros.

Levantó las manos.

—¡No dispares!

Se echó a reír y yo le lancé una mirada asesina. ¿Me estaba siguiendo?

—¡¿Por qué me sigues?! —le grité.

Ahora estaba a metro y medio, y sus largas zancadas no tardaron en traerlo junto a mí. Traía la camisa por fuera y el pelo rubio hacia atrás, retirado de la cara.

—No te estoy siguiendo. Te vi salir y quería unirme a ti. —Sonrió y se pasó la lengua por los labios.

Lo miré a los ojos.

—Pues a mí me parece que me estabas siguiendo. ¿Qué quieres?

Sus labios húmedos resplandecían a la luz de los faroles.

—Yo también me voy a casa. ¿Por qué no vamos juntos?

«Mmm...».

—Hay un buen paseo, por si no te habías dado cuenta —señalé.

Es probable que no lo supiera porque acababa de mudarse allí, y me gustaba la idea de saber más que él sobre algo.

Soltó una carcajada y meneó la cabeza.

—Eres de lo más agradable, Jo Spring.

No sonreí.

—¿Ah sí? ¿Eso es café? —Señalé el vaso de plástico en su mano—. ¿Dónde había café?

Había visto mesas y mesas de *champagne* y dos bares bien surtidos, pero no café.

—Sí. ¿Lo quieres? —Me lo ofreció.

Asentí y lo tomé. Todavía estaba caliente.

—Prefiero el café a los cumplidos —repuse.

Levanté la tapa de plástico blanco y lo olí para asegurarme de que no tenía alcohol. Estaba servida con el *champagne* que había fingido disfrutar. Después de aquella noche no entendía por qué a la gente le gustaba tanto beber. A los adultos tal vez, porque tenían más preocupaciones, pero ¿a los adolescentes? No comprendía su afición por el alcohol.

Volví a poner la tapa. ¿Era seguro bebérmelo? Odiaba tener que preguntármelo.

—Tú primero —le dije devolviéndoselo.

Sus ojos fueron de los míos al vaso. Lo tomó. Ladeó la cabeza, pero no habló antes de darle un sorbo. Hizo gárgaras con el líquido como si fuera un enjuague bucal, se lo tragó y sonrió. Abrió la boca y me sacó la lengua para demostrarme que estaba vacía.

—Sólo estamos a diez minutos si atajamos por el cementerio —señaló poco después.

—¿El cementerio?

No podíamos atajar por el cementerio. Estaba cerrado y cercado.

Y daba muy mala vibra, la verdad.

—Sí.

Le dio una patada a una piedra, que rodó calle abajo. Lo único que se oía eran los grillos y los saltamontes frotándose las patas en los cultivos que nos rodeaban. Más allá había un maizal que siempre estaba tan oscuro que no podía evitar recordar la película de terror que Amy nos hizo ver la Navidad pasada: *Los chicos del maíz*.

—Es más rápido, créeme. Yo lo cruzo con frecuencia.

Me enojaba que él conociera un atajo y yo no.

—Está cerrado —repliqué.

—¿Y...? Puedo ayudarte a saltar la valla si eso es lo que te preocupa. La mayoría de las chicas no pueden escalarla. Te ayudaré —dijo, ofreciéndome una sonrisa.

Me gustaban los retos, y el modo en que dijo «la mayoría de las chicas» me molestó.

—Me las arreglaré. —Le devolví la sonrisa y lo seguí por la calle en dirección a las puertas del cementerio.

—No debería hacer tanto calor en la calle. El verano va a ser de lo peor —comentó Laurie.

Lo miré.

—¿Vamos a hablar del clima?

—Parece ser que no —contestó entre risas.

Una enorme puerta de madera roja señalaba la entrada del cementerio.

—¿Lista? —me preguntó entonces con una sonrisa burlona, como un desafío envuelto en un enorme lazo rojo.

—Sí.

Empecé a escalar un segundo antes que él y no me hizo falta su ayuda para saltar la reja de hierro. Llegué al otro lado yo sola y únicamente me hice dos desgarrones en los *jeans*. Valía la pena sacrificar unos pantalones para demostrar mi autosuficiencia.

Caminamos entre las tumbas en silencio. Laurie me dijo que, si perturbábamos el descanso de los muertos, ellos también nos perturbarían a nosotros.

Sabía que estaba bromeando, pero me estremecí y me pegué un poco más a él. Me moví con todo el cuidado del mundo hasta que accedimos a una calle pavimentada. Casi habíamos llegado a la salida, podía verla a lo lejos. Llegaríamos dentro de unos minutos.

Laurie era nuevo en la ciudad, ¿cómo era que la conocía mejor que yo?

—Dime, Jo, ¿qué te apasiona?

—Qué pregunta más rara. —Me reí mientras intentaba seguir el ritmo de sus largas zancadas.

—Va en serio. Siento curiosidad.

Se metió las manos en los bolsillos y empezó a andar más despacio para mantenerse detrás de mí.

—Tú primero, Laurie. —Me erguí todo lo que pude, con la espalda bien recta—. Cuéntame algo de ti. No me gustan los jueguitos.

—Mmm, Jo —repuso—. No sé por qué, pero no lo creo.

Sonrió, y entonces la luna brilló con más fuerza.

CAPÍTULO 13

—No voy a dejar que me acompañes si vas a ponerte pesado —le contesté.

No quería pasar todo el trayecto a casa jugando a las adivinanzas mientras él hacía comentarios críticos y nada productivos sobre todo lo que yo decía.

—No lo haré. Prometo que me portaré lo mejor que sé de ahora en adelante —dijo, levantando una mano y llevándosela al corazón.

Fue gracioso. Me reí.

—¿Platicamos un rato? —añadió, y luego empezó a hacerme una pregunta tras otra.

Para cuando llegamos a la entrada de la base, había hablado tanto con él que la caminata se me había hecho incluso corta.

¿Por qué me habían puesto ese nombre?

¿Por qué prefería que me dijeran Jo y no Josephine?

¿Quién era la hermana mayor y quién era la pequeña?...

Yo no había descubierto nada sobre él, excepto que quería ser su amiga.

Al acercarnos a la entrada, no sabía muy bien qué carril tomar. Uno de mis amigos civiles me dijo una vez que la entrada a la base era como un peaje. Laurie sí parecía saber por dónde ir, así que lo seguí al carril izquierdo. Las luces brillaban con fuerza sobre nuestras cabezas, y los policías militares que vigilaban llevaban enormes pistolas colgando de los cinturones de sus uniformes.

Coleman, un amigo de Meg, era el guardia cuyo trabajo consistía en pedirnos la identificación y darnos la bienvenida al «paraíso» que era Fort Cyprus. Nos dejó pasar sin problemas. Ni siquiera miró nuestras identificaciones. Seguro que quería acostarse con mi hermana, igual que la mitad de los soldados que conocíamos.

—Dime por qué andas siempre molesta, Jo —me dijo Laurie.

Cuando repliqué que no siempre estaba molesta, él repitió la pregunta y le lancé una mirada asesina. Pensé si todos los chicos eran tan interesantes como él. Mi padre lo era, pero algunos de los chicos de mi escuela, incluso los mayores con los que salía Meg, parecían más aburridos que el yogurt natural.

—Entonces, Jo, deduzco que la mirada asesina va a juego con un mal genio de mil demonios, ¿no? —inquirió cuando pasábamos junto a la tienda abierta las veinticuatro horas que había en la entrada de la base.

Ésta siempre estaba llena, y vendían la mejor comida caliente y los mejores capuchinos del mundo por menos de un dólar, hechos por una máquina en apenas treinta segundos. Siempre que pasábamos por caja, miraba el recibo para recordar el dineral que nos ahorrábamos al no pagar impuestos por nuestros capuchinos, bebidas energéticas y donas. Mi padre siempre decía que teníamos que aprovechar todo lo que nos ofrecía el ejército. Durante el curso, él iba a la tienda todas las mañanas por un vaso gigante de café. Me encantaba cuando nos llevaba a clase en auto. Sólo lo hacía un día a la semana, pero hablaba durante todo el trayecto.

Por un segundo, olvidé que me encontraba con Laurie mientras mi padre estaba a doce mil kilómetros de distancia. Una hilera de autos salió del estacionamiento y esperamos a que pasaran.

Laurie parecía la clase de chico que salía hasta tarde.

—Mi padre dice que tengo mal genio —señalé—. Dice que tengo un carácter fuerte y la lengua rápida y un espíritu inquieto que siempre me mete en problemas.

Él se echó a reír.

—Me parece que tu padre sabe lo que se dice.

Parecía que estaba resfriado, y sacó un pañuelo del bolsillo. Se sonó y me indicó que caminara delante de él. Yo me bajé de la banqueta y bromeé acerca de que esa vez no me había caído, pero no lo entendió.

—Bueno, Laurie, ya me hiciste un montón de preguntas. Ahora me toca a mí.

No volteé para mirarlo, y me aseguré de mantenerme a un par de pasos por delante de él.

—¿Qué hace uno para divertirse por aquí? —preguntó a continuación.

—Nada. Yo también me he hecho esa pregunta muchas veces. Pero por aquí no hay nada —le dije, olvidando que había llegado mi turno para interrogarlo.

—Tienes que crear tus propias aventuras, Jo.

Cuando lo miré, sentí que era capaz de leerme el pensamiento.

«Él crea sus propias aventuras», pensé.

—¿Quieres que entre? —me preguntó Laurie cuando llegamos al camino de entrada.

Las cortinas no estaban corridas y podía ver a Meredith sentada en el sillón de papá y a la tía Hannah en el sofá. Amy se encontraba en la otra punta, con el celular en la mano. No veía a Beth, pero estaba segura de que se hallaría en la cocina. Miré el celular. Sólo eran cuarto para las once. Meg no me había contestado.

—Bueno. Mi familia puede ser... —Miré hacia el interior de la casa y me pregunté si mi madre y mi tía se pelearían a gritos antes o después de medianoche—. Pero puedes pasar. Tenemos mucha comida y demás.

Eché un vistazo a la casa del viejo señor Laurence, que estaba completamente a oscuras. La señalé.

—¿Tienes que avisarle o algo?

—No —rio Laurie—. Está durmiendo. Ni siquiera se dará cuenta.

—¿Es tan horrible como dice todo el mundo? —dije de golpe.

Él se detuvo un instante y nos quedamos de pie en el camino de entrada de mi casa.

—¿Quieres saber qué ha pasado esta mañana?

Asentí y me recogí la larga melena detrás de las orejas.

—Esta mañana, el conductor nos llevó al barrio francés, a una pequeña tienda en la que a mi abuelo le gusta comprar pasteles y empanadas para las fiestas. También fuimos a una pescadería y, mientras hacíamos fila, una mendiga entró rogándole al pescadero que le dejara limpiar pescado a cambio de sobras para que su familia pudiera comer. La acompañaba un niño pequeño que tenía aspecto de no haber comido en varios días.

Se me revolvió el estómago.

—El dueño de la tienda le dijo que no y los corrió sin

contemplaciones. Mi abuelo le dijo entonces cuatro cosas al tipo, compró una bolsa enorme de pescado y se la llevó fuera. Le dio a la mujer un montón de billetes, el pescado y una botella de agua. —Laurie bajó la mirada hacia mí—. Hasta le sonrió al mocoso desdentado, y te aseguro que no sonríe nunca. Es huraño, pero es un buen hombre. No hagas caso de las habladurías de señoras aburridas.

Me quedé alucinada.

Me encantaba el giro de la historia. Me encantaba la idea de que la gente nunca es como creemos que es. Era una tontería pensar que la primera impresión, incluso la décima, bastaba para conocer de verdad a un ser humano. No me cuadraba, y eso hizo que me pareciera muy divertido que el viejo cascarrabias del señor Laurence fuera en realidad un oso amoroso y no un feroz oso gris.

—¿Ésa es tu madre? —dijo Laurie señalando la casa.

Vi a la tía Hannah de pie junto a la ventana.

—No, ésa es mi tía. Aquélla es mi madre. —Señalé a Meredith, sentada en el sillón. Llevaba puesto un viejo vestido de algodón y un pañuelo de flores en la cabeza—. Vamos. —Le di un jalón a la chamarra de Laurie y él me siguió a través de la puerta que rechinaba.

Amy se levantó al vernos y vi que llevaba sus manitas a toda velocidad al pelo para acomodarse los mechones rubios.

Meredith nos miró sin decir nada y sin moverse del sillón.

—Hola a todas —saludó Laurie a las sorprendidas ocupantes de la sala al tiempo que agitaba la mano en el aire.

—Laurie va a pasar la la última noche del año con nosotras, ¿les parece bien? —les pregunté.

Me lo llevé a la cocina antes de que pudieran contestar. Las luces alumbraban lo mínimo y me dirigí al regulador para subir la intensidad. Laurie volteó los ojos un poco, pero las dejé al máximo.

Señalé la comida.

—Come.

Con una pequeña sonrisa, él tomó un puñado de papas fritas de un tazón. Se acercó a la barra para mirar en las ollas de cocción lenta. Levantó la tapa de la que contenía salchichas ahumadas y se sirvió una generosa ración en un plato de plástico. Eran mis favoritas antes de que dejara de comer carne.

—Vamos a platicar un rato más —sugirió Laurie a continuación.

—Ya hablé mucho, y Beth puede decirte que hablo por los codos. ¡Nunca sé cuándo callarme!

Me reí. Me sentía mucho más cómoda en casa, lejos de la fiesta elegante de los King. No me sorprendía que Meg se hubiera quedado allí, y sospechaba que no volvería a casa antes de la medianoche.

—Beth es la que no sale nunca, ¿verdad? ¿La que tiene las mejillas sonrojadas y siempre trae un canasto para la ropa sucia? —preguntó Laurie con interés antes de llevarse unas cuantas pequeñas salchichas a la boca.

Un poco de salsa *barbecue* cayó en su camisa y él se la restregó. Si hubiera sido yo, Meg me habría echado pleito y me habría obligado a cambiarme de ropa. Pero a los chicos se les consentía todo, y eso me sacaba de mis casillas.

—Sí, ésa es. Es mi Beth. Es la mejor de todas nosotras —dije con lealtad.

Era verdad. Beth era mucho mejor que todas nosotras, mejor incluso que Meredith.

—Las oigo llamarse las unas a las otras cuando estoy en la sala —explicó, señalando con la barbilla la casa de al lado—. Y, cuando miro por la ventana, siempre las veo juntas a la mesa o sentadas en el sofá. Es muy bonito.

No supe qué decir. Nosotras también lo habíamos espiado alguna vez, así que no podía enojarme y, a decir verdad, tampoco me molestaba. Conocía a muchos fisgones.

—¿Qué parecemos desde fuera, Laurie? —pregunté por curiosidad.

—Parecen el gran sueño americano del que tanto oía hablar cuando era pequeño.

Ladeé un poco la cabeza y hundí una galleta salada en la bola de queso que Beth había preparado para mí.

—Nada más lejos de la realidad, te lo aseguro. Estamos a años luz de ser el sueño americano, pero yo lo conseguiré, y pronto. Me iré fuera en cuanto acabe la preparatoria, y no pienso mirar atrás. Lo tengo todo planeado.

—¿Adónde quieres irte a vivir? ¿No extrañarás a tus hermanas?

El horno empezó a sonar en cuanto Laurie terminó la pregunta y Beth entró corriendo en la cocina. Al verlo allí, se puso roja como un tomate, hasta las orejas.

—Beth, te presento a Laurie. Va a pasar la última noche del año con nosotras.

Mi hermana llevaba puestos unos *jeans* descoloridos con dos desgarrones enormes en las rodillas y una camiseta extragrande del viaje en familia que habíamos hecho a Disney World hacía unos años. Encima, se había colocado el delantal de Meredith, uno estampado con ramas violetas de flores de índigo silvestre, y se había medio recogido el pelo con una liga.

—Hola —dijo mientras se ocupaba del horno.

No hablaba mucho.

Amy entró contoneándose en la cocina y de inmediato me fijé en sus labios carnosos y brillantes. Unos minutos antes no llevaba brillo de labios ni aquel vestido. Imaginé que se había arreglado para Laurie...

—Hola, Laurie. Gracias por venir a nuestra fiesta —dijo en un tono que no le había oído nunca.

Laurie era el doble de alto que ella. Amy tenía las mejillas rojas como tomates.

Beth se echó a reír junto al horno. Miré el celular otra vez. No era que estuviera preocupada por Meg, sino que me molestaba que desapareciera sin más de la faz de la Tierra sólo porque estaba rodeada de ricachones.

CAPÍTULO 14

Me puse el gorro de lana.

Eran las nueve de la mañana del día de Año Nuevo y no aguantaba estar en casa oyendo las quejas de Amy y a Meg hablando sobre Shia y Bell ni un minuto más. Tomé una escoba y me puse las botas más resistentes que tenía. Se me ocurrió que podía salir a barrer el camino de acceso.

—Pero ¿qué vas a hacer ahora, Jo? —preguntó Meg.

—Un poco de ejercicio —sonreí mientras parpadeaba varias veces.

—Ya saliste a pasear esta mañana y hace frío fuera. Estás loca por querer salir cuando en casa tenemos Netflix y la chimenea encendida. —Meg miró a Beth en busca de apoyo.

No obstante, Beth no parecía interesada en tomar partido.

Levanté la escoba.

—No soy como tú, Meg. No puedo pasar el día acostada. Necesito aventura y emociones.

Ella resopló y pulsó varios botones del control. La dejé en lo suyo y salí a la calle. El camino de acceso estaba bastante limpio, así que no sabía qué hacer con la escoba. Miré la casa de los Laurence y conté las ventanas de la fachada.

Seis. Era una construcción señorial de piedra, y el jardín delantero estaba mejor cuidado que el nuestro. Fort Cyprus enviaba a alguien a cortarte el pasto y a arreglarte el jardín mientras el cabeza de familia estaba en una misión.

La de los Laurence no daba la impresión de ser la casa de un oficial, sino de un general. Era bonita, con los muebles de jardín todos a juego y un auto negro estacionado en la entrada. Parecía solitaria, como carente de vida. No había niños jugando fuera ni adolescentes gritando dentro ni zapatos en el cobertizo. En nuestra casa siempre había zapatos en el cobertizo.

Mientras observaba los detalles de la casa de los Laurence, mi mente empezó a desbocarse. Imaginé que era un palacio encantado, lleno de placeres espléndidos y sin utilidad de los que nadie disfrutaba. Me pregunté cómo sería la familia del viejo señor Laurence y por qué el único que vivía con él allí era su nieto. Sabía que la respuesta podía ser muy sencilla: familia militar, nadie vive en el mismo estado que su familia por los cambios permanentes de destino. Laurie ya me había contado que su padre estaba en Corea.

Alcé la vista hacia la ventana del segundo piso y, para cuando me di cuenta de que él estaba allí de pie, mirándome, ya era tarde para moverme. Lo saludé con la escoba, y la ventana se le resistió cuando la jaló para abrirla.

—¿Cómo estás? —quiso saber.

Me encogí de hombros. Tenía la nariz colorada y, desde abajo, le veía también los ojos hinchados.

—¿Y tú cómo estás?

—Un poco resfriado, pero me pondré bien.

—¿Vas a pasar todo el día encerrado en casa?

No sabía cuán cómoda debía sentirse una con un chico antes de empezar a pasar tiempo con él, pero tampoco estaba muy segura de que me importara lo que se suponía que debía hacer.

—¿Te estás ofreciendo a hacerme compañía, Jo? —Me sonrió desde la ventana. Cuando sonreía no parecía estar enfermo.

—No. —Le devolví la sonrisa.

—Pues deberías —repuso.

Creo que me gustaba la seguridad que tenía en sí mismo. No sabía si era de verdad o no, pero quería estar con él hasta averiguarlo.

—¡Vamos, Jo Spring! —dijo desde la ventana.

—¡No creo que sea una buena compañía para un enfermo! —grité mirando hacia arriba—. ¡No soy muy simpática y hablo sin parar!

Entonces oí a Amy platicando en la cocina, mientras espiaba mi conversación con Laurie.

—¡A mí así me caes bien!

Meneé la cabeza. Quería conocerlo mejor y me tocaba a mí hacerle preguntas, pero tenía que pedirle permiso a Meredith y asegurarme de que le parecía bien. No se me ocurría por qué no iba a darme el visto bueno, pero nunca le había pedido permiso para ir a casa de un chico.

—Tengo que preguntarle a mi madre si puedo ir. ¡Anda, cierra la ventana, no sea que te pongas peor!

Le di la espalda y volví a entrar en casa por la puerta de atrás. Me encontré a Amy, a Beth y a Meredith de pie en la cocina.

Tras diez segundos de silencio, les dije:

—¿Qué?

—Nada —dijo mi madre curvando los labios en una sonrisa. Parecía como si tramara algo.

Su cara en forma de corazón miraba la casa de Laurie a través de la ventana. Me acerqué para ver qué le interesaba tanto, y vi a Laurie de pie delante del espejo, peinándose con un cepillo.

—No es para tanto —les aseguré—. Y no deberían ser tan chismosas.

Amy empezó a hacer ruidos de besos con sus labios rosados. Los rizos rubios subían y bajaban alrededor de su cara.

—Está tan guapo... Tienes mucha suerte —protestó mientras le daba un último beso a la nada.

—¡Amy! —exclamamos Meredith y yo al unísono.

—¿Qué? —Amy sacó la cadera y de repente pareció tener dieciséis años—. Está para comérselo.

Luego tomó su celular de la barra y le pidió a Beth que le preparara el desayuno. Beth se puso en marcha de inmediato, abrió un estante y sacó una barra de pan.

—Entonces, Meredith, ¿te importa si voy un rato a casa de Laurie?

Se estaba terminando el café. Tragó con fuerza y negó con la cabeza.

—No, no me importa, Jo. ¿Te sientes cómoda yendo?

Amy alzó la vista arqueando sus cejas doradas.

—Sí.

—Entonces puedes ir. Confío en ti. Mándame un mensaje dentro de una hora para que sepa que todo va bien.

Beth agitó una botella de jugo de naranja y, si no hubiera tenido prisa por irme a la casa de al lado, me habría hecho la inútil como Amy y le habría pedido que me sirviera un vaso.

Cuando salí al pasillo pasé junto a un espejo.

Tenía una facha horrible. No me había preocupado por mi aspecto al ir a ver a Laurie ni por llevar puestos unos *leggins* negros, una sudadera de Pac-Man y unos Vans sucios. Mi idea era barrer el camino de acceso, no pasar el rato en casa del vecino.

La verdad era que no quería cambiarme, y él ya me había visto con aquellas fachas. Empezar a pensar en qué ponerme y arreglarme sólo por un chico me parecía mucho trabajo. Nunca había entendido el concepto, porque ¿qué pasa cuando te vas a vivir con alguien? ¿Tienes que poner el despertador una hora antes de que se despierte para arreglarte? No, gracias.

Fui al baño y me lavé los dientes. Me pasé el cepillo de Amy por el pelo y me lo recogí detrás de las orejas. El pelo se me engrasaba muy rápido y no tenía ganas de respirar los vapores del *shampoo* seco de Meg, así que volví a colocarme el gorro.

Luego me acerqué al espejo a estudiar mi rostro. Tenía los labios tan carnosos como siempre y las cejas gruesas y rebeldes otra vez. Meredith siempre me decía que no me las tocara hasta que ella me llevara a que me las depilaran con cera. Incluso sacó fotos de hacía diez años, cuando estaban de moda las cejas finas. Me alegré de no haber vivido aquella época de la historia de la belleza.

Todavía llevaba el sueño pegado a los ojos. Humedecí una toalla y me los lavé. Los labios también. Antes de que se me ocurriera qué más hacer con mi aspecto, apagué la luz y volví a la cocina.

—Ten, llévale sobras de anoche.

Mi madre me dio un recipiente con pay. Era de Navidad. Era la receta de pay de cerezas de Meredith que nadie probaba nunca excepto papá. Como teníamos en casa a la tía Hannah, era como si quisiera recuperar las Navidades que se habían perdido preparando tantos pays como fuera humanamente posible.

—Bueno, bueno —dije, impidiendo que Meredith colocara otro recipiente, esta vez de albóndigas, encima del que ya me había dado.

En la islita de la cocina había un pequeño tazón con las minisalchichas ahumadas que parecían haberle gustado tanto a Laurie la noche anterior, así que lo tomé y lo puse encima de todo.

—Ten cuidado de no aplastar el pay —me dijo Meredith.

Beth me sostuvo las sobras y metió las salchichas en el recipiente de abajo.

—Yo te abro —dijo luego, adelantándome junto a Meredith para ayudarme. Pensé que Beth tenía la mirada cansada.

Recoloqué los recipientes entre mis brazos y avancé por el jardín de atrás.

—¡Jo! No pensarás ir así vestida, ¿no? —me preguntó Meg desde dentro de la casa.

Pero yo seguí caminando por el jardín, sin voltear siquiera para mirar a mi hermana.

Cuando llegué a la puerta de la casa de los Laurence, toqué dos veces al timbre, pero nadie contestó. Iba a regresarme ya por donde había llegado cuando finalmente un anciano abrió la puerta. Tenía el pelo blanco, casi transparente, pero tan bien peinado que parecía que ni el viento podría despeinarlo. Supe de inmediato que era el viejo señor Laurence.

—¡Dile que suba! —indicó la voz de Laurie desde lo alto de la escalera, y el viejo señor Laurence me invitó a pasar con un gesto de la mano.

Tenía la mirada inquisitiva y del verde más extraño que había visto nunca. Los ojos de Laurie eran tan oscuros que me sorprendió lo diferentes que eran de los de su abuelo. La mandíbula del viejo señor Laurence era angulosa y cuadrada, y su ancha espalda me recordaba a alguien de la tele, aunque no habría sabido decir a quién.

Le di las gracias al anciano, fui hacia la escalera y vi que Laurie había empezado a bajarla. Los brazos me estaban matando. El interior de la casa era muy raro. Las cortinas eran enormes, rojas, y contrastaban con el tapiz pintado de color verde cazador. Había tantas que mareaban. Los candelabros y los libros desperdigados al azar por todas partes me recordaron a *Downton Abbey* o algo así. Estaba más desordenada de lo que había imaginado, sobre todo en comparación con lo que se veía por las ventanas que espiaba tan a menudo.

—¿Te ayudo? ¿Qué es todo eso?

Las largas piernas de Laurie lo llevaron al pie de la escalera en un abrir y cerrar de ojos y extendió los brazos para ayudarme con la comida que llevaba.

Me condujo a su cuarto y se quedó junto a un escritorio que había pegado a la puerta. En un principio, pensé que la habitación era bastante sosa, pero al fijarme más vi detalles mágicos por todas partes.

De lejos, el dibujo del tapiz pintado parecía garabatos negros sobre un fondo blanco, pero al acercarme me di cuenta de que eran hojas de partitura.

En la pared opuesta a la puerta estaba la cama. Las sábanas y los almohadones eran blancos, de yute, y me recordaron un anuncio de IKEA. El brillante sol de Luisiana entraba por las grandes ventanas abiertas. Hacía más calor en la habitación que fuera, y el ventilador del techo producía una brisa agradable. Mientras Laurie abría el recipiente de las minisalchichas, yo exploré su habitación. No parecía importarle, porque se sentó en el borde del escritorio y empezó a comer al tiempo que yo hojeaba las páginas de un libro con fotos en cuya cubierta decía *Barcelona*. Las páginas estaban llenas de imágenes vívidas y brillantes de playas preciosas y de deliciosas tapas.

—¿Has estado en Barcelona?

Tenía la boca llena. Asintió.

—¿Es bonita?

Laurie volvió a asentir con entusiasmo.

No podía imaginarme qué debía de sentirse siendo tan joven y habiendo viajado tanto. Yo era hija de militar y había cambiado de ciudad unas cuantas veces, de Connecticut a Texas y ahora a Nueva Orleans, pero eso no era nada comparado con haber recorrido Europa y que tu madre fuera una artista italiana. Quería a Meredith con locura, pero estaba segura de que no había heredado de ella mi pasión por la escritura.

Dejé el libro de Barcelona y tomé un cuaderno lleno de garabatos.

—Eso no. —Laurie me lo quitó antes de que pudiera hojearlo, lo que hizo que se acrecentaran mis ganas de leerlo.

—¿Qué hay dentro?

—Es un cuaderno de dibujo, pero se me da fatal.

Dejé que lo escondiera. Un día, cuando fuéramos amigos, le pediría otra vez que me lo enseñara.

Me cambié de lugar, cerca de la cama. Tenía una montaña de cómics en idiomas que yo ni siquiera sabía identificar. Al lado había botellas vacías de Coca-Cola y dos vasos de lo que parecía ser agua. En el buró, su cartera estaba encima de una revista *GQ*, llena de tarjetas y de recibos. La tomé y empecé a leer las tarjetas. Pero ¿quién necesitaba tantas tarjetas? Había una tarjeta de regalo de Urban Outfitters, otra para obtener pan gratis una vez al mes de Panera Bread, una tarjeta de visita de un agente inmobiliario.

Antes de que pudiera seguir leyéndolas, Laurie pronunció mi nombre y añadió:

—Oye, ¿qué haces registrándome la cartera?

Me puse un poco nerviosa.

—Sólo curioseaba. —Me encogí de hombros y volteé hacia él.

Tenía el recipiente de pay entre las manos, pero no parecía molesto. Medio sonreía.

—¿Es lo que la gente de por aquí suele hacer? Tomar la cartera de otro y husmear en ella? —Lo decía medio en broma—. ¡Imagínate que yo tomara tu bolsa y te registrara el monedero! —Se sentó en el pequeño sofá.

—No uso bolsa —contesté.

Supuse que podría considerarse una intromisión registrar las cosas de otra persona como acababa de hacerlo yo. La cartera me pesaba en las manos y volví a dejarla en el buró.

—Tengo tres hermanas. —No podía evitar que me hiciera gracia—. En casa no sabemos lo que es la intimidad. Disculpa.

Me alejé unos pasos del buró e intenté encontrar otra cosa con la que entretenerme.

—¿Sabías que en ruso no existe una palabra para *intimidad*? —me preguntó Laurie.

El sofá era lo bastante grande para los dos, así que me senté en la otra punta. Entre nosotros había un cojín naranja que imitaba una cabeza de zorro. Me lo puse en el regazo y acaricié el pelo suave. Durante un segundo pensé que Laurie sabía unas cosas muy raras..., hasta que recordé que yo también lo sabía.

—La verdad es que ya lo sabía —dije un tanto orgullosa.

Él alzó la barbilla hacia mí.

—¿Ah, sí? ¿Y eso?

Me dio la impresión de que no me creía, y me hizo gracia.

—Lo leí una vez en un libro.

—¿Qué libro?

—*El jinete de bronce*, de Paullina Simons. Es un...

Laurie se levantó de un brinco del sofá.

—¡Lo conozco! Era el libro favorito de mi madre. Bueno, los libros, en plural. Los leí los tres el verano pasado.

—Basta ya.

No cabía duda de que Laurie era el chico más interesante que había conocido.

—Te lo juro. ¿Puedes creer que la versión italiana omite parte del texto?

Me gustaba la facilidad con la que se emocionaba. Yo era igual, pero Meg siempre me decía que era señal de poca madurez. Si Laurie era inmaduro, también lo era Meg.

—¿En serio? ¿Por qué?

—Ni idea.

—¿De qué estábamos hablando antes de eso? —Me costaba recordar qué había pasado antes de que me sentara en el sofá con él.

—¿Qué más da? Háblame de tu madre y de tu tía. ¿Son hermanas?

Le conté las teorías de mis hermanas acerca de Meredith y la tía Hannah y el problema entre ellas. Le conté más de lo que debía, pero no me pareció mal. Por un segundo, pensé en Meg y en el modo en que River la torturó cuando terminaron. Tuve que recordar que los chicos podían importarme, pero mi prioridad, lo más importante, era yo. Quería una carrera y quería que me tomaran en serio. No podía imaginarme ser la esposa de alguien y ser feliz sólo con eso. No creía que hubiera alguien en el mundo que me gustara lo suficiente como para compartir con él el control de la tele.

El celular de Laurie sonó dos veces mientras yo hablaba y, cuando me detuve un momento, dijo: «Es mi madre», con la clásica sonrisa tímida de los chicos de las revistas.

Me pregunté si sabía que parecía un músico atormentado o un actor que estaba empezando. Tenía la elegancia del hijo bien educado de un político y el ingenio del hijo de un mesero. Le miré la boca y cómo la movía despacio cuando hablaba de algo con detenimiento, cuando compartía conmigo los recuerdos de Roma y de Boston, y cómo, de algún modo, le gustaban las dos por igual. Me pregunté cómo serían las chicas con las que solía salir. No era que las chicas guapas no pudieran ser inteligentes, porque sabía que lo eran. Conocía a muchas. La cuestión era que a veces a las chicas guapas se les enseñaba que debían ser bonitas pero no inteligentes.

Me pregunté si a los chicos se les enseñaba lo mismo. Una vez Meg me dijo que la vida era más fácil para las guapas. No lo creí entonces y me parece que nunca sería capaz de estar de acuerdo con ella. Pensé en si las chicas bonitas con las que Laurie debía de salir serían interesantes. No era justo suponer que no lo eran, pero como yo carecía de experiencia social, sólo podía basar mis ideas en estereotipos básicos.

A los pocos minutos, él cambió de tema.

—¿Qué tal la escuela?

Resoplé.

—La odio. Me muero por ser periodista. O una mujer de negocios. O escritora. O las tres cosas.

A Laurie le cambió la cara como si quisiera decir algo, pero no paró de darse golpecitos y jalones en los labios con los dedos. Yo hacía lo mismo de pequeña y me provocaba unas heridas horribles alrededor de la boca. Meg lo llamaba *mis labios de canela*, y Amy me decía que era una enfermedad. Supongo que había dos clases de personas. Bueno, tres, si incluimos a Beth, que me ayudaba a ponerme crema en los labios antes de acostarme.

Empecé a hablar de la escuela y de mis profesores, sobre todo del señor Geckle y de cómo me había expulsado del periódico y me había degradado al anuario. Laurie se rio a carcajadas y se burló de las mejillas coloradas y los dedos peludos del señor Geckle.

—Tienes mucha gracia para contar historias y explicar detalles. Es tan... tan... auténtico, pero narrado como a mí nunca se me habría ocurrido hacerlo —comentó—. Cuando era más joven, mi padre tuvo una novia que hablaba como tú. Vivía en alguna parte de Nueva Inglaterra y era una especie de gitana o algo así.

Me eché a reír como si lo que hubiera dicho fuera una tontería, pero lo cierto era que me encantaba la comparación.

—¿Te enseño la casa? —me preguntó cuando su celular sonó por tercera vez.

Para cuando alcanzamos la enorme escalera, me llegó un mensaje de Meredith, que me decía que mi padre llamaría al cabo de veinte minutos. Le expliqué a Laurie que tenía que irme y él me acompañó a la puerta.

El viejo señor Laurence estaba observándome y abrió la boca como si fuera a decir algo antes de que me fuera, pero finalmente dio media vuelta y desapareció por otra puerta.

CAPÍTULO 15

Meg

—¡¿Jo? ¿Jo, dónde estás?! —grité al pie de la escalera de casa.

Oí un leve «¡Aquí!» que provenía de arriba, diría que del dormitorio. En efecto, cuando llegué a nuestra habitación, allí estaba mi hermana, leyendo *La campana de cristal*, tapada hasta la nariz con la cobija de cuadros de papá, la que por lo general estaba doblada sobre el respaldo de su sillón.

Aquello era el mundo perfecto de Jo: un tazón de conos de maíz 3D en el regazo y una novela en la mano. Le proporcionaba refugio, y todos lo sabíamos. Meredith nos recordaba nuestros puntos fuertes y débiles. Jo era inteligente, estudiar le resultaría fácil. Yo era bonita y encantadora. No se me daban tan bien los libros como a ella, pero era espabilada y a veces con eso se llega mucho más lejos. Ya se veía.

A Jo le iría bien y a Amy también. La única que me preocupaba era Beth.

—¿Qué quieres?

Jo apartó sin ganas la mirada del libro. Sujetaba los bordes firmemente, con cuidado de no perder la página que estaba leyendo.

—Mira. —Le enseñé la pantalla de mi celular, en la que se veía la cara de cretina de Bell Gardiner en una invitación de Facebook.

«¡Arghh!» ¿Por qué me habría invitado? ¿Para restregarme en la cara que ahora formaba parte de la familia King?

—La señorita Gardiner, que pronto será la señora King, nos ha invitado a la cena de Año Nuevo de la familia King. ¿No te parece maravilloso? —dije de corrido. Estaba intentando mantener la calma, pero en ese momento no andaba sobrada de paciencia.

Jo suspiró y cerró el libro. Cuando hablaba, su mirada emanaba criterio y sabiduría. Sentía que estaba cambiando y madurando a diario.

—¿De verdad quieres ir, Meg? ¿O es algún extraño boicot social al que no deberíamos prestarnos? A mí me parece que es una trampa. He leído historias que empiezan así —concluyó Jo, toda escepticismo y espíritu combativo.

—¡Jo! —suspiré.

No lo entendía. Yo no quería ir, pero debía hacerlo. Tenía que fingir que no me molestaba con quién iba a casarse Bell Gardiner ni su nueva familia de clase alta con la que yo tanto había soñado. Que me daba igual que fuera a entrar en un mundo en el que una simple mesera no figuraba.

Yo conseguiría ascender al mismo nivel, sólo era cuestión de tiempo. Bell Gardiner era mayor que yo y eso le daba ventaja. Cuando John volviera, recuperaría el tiempo perdido. Estaría con un hombre que me adoraba y eso era todo lo que yo deseaba en la vida. Eso y niños dulces y contentos, una casa bonita y un matrimonio feliz. Sabía que Jo

161

no compartía los mismos valores, pero esperaba que me apoyara en lo de la invitación.

—Sí, quiero ir. ¿Qué vamos a ponernos? —le pregunté, cambiando de tema.

Sólo tenía dos horas para arreglarme. Estaba claro que a Bell se le había ocurrido invitarme a última hora, por las razones que fueran, cosa que me molestaba aún más que la inexplicable invitación.

Jo se destapó y bajó la vista hacia su cuerpo.

—¿Voy bien así?

Debajo de la cobija de cuadros grises y azules llevaba una camiseta gris y unos *jeans* azul marino con las perneras llenas de hoyos.

—Tienes que ponerte un vestido, Jo. Hazme caso. ¡Mira la invitación! Pondrán cubiertos de plata y habrá meseros sirviendo la cena. No puedes ir en *jeans*.

Normalmente me encantaba el estilo relajado de Los Ángeles de mi hermana, pero no para una cena como aquélla. La señora King se ofendería, y con razón, si dejaba ir a mi hermana en *jeans* a su cena de Año Nuevo.

—No tengo ningún vestido —dijo Jo encogiéndose de hombros, como si no tuviera tanta importancia.

Era verdad que a ella todo el asunto le tenía sin cuidado, pero para mí era de suma trascendencia. La invitación no provenía de la señora King, como me hubiera gustado. En realidad, no esperaba que me invitaran, pero habría sido muy diferente si lo hubiera hecho mi jefa, sobre todo después de la conversación que habíamos mantenido la noche anterior.

Por eso mi comportamiento con la señora King tenía que ser impecable, y que Jo apareciera en *jeans* no estaba a la altura de las circunstancias.

—Josephine, o te pones un vestido o no vienes —dije, intentando que no se me quebrara la voz.

Detestaba ponerme así. No podía evitarlo. Cuando pensaba en lo deslumbrante que estaba Bell Gardiner la noche anterior con aquel vestido verde me entraba el pánico y me imaginaba lo arreglados que irían todos a un evento tan formal. No podía soportar la idea de ser la única que desentonara por su aspecto.

—Jo, por favor, ¿no puedes ponerte uno mío o de Beth? —insistí nerviosa—. ¡Ponte lo que sea, pero ponte un vestido!

Ella se incorporó y dejó el libro en el escritorio que estaba a los pies de su cama.

—Entonces no voy. No me gustan esos mocosos engreídos y sus eventos sociales llenos de energía negativa. Son absurdos, y no me importa a quién le caigo bien y a quién no.

Jo no decía más que tonterías. No conocía a dos hermanas más distintas. Parecía imposible que aquella loquita de larga melena y piernas infinitas y yo fuéramos familia. Le importaba un bledo su reputación y lo que los chicos y las chicas de su salón opinaran de ella. Para ser sincera, a mí me preocupaba más lo que opinaran las chicas. Ellas eran las que juzgaban a todo el mundo. A veces pensaba que me habría gustado ser un poco más como Jo, pero al reflexionar acerca de lo solitario de su realidad, la idea se me iba rápidamente de la cabeza.

—Vamos, Jo.

Cerró los ojos, como hacía siempre, y yo dejé vagar mis pensamientos un instante. Pensé en Shia. En lo que se pondría, en cómo se comportaría con el señor King después de su discusión del día anterior. Tenía el estómago como si hubiera bebido leche agria. Esperaba que se me pasara antes de la cena. Cuando me ponía así de nerviosa, mi padre sabía qué decirme para calmarme. Mi padre, Shia y Jo eran muy diferentes entre sí, pero todos formaban parte de mi vida y de mí.

—Ponte uno mío, Jo. El que quieras.

Ya no sabía qué más decirle.

En cuanto mi hermana asintió de mala gana, corrí a bañarme, a depilarme y a vestirme.

Dos horas después, estábamos en la puerta de la casa. Jo llevaba un vestido de mezclilla mío. Uno de los tirantes le resbalaba un poco por el hombro y llevaba la larga melena recogida a un lado. La raya en medio no se veía bajo la maraña de pelo. Le quedaba muy bien. Jo tenía el tipo de cara y el cabello grueso que quedaban bien con los estilos despeinados. Cuando yo lo intentaba no parecían ondas de playa, sino simplemente que acababa de levantarme de la cama.

Ella parecía provenir de California y no de Luisiana, pero estaba preciosa. Como siempre. Las mujeres que acudían a Sephora sin duda habrían pagado cuarenta dólares por tener el rubor natural de sus mejillas.

—Allá vamos —le dije.

Ella meneó la cabeza desafiante y, de algún modo, supe que me apoyaría en lo que hiciera falta; sólo tenía que pedírselo. Eso hizo que la quisiera aún más, y sentí que estábamos cada vez más unidas. Me sucedía con frecuencia últimamente. Jo por fin había llegado a una edad en la que podíamos volver a identificarnos la una con la otra. A ciertas edades, eso no pasa, como, por ejemplo, de los doce y los catorce a los dieciséis. Pero ya tenía casi diecisiete años y, por fin, sentía que podía hablar y salir con ella otra vez.

—Allá vamos —dijo devolviéndome la sonrisa.

Siempre la había querido mucho, pero no es lo mismo el amor fraternal que el de amigas que se sienten a gusto por completo la una con la otra. A mis amigas de Texas les había contado cosas que me moriría de vergüenza si Jo o Beth las supieran. Últimamente Jo había estado cruzando esa línea de intimidad.

Me hacía sentir bien tener otra persona en la que poder confiar. Por supuesto, confiaba en mi madre y en mis hermanas, pero la confianza y la sinceridad no siempre iban de la mano. Era difícil encontrar personas así, y yo tenía tendencia a confiar en las personas equivocadas una y otra vez.

Justo cuando iba a pedir un Uber, Jo me tomó de la mano y negó con la cabeza. Una limusina salió del camino de acceso de la casa de los Laurence y entró en el nuestro. Cuando se abrió la puerta del auto, traté de decirle al conductor que se había equivocado de casa, pero Laurie, el chico de enfrente, apareció por el techo del vehículo. Era una limusina antigua y un poco básica, pero a Jo se le iluminó la cara al ver que éste le hacía una reverencia y le ofrecía el brazo como si fuera un acomodador para llevarla al auto. No me gustó el modo en que se apartó después de ayudarla, como si yo no existiera. No estaba celosa. Sólo era que no pensaba que fuera lo bastante bueno para Jo.

Jo necesitaba un alma vieja con mano firme y un ego resistente. Su pretendiente tenía que ser lo bastante fiable para guiarla y mantener a límite sus caprichos emocionales. Laurie, el nieto criado en Europa, traía botas Chelsea y un moño de chico. Jo no estaba preparada para esa clase de sueño adolescente.

—¡Su carruaje las espera, hermanas Spring! —gritó Laurie mientras yo hacía malabarismos para pasar junto a una enorme caja que había en el asiento.

»No soy el señor Laurence, soy Laurie —le estaba diciendo a Jo cuando me senté justo frente a ellos. Los separaba un metro de distancia. Las manos de Laurie apretaban una botella de Coca-Cola contra su camisa, y Jo sonrió cuando él le ofreció una».

—Laurie Laurence, qué nombre más raro —señaló Jo, y se llevó la botella a los labios.

—No. —Él sonrió—. Mi nombre de pila es Theodore, pero no me gusta. Cuando era pequeño los de mi clase me llamaba Dora, así que me lo cambié a Laurie al empezar la preparatoria. Nos mudamos del norte al sur de Italia, situación que hizo fácil empezar de cero.

Jo agitaba los hombros emocionada, y chocó su botella de Coca-Cola contra la de Laurie. Parecía como si fueran al baile de fin de curso, aunque Jo se negaba a ir a los bailes y a los partidos de futbol. Yo iba a todos y animaba desde las gradas de los estudiantes. No podíamos ser más distintas. Le dieron otro trago al refresco y un fino hilo ambarino cayó por los labios de Jo, rodó por su barbilla y aterrizó en el vestido de mezclilla azul claro.

—Háblame de Italia. Quiero saberlo todo —pidió Jo, restregando la mancha con la mano. Me estaba dando dolor de cabeza.

Laurie le dio una servilleta y le dijo que no era grave. Ella se echó a reír y se reclinó en el asiento de piel. Noté una familiaridad en él que no me cuadraba, pero todo cuanto podía hacer era comentárselo luego a mi hermana. Tal vez toda chica, incluida Jo, necesitara un Laurie que apareciera y desapareciera de su vida, dejándola desvirgada y madura. Tal vez eso era lo que le faltaba a Jo para desarrollarse completamente. Se había quedado en la fase de niña linda y tímida, y a ella le parecía bien, pero le dificultaba hacer amigos en clase.

Luego Laurie empezó a hablar de su escuela en Vevey, donde todos los chicos usaban el mismo corte de pelo e intentaban acostarse con las profesoras. Cuando, por Pascua, iban de vacaciones a Suiza, les contaban a los otros chicos sus intentos, y Laurie no lo dijo, pero Jo y yo sabíamos que eso debía de hacerlos sentir más hombres.

Se me hacía raro ser testigo del primer coqueteo de Jo. No teníamos hermanos y muy pocos primos, a los que ni siquiera conocíamos, así que para nosotras los chicos eran como extraterrestres. Yo lo superé en séptimo, cuando me vino la regla, me creció el pecho y se me ensancharon las caderas. Los chicos comenzaron a fijarse en mí y las chicas empezaron a ser antipáticas conmigo.

Nunca me interesó ser la reina de la escuela como Shelly Hunchberg, pero sí tener amigas. Me conformé con un grupo de chicas medio odiosas que estaban obsesionadas con YouTube y el labial mate. Cuanto mayores nos hacíamos, más odiosas se volvían, y fueron dejándome a un lado. Desde entonces, no nos hablamos. No quería que Jo pasara por esa clase de tribulaciones sociales. Por mucho que los profesores y los padres lo negaran, de los dieciséis a los veinte era una época difícil. Y Jo acababa de empezar.

Dejé de escuchar las tonterías que Laurie le estaba diciendo a mi hermana para seducirla y miré por la ventanilla. No era un trayecto largo. Me estaba metiendo en un avispero, y sabía que debía dejar de preocuparme tanto por Jo. Deseaba protegerla, pero no creo que eso la ayudara a largo plazo. Para sentir, uno tiene que conocer los valles y los picos, pensé. Si evitaba que Jo cometiera errores, nunca espabilaría. Lo veía a todas horas con mis amigas. Sus padres las protegían y ellas no aprendían nada sobre cómo funcionaba el mundo real, y en cuanto las despedían de su empleo en Forever 21 llamaban histéricas a casa, con el iPhone entre sus manos temblorosas, suplicando volver. Lo había visto mil veces.

Yo todavía vivía con Meredith y planeaba seguir en casa hasta que John y yo estuviéramos comprometidos. No sabía cuándo sería eso, pero sí que iba a ser pronto. En el ejército, estar casado te proporcionaba una buena reputación. Yo estaba lista para ser la esposa perfecta de un oficial. Todavía me quedaban cosas por aprender antes de ser una experta en asuntos domésticos, pero la parte social la tenía dominada. Aunque Jo no lo veía, ser la esposa de un militar suponía mucho más que hacer galletas y llevar niños de un lado para otro en auto. Había que ser fuerte, ser capaz de llevar la casa sola y apoyar a mi marido y a mi país de la mejor manera posible.

Pasamos una hilera de casas enormes, estábamos cerca de la residencia de los King. Jo y Laurie seguían hablando de Europa.

John Brooke iba a darme lo mejor. Era estable y atractivo. Lo tenía todo. Siempre había ansiado tener estabilidad. Shia nunca habría sido capaz de dármela. A pesar del dinero de su familia, estaba dispuesto a echarlo todo a perder, aventura tras aventura. John sí podía darme estabilidad.

John Brooke era un chico agradable que no hablaba mucho, pero, cuando lo hacía, siempre decía cosas muy inteligentes.

—Meg opina que el vestido me queda grande. Me obligó a ponérmelo —oí que le decía Jo a Laurie mientras él la ayudaba a salir del auto—. Puedes reírte si quieres —le dijo mirándome con una sonrisa.

Laurie no se rio.

Bajó la vista un segundo y le susurró algo parecido a «No hace falta que te pongas un vestido», y ella me sacó la lengua.

No pude evitar sonreír al ver la pizca de inocencia que aún le quedaba. Sabía que iba a desvanecerse pronto. Había notado que desde el verano pasado su cuerpo había empezado a florecer.

Jo me tomó de la mano cuando salimos del auto y me la estrechó con fuerza mientras atravesábamos juntas de nuevo la entrada de la casa de los King. Shia estaba de pie en el umbral y me vio antes de que pudiera evitarlo.

Apreté la mano de Jo y levanté la cabeza para que Shia me diera un beso en la mejilla. No quería ser formal con él, pero tenía que interpretar mi papel. Igual que él, que por eso mantuvo los labios en mi mejilla el tiempo justo y necesario.

Me aparté y di un paso atrás. A mi vestido rojo le había bastado el trayecto del auto a la puerta para empezar a pegarse a mi cuerpo. La casa se veía del todo distinta de la noche anterior. No habían pasado ni veinticuatro horas desde que me había ido de allí, pero la habían transformado por completo.

La primera diferencia era que no había tanta gente. Los King estaban en fila en la escalera, saludando como auténticos diplomáticos. Luego estaba Bell Gardiner, con el pelo estirado hacia atrás y recogido en un chongo apretado. Por los laterales sobresalían pequeños pasadores y el gel se olía a medio metro de distancia.

Sin mirarme, Shia le sonrió a Jo.

—Gracias por haber venido. Será divertido, te lo prometo. —Le dio un apretón en el hombro y vi que ella se relajaba. Shia sabía hacer que la gente se sintiera cómoda.

Aparté la vista y vi que Laurie me estaba observando. Jo lo miró, luego me miró a mí y se encorvó un poco. Él me saludó con la mano, tal vez en broma, pero lo ahuyenté y le di el abrigo a un hombre que había en la entrada y que se parecía mucho a Christopher Walken.

Lo primero que hice fue ir al baño del pasillo. Por desgracia, Bell y su madre estaban en mi camino. Para evitarlas, crucé por la cocina y vi a la señora King. Estaba junto a la islita de mármol, en el centro de la cocina abierta. Remolinos de líneas grises surcaban el mármol blanco, y la pintura de los arcos y de las molduras era del mismo tono de gris. La habitación parecía un salón antiguo.

—Meg —dijo al percatarse de mi presencia.

Su elegante mano sostenía una copa de vino. Me regaló una sonrisa imperial y me indicó que me acercara. Jo y Laurie venían detrás de mí, y recé para que mi jefa no notara la mancha en el vestido de mi hermana.

La señora King dejó la copa y me abrazó. Laurie la besó en ambas mejillas: así no se equivocaban, porque los dos habían viajado por Europa. Vi a Jo estudiar el gesto de *la bise* y oí a Laurie explicándoselo mientras se alejaban hacia el comedor, y de inmediato supe que Jo pronto empezaría a besar en las mejillas a todo el mundo. No cabía la menor duda de que Jo se iría de la ciudad en cuanto cumpliera los dieciocho. Nos lo recordaba a diario.

Un hombre con el pelo rojo se quedó mirando la parte superior del vestido de Jo. Me acerqué a ella y le subí el tirante al hombro.

Los pies me estaban matando. Apenas les había dado tiempo a las ampollas del día anterior a curarse antes de volver a torturarlos. Doce sillas rodeaban una mesa larga y ovalada. Muy despacio, di una vuelta alrededor en busca de un asiento con mi nombre escrito en una pequeña tarjeta. Cuando lo encontré, vi que estaba sentada justo enfrente de Shia y de Bell y a cuatro asientos de Jo. Pensé en pedirles que me cambiaran de lugar, pero no quería quedar mal.

Durante la cena sirvieron un delicioso manjar tras otro. Era una cena de seis platos que se parecía mucho a una cena *réveillon* criolla, un clásico de la Navidad en Nueva Orleans, pero los King la celebraban el día de Año Nuevo. Parecía apropiado. La familia podía cambiar la fecha y la Navidad y mucha gente los imitaría.

Jo estuvo hablando con Laurie y con Shia King sobre la comida, aunque vi que le daban náuseas con el pequeño platito de *foie-gras* que tenía delante. Picoteó la mitad de los platos de la cena, y Shia probó un bocado de suflé del tenedor de Bell Gardiner. El servicio era rápido y eficiente. Cuando a Jo se le cayó una cucharada de sopa de cebolla en la mesa, taparon la mancha con una servilleta rápidamente, y entre plato y plato barrían la mantelería de color crema con unas pequeñas escobas.

Sobreviví al postre, a los cocteles y a los cafés que sirvieron a continuación, e incluso al incómodo discurso de la señora King, quien dio las gracias a su marido por tener un corazón tan grande y a su hijo por pasar las fiestas con ellos. Miré a Jo, que estaba observando a Laurie. Me arriesgué a quedar como una maleducada y saqué el celular de la bolsa. En la pantalla, una notificación anunciaba que tenía un sms de Amy:

¿Qué tal la cena, chica con suerte? ¡No sabes lo afortunada que eres!

No contesté, pero le escribí a Meredith para decirle que estábamos bien. Guardé el celular de nuevo en la bolsa y la colgué en el respaldo de mi silla. Seguí casi toda la conversación en la mesa. Todo el mundo hablaba de teatro y de galas y de sus propios logros. Yo asentía y fingía interés en aquel concurso de egos. La verdad, me enojaba un poco estar ahí sentada y no tener nada que contar más que el hecho de que trabajaba para la señora King y que antes había estado empleada en Sephora. Hasta Bell tenía más conversación que yo, y era una maldita mesera. Shia había dado la vuelta al mundo, su familia se había enriquecido gracias al éxito del señor King, y la señora King había criado a tres miembros funcionales de la sociedad. Yo ni siquiera podía decir que fuera maquilladora profesional, simplemente se me daba bien. La matriarca de la casa trató de mantenerme a flote en la conversación y alabó mi talento para el maquillaje. Les dijo a los invitados que conseguía hacerla parecer diez años más joven. Quise contestar, pero Bell y su madre tomaron las riendas de la conversación, así que me dediqué a asentir con la boca cerrada mientras el servicio lo recogía todo.

Necesitaba aire fresco. Si no salía un minuto, me iba a dar algo. Vi que varios asientos estaban vacíos, así que tomé mi copa de agua y me levanté. Intenté llamar la atención de Jo, pero estaba gesticulando animadamente y mirando a Laurie y a un hombre al que no había visto nunca.

Imaginé que se las arreglaría sin mí. Tenía las mejillas sonrojadas y los hombros relajados. Como parecía que les estaba dando una lección magistral, me fui.

Me tomé mi tiempo para cruzar el pasillo y salir al jardín. Desde fuera se oían voces procedentes del comedor. El jardín estaba vacío. Me senté en una silla negra de hierro forjado y apoyé los codos en la mesa a juego.

Miré a mi alrededor: el jardín era perfecto, y me intimidaba. El mantenimiento de una propiedad como aquélla era todo un arte. Siempre había soñado con tener una casa grande como la de los King, con un jardín espectacular. Sin embargo, no sabía si iba a ser capaz de recordar cada cuánto había que podar los arbustos. Las luces parpadeantes de la noche anterior seguían encendidas, y alcé la vista hacia la gloriosa noche de Luisiana. Estábamos a veintiún grados y soplaba una suave brisa. Coloqué en su lugar unos mechones rebeldes de mi cabello y disfruté de un momento de paz antes de que me aguaran la fiesta.

La voz de Shia fue como la cubeta de agua fría.

—¿Encontraste algo interesante aquí fuera?

Negué con la cabeza. No quería renunciar a la paz que sentía en el jardín ni, mucho menos, hablar con Shia.

Intenté ser graciosa, pero no me salía, y él se acercó y se sentó enfrente de mí. La silla crujió bajo su peso y traté de imaginar cómo debía de ser haber crecido en un cuento de hadas en el que incluso las mesas viejas de jardín rebosan encanto. No obstante, sabía que no era justo decir que su vida era un cuento de hadas.

—Estuviste aquí anoche y volviste hoy para la cena, pero mi madre dice que has estado enferma. ¿Te encuentras bien, Margaret?

Estaba muy cerca de mí, y se acercó todavía más. Los grillos guardaron silencio y yo contuve la respiración. Podía oler la miel en sus labios. Era así de pícaro. Te hacía desearlo con desesperación y luego se esfumaba y te dejaba preguntándote si todo habían sido imaginaciones tuyas.

—Estoy bien, gracias por tu interés. —Miré hacia otro lado y me solté el pelo. Me pregunté si el maquillaje seguiría en su lugar. Me había olvidado de él por completo.

¿Olía a *gumbo* de marisco? Shia King no olía a guiso de marisco, ni tampoco a las alcachofas chorreantes de ajo que le había visto devorar. Olía como siempre, a tierra, a lluvia y a madera con un toque de loción. Cuanto más lo miraba, más me sorprendía su atuendo. Antes no me había permitido la libertad de examinarlo de arriba abajo, pero ahora estábamos solos y él tenía la vista fija en el suelo.

El chaleco y el saco eran casi del mismo tono aceituna y llevaba la camisa de vestir abrochada hasta el cuello. El estampado era de pequeños dibujos negros y se había puesto unas botas gris oscuro. Parecía salido de Milán o de Nueva York. De repente, temí que se me viera el borde del brasier sin tirantes. Yo no podía vestirme como Bell Gardiner, pero sabía que el vestido rojo me quedaba bien. Sólo que tenía más para tapar.

—No sabía que mi madre y tú estuvieran tan unidas. —Me miró a los ojos y se llevó la copa a los labios—. Hasta que las oí hablar de mí anoche. Siempre supe que te parecías más a ella que yo, pero no me había dado cuenta de que son casi idénticas.

—Sólo quiere lo mejor para ti, Shia. Eres su único hijo varón. Quieren lo mejor para tu...

—¡Por Dios, Meg! ¿Te estás oyendo? Estás ahí sentada... —Hizo una pausa para mirarme fijamente. Con los dedos, dio un golpecito en el centro de la estructura de madera de la mesa—. Eres un clon de mi madre. Anoche, en la despensa de mayordomo, me dieron escalofríos al ver lo mucho que se parecían. Sostenían las copas de la misma manera.

Se estremeció y me aparté.

Una parte de mí no podía ocultar que me halagaba que Shia pensara que su madre y yo nos parecíamos, pero tal vez justo por eso algunas veces le gustaba y otras me odiaba.

... Y por fin había vuelto a llamarme Meg.

—Tienes suerte de que tus padres se preocupen tanto por ti —dije.

Shia puso los ojos en blanco y echó la cabeza atrás. Miró el cielo estrellado.

—Creía que lo entendías, Meg. Pero no lo entiendes. Es lo que hay.

El modo en que meneó la cabeza me hizo sentir que me estaba juzgando sin piedad.

Apoyé las manos en la mesa, estiré los brazos y me levanté.

—No sabes ni quién soy ni lo que entiendo o dejo de entender —repuse.

Si hubiera tenido una copa, me la habría bebido o se la habría tirado a la cara, no lo tenía claro. Quería dramatismo. Así éramos nosotros.

—Hubo un momento en que sí, y lo sabes. —Su mirada era inquebrantable y se clavaba en la mía.

Me alejé de mi silla y pasé junto a él para desaparecer por el jardín. Si los zapatos no me hubieran estado matando, me habría sido mucho más fácil mostrar la indignación en mis andares. Pero acabé con el trasero en el pasto, intentando sacar el pie de un agujero. Shia apareció a mi lado. Con cara de póquer, extrajo el zapato de la tierra.

El tacón se rompió y él señaló mi tobillo.

—No tiene buen aspecto.

Bajé la vista hacia el lugar donde estaba mirando él.

Mi tobillo estaba doblado en un ángulo antinatural. No me dolía, hasta que él lo mencionó, cosa rara. Jo seguramente tenía una teoría al respecto. Tenía teorías para todo. Quise preguntárselo.

—Ven, deja que te ayude a levantarte. —Shia intentó tomarme las manos.

Pero me aparté y negué con la cabeza.

—Ve a buscar a Jo —contesté—. No necesito tu ayuda.

Él levantó las manos sin decir nada y entró en la casa a buscar a mi hermana.

Me sentía humillada y notaba las lágrimas quemándome en los ojos. Tenía que salir de allí cuanto antes. No podía creer que hubiera ido a aquella cena. ¿En qué diablos estaba pensando? Me senté en la hierba acolchonada y esperé a que apareciera alguien. Debería haber permanecido sentada en la mesa, así me habría ahorrado quedar como una imbécil.

Jo apareció corriendo por la puerta de atrás. Se movía con agilidad porque traía botas. Debería haber hecho como ella.

Sentía la piel pegajosa.

—Me torcí el tobillo. Fueron los malditos zapatos. —Me moví un poco y el dolor me atravesó el pie—. No creo que pueda levantarme.

—Te dije que esos zapatos no eran buenos para los pies. ¿Ves cómo no valían la pena? —Jo me frotó el tobillo.

—Necesito irme a casa. Llama un taxi.

No sabía cómo iba a llegar al otro lado de la casa o al auto, pero encontraría la manera.

—¡Laurie! —gritó entonces Jo.

Le lancé una mirada asesina y agité las manos en el aire.

—Ni hablar. No le pidas que nos lleve a casa. Estoy segura de que quiere quedarse. Jo, no le...

Me callé sin terminar la frase. Laurie salió corriendo de la casa, seguido de Shia. Me estaba muriendo de vergüenza. Me mordí el interior de la mejilla e intenté ponerme de pie, pero en cuanto apoyé todo mi peso en la rodilla me caí de sentón y grité de dolor.

—Meg, no te muevas —me dijo Shia.

Resoplé, y lo habría mandado al diablo si la señora King no hubiera aparecido detrás de él. Parecía preocupada, pero un tanto aburrida. La situación era extraña, y por una vez no quise ser el centro de atención.

—Estoy bien, sólo necesito llegar al auto —les expliqué a los que se habían congregado a mi alrededor.

—No pasa nada. Yo la llevaré a casa —indicó Laurie sacando el celular del bolsillo. Musitó unas palabras, colgó y se lo guardó en los *jeans*.

Me gustaba cómo observaba a Jo allá adonde fuera. Ella había desaparecido y luego había vuelto con una enorme mancha café en el vestido, a la altura del abdomen. Iba muy sucia. La señora King ni la miró. Era como si ella no estuviera.

—Es muy pronto, Laurie. ¿Seguro que no te importa? —le pregunté.

Jo lo miró.

Él negó con la cabeza.

—Siempre me voy pronto, de verdad. Vamos a meterte en el auto, que llegará en cualquier momento. Ayudaré a Jo a llevarte a casa.

A continuación, me tomó en brazos sin darme tiempo a protestar, y vi cómo Shia le lanzaba dardos con la mirada hasta que desaparecimos en el interior de la casa.

CAPÍTULO 16

Beth

Laurie entró de golpe en casa con Meg apoyada contra su cuerpo y sujetándose a su camiseta mientras saltaba cojeando. Jo la sostenía por el otro lado. De inmediato, busqué manchas de sangre con la mirada. No sabía por qué, pero imagino que vivir en una base militar hace que no reacciones como un civil.

No vi sangre, y Meg no gritaba ni lloraba, así que corrí a ayudarlos. Mi hermana mayor estaba lívida. Llevaba el precioso vestido rojo con la parte de atrás de la falda manchada de verde del pasto. Me arrodillé y levanté con cuidado el dobladillo del vestido para examinarle el tobillo antes de moverlo.

—Está roto, ¿verdad, Beth?

Laurie permanecía de pie junto a ella, un tanto incómodo, con las manos metidas en los bolsillos y las rodillas flexionadas.

—No, Meg, sólo te torciste. Voy por hielo, no te muevas —le dije, y me puse de pie.

Cuando llegué a la cocina, llamé a Jo:

—¡No dejes que se mueva!

Meredith entró en la cocina con el pelo sujeto con pasadores y arrastrando el vestido por el suelo.

—¿Qué pasó?

Abrí el clóset que había junto a ella y saqué unas bolsas de plástico.

—Meg se torció el tobillo en casa de los King. Tiene mal aspecto.

Mi madre abrió la puerta del congelador y me ayudó a llenar una bolsa con hielo.

—¿Ése es el chico del viejo Laurence?

Asentí.

—Qué guapo es.

Cerró el congelador y se apoyó en la barra.

—A mí también me lo parece.

Meredith me siguió a la sala y le dio las gracias a Laurie por ayudar a Meg. Jo le dijo lo mismo y desapareció escaleras arriba. No volvió a bajar. Laurie pasó una hora mirando la escalera antes de rendirse e irse a casa. Me pareció que Jo no sabía relacionarse con chicos, sobre todo con chicos altos de pelo largo como Laurie. Seguro que ni siquiera se le ocurrió despedirse de él.

Así era Jo: siempre en su mundo. Era una de sus mejores cualidades, pero tenía que aprender cuándo volver a la realidad.

A la mañana siguiente, me desperté primero e hice café, di de comer a los peces y regué las plantas. Sólo eran las ocho, pero pensé que debía preparar el desayuno. No sabía si teníamos todo lo necesario, así que busqué los ingredientes en los estantes de la cocina y en la despensa.

Huevos. Afirmativo.

Leche. Afirmativo.

Pan tostado... Aparté una bolsa de tortillas de trigo y detrás encontré una barra de pan. Creía recordar que había tocino en el congelador y fui a investigar. Debajo de una bolsa de pechugas de pollo di con medio kilo de tocino. Abrí la llave del agua caliente y la dejé correr encima para descongelarlo. Extrañaba a papá, que siempre se levantaba temprano y me ayudaba a preparar el desayuno. Hablábamos de música mientras doblábamos la ropa limpia, y yo sentía que me merecía aquellos momentos con mi padre. Por entonces pensaba que aquellos ratos con él no tendrían fin. El año que había estado allí me parecieron infinitos, pese a que no había sido así. Debería haberme acostumbrado a su ausencia, todas deberíamos habernos acostumbrado ya, pero nos sucedía justo lo contrario.

Mientras esperaba a que se calentara el horno, le di la vuelta al tocino. Mi padre solía hablarme de los conciertos a los que iba antes con mi madre. Eran fans de Bob Dylan en los años noventa, y recuerdo que un año entraron tambaleándose en nuestra antigua casa de Texas y mi madre se reía tan a gusto que pensé que estaba llorando. Me escondí junto a la puerta y vi a mi padre tomarla en brazos y perseguirla por la cocina. Recuerdo lo fuerte que la estrechó contra su pecho cuando la atrapó. Los padres que recordaba eran muy distintos de los de ahora, pero así es la vida. Habría dado lo que fuera por tener a mis padres viviendo bajo el mismo techo.

Amy entró paseándose en la cocina cuando el aroma del tocino empezó a llenar la casa.

—Ñam, ñam... —exclamó.

Acto seguido, se sentó en la mesa y sacó el celular del bolsillo. No pronunció ni una palabra más hasta que Meg se unió a nosotras. Tomé nota mental de que a Amy ya le quedaba pequeña la pijama. Al dobladillo de los pantalones le faltaban por lo menos cinco centímetros para llegarle al tobillo.

Al poco rato, Meg entró cojeando en la cocina y se sirvió una taza de café humeante mientras yo sacaba la sartén de tocino del horno. Se acercó a la mesa, aún cojeando, y se sentó.

—Creo que se me derramó un poco —protestó al plantar el trasero en la silla.

Le dije que yo lo limpiaría. Me sonrió, me dio las gracias y me explicó que el tobillo la estaba matando.

Jo y Meredith fueron las últimas en llegar y, para cuando todas estuvieron sentadas en la mesa, Meg tenía cara de dolor y Amy continuaba jugando con el celular.

—¿No les resulta raro que tengamos que seguir con nuestras vidas después de las fiestas? Todo volverá a la normalidad cuando regresen a la escuela —señaló Meg con la boca llena de huevos revueltos.

—Ojalá siempre fuera Navidad y Año Nuevo. Todo el mundo estaría aún más estresado y tendría aún menos dinero —dijo Jo.

—Para, Jo —dijo Meredith, pero sonrió cuando ella no la miraba.

Desayunamos, y Amy habló de un trueque de alimentos que harían en la escuela cuando empezaran de nuevo las clases. Me ofrecí a ayudarla en lo que pudiera, y ella me lanzó un beso al aire desde su silla. Meredith comentó que le había enviado un correo electrónico a papá el día anterior y que esperaba que ese día pudiera hablar por Skype. Yo tenía la impresión de que las llamadas eran cada vez menos frecuentes y leía los correos que intercambiaban mi madre y él sobre su próxima misión. Sabía que enviaban a su pelotón a una misión porque había dicho que estaría ausente una semana.

Prefería cuando se quedaba en la base de operaciones avanzada. Yo no era como Jo, que leía todos los *hashtags*, ni como Amy, que vivía feliz en la ignorancia sin enterarse de lo que pasaba en el mundo. Yo iba por mi propio camino, y cuando a eso le añadías tener que cuidar de mi madre y de mis hermanas, diría que tenía más responsabilidades que ellas. Estaba muy preocupada por papá, y esperaba que llamara pronto.

—Meg, necesito que me lleves a trabajar mañana. No puedo tomarme más días libres este mes, mi jefe me matará —dijo Jo.

Estaba escarbando en el plato. Seguro que ya se le había enfriado el omelette de verduras. Lo había hecho antes que el pan francés. Jo era la única que no se peleaba por mi pan francés, excepto cuando papá estaba en casa. Mi abuela paterna me enseñó a hacerlo con pan de trigo, un poco de nuez moscada extra y «una pizca de sal». Eso último lo oía mentalmente con su voz, como si lo dijera ella. Tenía acento del interior, aunque ella decía que dicho acento «no existía». Como si la oyera.

Jo y mi padre eran los únicos a los que podía confiarles un plato de galletas de chocolate recién hechas. No obstante, los dos devoraban las bolsas de papas fritas de una sentada. Los conos de maíz 3D eran los mejores amigos de Jo.

No como el omelette que le había preparado. Notaba rara a mi hermana.

—Apenas puedo caminar. ¿Cómo quieres que te lleve a algún lado? —dijo Meg señalándose el tobillo.

Estaba menos hinchado que la noche anterior.

—No puedo faltar al trabajo, y en autobús paso una vida para llegar a cualquier lugar.

Meredith salió de la cocina y yo no tardaría en hacerlo. Jo y Meg tenían que solucionar el asunto solas, y mamá estaba un poco ausente. Seguro que estaba exhausta de tanto preocuparse.

—¡Meredith! —la llamó Jo—. ¿Estás ocupada el martes? Tengo quién me lleve, pero no quién me traiga.

Mi madre se asomó a la cocina, preguntó a qué hora salía y luego le dijo que era posible que tuviera que esperar veinte minutos antes de que ella llegara.

—También tengo que recoger a la tía Hannah en el trabajo —explicó.

—Gracias —le contestó Jo con una sonrisa.

Cuando mamá se fue otra vez, Amy volteó hacia Jo.

—No es culpa suya que no pueda llevarte —dijo—. Es que tiene el pie mal.

Jo se detuvo a pensar un instante en lo que Amy le había dicho y luego volteó hacia Meg.

—Perdón. Sé que no es culpa tuya. Estoy cansada y terminando el artículo. Es muy estresante.

Meg no trató de disimular la sorpresa. Siempre parecía serena, y noté que la disculpa de Jo la había tomado desprevenida. A mí también.

—Gr... gracias —contestó, arrastrando confundida la palabra—. Tranquila, sé que tienes mucho entre manos.

No tardé en contagiarme del asombro de Meg y de repente pensé que ella y Jo últimamente habían pasado más tiempo juntas que de costumbre. Las oía platicar por las noches, hablaban en la cama, cuando todo el mundo dormía en la casa. No las veía así desde que éramos pequeñas, y Meg usaba a Jo de conejillo de Indias para sus experimentos cosméticos antes de dormir. La almohada de Jo siempre estaba manchada de maquillaje a la mañana siguiente.

—¿Por qué no le pides a Laurie que te lleve, ahora que es tu novio? —Amy le tocó el brazo a Jo, que le apartó la mano—. ¿Quién habría imaginado que Jo iba a tener un novio tan guapo? No se puede estar más guapo. —Amy tocó la pantalla de su celular y nos miró a las tres.

—Cállate —replicó Jo.

—No es nada malo. —Amy sonrió y miró a Meg en busca de aprobación. Adoraba a Meg y besaba el suelo que ella pisaba.

Pasaron unos segundos y Jo se levantó de la mesa.

—Me voy —anunció, y salió de la cocina.

La siguiente fui yo.

Tenía que acabar mi tarea de historia en la *laptop* de mamá antes de medianoche. Sabía que me arrepentiría de estudiar la Segunda Guerra Mundial antes de acostarme. Estaba segura, al ciento veinte por ciento, de que me provocaría pesadillas, pero llevaba retraso en mi tarea debido a la pereza de las fiestas.

Entré en la sala y vi a Meredith sentada en el sillón reclinable de papá con los ojos cerrados. Cuando me acerqué

185

para tomar la *laptop* del descansabrazos, abrió los ojos y me dio un susto de muerte.

Se echó a reír al verme ahogar un grito.

—Perdona, cariño —dijo con una sonrisa.

Siempre parecía muy joven cuando sonreía. Mi madre era preciosa, pero a veces daba la impresión de que en un año había envejecido cinco. Me tenía preocupada, y quería que papá volviera a casa.

—Tengo que hacer la tarea. Lo traeré de vuelta antes de irme a la cama —le prometí.

Me sonrió con cara de sueño.

—Muy bien. Puedes hacerla aquí si quieres. No te molestaré. Sólo voy a ver *Mentes criminales* —me dijo.

Jaló la palanca del sillón reclinable y saltó el resorte del reposapiés.

Me eché a reír.

—Es imposible que te estés callada mientras ves *Mentes criminales* —repuse.

Hablaba en todas las escenas. Siempre intentaba adivinar quién era el asesino, y le gritaba al televisor.

Mi madre se echó a reír.

—Sigo pensando que el FBI tendría que vigilar de cerca a los guionistas de la serie. Escriben historias de lo más retorcidas. —Lo decía siempre que veíamos la serie juntas.

Yo era la única que lo soportaba. Amy era demasiado remilgada; Meg, demasiado miedosa, y Jo, demasiado literal y buscaba continuamente fallos en la trama.

Me encantaban aquellos ratos con mi madre, cuando estaba contenta y entretenida.

—Anda, Beth, quédate aquí abajo conmigo —suplicó, y juntó las manos como si estuviera rezando.

Intenté poner una cara muy seria mientras me sentaba en el sofá y le daba el control.

—Pero sólo puedes hablar durante los anuncios, ¿prometido?

Meredith juntó el índice y el pulgar, se los pasó de un lado a otro de la boca como si se la estuviera cerrando con un cierre y luego me lanzó la llave imaginaria.

CAPÍTULO 17

En las pocas semanas transcurridas desde Navidad, todo había cambiado.

Jo y Laurie se habían vuelto inseparables.

Shia estaba fuera otra vez, salvando el mundo a su manera. Meg había vuelto a la residencia de los King. John Brooke regresaría a casa muy pronto, y Meg no hablaba de otra cosa. Estaba siempre nerviosa, aunque fingía no estarlo.

Meredith se mantenía ocupada y la tía Hannah venía más que de costumbre.

Todas estaban bien menos Amy, a quien habían suspendido de la escuela por continuar haciendo trueques con comida pese a que la maestra le había dicho en varias ocasiones que lo dejara.

Por lo visto, avisaron al director cuando sorprendieron a mi hermana con un pay de limón dentro de su banca. Un pay. En su banca. Cuando me había pedido que le hiciera uno, no lo pensé dos veces. Supuse que debía de ser para una fiesta de la escuela y le hice una versión casera del pay del café Petite Amelie.

Así que Amy iba a pasar una semana en casa conmigo, y Meredith me pidió que le enseñara cosas aprovechando que yo iba a estar allí también. Apenas tardaba dos horas en terminar mis clases por internet, y durante los cinco días que iba a durar la suspensión disponía de mucho tiempo para estar con ella. Mi hermana se encontraba sentada delante de mí en la mesa de la cocina. Aquella mañana, teníamos la casa para nosotras.

—Quiero ir otra vez a casa de Laurie —protestó con la boca llena de cereal.

Hundí la cuchara en el plato y me llevé los Cheerios nadando en leche a la boca. Luego le contesté con el mismo tono y de la misma manera en que ella me había hablado:

—¿Por qué?

—¡Porque sí! —dijo con un suspiro exagerado.

Era muy emocional, mucho más que Meg. Amy siempre parecía estar en las nubes. De todas nosotras, Meg era la que tenía los pies más en la tierra y Amy, la que menos.

—Porque allí tienen de todo. Un jardín grande. Incluso un carrito de golf estacionado en el patio —gimió.

Pensé en las patinetas y en las bicis para las que mis padres habían ahorrado durante meses y tuve que acordarme de que Amy sólo tenía doce años. No entendía que se estaba comportando como una niña mimada.

—¿Cómo lo sabes?

Amy siempre estaba espiando. Un día oí a Meredith decirle a la tía Hannah que debería ponerle contraseña a la *laptop* si no quería que Amy se metiera en todos sus archivos y carpetas.

—Lo sé. —Le brillaban los ojos—. Deberíamos irnos a vivir allí. Tienen una biblioteca para Jo, un piano para ti, y a Meg le encanta el invernadero. Seguro que encontraríamos alguna cosa para Meredith.

Era cierto. El viejo señor Laurence tenía el piano de cola más bonito del mundo en la sala de estar. Sólo lo había visto de cerca en una ocasión, la semana anterior, cuando entré en la casa por primera vez.

Le sonreí a Amy.

—El problema es conseguir que el viejo señor Laurence nos regale la casa grande.

Ella asintió y los rizos rubios acariciaron sus hombros.

—Seguro que conseguirías convencerlo. ¡O una de nosotras podría casarse con él!

—¡Qué asco! ¡No serías capaz!

Me quedé mirando a mi hermana con la boca abierta. En parte era broma, pero no me gustaba que hablara de casarse con un anciano por dinero a la tierna edad de doce años. ¿De dónde habría sacado esas ideas? ¿De Meg?

—¡Claro que sí! Y tú también deberías serlo —dijo ella con fingido acento sureño—. Haría lo que fuera por tener una vida mejor. Si fuera la esposa del viejo señor Laurence, podría pasar el día pintando y bebiendo té y sería toda una mujer del sur —añadió, y alzó la cuchara con el meñique bien tieso en el aire.

Me eché a reír al oír su tono de voz, pero no me gustaban los caminos por los que iba la conversación. Tenía que hablar con Meredith sobre el comentario de Amy, aunque la verdad era que no sabía qué decirle. No sabía nada del matrimonio, ni siquiera de cómo hablar con el sexo opuesto.

En vez de aconsejarla mal, le dije:

—Si invirtieras tanta energía en las matemáticas en vez de en planificar tu vida de esposa florero, como mínimo obtendrías un título académico.

Ella sonrió y los hoyuelos de sus mejillas me deslumbraron. Tenía los dientes perfectos, aunque un poco pequeños para su cara, por lo que parecía más joven de lo que era.

—Vamos, date un voltio.

—Esa frase nunca se hará popular, Amy.

Ojos en blanco.

—Ya lo es, Beth.

—Confórmate con lo que tienes.

Amy negó con la cabeza.

—Quiero más.

—Pues si quieres más, trabaja para ganártelo. Nadie va a regalarte nada y, cuanto antes te des cuenta de eso, mejor para ti. Mira a papá, lo hace todo por nosotras, para darnos una buena vida. —Extendí el brazo por encima de la mesa y le tomé la mano—. Sé que es duro, pero intenta ser al menos un poco agradecida.

Ella bajó la vista hacia la mesa y luego me miró.

—Creía que lo hacía porque era su deber con la patria.

Sonreí.

—También. Vamos por tu libro de matemáticas, que hay que estudiar un rato.

Con un suspiro, Amy le dio un último bocado a su desayuno y me siguió hasta la mesa de café de la sala, donde pasé dos horas enseñándole a dividir con varias cifras. Su libro de texto era mucho más avanzado de lo que creía. Ya estaba aprendiendo a restar fracciones. Creo que yo no aprendí eso, sino hasta séptimo. La ayudé a sumar y a restar números negativos sin usar los dedos y se lo pasó genial cuando me equivoqué en un par de respuestas. Le hice varias preguntas y con cada una iba mejorando.

Sentada frente a Amy, me sentí la hermana mayor por primera vez en mucho tiempo. Era como estar en una de esas series de televisión familiares en las que los hermanos se toman de la mano y nunca quieren sacarse los ojos los unos a los otros. Meg se aficionó una vez con una de esas series y todos nos obsesionamos con ella, pero se nos había olvidado el título. Recordábamos que había una chica que hablaba con la luna y que su vecino estaba enamorado de ella, pero nada más. Unos meses atrás habíamos pasado una tarde buscando la serie en internet, aunque no la encontramos.

En general, me llevaba bien con casi todas mis hermanas. Jo y Amy eran las que más se peleaban y por eso apenas pasaban tiempo juntas. Como yo siempre estaba en casa, Amy estaba mucho conmigo.

Me preguntaba si se lo pasaba tan bien conmigo como con Meg. Lo dudaba. Meg le había enseñado a alaciarse el pelo con la plancha y a pintarse florecitas en la uña del dedo gordo del pie. Cuando se llevaban bien, Jo le había enseñado a escribir poemas cortos y luego se los leían en voz alta la una a la otra, y también había oído a Jo contarle historias de fantasmas a Amy sobre el barrio francés. El pasado Halloween, mientras la tía Hannah cuidaba a Amy, Meredith, Meg, Jo y yo fuimos a hacer una visita guiada sobre los fantasmas del barrio francés. El tema eran las asesinas. Fue genial. Jo se lo contó a Amy con grandes detalles cuando volvimos a casa y se la ganó. Conociendo a Jo, seguro que lo que quería era asustarla, pero Amy estaba encantada.

Intenté pensar qué le aportaba yo como hermana a Amy... No se me ocurría nada y, para distraerme, le pregunté:

—¿Qué quieres ser cuando seas mayor?

—La esposa del viejo señor Laurence —dijo entre risas.

—No, en serio.

Se encogió de hombros y miró al techo.

—Quiero ser como Meg.

—¿Como Meg? ¿En qué sentido?

No deseaba decirle que Meg todavía no había hecho gran cosa con su vida, pero tenía la impresión de que a lo que mi hermana pequeña se había referido era a que quería tener el aspecto de Meg.

—Ya sabes —respondió encogiéndose de hombros—. Quiero pintarme los labios y usar vestidos ajustados y ser guapa y popular.

Amy tenía una mancha en el cuello de la camisa y me pregunté quién le había enseñado a darle tanta importancia a lo de ser guapa.

—Tu trabajo no es ser guapa. Tu trabajo es hacer lo que sea mejor para ti y sacarte el máximo partido en todo, pero no ser guapa. A eso no te obliga nadie.

—Claro, Beth...

La verdad fue que me sorprendió un poco que se quedara a escucharlo siquiera.

CAPÍTULO 18

Aquella noche Jo llegaba tarde a cenar y Meredith me envió a la casa de al lado a buscarla. Mi madre tenía reglas muy estrictas acerca de que todas teníamos que estar en casa a la hora de cenar entre semana. Cosas suyas. Podíamos salir antes y después, si queríamos, pero a mí nunca se me había antojado. Disfrutaba de la paz y la tranquilidad y de la conversación con mi madre y de ayudarla con la rutina diaria que mi padre dejaba atrás cuando lo desplegaban.

Jo estaba al corriente de la norma de Meredith y no la había roto nunca hasta la semana pasada, cuando llegó tarde tres veces seguidas. Meg era la única que nunca había roto la regla de la cena, pero, en general, Meredith le dejaba hacer lo que le daba la gana desde que había cumplido los dieciocho.

Meredith podría haber ido a buscarla ella misma, pero últimamente me daba la impresión de que cada día le costaba más salir de casa. La ayudábamos cuanto podíamos. Jo había estado trabajando mucho más que antes y había empezado a pagarse la factura del celular. Meg era la taxista que nos llevaba de aquí para allá, y Amy..., bueno, Amy era joven y no ayudaba mucho. A su edad, yo ya lavaba los platos y la ropa, pero Amy era muy infantil a sus doce años y a veces parecía no tener ni idea de lo que era la responsabilidad.

Deslicé los pies en las sandalias y me recordé que debía ayudar a Meredith a traer a Jo a casa. Llevaba sin salir desde el día anterior, cuando había ido a buscar a Jo a casa de los Laurence. A veces daba largos paseos a solas por el barrio, sólo para respirar aire fresco y tranquilizar a Meredith. Sabía que le preocupaba mi ansiedad, pero yo era feliz en nuestro hogar y no me importaba estar sola. Lo prefería.

Mi madre estaba intentando encontrar la hoja de laurel que le había agregado al lomo de cerdo asado y Amy estaba poniendo la mesa mientras yo me arreglaba para salir. Normalmente tardaba unos minutos para asegurarme de que lo llevaba todo. A veces habría deseado no tener que salir nunca. Incluso tenía una idea para un invento: usar tubos como los que había en el banco para enviar comida y suministros con rapidez para que la gente nunca tuviera que salir de su casa.

—¿Ya estás lista, Beth? Dentro de diez minutos servimos la cena.

—Sí, Meredith.

Salí por la puerta de atrás y crucé el patio.

Busqué indicios de vida tras el ventanal de la parte trasera de la vivienda de los Laurence. Desde donde yo estaba parecía que no había nadie en la cocina. Laurie y Jo debían de estar dentro de la casa, no muy lejos. O eso esperaba. El viejo señor Laurence me daba miedo, con sus cejas pobladas y su cara de pocos amigos. Nunca había visto a nadie que pareciera tan enojado por estar vivo. No es que yo fuera la alegría de la fiesta, pero al lado del viejo señor Laurence parecía feliz como una lombriz.

Daba la impresión de que Laurie no veía la cara de malhumor permanente de su abuelo. Lo había visto ser cariñoso con Jo el sábado anterior, cuando estuvo en casa hasta tan tarde que se quedaron los dos dormidos en el sofá. La cabeza de Jo estaba apoyada en su brazo y él tenía la boca entreabierta. Su cuerpo era tan largo que estuve a punto de tropezar con sus piernas al intentar despertarlos.

Entendía por qué eran amigos. Sus personalidades insurgentes se habían encontrado en una base militar llena de gente que pasaba la mayor parte de su vida obedeciendo órdenes. Pensé que yo sería una buena soldado. Jo, no tanto. Le encantaba cuestionar la autoridad. A veces se metía en problemas por eso, como cuando rompió la ventana del viejo señor Laurence, o cuando escribió un artículo a doble página para el periódico de la escuela sobre los efectos del síndrome de estrés postraumático en los soldados que vuelven del frente, y su profesor, el señor Geckle, le dijo que no iba a publicarlo en el periódico de White Rock y ella lo coló justo a última hora. Por suerte, sólo la castigaron con un día de suspensión. Siempre tenía la esperanza de que no se metiera en problemas, pero sabía que colar un artículo en el periódico de la escuela no era nada comparado con lo que era capaz de hacer.

Cuando Jo estaba con Laurie, no me inquietaba tanto por ella. Josephine era la hermana que más me preocupaba. Era la más creativa de todas y su pasión era capaz de hacer arder un campo entero de flores silvestres, pero no sabía si sabría darle un buen uso a eso. Necesitaba a papá. Necesitaba a alguien que pudiera ayudarla a canalizar su ardiente pasión en un cambio productivo. Jo siempre había sido luchadora. Se había negado a que su Barbie saliera con Ken y se fue de clase cuando le dijeron que tenía que diseccionar una rana.

A papá se le daba bien regresarla a la realidad. Le explicó que Barbie no tenía por qué salir con Ken, que podían ser amigos, y le escribió una nota para que la eximieran del trabajo de disección.

Yo también extrañaba a papá. Extrañaba la forma de ser de Meredith cuando él estaba en casa. Sabía que era hija de un militar y que debería estar acostumbrada a esa vida de un año en casa y un año fuera. Mi existencia tenía que transcurrir con normalidad cuando él no estaba, pero a veces se me hacía muy duro. A menudo encontraba a Meredith hecha un ovillo en el sillón reclinable de papá, con un marco de fotos de madera en la mano. En el rectángulo de trece por dieciocho centímetros había una foto de mi padre antes de que fuera oficial, el sargento Spring en uniforme de combate. Llevaba su pesado fusil en las manos, y en la cara, una sonrisa de oreja a oreja. Siempre parecía más joven en foto, decía Meredith. Me contaba muchas cosas sobre él cuando la ayudaba a ir del sofá a la cama. Algunas noches lloraba y otras, sonreía y compartía conmigo algún recuerdo feliz de cuando eran jóvenes. Sabía que Meredith extrañaba ser joven y me daba un poco de tristeza.

Cuando toqué con timidez la puerta de los Laurence, el corazón me latía a toda velocidad. Detestaba las situaciones como aquélla, en las que no sabía qué iba a pasar. Me gustaba saber dónde estaba y quién iba a abrir la puerta. No se me daba bien la incertidumbre. Conté hasta diez con los dedos y miré de nuevo por el enorme ventanal. La cocina estaba a oscuras, era de madera vieja de cerezo y granito. Un enorme reloj colgaba de la pared y marcaba las nueve de la noche, pero, cuando saqué el celular del bolsillo y miré la pantalla, vi que sólo eran las cinco con veinte.

Volví a tocar, esta vez un poco más fuerte. Miré más allá de la cocina, hacia la sala de estar. Sobre la chimenea había una hilera de marcos de fotos. No veía las fotos en sí, pero había muchas. Una sombra se movió en la cocina y brinqué hacia atrás por el susto. La sombra se acercó y vi un relámpago de pelo gris.

«Maldita sea, Jo».

El viejo señor Laurence abrió la puerta, me indicó que pasara y me dio la espalda. No me miró a los ojos antes de voltearse ni me saludó... Nada. Pero me condujo a la escalera y gesticuló de nuevo. Asentí para darle las gracias y me dirigí al piso de arriba. Cuando se fue, empecé a subir los escalones de dos en dos. Me recordó a cuando era pequeña y atravesaba corriendo el baño a oscuras del pasillo y me metía de un salto en la cama para evitar que los monstruos me atraparan.

No sabía cuál era la habitación de Laurie porque cuando había ido allí el día anterior estaban en la biblioteca. Pasé junto a un baño con una enorme tina con patas y una regadera. El pasillo estaba oscuro, pese a que el sol aún no se había puesto.

Cuando llegué a la penúltima puerta vi una franja de luz en el suelo de madera. Me acerqué muy despacio y me di cuenta de que era la habitación de Laurie. Mi hermana estaba acostada en el suelo con un libro en la mano, y su habitual expresión de calma se había tornado en una sonriente. No se había percatado de que yo estaba en el umbral.

Laurie estaba en su cama, mirando el celular. En su buró había un altavoz por el que sonaba una música electrónica tranquila. Toqué a la puerta y pronuncié el nombre de mi hermana. Laurie me invitó a pasar.

—Llegas tarde a cenar y Meredith me mandó a buscarte.

Laurie no dijo nada. Levantó la cabeza, y me saludó con la mano libre mientras sostenía el teléfono en la otra. Vi que llevaba en las muñecas varias pulseras de hilos y cuentas.

Jo miró el celular y asintió.

—Estábamos hablando de la biblioteca que tienen aquí. Deberías verla. Y tienen un piano enorme. Es increíble. —Jo hablaba como las adolescentes de las películas de Karen McCullah.

—Soy el único que sabe tocarlo, y apenas lo hago. Mi abuelo lo tiene de toda la vida —comentó Laurie desde la cama—. Beth, siéntate si quieres.

Me acerqué a una silla en el rincón de la habitación. En el asiento había una pila de revistas y Laurie me indicó que las quitara para poder sentarme. Me hundí en él, la piel negra era suave y olía a cedro y a tabaco. Junto a la pared tapizada había un cojín de cuerpo entero. El estilo de la casa de Laurie era muy de Nueva Orleans, supuse que porque era más vieja que la nuestra. Nosotras éramos la segunda familia que ocupaba la casa, pese a que Fort Cyprus era muy, muy antiguo. Meredith nos contó que la hija menor de los inquilinos de la casa que había antes que la nuestra provocó un incendio y el edificio ardió hasta los cimientos. El padre resultó gravemente herido, pero no hubo víctimas mortales.

Nuestra casa era de nueva construcción, enlucida en gris y con un cobertizo muy amplio. La de los Laurence era de estilo griego, en la esquina de Nightshade e Iris, y en ella había más libros y tonterías de decoración de las que había visto en mis quince años de vida. Hasta el aire parecía antiguo. Sabía a clavo y a canela. Había sombras en todos los rincones, y supe de inmediato lo que Jo veía en ella. A Jo le gustaba el peligro y lo encontraba allí, del modo más seguro posible. La fantasmagórica casa no tenía una personalidad como la de la nuestra. En la casa de los Laurence la oscuridad reptaba por las paredes y se respiraba en el aire denso.

La habitación de Laurie estaba abarrotada de cosas. Allá donde uno mirara había pósteres, discos y libros. No quedaban dos metros libres por ningún sitio.

—¿Qué tipo de música te gusta, Beth? Tu hermana me dijo que te encanta Bastille.

Jo no dijo nada y yo ni la miré. Laurie era guapo, pero no me gustaba hablar con desconocidos. Me daba repulsión.

Con una bocanada de aire que me quemó los pulmones, contesté:

—Sí. Toco el piano y el teclado y un poco la guitarra, aunque no se me da muy bien.

—¡Vamos! ¡Eres muy buena! —dijo Jo desde el suelo.

Hizo chocar los tacones de sus botines negros. A uno de ellos le faltaba una hebilla. Tenía intención de arreglársela, pero se me había olvidado. Se la había roto la noche en que Meg y Shia tuvieron su última gran discusión pocos meses atrás. Hasta esta semana, Jo no se había puesto más que tenis de deporte y botas con agujetas.

Me ardía la cara.

—Tampoco tanto —repuse.

—Seguro que eres genial. —Laurie me sonrió y dejó el celular a un lado.

El mío empezó a sonar de pronto en mi bolsa y Jo se levantó. La melodía era una canción de Ed Sheeran que mi madre escuchaba todos los días desde que mi padre se había ido.

—Es ella. —Me levanté a toda velocidad. Me despedí de Laurie con la mano y esperé a mi hermana junto a la puerta.

Jo nos dijo a Laurie y a mí que tenía que ir un momento al baño. Bueno, técnicamente, dijo: «Voy a hacer pipí. Te veo abajo».

Bajé sola la escalera. Pasé junto a una habitación que se veía desde la ventana de nuestra cocina. Antes de entrar ya sabía que había un piano porque por la ventana había visto a Jo observando tocar a Laurie y también lo había visto de cerca la primera vez que entré en la casa. Miré atrás con la esperanza de que no hubiera nadie cerca. Todo despejado. Siempre había señoras de la limpieza y gente entrando y saliendo de la casa. O, peor aún, no quería volver a encontrarme con el señor Laurence.

Me acerqué al piano. El reluciente Seiler estaba colocado delante de una amplia ventana con viga de roble. Era la ventana a través de la cual frecuentemente veía tocar a Laurie. Deslicé el índice por una tecla negra y, cuando aparté el dedo, éste estaba cubierto por una fina capa de polvo. Soplé para quitármelo y me senté en el banco. El típico latido acelerado de mi corazón se calmó en cuanto eché los hombros hacia atrás y coloqué las manos en el aire con los pulgares a pocos centímetros del do central. No sabía qué potencia tendría el instrumento, así que toqué la tecla con el pulgar para averiguarlo. No sonaba muy fuerte, y me importaba un poco menos que me descubrieran ahora que estaba sentada ante el piano con los dedos en el teclado. Hacía mucho que lo único que tocaba era un teclado barato. Desde que Meredith me había dado permiso para estudiar desde casa, había estado tocando el viejo teclado que mis padres me habían regalado en Navidad hacía cuatro años.

Tras tocar unos segundos, me di cuenta de que no estaba interpretando ninguna de las piezas que me sabía, sino las notas de una canción en la que había estado trabajando antes de dejar la escuela. Me permití tocar unos segundos más, y luego aparté las manos y salí de la estancia.

Al salir vi una sombra en el pasillo. Recé para que fueran Jo o Laurie.

CAPÍTULO 19

Meg

John volvía ese día a casa.

No podía creer que por fin hubiera llegado el día.

Había contado las horas y los minutos que faltaban hasta que estuviera de vuelta en Fort Cyprus. Traía una blusa negra larga con escote de corazón y los hombros al aire. En una ocasión me había puesto una blusa con mangas pero sin hombros y John no podía quitarme las manos de encima. Esperaba que esta vez pasara lo mismo. Me había imaginado la situación mil veces, sopesando todas las posibles variantes de qué ocurriría cuando él volviera a mí.

Me senté en el asiento del tocador y consulté mi correo en el celular.

Tenía un *e-mail*. De John. Se me aceleró el pulso y lo abrí.

Me lo había enviado hacía unos minutos y el asunto decía: «Dime».

Hola, Meg:

¿Qué tal? He estado pensando mucho en cuando vuelva a casa y no creo que pueda seguir así. Me siento confundido.

Lo siento,

Segundo teniente Brooke

Releí el correo y sentí que la sangre no me corría por las venas.

Tras leerlo cuatro veces, arrojé el celular contra el tocador como si estuviera en llamas. El bote de las brochas salió volando y llovieron brochas y pinceles por todas partes. Rodaron por mis pies y una gruesa brocha kabuki se detuvo en las puntas descubiertas de mis Steve Madden. Me había hecho la pedicura y me había pintado las uñas de los pies de rojo porque a John le gustaba que me pintara las uñas de los pies. Me lo dijo una vez.

Me acordé de todos los cumplidos que me había hecho.

John Brooke no hablaba mucho, cada vez menos, pero por eso valoraba más lo que decía.

Estaba intentando ser racional, pensar antes de actuar, pero me costaba mucho. No sabía si debía contestarle, borrarlo o enviárselo a alguien para tener una segunda opinión.

¿A qué viene esto? John volvía a casa aquella noche, ¡al cabo de dos horas! ¿Qué había ocurrido durante el último día y medio que lo había hecho sentir tan confundido? La última vez que hablamos se burló de que no me gustaran las películas de superhéroes, y le prometí que vería al menos una con él. Me habló de su madre, que vivía en Maine, y de su hermana, que acababa de tener su tercer bebé. No dio señales de que pasara algo raro.

Le dije que me moría por volver a acariciarlo y le di detalles de lo que tenía planeado para él. Se quedó callado un instante, luego tomó aire y me dijo que lo estaba matando. Yo me derretía, y no aguantaba las ganas de tocarlo. Creía que a las diez de la noche estaríamos en la cama de un hotel. Creía que lo tendría dentro de mí, diciéndome lo mucho que me había extrañado mientras me hacía el amor. Lo mucho que me necesitaba y lo perdido que estaba sin mí. Por la mañana desayunaríamos tortitas finas de hotel y yo lo provocaría hasta que me acostara de espaldas en la cama y me hiciera el amor sobre unas lujosas sábanas.

¿Qué iba a decirle a la gente?

¿Qué iba a decirle a la señora King? «Oiga..., verá, John Brooke terminó conmigo en vez de pedirme que me casara con él y ahora estoy soltera, y Shia y Bell Gardiner siguen comprometidos mientras que yo estoy soltera y trabajando para usted. ¿Ya mencioné que vuelvo a estar soltera?».

¿Cómo podía John hacerme esto? ¿Y por correo electrónico? Me había dejado sorprendida y me dolía todo el cuerpo. La sensación era de locura pura y dura. La ansiedad del fracaso social bastaba para llevarme a la tumba. Y a eso había que sumarle que volvía a estar soltera y que todo el mundo iba a enterarse de que había terminado conmigo por correo electrónico.

Debería haber sabido que era demasiado bueno para ser verdad. Era lo típico de todos los hombres de mi vida, que siempre eran de lo más predecibles. Mi exnovio, River, había hecho lo mismo, sólo que por mensaje de texto y después de haberle enviado fotos íntimas mías a media escuela.

Entrar en la sala de computadoras y que una foto mía me cegara desde todas las pantallas...

No sabía quién había sido, pero seguro que fue alguien de mi antiguo grupo de «amigos». River, ellos y John. No debería sorprenderme que se repitiera el patrón en mi vida.

—¿Qué ocurre? —La voz de Jo llegó a mis oídos como a través de un túnel.

No sabía qué contarle a mi hermana sobre lo que pasaba en mi mundo. No sabía si era lo bastante mayor para comprenderlo, ni si mi ego era lo bastante resistente para soportar semejante fracaso. En retrospectiva, me preocupaba demasiado lo que la gente pensara de mí, pero, al final, lo más importante era mi reputación. Había trabajado muy duro para reconstruirla cuando nos destinaron a Fort Cyprus. Sentía que mi imagen se me escurría entre los dedos y que yo me resistía. No estaba lista para dejar caer el velo. Me enderecé.

—Nada. —Tragué saliva. Las lágrimas me quemaban tras los párpados.

Miré a Jo, pero ella no me estaba mirando a mí, sino al desastre que había en el suelo de la habitación. Recogió el celular, que seguía tirado en el tocador, boca abajo y cubierto de polvo blanco.

Miró la pantalla y la dejé. Qué rápido había cambiado de opinión. ¿Sería señal de que me estaba volviendo loca?

—Léelo —suspiré derrotada.

Si John estaba confundido, yo necesitaba aclararle las ideas. Pero, si no tenía solución, más me valía tomar la iniciativa en la narrativa de la ruptura.

Jo abrió unos ojos enormes al leer el correo.

—¿Qué demonios significa?

—No lo sé. —Las lágrimas me quemaban con furia mientras se agolpaban detrás de mis párpados.

—¿No iba a venir a recogerte dentro de unas horas? —Jo pasó por encima de las cosas que habían caído al suelo y se sentó en el borde de la cama—. ¿Le contestaste?

—¡No! —Negué con la cabeza—. ¿Debería?

No quería admitir que no sabía qué hacer.

—Yo lo haría. Es tu novio. Deberías poder llamarle.

Como si fuera obvio que debería poder llamarle y hablarlo simplemente porque era mi novio y punto. Ay, Jo... Tenía mucho que aprender de chicos y de relaciones y de cómo moverse en aquel campo de minas.

—Tú no lo entiendes —le dije.

—¿Qué es lo que no entiendo?

—Nunca has tenido novio, sólo a Laurie...

Puso cara de asombro y se ruborizó hasta las orejas.

—Laurie no es mi novio.

—No puedo llamarle. No funciona así. Si lo llamo, hará una de dos: terminará conmigo de verdad o no contestará el teléfono. Ambas opciones son malas. Ahora mismo sólo se siente confundido.

La que estaba confundida era Jo, y pensé que era fascinante y bastante simple por su parte.

—Entonces... vas a esperar a que... —Lo dijo como si fuera blanco o negro, pero en realidad todo el asunto era gris.

Mi celular emitió un sonido en la mano de Jo y estuvo a punto de caérsele al suelo.

—Un correo —informó con delicadeza—. Es un correo. De John Brooke.

Volteé y la miré a través del espejo del tocador. Sostenía el celular de modo que pudiera ver la pantalla. Me sentía como un ciervo. Al que iban a cazar. En busca de suelo firme. Respiré hondo y le pedí que me lo leyera.

Sin tardanza, empezó a leer:

—«Hola, Meg: perdona por lo que dije antes. Tengo muchas ganas de verte esta noche. Segundo teniente Brooke».

Me quedé mirando fijamente a Jo y esperé a que la sangre volviera a correrme por las venas.

—¿Lo ves? Eran dudas de última hora. Todo va bien. Si lo hubiera llamado, lo habría estropeado to...

Otra notificación.

—Es otro correo de John —explicó ella mirando la pantalla.

El corazón se me iba a salir del pecho. «Pero ¿qué pasa?»

—¡Léelo! —le grité.

—«Meg, no puedo seguir así. No vuelvas a llamarme ni a escribirme. Lo siento. Segundo teni...»

Las palabras de John en boca de Jo me aplastaban el pecho de tal manera que no quería oír ni una más.

—¡Ya lo entendí! —grité.

Quería arrancarle el celular de las manos antes de que volviera a sonar, pero no podía moverme. La cabeza me daba vueltas y no paraba de pasarme las manos por los *jeans*. Metí los dedos en los hoyos y jalé.

—Lo siento mucho, Meg.

Jo estaba a mi lado. Alzó la mano y la movió en el aire como si fuera a tocarme, pero no pudo hacerlo. Mi hermana nunca era cariñosa, y yo lo sabía.

—Estaré bien.

Me miré al espejo y traté de encontrar lo que John Brooke ya no quería de mí. Al instante me acordé de River y de Texas y me pregunté si alguien le habría contado a John que estaba saliendo con la puta de Fort Hood. Tenía que ser eso. No podía tratarse de mi pelo bien arreglado ni de la curva de mi pecho. Tenía que ser que había descubierto mi pasado.

Me quedé mirando las gruesas pestañas postizas pegadas a mis párpados. En la caja decía DESCARADA, y tenían un rizo muy sexy. ¿Eran demasiado?

Mis mejillas resplandecían y mis labios estaban carnosos y pintados de rojo intenso. Había tardado una eternidad en arreglarme, quería estar perfecta para nuestro reencuentro. Me sentía como una imbécil, de pipa y guante para un hombre que piensa que el correo electrónico es un medio de comunicación aceptable en una relación.

Hacía meses que no veía a John. Nuestro reencuentro iba a ser especial y a ratificar nuestros sentimientos. Me había pintado las uñas, me había limado los talones, llevaba puestos unos calzones de encaje rojo y un brasier *push-up* a juego. Me había asegurado de que mi piel olía a coco y había usado el último cheque de la señora King para comprarme un par de Steve Maddens. Había conseguido que mi aspecto estuviera a la altura del Ritz Carlton del barrio francés.

No era capaz de imaginar cómo iban vestidos los huéspedes del hotel. Recuerdo haber oído hablar a los King de cuando celebraron en uno de los salones su fiesta de aniversario. Shia se quejó del ambiente rancio de familias adineradas del sur de toda la vida y de que no habían cambiado la decoración en cien años.

No obstante, nunca lo sabría porque ya no iba a verlo.

Me pasé las manos por el pelo, arrancándome los pasadores que recogían mi flequillo rebelde detrás de las orejas. Tomé las toallitas desmaquillantes y jalé con tanta fuerza el pegamento que lo arranqué.

Jo permaneció en silencio mientras yo me quitaba el carmín oscuro de los labios. Estoy segura de que notaba la vergüenza que rodaba por mi cuerpo en oleadas pegajosas y pecaminosas que rompían en mis pies. Me había puesto mi mejor lápiz de labios para él, y eso quería decir algo porque ni siquiera había podido usar mi descuento para comprarlo.

Intenté obligarme a reír por preocuparme por el carmín que se había corrido en los harapos que quedaban de mi vida. Deseaba que no me importara tanto como me importaba, pero entonces no sería real, y yo quería que algo, cualquier cosa, en mi vida que fuera real. Aunque fuera una sensación tan horrible como aquélla.

Mis pestañas postizas estaban pegadas a un vaso en mi tocador. Mientras buscaba algo entre el carmín corrido y las uñas pintadas de mis pies, vi a Jo, con los ojos brillantes, natural e inteligente, justo detrás de mí.

—¿Por qué no quieres casarte, Jo? —Esperaba que pudiera soportar el peso de mi pregunta.

—Por movidas como ésta —dijo con una media sonrisa.

—Va, en serio.

Encogió los hombros y se sentó al otro lado de la cama.

—No lo sé. No es que no quiera, es que creo que no debería preocuparme por eso ahora mismo —hizo una pausa—, ni hasta dentro de mucho. Deseo ser periodista, una escritora, más que una simple esposa. Nena, sólo tengo dieciséis años.

Su respuesta parecía muy sencilla. Tan juvenil y tan sabia a la vez. Sólo Jo sabía expresarse así.

—No es que yo únicamente quiera ser la esposa de alguien, Jo. Quiero tener un trabajo y esas cosas. Pero me gustaría poder disfrutar de mi vida con alguien. Tú eres demasiado joven para acordarte de cuando mamá y papá se comportaban como dos personas que se querían de verdad. Tal vez por eso no lo necesites tanto.

Ella tomó aire e hizo un sonido similar al de la risa.

—No creo que tenga nada que ver.

Yo no estaba tan segura, pero me parecía más lógico que ser una persona desesperada por recibir atención y afecto de los hombres. Deseaba lo que había visto que mis padres tuvieron una vez. Todavía me acordaba de cuando él volvió de Afganistán, hacía dos misiones, y de la cara que puso al ver a mi madre corriendo hacia él. Había mucha gente en aquel lugar para la ceremonia de bienvenida, pero ella lo encontró antes que nosotras. Le dio a Beth la mano de Amy y corrió hacia él.

No creía ser capaz de olvidar el modo en que él la abrazó y las lágrimas que tenía en los ojos cuando tomó a Amy en brazos y la estrechó contra su pecho. Ella tenía entonces ocho años y todas llevábamos camisetas con nuestro apellido en la espalda y lo que habíamos querido pintar en ellas con pintura de tubo. La de Amy decía: Bienvenido a casa, papá, acompañado de unos muñequitos que representaban a toda la familia. Mi padre le pidió a mamá que guardara las camisetas para hacer con ellas una colcha algún día.

Mi padre era un buen hombre, y John Brooke también lo era. ¿Qué tenía de malo que quisiera pasar mi vida con un buen hombre?

—Además de a tus padres, ¿conoces a alguien que esté enamorado?

Jo se encogió de hombros.

—¿En la vida real?

—¿Qué otra clase de vida hay?

Jo me miró y se miró las manos. Luego pasó los dedos por su edredón.

—Los libros, la televisión. Hay muchas vidas.

Quise corregirla, asegurarme de que no creía que las palabras de un libro, fruto de la mente de un escritor, o de un actor en la pantalla de la televisión en la sala, eran lo mismo que la realidad. Pensé que lo sabría y que simplemente estaba haciéndose la artista extravagante.

—Ay, Jo. No sabes lo que dices —suspiré.

La quería y por eso no iba a ser hostil con ella, pero era una niña. Para algunas cosas era muy lista, pero no entendía nada de relaciones. Me preocupaba. Imaginarme a Jo con un recién nacido era como imaginarme a Shia King vestido con un impecable traje negro en un juzgado.

—No estoy de acuerdo, Meg.

Mi hermana se mordisqueó las uñas sin mirarme. Hice ruiditos para expresar que me molestaba.

—Bueno. —Me reí un poco. A veces creía que lo sabía todo—. Eso no significa que tengas razón. Nunca has salido con nadie, no tienes experiencia.

Jo suspiró, levantó las manos del regazo y se pasó los dedos por la parte de enfrente del pelo. Cuando éramos pequeñas, Jo tenía un remolino imposible en la frente, justo en la raya del centro. A sus dieciséis años seguía allí, aunque un poco menos visible. Tenía una buena mata de pelo.

—¿Tenemos que seguir hablando de esto?

«¿Qué?» Me sentía vacía por dentro. Vacía y angustiada sólo con oír el nombre de John. Patética y confundida.

—¡Mi novio, que iba a volver a casa dentro de unas horas, acaba de terminar conmigo por *e-mail*! —dije con voz aguda. Me ardía la garganta.

Me quedé mirando el celular, que estaba en el regazo de Jo. Hacía rato que no sonaba, pero yo todavía oía el eco de la notificación de correo electrónico en el silencio de la habitación.

Mi pecho subía y bajaba, y Jo ni siquiera intentaba consolarme. Simplemente estaba sentada mirando la habitación con las manos en el regazo. Ausente y santurrona.

—Vete, Jo —suspiré.

No sabía qué otra cosa decirle, y ella no iba a decirme nada de lo que yo necesitaba oír.

¿Dónde estaría Beth?

CAPÍTULO 20

Para cuando me senté en el sofá entre Beth y Amy, ya había parado de llorar. Meredith preparó mi comida favorita y yo estaba tapada con una cobija hasta el cuello y un tazón de macarrones con queso entre las manos. Tenía las piernas en el regazo de Amy, que estaba medio dormida. No eran ni las ocho, pero yo también estaba lista para acostarme. Jo se hallaba sentada en el suelo con su *laptop* entre las piernas y ya no estaba enojada con ella. No podía culparla porque no le importara algo que no entendía.

Egoístamente, deseé que le rompieran el corazón, pero lo retiré enseguida. No quería eso para ella. Cambié el nombre en mi cabeza y pedí al universo que fuera Bell Gardiner la que acabara con el corazón roto. Eso no lo retiré.

—Hay un auto en la entrada —dijo Meredith. Se acercó a la ventana y apartó la gruesa cortina.

Me comí otra cucharada de macarrones con queso y esperé a que las luces de los faros desaparecieran. Como vivíamos al final de una calle sin salida, la gente a menudo usaba nuestro camino de acceso para dar la vuelta.

Oí cerrarse la puerta de un auto y, con los pies, Meredith presionó el reposapiés del sillón reclinable para guardarlo en la base.

214

—Es un hombre —dijo.

Lo primero que pensé fue que mi padre había vuelto a casa pronto para darnos una sorpresa, pero no era probable. Papá sabía lo mucho que Meredith odiaba las sorpresas.

—¿Quién es? —preguntó Beth.

—No lo sé... Parece John...

Me levanté del sofá de un brinco y corrí a la ventana, con tazón y todo. Vi a John Brooke atravesando el jardín, vestido de uniforme y con una expresión seria en el rostro que me era muy familiar.

—¿Qué hace aquí? —Mi voz sonó como un rechinido, y Beth acudió a mi lado al instante.

Amy exclamó horrorizada:

—¡Ay, no! ¡Meg, John está aquí y mira cómo estás vestida!

Bajé la vista. Llevaba unos *shorts* de flores y una camiseta de tirantes rosa que no podía parecerse menos a lo que había planeado ponerme para cuando volviera a verlo. ¿Por qué demonios había venido? ¿No le bastaba con la serie de correos?

Beth me sostuvo el tazón de macarrones con queso justo cuando los nudillos de John tocaban a la puerta.

—¡No le abras! —grité, y de pronto el pánico cundió en la sala.

—El muy hijo de... —empezó a decir Meredith.

—¿Por qué no? A lo mejor ha... —empezó a decir también Jo.

No podía pensar. ¿Para qué me habría desmaquillado? Tenía los ojos hinchados. ¿Por qué había venido?

—¿Abro o no, Meg? —preguntó Meredith, ya de pie.

Sopesé la situación. ¿Debía decirle a John Brooke lo que pensaba? ¿Debía decirle sus verdades por haber terminado

215

conmigo por correo electrónico y presentarse después en mi casa?

Tocó otra vez.

—Ábrele —dije mientras pensaba en la rabia que me daba tener tan mal aspecto.

Jo era una estatua, sentada en el suelo, tecleando.

La boca me sabía a trufas, y sabía que olía a champiñones y que estaba horrible. Me pasé las manos por el pelo mientras mi madre abría la puerta.

—Hola, Meredith. ¿Cómo estás? —John tenía la voz muy grave.

Ella volteó hacia mí y John entró a la casa. Llevaba el uniforme de West Point y el pelo más corto que nunca. Sus ojos azules me encontraron y no pude contener el grito que rasgó mis pulmones y salpicó el suelo. A John se le cayó el alma a los pies y se me acercó, con el sombrero en la mano.

Volteé, corrí por el pasillo hacia mi habitación y cerré de un portazo. Me siguieron unos pasos pesados y luego tocaron con delicadeza a la puerta. John abrió antes de que pudiera contestar.

—Hola —dijo tembloroso.

Me quedé observando su glorioso uniforme de West Point. Desde la última vez que lo había visto, parecía haber crecido. Los botones de oro de su uniforme gris resplandecían. Estaba tan elegante, y yo tan... hecha una mierda.

—¿Qué quieres, John? —Deseaba parecer intimidante y que tenía el control de la situación, no una chica de diecinueve años que acababa de pasar dos horas llorando por un chico.

Aunque él ya no tenía aspecto de chico, sino de hombre.

—¿Qué te pasa, Meg? ¿Qué ocurre?

Ignoré la voz en mi cabeza que me decía que me mirara en el espejo del tocador. Verme hecha un asco no haría más que empeorar las cosas.

—¿Qué me pasa? —Me eché a reír—. Dímelo tú, John. ¿Qué te pasa? ¿Cómo te atreves a aparecer por aquí?

Sus cejas rojizas se unieron por encima de sus ojos y dio un paso atrás hacia la puerta.

—Eso, ¡vete si es lo que quieres! —le grité, tirando la cordura por la ventana más próxima.

—¿Por qué estás así? Sabías que iba a venir esta noche. Habíamos hecho planes, ¿no te acuerdas?

—¡Claro que me acuerdo! Pero tú te sientes confundido, ¿no te acuerdas?... ¡Estás tan confundido que por lo visto se te olvidó enviarme un *e-mail* para decirme que al final sí ibas a venir!

Cuanto más gritaba, más débiles notaba las piernas. Me senté en el borde de la cama y me llevé las manos a la cabeza.

—Meg. —Su tono de voz era muy tierno—. No entiendo nada. No sé de qué me hablas. Vine a recogerte para que vayamos al barrio francés a pasar el fin de semana. Acabo de volver, tomé el auto y me dirigí hacia aquí.

Lo miré. ¿Cómo?

¿Me estaba mintiendo? Observé su evidente consternación y el leve temblor de sus manos. No sabía qué pensar.

John se acercó a mí y yo me encogí cuando me tomó de las manos. Las soltó. Se arrodilló delante de mí y me concentré en la estructura de su uniforme gris, en las costuras cafés, en el cuello alto. Tenía la cara roja, un poco como siempre, pero realmente se le veía abatido.

—Meg, por favor, dime qué te pasa. —La dulce voz de John me acarició como una pluma y calmó la rabia que sentía por el modo en que había terminado conmigo.

—Me enviaste un correo electrónico. —Saqué el celular de debajo de la almohada, donde se estaba cargando, y lo acerqué de un jalón.

—¿Un correo? —Sus manos pecosas tomaron las mías y envolvieron el teléfono y mis manos temblorosas.

Las aparté y él no hizo nada para retenerlas. Abrí la cadena de *e-mails*.

Le mostré la pantalla. John sujetó el iPhone por los costados y sus ojos se concentraron en leer la letra diminuta.

A los pocos segundos empezó a negar con la cabeza.

—Yo no te lo envié. Nunca haría una cosa así, Meg.

Me quedé observándolo mientras asimilaba sus palabras. ¿Me estaría mintiendo? Busqué en sus ojos. Si él no había sido, ¿quién había hecho una cosa así?

¿Sería posible?

—Meg, mírame. —John me levantó la barbilla con los dedos para que lo mirara a los ojos—. Meg, no sabes cuánto te he extrañado. Venía con la esperanza de que te alegraras de verme.

Medio sonrió y empecé a sentirme fatal. Por supuesto que John nunca me haría una cosa así.

Levanté las manos del regazo y las llevé a su cabeza.

—¡Dios mío, lo siento! Me alegro mucho de verte. —Le pasé los dedos de uñas largas por los lados de la cabeza, el pelo corto, y los bajé hacia su cara suave y recién afeitada—. Te he extrañado muchísimo.

Cerró los ojos cuando mis dedos llegaron a su boca y entreabrió los labios, que florecieron en una sonrisa. No lo besé, aunque quería hacerlo. Él tampoco me besó, pero porque tampoco había sido nunca demasiado cariñoso.

Oí una voz al otro lado de la puerta y me importó tres

pepinos que mis hermanas estuvieran espiando. Era lo de menos. John estaba allí, delante de mí, recién salido de West Point.

Suspiré al recordar lo lamentable de mi aspecto.

—Estaba muchísimo más guapa antes de recibir los correos.

—Yo te veo bien. Estás preciosa. —Me acarició la mejilla con los nudillos—. Nunca te había visto así.

La ansiedad revoloteó por mi pecho. No entraba en mis planes que John me viera sin maquillaje tan pronto. Por no decir nunca.

Le pedí que me diera unos minutos para hacer la maleta para el fin de semana y lo envié a socializar con mi familia. Cuando abrió la puerta, descubrió a Amy y a Jo escuchando detrás, pero soltó una carcajada y saludó a Amy al estilo militar. Mientras caminaban por el pasillo, John le explicó a Amy la historia del estilo arcaico de su uniforme y de inmediato me puse a pensar en si encajaría en mi familia. Era un hombre tranquilo. No había perdido la calma ni cuando le había gritado delante de mi familia.

Si hubiera sido Shia y lo hubiera acusado de algo que no había hecho, me lo habría discutido con uñas y dientes y me habría hecho suplicarle que me perdonara. Shia era demasiado emocional, demasiado terco. John Brooke era fuerte, pero de un modo tierno.

John Brooke era bueno para mí. Lo era de verdad.

CAPÍTULO 21

John había pensado en todo. Había rentado un auto con chofer para que nos llevara al barrio francés. Nos acomodamos en el asiento de atrás, con corazones en los ojos y enamorados como niños. Fue como ir al baile de graduación, pero sin la jalada incómoda en la parte de atrás del auto de River. John había traído una botella de *champagne* de supermercado que sabía a fresas y a felicidad. Durante el trayecto en la oscuridad, sostuvo mi mano en su regazo mientras yo bebía de una copa alta de plástico.

—Cuéntame la ceremonia de graduación. Siento habérmela perdido.

—No te preocupes. —Sonrió para recordarme que, para empezar, no me había invitado, pero yo ya no estaba enojada por eso.

De verdad.

Sólo éramos novios y entendía por qué no había querido tenerme consigo en Nueva York y que pasara con él un fin de semana estupendo conociendo a su familia y a sus amigos.

A veces me enojaba que las novias de los militares no recibieran la misma atención y el reconocimiento que las esposas. Otras veces, más o menos entendía lo que decía

Jo de que la cultura militar obligaba a los soldados a casarse jóvenes. Pero también era verdad que eran hombres y mujeres que pasaban por mucho para proteger su país; ¿por qué iban a hacerlo en solitario? Los soldados más tristes que conocía eran los que no tenían esposa o hijos esperándolos en casa. Sí, casi todos tenían a sus padres, pero no era lo mismo.

¿John Brooke querría casarse conmigo después de haberme visto perder los estribos? No me había enviado él los correos electrónicos. Sabía que él no había sido. Para convencerme, lo miré a la cara. ¿Había cambiado desde la última vez que lo había visto? Toda nuestra relación había sido a distancia. Eso debería haber sido una señal, pero no lo era. Nos hacía más fuertes, así eran las cosas en el ejército. Parecía el mismo de siempre, un poco más callado, quizá. Sus manos seguían estando cubiertas de pecas café claro y aún tenía aquella pequeña depresión justo antes de la punta de la nariz.

Miré más allá de él, a mi reflejo en la ventanilla. Mi cara lavada me estaba mirando, e incluso en la oscuridad veía las ojeras. Nunca había salido de casa sin maquillar, y ahí estaba, con John, camino al Ritz y hecha una piltrafa.

Él seguía hablándome de la ceremonia, y dijo que cuando le tocó cruzar la tarima oyó los sollozos de orgullo de su madre. Me imaginé que cualquier padre estaría lleno de orgullo al ver a su retoño graduarse en West Point. Aunque, como no la conocía, me preguntaba qué clase de mujer sería. Me estrechó la mano y sus labios dibujaron una sonrisa cuando lo miré a la cara recién afeitada. Estaba muy guapo de uniforme. Era un uniforme especial. Él era especial, y su uniforme lo ayudaba a demostrarlo.

—Me encantaría que un día conocieras a mi madre —me dijo cuando el auto entró en la autopista. Se movía con suavidad de un carril a otro, nada que ver con mi Prius o con la Cherokee lila de mis padres. Era como si flotáramos sobre el asfalto—. Le caerías muy bien —añadió. Su pulgar rozó mi piel, un movimiento repetitivo que me proporcionaba el afecto y la seguridad que necesitaba.

«¿Tú crees?», quise preguntarle. Pero habría quedado como una insegura, y una mujer nunca debe dejar que un hombre sepa que tiene inseguridades. Eso me lo había enseñado Meredith y, por fin, a los diecinueve años, lo estaba poniendo en práctica. Su consejo me venía de perlas, sobre todo cuando el hombre en cuestión acababa de sorprenderme en pijama, con el rímel corrido alrededor de los ojos. Necesitaba seguridad en mí misma para borrar esa imagen de su mente.

Lo miré y él se acercó y me besó en la mejilla. Era imposible que me hubiera enviado él los correos electrónicos. No tenía la menor idea de quién podía haber sido, pero sabía que no había sido John. Imposible.

Incliné la cabeza hacia él y me gustó el modo en que la sucesión rápida de los faroles iluminaba su rostro.

—Me gustaría mucho conocerla —dije, y me aseguré de que mis labios rozaran la comisura de los suyos lo justo para que sintiera mi calor, pero no lo suficiente para que quedara satisfecho.

Cuando llegamos al hotel, el auto se detuvo en una zona cubierta y dos botones corrieron hacia nosotros. Uno se parecía a un chico con el que había ido a la secundaria e intenté no odiarlo por eso. Tomaron todas las maletas, incluso mi estuche, y traté de no hacer una mueca de disgusto cuando el de la cara conocida lo dejó caer en el carrito.

John me llevaba de la mano mientras avanzábamos por el laberinto para llegar al vestíbulo y a los ascensores. Había parejas por todas partes, parejas blancas que olían a loción y a dinero. Todos los hombres traían gruesos relojes de pulsera. Ya no estaba en Fort Cyprus.

La mujer que estaba detrás del mostrador era amable, traía un labial rosa intenso y pestañas postizas. Nos preguntó si queríamos cambiar nuestra reserva a Club y John dijo que sí. La mujer empezó a explicar las ventajas de las habitaciones Club, que tenían una zona propia, una sala, la llamó ella, que estaba llena de refrigeradores con botellas de agua y refrescos y en el centro había una mesa de bufet libre.

Yo estaba concentrada en absorber la energía del lugar y en tratar de borrar la tensión que aún me oprimía por el malentendido de los correos electrónicos. Observé a John mientras hablaba y cuando el botones cargó con nuestras maletas y también mientras subíamos en el elevador y caminábamos por el pasillo.

La habitación era preciosa, como yo suponía. Decidí que iba a fingir que no estaba hecha un lío, que iba a convencerme de que no arrastraba el dolor de cabeza de antes. John estaba allí conmigo, a mi lado, tomándome de la mano y haciendo todo lo posible por que fuera feliz. Le debía más que unos ojos hinchados y una mirada triste.

El botones nos dejó al fin en paz después de explicarnos a detalle las comodidades de la habitación. Habían abierto la cama unos centímetros, y un recuerdo de hacía un par de veranos me hizo reír.

—¿Qué? —preguntó John. No me tomaba la mano. No podía porque estaba deshaciendo las maletas.

—Me estaba acordando de cuando mi familia se alojó en un hotel en Houston. Limpiaron la habitación mientras cenábamos y, cuando volvimos, Jo estaba convencida de que había un fantasma ahí. —Me eché a reír otra vez al recordar lo emocionada que estaba—. Hizo que mi padre revisara los clósets y mirara debajo de la cama, pero no tenía ni pies ni cabeza porque los fantasmas son invisibles.

Miré a John, que mostraba una sonrisa.

—Jo es tremenda —dijo con una mirada muy dulce.

Meneé la cabeza.

—Sí. Sí que lo es.

—¿Tienes hambre? ¿Ya cenaste?

Ni me acordaba de si había cenado o no. No sabía ni qué hora era.

—¿Tú tienes hambre? El vuelo fue muy largo. Seguro que tienes hambre.

Asintió.

—Un poco. ¿Salimos o a domicilio?

El servicio de habitaciones era una novedad lujosa de la que quería disfrutar.

—¿Te importa si pedimos algo? No estoy arreglada para...

Bajó la mirada a su vestimenta, su uniforme a medida. Miró mis *leggings* y mi sudadera.

—El correo electrónico arruinó mi plan perfecto —dije, intentando tragarme la bola de fuego que tenía atravesada en la garganta.

Seguía confundida y enojada porque me hubieran tomado el pelo de un modo tan cruel y despiadado. Había tenido un efecto tremendo en nuestra noche juntos. Quería olvidar que había pasado. Al menos, hasta el día siguiente.

—Llamaremos al servicio de habitaciones. —John asintió y se acostó en la cama—. ¿Qué se te antoja?

Y empezó a leer la carta.

CAPÍTULO 22

Jo

—¿Cuántas veces vas a repetírmelo? —protestó Amy cruzándose de brazos mientras atravesaba la sala.

—Todas las que haga falta —dijo Beth—. Mañana tienes que terminar tu tarea antes de que vayamos al parque.

No estaba prestando atención a su conversación porque yo estaba en lo mío en la otra esquina de la sala, sentada con las piernas cruzadas en el suelo. Me había puesto delante el antiguo taburete de Amy y en él había colocado la *laptop* y una taza de té; era lo más parecido que tenía a un escritorio funcional. El de mi habitación me bloqueaba las ideas cada vez que me sentaba a trabajar. Nunca había conseguido escribir más de cien palabras en él, y Meg y yo lo teníamos en nuestro cuarto desde que nos mudamos a Texas. No quería ni saber la de años que hacía. El escritorio estaba maldito.

Estaba leyendo un artículo de *Teen Vogue* de una periodista *freelance* que se llamaba Haley Benson. Había escrito sobre un viaje que había hecho sola y cómo le había cambiado la vida. Había salido sola a desayunar, a comer, a cenar y a pasear por la arena blanca de las playas de una isla remota de Luisiana.

Cuando la busqué en Google, vi que había nacido en Georgia y que la revista acababa de ascenderla. Tenía el pelo, de un largo medio, recogido en una trenza suelta en su foto de perfil de Facebook. Me imaginé lo que estaba haciendo pero a la inversa: que una adolescente cualquiera, muy curiosa, que me admiraba, me estaba investigando online con la esperanza de tener un poco de lo que yo no creía posible que fuera a tener nunca.

Detestaba los momentos como ése, en los que me preguntaba en qué estaría yo pensando cuando había decidido que me iría a vivir a Nueva York algún día.

Yo no era como las otras chicas de la escuela o de internet, que se llenaban con ver episodios de *Gossip Girl* y creían que su lugar estaba en la Gran Manzana. Yo era la aspirante a periodista con grandes sueños y una pizca de tristeza que tenía cero experiencia, pero que sabía mucho y que se quedaba a altas horas de la noche con la computadora consumiendo la mayor cantidad de mundo posible. En la escuela nunca te dicen que la mayoría de los trabajos relacionados con las artes o los medios de comunicación están en una y otra costa. No me gustaba el sol de California, así que sólo me quedaba Nueva York.

Además, vivir en una gran ciudad me permitiría pasar desapercibida en el océano de almas. Me moría de ganas.

Tenía que trabajar en mi artículo en vez de fantasear y pensar en mi escapatoria, pero estaba lista para pasar página. Rezaba para que no fuera mentira aquello que decían de que la escuela no es más que una pequeña parte de tu vida. Según mis profesores, mi etapa allí determinaría cómo sería el resto de mi vida adulta, qué clase de trabajo tendría y si el mundo me aceptaría. Nos sermoneaban sobre la importancia de las pruebas de acceso a la universidad, y me habían lavado el cerebro hasta el punto de hacerme creer que dividir entre dos cifras me sería útil en la vida tras abandonar White Rock.

Meredith me confirmó que no era así.

Y Roy Gentry, uno de mis poetas favoritos, que sufrió acoso severo en la escuela y al que prácticamente le falta gritar que la escuela no importa una mierda una vez que la has terminado. Dice que la mitad de su curso ni siquiera recuerda su nombre ni por qué hicieron de su vida un infierno durante cuatro años. Los chicos populares son los que peor la pasan en el mundo real. Al leer sus publicaciones en redes sociales, me sentía feliz de que la escuela no fuera a ser lo mejor de mi vida y, honestamente, esperaba con todas mis fuerzas, por el bien de Meg, que la escuela no tuviera nunca la mayor importancia en el mundo real. Ella la había pasado mucho peor que yo.

Empecé a pensar en la cantidad de gente que se va a vivir a la gran ciudad y tiene extraños y molestos compañeros de departamento, y no llegan al salario mínimo doblando camisetas mientras esperan que la empresa de sus sueños los contrate. Me rondaba por la cabeza porque otra cosa que había aprendido gracias a internet era que la mayoría de los artículos que se publicaban *online* y en papel estaban escritos por periodistas con mucha experiencia, no por estudiantes de preparatoria que compartían habitación con su hermana mayor. Tenía que conseguir que mi voz destacara por encima de las de los veteranos, y en mi artículo necesitaba gente que supiera lo que estaba ocurriendo en Camboya.

Cerré el Facebook de Haley Benson y su artículo y abrí el navegador. Casi había terminado mi artículo y después me metería en la madriguera de los foros de internet. Podía pasar horas leyendo las locuras que escribía la gente en los comentarios, y estaba obsesionada con ver lo que tenían que decir en los rincones más oscuros y profundos de internet. Abrí una ventana en modo privado y cerré las pestañas que Amy había abierto. Esperaba que Amy no estuviera viendo lo que no debía en mi computadora, pero un vistazo rápido al historial me indicó que todo era material apto para ella. Cerré otra pestaña, una página de Google.

La semana anterior, Amy había estado en *LiveJournal* leyendo mis antiguas publicaciones, las que había escrito en la escuela. Estaban llenas de borradores y de ensayos sobre la hora de la comida, y ahora me moría de risa con ellas, pero aun así no quería que mi hermana pequeña las leyera y luego me diera lata al respecto durante un mes. Era culpa mía porque había dejado la página abierta.

Me daba rabia no tener ninguna intimidad. Odiaba que mis padres no me permitieran proteger la *laptop* con contraseña. Una vez los desafié, y mi padre encendió la computadora un día y se encontró con una pantalla solicitándole que introdujera la contraseña. Me quitó la *laptop* durante dos semanas.

Supongo que debería dar las gracias por que Amy usara su celular para navegar por internet y por que Meg sólo usara mi computadora para ver tutoriales sobre maquillaje en YouTube. Decía que su pantalla era demasiado pequeña para ver el *contouring*... Yo no sé ni lo que es eso.

Abrí mi documento de Word, le eché un vistazo al párrafo y terminé la última revisión. Justo al acabar de leer, la pantalla se apagó y me entró el pánico. No podía respirar.

Le grité a mi madre que viniera. ¿Qué otra cosa podía hacer? Con el dedo, pulsé una y otra vez la tecla de encendido y dejé escapar un suspiro de alivio cuando en la pantalla apareció el aviso de batería baja antes de que se apagara de nuevo.

—¿Me pasas el cable de la computadora? —dije sin dirigirme a nadie en concreto.

Usaba el cable de la *laptop* de mis padres desde que el verano pasado Meg había traído un perro cachorro con verrugas en las mejillas que mordió el mío. Debería destinar parte de mi próxima nómina a comprarme otra. Siempre decía lo mismo. Menos de un año después, el perro resultó ser una mezcla de pitbull, y los del centro de control de animales de Fort Cyprus se lo llevaron de nuestro jardín y lo sacrificaron en menos de cuarenta y ocho horas porque no pudimos encontrarle un nuevo hogar. Mi padre tuvo que sacarme de la oficina de la protectora y taparme la boca con la mano porque no paraba de gritarle al imbécil que había detrás del mostrador.

Mi madre entró en la sala y, al examinar la situación, cambió la cara de susto por la mirada dulce de siempre, una sonrisa de terciopelo y sus soñadores ojos azules.

—Jo, llevas mucho tiempo con la computadora. ¿Por qué no sales un rato? Ve al cine, invita a una de tus amigas a venir a casa. Lo que sea.

—¿Qué amigas? —dijo Amy, y rompió a reír hasta que Meredith la hizo callar.

»¡Llévame al cine!» —exigió luego con descaro. Me recordó lo grata que era su compañía.

Mi madre se encogió de hombros y me miró a los ojos.

—O puedes ayudarme a ordenar el garaje.

Cerré la *laptop* y me puse de pie rápidamente.

—Me voy a dar un paseo.

Estiré los brazos con una especie de floritura y me puse los Vans sucios. Meredith no paraba de prometernos que nos llevaría al centro comercial *outlet* después de Navidad, pero ya estábamos a finales de enero y casi ni habíamos tenido Navidad. De momento, esperaba que el pequeño agujero en la parte del dedo gordo del pie no se hiciera más grande.

Justo antes de cerrar la puerta, oí a Amy preguntarle a Meredith si podía venir conmigo. Recé para que mi madre le dijera que no, pero dejé la puerta entreabierta para saber si tenía que salir corriendo.

—Amy, vamos a hacer algo divertido, como un pay con rayas de cebra o galletas con forma de flor —empezó a decir Beth con voz melosa, convincente e irresistible.

Amy dio un grito de entusiasmo, y cerré la puerta. Menos mal que me había librado de ella.

Desde la entrada, le escribí un mensaje a Meg para preguntarle si todo iba bien con John. Lo que había ocurrido no tenía ni pies ni cabeza: ni los correos electrónicos de ruptura, ni ella corriéndose el maquillaje, ni que él apareciera en la casa como un caballero andante en su auto de renta en vez de en un caballo. Como tampoco que ella cabalgara con él..., bueno, se fuera con él en auto hacia la puesta de sol de Nueva Orleans.

Sinceramente, no sabía si el chico mentía o si ella estaba confundida o qué demonios les pasaba. Lo único que sabía era que yo no me habría dado tanta prisa en irme con él sin que me explicara lo de los correos electrónicos... y me demostrara que no los había enviado él.

Esperaba que se tratara todo de un malentendido. No creía que Meg fuera capaz de asumir el rechazo, no después de haber esperado durante meses a que volviera de West Point.

El chasquido de una rama al romperse me devolvió a la realidad. No vi a nadie a mi alrededor, pero, por si acaso, crucé la calle. Debía de ser algún animal, aunque con suerte no un zorrillo. Ya me habían rociado tres veces y no era para nada normal. Estaba claro que los zorrillos la traían contra mí, y no estaba de humor para frotarme de arriba abajo con litros y litros de jugo de tomate para deshacerme del olor.

Terminé de dar la vuelta a la manzana y pasé junto a la casa de los Laurence. No pude evitar mirar el gigantesco ventanal iluminado. Se veía el interior de la sala de estar, abarrotada de muebles de estilo aristocrático y bastante pasado de moda. Empezaba a acostumbrarme a aquel sitio, pero todavía se me hacía raro ir allí. Me pregunté si Laurie estaría en casa. Era pronto. Dejé de pasear. ¿Y si tocaba al timbre? No me había dado cuenta de que no tenía el número de celular de Laurie, lo cual era un poco raro, pero todo era raro con Laurie. Vivía en su mundo, un mundo que me gustaba visitar.

De pronto, la puerta principal se abrió y de ella salió una mujer.

No, no era una mujer. Era una chica, una adolescente.

No, no era una adolescente, era una serpiente con una larga melena rubia y la voz aguda.

Me quedé mirando como un ciervo a la mitad de la calle, incapaz de moverse mientras un auto se acerca a él a toda velocidad.

Shelly Hunchberg cruzó el pasto y abrió la puerta de su pequeño Volkswagen verde. No sé cómo no lo había visto antes, aquel auto con facha de moco era inconfundible.

¿Qué hacía ella en casa de Laurie?

La silueta de Laurie llenó el umbral de la puerta y se quedó allí, mirándola, hasta que el auto salió del camino de acceso. La grava crujió bajo las llantas. Era un sonido detestable.

¿Tenía que ser Shelly Hunchberg? ¿Cómo conocía a Laurie? Aquél era un pueblo pequeño, de familias de militares, pero Laurie ni siquiera iba a nuestra escuela.

—¿Jo? —dijo él de repente.

Pensé en echarme a correr, pero habría sido aún más raro que el que me hubiera sorprendido medio espiando.

—¿Jo, eres tú?

—Sí —respondí con una voz muy rara.

La luz que lo envolvía desapareció cuando cerró la puerta y salió al cobertizo. Nos encontramos a la mitad de la calle. Traía una camiseta negra de manga larga y unos *jeans* una talla grande (como mínimo). El pelo húmedo le caía sobre los hombros.

—Hola —dijo un poco sin aliento.

—Hola —contesté, aunque lo que de verdad quería decirle era: «¿Qué hacía la pérfida y malvada Shelly Hunchberg en tu casa? ¿No sabes que es odiosa y la zorra más insoportable de la escuela y que te chupará la sangre... y otras partes de tu anatomía... hasta la última gota?».

—¿Qué haces por aquí? ¿Vagar sin rumbo?

Me encogí de hombros. ¿Por qué de repente todo era tan raro?

—Básicamente. Meg está con John Brooke. Amy está muy pesada y se me murió la *laptop* mientras hacía una revisión. Salí a tomar aire.

Laurie se echó a reír y se retomó un mechón detrás de la oreja izquierda.

—¿Por qué lo llaman John Brooke, como si fuera un agente superimportante o el presidente o algo así?

Le dije que no lo sabía muy bien, pero que me parecía que había sido cosa de Meg.

—¿Cómo es? ¿Es tan cautivador como a tu hermana le parece?

—No exactamente. —Me eché a reír—. Aunque es muy amable y todo eso.

—¿Amable?

No dije nada más porque no quería ser una torpe y reírme de John Brooke. Era un tipo formal, tal vez un poco estirado, pero no era mala persona.

Para cambiar de tema, le pregunté a Laurie qué tal su día. Me dijo que había ido con su abuelo a renovar su identificación y luego a cenar a un restaurante donde sólo servían cangrejo de río. Empanada de cangrejo de río, sopa de cangrejo de río... Cangrejo de río con todo.

Laurie cambió su leve acento italiano por el acento sureño.

—Hay cangrejos a la plancha, cocidos, al horno, al vapor, salteados, se pueden hacer aperitivos de cangrejos, cangrejos criollos, guiso de cangrejos, cangrejos fritos, rebozados, sofritos o cangrejos con piña, cangrejos al limón, cangrejos con mango, con pimientos, sopa de cangrejos, en estofado, en ensaladas, cangrejos con papas, hamburguesa de cangrejos, sándwich de cangrejos...

Para cuando llegó al final, me moría de la risa.

—¿De verdad te sabes *Forrest Gump* de memoria?

Asintió.

—No me la sé entera, pero casi. Es de las mejores.

No pude negárselo, aunque era un extraño talento el de poder recitarla así.

Laurie miró hacia su casa.

—¿Quieres pasar? ¿O dar un paseo? Tengo hambre.

—Bueno —dije, aunque lo que de verdad quería preguntarle era: «¿No acaba de darte a probar la hija del diablo de Shelly Hunchberg el fruto de su vientre, o de sus carnes, o comoquiera que lo llamen ahora?».

Pero, en vez de eso, caminamos por la calle en silencio hasta que Laurie soltó otra cita de Bubba y me fue imposible no reírme.

CAPÍTULO 23

Meg

La comida fue una delicia, sobre todo el surtido de quesos que acompañaba al Hurricane Po'boy, un bocadillo de cangrejos crujientes empanadas, papas fritas y salsa *barbecue*. John pidió de más y sobró un montón de comida y una *crème brûlée* que ni siquiera probamos.

Tenía pensado comerme el caramelo quemado de la superficie antes de acostarme. Aunque a lo mejor podíamos divertirnos con él.

Pero John se estaba quedando dormido en la silla y yo estaba tan llena que apenas podía moverme. Aun así, por fin estaba a solas con él. O me daba un baño o corría un maratón. Como no quería vomitar la cena como una modelo de los noventa, me arrastré de la cama blanda como un cojín de plumas, dejé a John y me metí en el baño de la habitación.

El cuarto de aseo estaba decorado con grandes azulejos oscuros. Había un lavabo y un espejo enorme separado de todo lo demás. La regadera era inmensa, igual que el jacuzzi, no tanto como en las fotos, pero sí lo suficientemente grande para que cupiéramos bien acurrucados John y yo.

Preparé el baño perfecto y la espuma no tardó en aparecer treinta centímetros por encima del borde. John se desnudó mientras yo llamaba a mi madre, y se metió en el agua antes de que pudiera echarle un vistazo a su cuerpo. No habíamos estado juntos desde las dos semanas de vacaciones que había tenido en octubre. Estaba más nerviosa de lo que esperaba, y haberme inflamado no me ayudaba a sentirme a gusto en mi piel.

Cuando volví al baño, John se había sumergido hasta el cuello, y sus ojos me fascinaban y me calmaban.

—Ven, que aquí dentro estoy muy solo. —Sonrió.

Era hombre de pocas palabras, pero sabía lo que tenía que decir y cuándo había que decirlo. Me quité la sudadera y la dejé caer al suelo al tiempo que él me miraba fijamente, disfrutándome, devorándome. Me excitó tanto que estuve a punto de olvidar lo inflamada que tenía la panza de tanto comer.

Me quité los pantalones. John seguía devorándome con la mirada como si fuera el desayuno de los domingos en un club de campo sureño. Con ayuda de los brazos, junté mis pechos y él se revolvió un poco y me salpicó. Me encantaba lo que el cuerpo de una mujer era capaz de hacerle a un hombre. No lo que podía hacer por él, sino lo que podía hacerle. Los chicos de mi escuela decían que yo era una calientahuevos, y era verdad. Me encantaba. Me deseaban y no podían tenerme, por eso fingían que eran demasiado buenos para mí, me insultaban y se pasaban fotos de mi cuerpo desnudo que jamás iban a poder tocar.

Cuando mis calzones se deslizaron por mis piernas depiladas y suaves, a John se le caía la baba y no podía ni pestañear. Me erguí, con la adrenalina corriendo por mis venas, lamiendo la tensión que sentía en él. Saqué los pies de los calzones y me metí en la tina. El agua me quemó la piel al sumergirme en el baño de espuma. Me senté frente a John en la tina, con un océano de burbujas flotando entre nosotros. Sentía que tenía mucho que contarle, pero, al mismo tiempo, pensaba que no sabía de qué hablar con él.

Nos quedamos en silencio. Lo único que se oía era el suave sonido de las burbujas al romperse entre nosotros. John todavía tenía el pelo seco, corto y mucho más claro que el vello húmedo de su pecho. Quería tocarlo. Me deslicé hacia su cuerpo desnudo y él abrió las piernas para que apoyara la espalda contra su torso.

—He extrañado mucho tu cuerpo —dijo. Sus manos exploraban mi cuello, mi pecho. Las manos de John Brooke nunca eran bruscas, siempre transmitían una leve timidez que me hacía sentir que el hombre era un desafío.

Pegué el trasero a su entrepierna y lo noté duro.

—Yo también he extrañado el tuyo.

Me tomó las manos y las llevó entre sus piernas para que lo acariciara. Me sentí poderosa al tocarlo. Me sentí como una diosa cuando echó la cabeza atrás, era como si mis dedos estuvieran conectados con la tierra. Meredith siempre nos decía que el cuerpo de una mujer es lo más divino, lo más poderoso en el universo, que crea vida y que también puede acabar con ella. Me había enseñado a no avergonzarme nunca de mi cuerpo ni de mi sexualidad.

Aunque creo que no pensaba que yo fuera a llevarlo tan lejos como lo llevaba siempre.

Era una depredadora sexual, la versión elegante de una estrella porno, que usaba las manos y el cuerpo para que mi presa entrara en éxtasis. Observé los ojos de mi hombre y me aseguré de que supiera que estaba pensando en todo lo que iba a hacerle y que me moría por tenerlo dentro. Incluso se lo dije en voz alta y me deleité al ver la cara que puso. Parpadeó, abrió la boca jadeando mi nombre. Le faltaba poco, así que aumenté la velocidad y el ritmo de las caricias de mis manos y le pregunté si quería que me lo cogiera. No podía ni asentir de lo hipnotizado que lo tenían mi cuerpo y mis caderas. Estaba sentada con ambas piernas encima de él, que iba entrando y saliendo de mí. Musitó una serie de palabras y pronunció mi nombre cuando se vino, en un abrir y cerrar de ojos. Me sentía halagada por haber conseguido lo que me proponía mucho más rápido de lo que había planeado, pero sabía por mi experiencia con él que, cuando se venía, se quedaba un buen rato fuera de servicio.

Me besó el cuello, me apartó con delicadeza y me acunó a su lado. Volví a ponerme de espaldas a él y apoyé la cabeza en su pecho. Más silencio.

Permanecimos así sentados una eternidad. Cuando oí roncar a John suavemente en mi oído, volteé y vi que tenía los ojos cerrados.

Estaba agotada y él seguro que también, pero me tenía desnuda en una tina y apenas nos habíamos tocado antes de que se viniera. Y se había dormido. Con los ojos cerrados, roncando y con la boca abierta. Durmiendo.

Yo estaba desnuda y empapada y él estaba durmiendo.

El Ritz del barrio francés era genial. No tenía nada que ver con la casa de mis padres, con la tina llena de manchas y con los platos que Beth lavaba y secaba y que todos ignorábamos durante un día entero en la barra de la cocina antes de que ella los guardara en su lugar.

No iba a quedarme de brazos cruzados en aquella habitación tan lujosa mientras John roncaba en la tina. Necesitaba salir, sólo que no quería salir sola.

Me aparté de él con cuidado de no despertarlo. Era increíble que la tina fuera lo bastante grande para que yo pudiera sentarme en la otra punta con la barbilla apoyada en el borde y las piernas abiertas y sin tocar a John.

Los correos electrónicos volvieron a mi mente a la vez que la espuma iba desapareciendo de la superficie del agua que se iba enfriando. Creía que había dejado atrás a los saboteadores de mi vida en Texas. Dos años de aquella mierda y había conseguido salir de Fort Hood e instalarme en Nueva Orleans sólo un poco perturbada. No se me ocurría quién podía perder el tiempo escribiéndome correos falsos. ¿Bell Gardiner, tal vez? Esa chica con cintura de avispa y melena larga y negra era lo bastante vengativa para hacerlo. Y rencorosa. Me odiaba simplemente por mi relación con Shia, si es que podía llamarse así. Era muy triste que las chicas se pelearan de ese modo por un chico en vez de aliarse. Bell Gardiner ya era mayor para enviarme correos electrónicos falsos, pero se pintaba la raya interior del ojo de blanco... Era capaz de todo.

Que se quedara con Shia King. El día en que se fue de Luisiana a su primera misión humanitaria me convencí de que no quería saber nada de sus ojos verdes ni del precioso café dorado de su piel. Me importaba un bledo que pensara que Bell Gardiner valía más que yo. John Brooke me convenía mucho más que Shia. No debería ser una competencia.

Pero lo era. Seguro que Shia se estaba cogiendo a Bell Gardiner mientras yo estaba desnuda en una tina de agua tibia con un novio que roncaba.

Al menos, el novio que roncaba acababa de salir de West Point.

Shia todavía estaría cogiéndose a Bell Gardiner, haciéndole las mismas promesas vacías que a mí.

«Vamos a recorrer el mundo juntos, Meg.

»Qué ganas tengo de que disfrutemos de una vida juntos, Meg».

Una vez incluso me dijo que tenía ganas de decirle a su madre que estábamos saliendo, y yo fui y lo creí.

Nos imaginaba paseando agarrados de la mano por las calles de la Ciudad de México, comprando fruta fresca de los puestos ambulantes. Nunca creyó que fuera a irme con él, y eso destruyó nuestra relación: se negaba a creer que yo fuera a dejar a mi madre y a mis hermanas para ver el mundo con él.

Miré a John Brooke, dormido en la tina, y me pregunté si Shia estaba en lo cierto sobre mí.

Shia King se me había metido en la cabeza desde donde fuera que estuviera en aquel momento y me estaba mareando. Tenía suerte de encontrarme en aquella enorme y cara habitación de hotel con John Brooke, chapoteando en una tina en el centro del barrio francés.

Pobre John, estaba agotado y yo era la peor por ponerme a pensar en Shia.

Me acerqué otra vez a él y metí la mano entre las piernas. Permaneció flácido unos segundos, pero su cuerpo despertó en cuanto él abrió los ojos de golpe. Tardó un instante en ubicarse. Luego cerró los ojos, apoyó la cabeza en el borde de la tina y me dejó jugar con él.

Empecé despacio, apretándolo fuerte con la mano, moviéndola de arriba abajo. Me acarició los hombros y me dio la vuelta. Su boca encontró la mía y gimió contra mis labios.

—Acaríciame —le dije pegada a su boca.

Sus manos exploraron con timidez mi pecho y sus dedos evitaron mis pezones, cosa que me volvía loca. No sabía si lo hacía a propósito para calentarme o eso quería creer yo. Ignoraba con cuántas mujeres se habría acostado, pero estaba segura de no ser la primera.

Sus manos descendieron por mi torso y se detuvieron entre mis piernas. Me tenía jadeante. Él gemía, duro como una piedra entre mis dedos. Me perdí en la cadencia de su beso, sus manos entre mis piernas, dentro y fuera. Me subí en su regazo, le rodeé el cuello con los brazos y descendí de nuevo sobre él.

John cerró los ojos al entrar en mí y yo me hundí hasta clavármela entera. La tenía más gruesa que larga, y mi mente se perdió en el laberinto del deseo.

CAPÍTULO 24

Jo

—¿Quieres un café? —Laurie me indicó que lo siguiera a la cocina—. ¿Normal o descafeinado? —preguntó al ver que me levantaba.

Abrió un cajón y sacó una caja de cápsulas de café. Como mesera, puse cara de desaprobación, aunque las cápsulas eran menos ofensivas que el haberme ofrecido un descafeinado.

—¿Descafeinado? —inquirí.

Asintió.

—El descafeinado no es siquiera café.

Introdujo una cápsula de Dunkin' Donuts en la cafetera.

Me froté las sienes con gesto dramático y me acerqué a la máquina de café instantáneo.

—Tu increíble falta de respeto por el café en grano me está matando.

Laurie echó atrás la cabeza y su pelo voló en todas direcciones.

—Oye, no todos podemos trabajar en una cafetería.

—No hace falta trabajar en una cafetería para negarse a tomar agua con sabor a café.

Puso dos tazas en la barra de mármol. Una tenía dibujado un pingüino y en la otra había un sol con la leyenda Namasté en la cama en su interior.

Señalé esta última.

—Qué linda.

Era la clase de chico que tenía tazas divertidas, pero tomaba café descafeinado. No lo entendía, aunque me gustaba que fuera tan contradictorio.

Con los «cafés» listos, lo seguí al piso de arriba, a su habitación. Podía olerla antes de que llegáramos. Olía a él y aquella fragancia invadía mis sentidos y me relajaba. Era muy raro el efecto que me producía.

—¿Qué loción usas? —Me dejé caer en el sofá de su cuarto y puse los pies en una mesita de café antigua de roble. Me dijo que era de España y que su madre se había gastado una fortuna para enviársela por correo.

—No sé cómo se llama. —Se levantó, se acercó a la cómoda y tomó un pequeño frasco de cristal.

En vez de preguntarme por qué quería saberlo o mirarme con cara extraña, leyó el nombre de la loción. No la conocía, y su acento la hizo sonar mucho más cara y exótica de lo que seguramente era.

Tras un sorbo a su descafeinado, siguió contándome qué opinaba de que su padre lo hubiera mandado a vivir con su abuelo, que no entendía a los adolescentes. Laurie era solitario y sociable a la vez. Me confundía.

—¿Todavía extrañas a tu padre? —inquirió sentándose—. ¿O ya estás acostumbrada a esta vida?

—Lo extraño —dije—, y no quiero acostumbrarme a una vida en la que no extrañe a mi padre.

Laurie se mordió el labio inferior y a continuación me

preguntó si creía que no extrañar a su padre lo convertía en una mala persona. Le dije que no, que si fuera una mala persona nunca se habría hecho esa pregunta. Él se quedó pensándolo y luego permanecimos sentados y en silencio mientras nos tomábamos el café muy tranquilos.

De la pared del cuarto colgaban pósters de películas antiguas, sin orden ni concierto, clavados con tachuelas rojas. Los títulos iban de la versión original de *El planeta de los simios* a *Casi famosos*. Como en todo lo demás sobre Laurie, trataba de encontrar el común denominador, algo que al menos me aclarara qué clase de persona era.

Él me observaba mientras yo miraba los pósters. Notaba su mirada en mí y no me hacía sentir incómoda, cosa rara.

—¿Tienes hambre? —preguntó al final.

—Yo siempre tengo hambre.

Se levantó y me tomó de la mano. Vacilé un momento antes de dejar que lo hiciera y salimos de la habitación.

Mientras bajábamos por la escalera, Laurie señaló una hilera de retratos de familia que colgaba de la pared. Cada uno tenía un tamaño y un marco diferente. Uno de los marcos era de acero oscuro y en la foto se veía a una fila de hombres en uniforme. No todos lucían el verde del ejército de tierra. Algunos eran marinos de blanco y otros eran aviadores vestidos de azul. Al final de la hilera había un niño, Laurie, el único en la foto que no traía uniforme, sino una camiseta negra y *jeans* rotos. No debía de tener ni doce años. Una mata de pelo rubio le tapaba la frente y no sonreía.

—Una imagen vale más que mil palabras —dijo con voz enigmática, y examiné las demás fotos durante el descenso.

Casi al final de la escalera había unas cuantas imágenes, tipo anuario, de más hombres de uniforme.

—¿Con qué frecuencia ves a tu madre?

Se encogió de hombros.

—Hace tiempo que no la veo, pero desde que me mudé a Estados Unidos he estado viéndola cada seis meses. En Navidad y en las vacaciones de verano.

No me imaginaba viviendo con mi abuelo en otro país, lejos de mi madre y de mi padre. Bueno, llevaba sin ver a mis abuelos paternos desde la ceremonia del ascenso de mi padre, hacía casi dos años, en Texas. Se quedaron a pasar el fin de semana en un hotel cerca de la base y sólo vinieron a casa una vez. Mi padre dijo que el abuelo estaba enfermo, pero aquella mañana de domingo fuimos los seis, mis padres, mis hermanas y yo, al Golden Corral a desayunar y nos los encontramos allí, sentados a dos mesas de nosotros. Mi abuelo se estaba llenando de salchichas y a mí me pareció que estaba muy sano.

En cuanto a mi abuela materna, en aquel momento Meredith y ella no se hablaban, y hacía tiempo que había dejado de importarme ser incapaz de comprender las fluctuaciones en su relación. No valía la pena calentarse tanto la cabeza.

Preferiría vivir en el cuarto de la limpieza de la escuela White Rock que irme a vivir con cualquiera de mis abuelos.

—¿Extrañas Italia?

—¿Italia o a mi madre?

—A las dos.

—Sí, las extraño a las dos.

No añadió nada más y yo no le pedí explicaciones. Cada vez que hablábamos, recogía pequeñas piezas de Laurie y no tenía prisa por juntarlas todas.

Cuando llegamos a la cocina, él abrió el refrigerador de tamaño industrial y me lanzó un pequeño tetrapack. Me costó agarrarlo, pero, una vez en mis manos, vi que era un licuado de chocolate Yoo-Hoo.

—¡Dios mío! —dije mirando fijamente el tetrapack con una enorme sonrisa en la cara.

El logo azul sobre fondo amarillo me transportó al pasado. Despegué el popote del dorso, rompí con él el papel metálico del punto de inserción y le di un buen trago.

—¿Verdad que está increíble? La señora de la limpieza los trajo hace unas semanas, y me tienen embobado. Sabe a malteada de chocolate —me dijo, como si no fueran un clásico de la infancia de mi generación.

—¿No te los daban de pequeño? —Cuando negó con la cabeza, añadí—: El mundo es muy grande. Habría jurado que en todas las casas tenían siempre Yoo-Hoo en el refrigerador.

La risa de Laurie era como gotas de lluvia.

—Más vale tarde que nunca. —Bebió un sorbo y se limpió el chocolate de los labios—. Pero el mundo es muy pequeño.

Lo miré y se dio la vuelta para abrir otra vez el refrigerador. No parecía encontrar lo que buscaba, y lo cerró.

—¿Por qué dices que es pequeño? —le pregunté a sus espaldas mientras él rebuscaba en la despensa.

—¿Y si pedimos una pizza? ¿O comida china?

Por mucho que se me antojara una pizza, no me había llevado dinero y no sabía si podía pagar con tarjeta porque me había comprado una funda de *laptop* nueva y había apartado el resto para cuando me mudara. No se me daba muy bien administrar el dinero; no obstante, tenía dieciséis años: ya aprendería.

—No traje dinero —avisé. Pero él ya tenía en la mano un folleto de publicidad con todas las ofertas.

Me miró a través de sus gruesas cejas rubias, pero no dijo nada. Sacó el celular del bolsillo de los *jeans* oscuros y se relamió de nuevo. Sus labios eran demasiado gruesos para su cara, pero estaba segura de que atraían a las chicas de su edad como la miel a las moscas... Y a las de mi edad también. Meg siempre decía que a los chicos les gustarían mis labios carnosos, pero, hasta la fecha, ninguno parecía fijarse salvo para hacer comentarios de mal gusto. Lo que les gustaba a los chicos eran las tetas de Meg, lo cual me parecía irónico, porque los labios podían hacer sentir mucho mejor a un chico que un par de tetas.

—Sí, de acuerdo —dijo Laurie hablando por el celular.

¿Era posible pedir comida a domicilio sin que te tuvieran una hora a la espera? Creía que no.

—¿Qué quieres en tu pizza? —me preguntó.

—Nada de carne, por favor.

Pidió una pizza grande de queso y champiñones y volvimos arriba a esperar. Aún no me había explicado por qué creía que el mundo era pequeño, pero sabía que lo haría algún día.

CAPÍTULO 25

Beth

Amy estaba sentada frente a la mesa de la cocina, disculpándose por quinta vez en cinco minutos. El olor a masa quemada era denso, y una nube negra lo cubría todo. Abrí la puerta de atrás para que saliera, pero no corría el aire, que estaba decidido a hacer toser a Amy. Tenía el blanco de los ojos rojo y se había llevado la mano al pecho.

—Amy, ve arriba hasta que se ventile la cocina. No te conviene respirar esto —dije, tratando de disipar con la mano el humo que nos separaba.

Todo había sido a causa de un error garrafal mío. Debería haber vigilado a Amy cuando encendió el horno para asegurarme de que lo ponía a ciento sesenta y no a doscientos sesenta grados. Desde luego, debería haberlo comprobado antes de meter la bandeja de galletas y, acto seguido, haber puesto una alarma.

Amy no levantó el trasero de la silla.

—Estoy bien. Mira, ya casi no hay humo.

Me parecía increíble que mamá no se hubiera levantado todavía del sofá. La cocina estaba separada por un tabique con una puerta en forma de arco, pero seguro que el humo se olía desde la sala. Si se olía en nuestro cuarto, arriba, con las ventanas abiertas y a pesar del quemador de incienso de aquellos que mamá solía vender.

Abrí otra ventana, la que estaba encima del fregadero, y miré la casa de los Laurence. Sabía dónde estaba el piano, pese a que la estancia se hallaba a oscuras. Antes de que me volteara de nuevo hacia Amy, la luz de la casa parpadeó, y Laurie y Jo pasaron por el umbral iluminado de la habitación del piano. Me pregunté si estarían saliendo juntos. Me sorprendería debido al individualismo feroz de Jo, pero puede que estuviera lista para tener su primer novio.

La última en besar a un chico había sido ella. Incluso a mí me habían besado antes dos chicos a los que nunca quise volver a besar.

—¿Qué ocurre? —Amy estaba a mi lado, de puntitas para poder mirar bien por la ventana.

—Nada, pequeña fisgona. —Le di un leve codazo y ella se empecinó en ver qué había de interesante al otro lado del jardín.

—¿Ya se están besando? ¿Se están acostando juntos?

—¡Oye, eso no se dice! —Choqué mi hombro contra el suyo. Sonreí mientras la corregía—: No se acuestan juntos —susurré. Hice una pausa—. Además, ¿qué sabes tú de sexo?

Amy alzó la mirada hacia mí. Sus ojos azul cielo eran muy perceptivos, y su sonrisa me recordó lo conectada que estaba con el mundo. A los doce años yo jugaba a las muñecas con mis hermanas mayores y cantaba en el coro de la escuela. A los doce, Amy tenía el mundo en la palma de su mano y con un par de pasadas del dedo índice sabía quién de su clase estaba saliendo con quién, y podía mantener una conversación con alguien que estuviera en Japón.

—Será mejor que no te lo diga. —Amy se rio muy segura de sí misma.

—¿Internet?

Asintió.

Me preocupaba lo que Amy debía de estar viendo en internet. Videos de gente peleando, videos repugnantes de gente a la que le reventaban granos... Veía cosas que a mí me habrían dejado muerta a los doce años. La semana anterior, estaba doblando la ropa limpia cuando Amy nos contó a Meredith y a mí que una madre había matado a golpes a su bebé de ocho meses. El modo en que pronunciaba las palabras... Era como si no comprendiera lo horrible, lo espantoso de la noticia.

Empecé a decirle que tuviera cuidado, pero por el tono en el que acabó la frase, pensé que se estaba burlando de mí:

—En internet nunca sabes lo que hay ni con quién hablas. No es seguro. —Se balanceó sobre las puntas de los pies al decirlo.

La tomé del hombro y la volteé hacia mí.

—Lo digo en serio. Con todo lo que lees, deberías saber que el mundo está lleno de putos tarados.

Usé una grosería porque necesitaba que me tomara en serio. No quería que le diera tantas vueltas como yo porque, siendo realista, sabía que, por estadística, la posibilidad de que me pasara algo malo era baja, pero aun así me daba un miedo atroz.

—Amy —insistí, al ver que no me contestaba.

Levantó su pequeña mandíbula cuadrada hacia mí.

—Estás paranoica, Beth —dijo entre risas. A veces todo le parecía una broma.

Tenía los dientes muy pequeños y los caninos muy afilados y a veces era demasiado lista, pero quería protegerla.

A Jo y a Meg también. Pese a que no era ni la mayor ni la pequeña, tenía más responsabilidades que todas mis hermanas juntas.

—Intento ayudarte. Te darás cuenta cuando te hagas mayor.

Su expresión se suavizó y respiró hondo.

—Ya no soy una niña, Beth.

Me contempló con simpatía y meneé la cabeza. Antes de que pudiera contestarle, mamá entró en la cocina con mirada confundida. Tenía los párpados tan hinchados que apenas le veía las pupilas, y el pelo rubio enredado y con el flequillo empapado de sudor.

—¿Qué pasó? ¿Están bien? —Giró la cabeza lentamente para inspeccionar la cocina.

—Sí, disculpa. Se nos quemaron las galletas —dije agitando la mano en el aire.

A mi madre le cambió la cara. Abrió un poquito los ojos. Muy poquito.

—¿Estás bien? —preguntó Amy mirándola a ella y luego a mí.

Meredith asintió y se peinó el flequillo y el pelo de lo alto de la cabeza con los dedos. Siempre se le levantaba como un tupé. Meg llevaba años pidiéndole que se lo quitara, pero sólo había conseguido que redujera la cantidad. Un poco. Sólo un poco.

—Sí, estoy bien. Un poco cansada. Llevo dos días con dolor de cabeza. —Tenía la voz áspera, como la de una rana.

Me acerqué a un estante y tomé una taza para llenársela de agua. Amy dijo que quería irse a dormir y Meredith le dio un beso en la frente antes de rodearla con los brazos y abrazarla con fuerza.

—Diez minutos de celular y luego lo apagas. Subiré dentro de media hora. Así tendrás tiempo suficiente para bañarte y lavar lo lavable, cepillar lo cepillable —de repente, era como si Amy tuviera cinco años otra vez y sonreía al oír a mi madre repetir lo que nos decía cuando éramos pequeñas—, ponerte la pijama, jugar con el celular y meterte en la cama con las cobijas, tapando lo tapable. —Otra sonrisa de Amy y una mía—. Y apagamos la luz. ¿De acuerdo?

Amy asintió y mamá le dijo que la quería.

Cuando mi hermana se fue, mamá se sentó a tomarse una taza de leche caliente y a esperar a que sacara del horno una bandeja de galletas comestibles. Eran las nueve, pero, al ser sábado, Amy podía quedarse despierta hasta tarde y Jo y Meg podían salir. Como yo estaba escolarizada en casa, todos los días me parecían iguales. Casi siempre era la última en acostarme, y a veces mi madre permanecía despierta conmigo viendo películas de terror o comentando los infomerciales. Otras noches enviaba a Jo y a las demás a la cama y yo me quedaba acostada en el sofá escuchando música, y mamá me daba un beso en la frente y me decía que me quería.

Más de una vez, Jo se ponía imposible, se enojaba y me acusaba de ser «la favorita», pero era porque yo siempre había sido la que ayudaba en casa cuando papá no estaba.

—¿Tienes noticias de papá? —pregunté.

Mi agotada madre se me quedó mirando unos segundos antes de contestar. Incluso bebió un sorbo de leche y se enjuagó la boca con ella antes de responder. Negó suavemente con la cabeza baja.

Me salió algo entre un terremoto y un suspiro del alma. Apoyé los codos en la mesa y dejé caer la cabeza.

—¿Desde hace cuántos días? —pregunté, aunque los había contado ya.

—Cuatro.

—Cua-tro —repetí. Cuatro días que parecían cien—. ¿Has preguntado al Grupo de Apoyo a las Familias?

Mi madre asintió.

—Dos días más y pediré ayuda a la Cruz Roja, como cuando mi padre... —Hizo una pausa y se corrigió—. Cuando tu abuelo murió. Me ayudarán a localizar a tu padre.

—¿Y si Jo, o Meg o incluso Amy te preguntan? —Aunque yo también quería saber qué pasaba.

A Meredith le colgaba la bata del hombro, y vi que llevaba puesta la ropa de papá. Lo hacía con frecuencia, pero cuando no sabíamos nada de él en un largo periodo era peor. Como mi padre era oficial de artillería, salía de misión durante días y no podía comunicarse con nosotras. Por desgracia, era como si estuviera muerto o herido, porque en esos casos el ejército bloqueaba todas las comunicaciones hasta que notificaba a la familia. Eran días en que sentías que estabas conteniendo la respiración mientras alguien te daba patadas en el estómago.

Jo y Meg no habían preguntado por papá, pero no las juzgaba. Hacían las cosas a su manera y estaban muy ocupadas con sus vidas. Yo era la que pasaba el noventa por ciento del tiempo en casa. El otro diez por ciento lo dividía entre el supermercado, el centro comercial de la base y los paseos a la tienda al final de la calle.

—No lo sé, Beth. Tendremos que decírselos. No quiero ocultarles nada, aunque esperaba no tener que mencionarlo. —Le temblaban los labios, pero se mantuvo firme—. Esperaba que a estas alturas ya me hubiera enviado un mensaje.

De pronto, tocaron a la puerta y la cara de mi madre se tornó en una de las criaturas de las historias que Jo solía escribir. Mi cerebro captó al instante lo que mamá estaba pensando.

Nos quedamos sentadas, inmóviles.

—Es imposible —dijo ella con voz entrecortada y las lágrimas a punto de rodarle por las mejillas.

Me levanté para ir a abrir y mamá me tomó del brazo con los dedos apretados y sólo vi terror en su rostro.

—No, no es posible —le aseguré, y con cuidado despegué sus dedos de mi brazo.

La miré otra vez para decirle que todo estaría bien. Normalmente me creía, pero en aquel momento ni yo sabía si era de fiar.

El corazón me latía con violencia en el pecho mientras dejaba atrás los azulejos de la cocina y me adentraba en la alfombra de la sala. Se me estaba cerrando la garganta y, cuando descorrí un poco la cortina, el pecho estuvo a punto de explotarme. Había un auto estacionado en el camino de entrada, pero se nos había fundido el foco del cobertizo y nunca nos acordábamos de cambiarlo, así que no distinguía qué clase de auto era.

Volvieron a tocar.

Antes de que la cabeza empezara a darme vueltas como todo lo demás, tomé la manija de la puerta y la abrí de un jalón.

En vez de una avalancha destructiva, me encontré con Shia King andando hacia atrás y murmurando no sé qué.

Alzó las manos al aire cuando salí al cobertizo, si es que se podía llamar cobertizo a una serie de bloques de cemento.

—Perdona, Beth. ¿Estabas durmiendo?

Negué con la cabeza.

—Ah, bueno, muy bien. ¿Está Meg?

Su camiseta tenía estampada la cabeza de un león y se veía muy gastada.

Negué con la cabeza.

Él asintió despacio y se pasó la lengua lentamente por los labios.

—Bueno —dijo. Parecía abatido.

Siempre me había gustado Shia, aunque nunca hablé mucho con él. Cuando empezó a venir, cuando salía con Meg, todavía me gustaba menos que ahora hablar con la gente.

—Pues me... voy —añadió, arrastrando las palabras.

La calle estaba en completo silencio, e incluso había más luces encendidas en la casa de los Laurence que fuera.

—Espera —dije de pronto.

Shia volteó y esperó a que continuara.

—Regresará mañana por la noche.

—¿Dónde está? —Al parecer, puse cara de desconfianza, porque antes de que pudiera contestarle, añadió—: Perdona que te lo haya preguntado. No pasa nada si no quieres decírmelo.

Yo no era tan transparente como Jo, pero me faltaba poco.

—No, te lo diré. Está con John Brooke. —Sentí una punzada de culpabilidad justo bajo las costillas.

Asintió como si ya lo supiera, y creí que iba a decir algo más aparte de:

«¿Cómo estás, Beth?» Pero no lo hizo.

Le dije que estaba bien y, pasados diez segundos, mi madre salió al cobertizo y me hizo a un lado. Estaba llorando, sus sollozos rasgaban el aire inmóvil de Luisiana. Corrió hacia Shia con la bata ondeando al viento tras de sí.

Él dio un paso atrás y estuvo a punto de caerse. Su gesto se torció en lo que sólo puedo describir como pánico puro. Shia debía de sentirse confundido por su comportamiento rabioso. Yo lo estaba, y sabía que mamá pensaba que era un mensajero que traía noticias devastadoras y que estaba agotada.

—¿Qué haces tú aquí? —dijo con los puños apretados a los costados.

—Venía a hablar con Meg.

Mi madre dejó escapar un sonido, entre un suspiro y un bufido. Creía que iba a darle un empujón, y supongo que Shia también lo pensó, porque se apartó de su camino y empezó a retroceder muy despacio hacia su auto.

—¿Qué te hace pensar que Meg va a querer hablar contigo? —casi le gritó mi madre, que ya no lloraba. Se le había pasado rápido.

Cerré la puerta principal detrás de mí y di un par de pasos hacia el pasto, hacia donde estaban ellos.

—No lo sé. No sé si querrá —contestó él en un tono que hizo que me preguntara qué le habría hecho Shia a Meg.

Estuve al tanto del drama entre Meg y Shia mientras duró. Le sujeté el pelo a mi hermana cuando vomitaba en el fregadero de la cocina tras una de sus peleas con él. A Meg no le hacía bien el estrés y, al igual que mamá, vomitaba con facilidad. Fue uno de esos viernes por la noche cuando le dijo a mi madre que iba a salir, lo que significaba que iba a dejar el auto en el estacionamiento que había detrás del gimnasio de la base y esperar a Shia. Meg me habló una vez de sus sesiones amorosas, pero se me escapó el secreto delante de Meredith y mi hermana no me lo perdonó nunca. Pasó meses llamándome «Ophelia». Detestaba que usara el nombre de mi exmejor amiga a modo de insulto, pero la había traicionado igual que Ophelia me traicionó a mí.

Meg espió por internet a mi exmejor amiga porque sospechaba algo, y acabó descubriendo que salía con River. No esperaba que Ophelia correspondiera a mis sentimientos, pero tampoco esperaba que saliera con un cerdo asqueroso como River, aunque ella no hubiera sufrido en su propia carne lo baboso y lo cretino que era. Pero lo sabía, o al menos conocía parte de la historia.

Ophelia nos ayudó a romper las humillantes sábanas blancas de la traición. Luego salió con él. Más de una vez. Pero cuando nos mudamos aquí y Meg conoció a Shia, pasábamos varias noches a la semana con «mis clases de piano».

—Está con John Brooke, Shia. ¡Ahí es donde está! —exclamó mi madre, que sonaba un poco enloquecida y más parecida a mi hermana mayor que a ella misma—. Se la llevó a pasar la noche al barrio francés. John Brooke acaba de graduarse en West Point, Shia.

Él no pronunció palabra.

—John Brooke es un buen hombre que hace muy feliz a mi hija.

Shia permaneció impasible.

Mamá tenía para rato.

—Vino esta noche a recogerla después del malentendido de los correos electrónicos. Tú no sabrás nada de eso, ¿verdad?

Las cejas oscuras de Shia se unieron en una. Negó con la cabeza.

—¿Qué malentendido?

No conocía lo bastante bien a Shia para saber si estaba mintiendo o no, pero, en general, se me daba bien reconocer a un mentiroso y él parecía confundido de verdad. Jo dijo que me serviría de mucho si me hiciera periodista, pero, a decir verdad, no me ha servido ni para salir de casa.

—Alguien le envió a Meg unos correos electrónicos inapropiados que le causaron un sufrimiento innecesario. Como su grupo de amigos aquí no es muy grande, será fácil encontrar a quien lo hizo en la lista de sospechosos. ¿Quién más iba a querer hacerle daño sin motivo?

—Yo no. —Shia se llevó las manos al pecho y, con los dedos, se agarró la camiseta gastada—. ¿Qué clase de correos electrónicos?

Mamá negó con la cabeza.

—No voy a hablar de sus cosas contigo. ¿A qué viniste? ¿De qué quieres hablar con Meg?

Él me miró. Yo aparté la vista. No parecía saber qué contestarle. No lo culpo.

—¿Y bien? —insistió mamá.

Normalmente Shia era muy hablador, pero en esta ocasión se resistía a morder el anzuelo. Parecía como si supiera que, cuando mi madre se ponía así, era mejor cerrar la boca.

—Sólo quería verla. No sé si querrá hablar conmi...

—Es mi hija y la has hecho sufrir. O me cuentas de qué querías hablar con ella, y entonces te diré dónde está, o te metes en tu auto de niño rico y vuelves a tu casa, y mejor suerte la próxima vez.

Shia era un poco más alto que mi madre, pero en aquel momento parecía mucho más pequeño.

Suspiró y giró el torso hacia la casa de los Laurence. Me pregunté si Jo y Laurie habrían oído el escándalo y saldrían a la calle. No sabía si Shia llegaría vivo al día de su boda si Jo salía y se encontraba a Meredith en semejante estado y a Shia en retirada con expresión de culpabilidad en la cara. Se lo comería con papas. Meg nunca había querido que nadie se enterara de sus encuentros con Shia, y yo le había jurado secreto. Se me daba muy bien guardar secretos.

Mi madre dio un paso a un lado y se apoyó en el Jeep de papá.

Shia hundió la cabeza en el pecho y luego la inclinó hacia atrás.

—Señora Spring, sabe que siempre me ha caído usted bien —su lengua rosada le acarició los labios— y que nunca le faltaría al respeto, pero no tengo ni puta idea de lo que me está hablando.

La puerta principal se abrió entonces detrás de mí y la luz bailó en el pasto.

—¿Quién es? —preguntó Amy a mi espalda. Sentí sus manos en mis hombros y pasó junto a mí.

—Hola, Amy. ¿Cómo va todo? —dijo Shia. Parecía estar tranquilo, pero sólo estaba tratando de ser educado.

—Vuelve dentro, Amy —le advirtió Meredith.

—Mamá...

Cuando mi madre volteó de sopetón hacia ella, mi hermana se tomó de mi brazo.

—Vayamos dentro, Amy. Mamá y Shia están hablando —sugerí, empujándola con suavidad. Tenía la sensación de que se iba a resistir.

Pero mi hermana tenía una especie de fuego en la mirada...

No sabía qué iba a pasar, pero cuando volteé para llevármela adentro, no se movió.

Shia miró primero a mi madre, luego a mí y después a Amy.

—Oiga, señora Spring, sólo quería ver a Meg y platicar con ella...

Mi madre se le acercó tanto que no sabía si iba a besarlo o a darle un empujón.

—¿Platicar de qué? ¿De los correos que le enviaste para intentar arruinar su relación con John?

Shia negó con la cabeza.

—No sé muy bien a qué se refiere, pero yo nunca haría eso, señora Spring. Yo no le haría daño a Meg.

Amy se echó un poco hacia atrás y se le encendieron las mejillas.

—¡Ya le has hecho daño! Te crees mucho mejor que nosotras, ¿verdad, Shia King? —le espetó Meredith. Me pregunté cuánto licor le habría echado mi madre a la leche caliente aquella noche.

—¿Qué? —Él se pasó la mano por la cabeza afeitada—. No, yo...

—¡Vete de una vez, Shia! Aléjate de nosotras y vuelve a tu mansión en...

—¡Mamá! —Al fin me atreví a intervenir. Shia le caía bien, pero estaba desatando su furia sobre él porque la había asustado.

Me lanzó una mirada furibunda y meneé la cabeza. Tenía cara de querer matar a alguien, y por un instante no la reconocí.

Sin decirle ni una palabra a Shia, ni a Amy, ni a mí, mamá volvió adentro y cerró de un portazo.

—Disculpa que...

—No pasa nada, lo entiendo —dijo Shia con voz triste.

—Vamos. —Jalé a Amy para que me siguiera a casa. Justo antes de entrar, ella volteó hacia Shia y gritó:

—¡Está en el Ritz, en el barrio francés, con John Brooke!

Cuando entramos y los faros del auto de importación de Shia resplandecieron en la ventana y él desapareció calle abajo, mi madre me preguntó:

—¿Por qué hiciste eso, Beth?

No fue un grito, aunque para mí era peor. Estaba enojada, pero no era la clase de madre que grita a todas horas. La madre de Ophelia sí era así. Ophelia corría a mi casa cuando su padre volvía apestando a whisky.

—Le estabas gritando, mamá. Que sepamos, él no ha hecho nada malo —me expliqué.

Ella suspiró y apoyó los brazos en el respaldo del sillón reclinable.

—Al menos, no sabe dónde está Meg.

Mire a Amy y a mi madre.

Mi hermana se colocó entre las dos.

—Se lo dije —confesó—. Lo siento, pero ustedes dos no iban a ayudarlo.

—No necesita saber dónde está. Tu hermana está muy bien sin él, y además está con John.

No estaba de acuerdo con eso de que Meg estuviera bien sin Shia, pero aun así pensaba regañar a Amy por ser tan bocona.

—No te correspondía a ti decírselo, Amy.

—Es que creo que la quiere —dijo mi hermana pequeña.

Mi madre se echó a reír. No era una risa genuina.

—¿Qué te hace pensar eso?

Meredith se sentó en el sillón reclinable de papá y Amy se instaló en el puf rojo, que silbó un poco bajo su peso.

—El hecho de que haya venido —dijo Amy, como si mamá supiera menos que ella.

Yo me senté en el sofá con los pies en alto. Las cobijas del respaldo siempre olían como nuestra casa en Texas. En aquel entonces, mi madre todavía usaba más velas perfumadas que ahora, y el olor no se iba de la tela. Tomé la cobija del águila de papá, la que olía a canela y a vainilla, y me tapé las piernas.

—¿Y qué relación tiene eso con el amor? —preguntó mamá. Parecía estar menos enojada. Más como la madre de siempre a la que yo adoraba y menos como la tía Hannah cuando bebía demasiado y se enojaba por menudencias.

—¡Vive muy lejos! ¡Y es el prometido de Bell Gardiner! Pero, aun así, vino hasta aquí. Es evidente que ama a Meg.

Me reí al oír su explicación preadolescente del amor.

Mamá también.

—Las cosas no funcionan así, cielo. Si a un chico le gustas, o si te quiere, te lo demuestra. Lo sabrás. Si hay que debatirlo o cuestionárselo, entonces es que no te quiere... Y, aunque te quiera, si no te lo demuestra más allá de aparecer por tu casa a las diez de la noche pese a ser el prometido de otra, es que no se merece tu amor.

Me pregunté si se aplicaban las mismas normas en el caso de las chicas. Ya no. Quizá sólo cuando eran jóvenes.

Meredith soltó una risa burlona y miró a Amy con ternura e incredulidad.

—Shia King le hizo mucho daño a tu hermana y, después de todo por lo que Meg ha pasado, no necesita más de lo mismo. Ni correos electrónicos ni chicos ricos que se creen demasiado buenos para mi hija. —Mamá volteó hacia mí—. Ya deberían saberlo. Les he dicho qué deben aguantar y qué no. Meg no necesita aguantar las idioteces de Shia y, Amy —mamá la miró a los ojos—, no hace falta que ayudes a Shia a complicarle la vida a tu hermana. Ella es feliz con John Brooke.

—Pero ¿qué le hizo Shia a Meg? ¿Por qué no hacemos que nos caiga bien otra vez? Estoy segura de que es el chico más guapo y más rico de por aquí. Tiene una mandíbula que...

Amy estaba prácticamente salivando cuando mamá la interrumpió.

—Amy, ¿eso es lo que quieres en la vida? ¿Que te quieran chicos guapos y ricos?

—¡Sí! —gritó ella encantada—. ¡Sí, eso quiero!

—¿Y luego qué? ¿Qué pasará cuando llegues a los treinta y tu chico guapo y rico se convierta en un hombre ya no tan guapo y malcriado y, que Dios no lo permita, le ocurra alguna desgracia y tengas que sacar adelante a tus hijos tú sola sin ninguna experiencia laboral?

Amy suspiró.

—En serio, mamá, eso no va a pasar. Ya me encargaré yo de que mi marido esté siempre guapo —dijo entre risitas.

Meredith se puso muy seria.

—No es broma, Amy. Debes asegurarte de que tienes un trabajo y una formación. Y no puedes ir por ahí juzgando a los chicos sólo por su aspecto. No es justo que los chicos se lo hagan a las chicas y tampoco está bien a la inversa.

—Voy a casarme con un hombre como papá, que nunca me abandonará y me ayudará a criar a mis hijas. —Todas conocíamos aquella táctica clásica de Amy, cuando decía una cosa con la que era imposible no estar de acuerdo y, así, con suerte, ponía fin a tu discusión absurda con ella.

Muy a su pesar, a mamá le hizo gracia.

—Espero que sí, y espero que tengas tres o cuatro hijas igualitas a ti. ¿Sabes qué dicen?

Yo sí, porque mamá le había dicho lo mismo a Meg un millón de veces. Meg hablaba de tener hijos más que ninguna otra chica de diecinueve años. Estaba segura de que un día sería una buena madre, pero pensaba que le iría bien hacerle caso a Jo y esperar hasta que fuera más mayor antes de preocuparse de esas cosas.

—No, no sé qué dicen. —Amy echó la cabeza atrás y mi madre le tocó la punta de la nariz. Mi hermana se puso a reír—. No me lo digaaaaaaaaaaaas.

—Dicen que lo que le hagas pasar a tu madre volverá a ti multiplicado por dos cuando tengas hijas. Sigue así y tendré mi venganza cuando tengas a tu propia pequeña Amy.

Luego mamá le hizo cosquillas en los costados y la risa de mi hermana rebotó en las paredes. Era un sonido precioso, que ayudó a eliminar la tensión de lo que acababa de pasar.

Cuando Amy escapó de mamá, se sentó a mi lado en el sofá. Meredith puso una película, la versión original de *Halloween*.

Justo antes de que empezara, Amy le preguntó si de verdad le iba a contar a Meg que había sido ella la que le había chismeado a Shia.

Mamá volteó hacia Amy con una sonrisa y dijo:

—Por supuesto que sí. —Y se concentró en la película.

CAPÍTULO 26

Jo

La habitación de Laurie era realmente alucinante. Todo eran contradicciones. Como un reproductor de discos de Urban Outfitters con un disco de Halsey puesto, o la colección de cintas antiguas de lucha libre de *Pressing Catch*. Laurie era, al mismo tiempo, fascinante y normal, y la ironía lo convertía en todo un personaje a mis ojos.

Podría haber escrito cuarenta mil libros sobre él. Tal vez lo hiciera algún día.

Seguí de viaje por su mundo y me acerqué al escritorio. Él me animaba a que chismeara sus cosas, como si fuera un juego.

—Avísame si encuentras algo que te sorprenda —dijo con una pluma en la boca.

—No lo dudes.

Abrí un cajón y él cambió desde el celular la canción que sonaba en el tocadiscos.

Mis dedos palparon algo suave, peludo, y luego frío y metálico.

—Pero ¿qué...? —Retiré la mano y me la limpié en los *jeans*.

Laurie se levantó y se me acercó. Me pregunté si su abuelo estaba en casa.

—¿Qué? —Metió la mano en el misterioso cajón peludo y cerré los ojos.

Podía tratarse de un hámster muerto o de una rata. Qué asco.

Cuando sacó la mano, de la punta de su índice colgaba un llavero de peluche negro y rojo.

—Sólo es una pata de conejo. —Le dio vueltas acercándola a mí y yo pegué un brinco hacia atrás.

Hacía siglos que no veía una pata de conejo en un llavero, pero me acordé de cuando Meg los tenía a montones por su trabajo en la pista de patinaje sobre hielo que había cerca de mi escuela en Texas. Tuvo una de color morado colgada del retrovisor de su primer auto, un antiguo Buick Riviera pintado de color tostado y con los acabados interiores de madera. La pata colgante me daba repulsión.

—Puaj.

—Nada de *puaj*. Trae buena suerte.

Meneé la cabeza. Meg decía lo mismo.

—La pata de un animal no trae buena suerte. La naturaleza no consentiría semejante crueldad.

Laurie se puso a mi lado, frotando la cosa esa.

—Es muy de humanos, ¿no crees? Eso de decir que la pata disecada de un animal cuando está en posesión nuestra nos trae buena suerte. Hay que estar muy mal de la cabeza.

—Sí.

—¿Por eso no comes carne?

—No. Bueno, en cierto modo sí, pero no es por las patas de conejo. ¿Te importa guardarla donde no la vea?

—dije, señalando la pata con el dedo y poniendo cara de asco.

La metió de nuevo en el cajón y lo cerró. Ya no se me antojaba chismear más.

—Está muy bien, aunque yo no tengo intención de cambiar mi dieta. —Se tocó el estómago con los dedos para enfatizar sus palabras—. Pero está muy bien que hagas lo que quieres y que creas en algo.

—Creo en muchas cosas.

—Ya, eso lo sé.

Nos sentamos en los extremos opuestos del sofá. Yo estaba cerca de una mesita circular pintada de dorado y sobre la que estaban nuestras malteadas Yoo-Hoo. No recordaba cuál era la mía, y habría sido muy vergonzoso tomar una y empezar a beber del popote sin pensar.

—Oye, ¿tus hermanas tienen novio? Sé que Meg está con John-como-se-llame. ¿Qué hay de Beth y Amy?

Me erguí contra el respaldo y empujé su pierna.

—Amy tiene doce años...

Él se encogió de hombros, su cara era la definición de: «¿Y...?».

—Yo tuve mi primera novia antes de los doce. Se llamaba Lucía y tenía el pelo rizado más bonito del mundo.

—¿Y por qué terminaron Lucía y tú?

Laurie se pasó la mano por el pelo. Se le había secado al aire y lo tenía ondulado.

—Pues... Yo creía que lo nuestro era exclusivo, pero resultó que ella estaba saliendo con todos los chicos de mi salón. Me rompió el corazón a los diez años. Nunca lo he superado completamente.

Puse los ojos en blanco.

—Seguro. Ahora en serio: no, Amy no tiene novio, y Beth tampoco.

No quise decirle que creía que Beth nunca iba a tener novio. No me correspondía a mí contarlo.

—¿Y tú?

La pregunta no sonó tan agresiva como solía sonar en boca de un chico como Laurie. No sé por qué mi cerebro siempre lo articulaba así, «un chico como Laurie», porque no lograba descifrar qué significaba.

—No —respondí.

»¿Y tú?».

—¿Si tengo novio? No. —Me sonrió. Era una sonrisa con dientes. Tenía lo que Meredith llamaba una dentadura de niño rico.

—Novia —aclaré. Tenía en el pensamiento y en la punta de la lengua a Shelly Hunchberg saliendo de su casa mientras se contoneaba.

—No exactamente.

Miré al techo, preguntándome si Laurie le habría roto ya el corazón a una chica. Sospechaba que sí. Estaba claro que sí. Los chicos como él estaban hechos para eso. Esperaba que alguna de las que se enamoraran de él acabara siendo más fuerte, en vez de menos, que antes de conocerlo.

—Aquí no —añadió.

Ajá.

—¿No en Fort Cyprus o en los Estados Unidos de América?

Él se echó a reír y su pierna chocó con la mía. Me aparté y su sonrisa se hizo más amplia.

—Fort Cyprus.

—¿Y qué me dices de Shelly? ¿Es una de tus novias?

Más carcajadas.

—No y, ya que la mencionas, ¿qué sabes de ella?

—Nada que quieras oír. ¿De dónde se conocen?

—Su madre la mandó a que nos trajera un paquete para la gala benéfica que están organizando.

—¿Qué gala benéfica?

—Ni idea, pero creo que mi abuelo le dijo que yo iba a ir.

Me pregunté qué sería aquello de la gala benéfica. Seguro que era uno de esos bufets al aire libre. El sol había salido a jugar unos días y la madre de Shelly, Denise, aprovechaba cualquier excusa para organizar una «gala benéfica» de la cual poder ser el centro de atención.

Si Meredith no se había enterado, prefería que siguiera sin saberlo.

—Parece guapa —declaró Laurie—. Es linda. Un poco mandona.

Tenía la impresión de que no me gustaba el modo en que sus palabras se me clavaban en los costados. De repente, ya no quería oír qué pensaba de Shelly. Ni de nadie a quien él considerara linda y un poco mandona. No quería imaginarme los rostros de las chicas del pasado de Laurie. Se me hizo raro que nunca antes hubiera pensado en ellas ni hubiera querido saber quiénes eran.

No estaba celosa, ¿o sí? No lo tenía claro, pero me confundía.

Laurie tenía la parte superior de las mejillas sonrojada.

—¿Has tenido algún novio aquí? —Su voz era un poco más aguda que de costumbre. No lo miré—. ¿En los Estados Unidos de América? —Usó su acento italiano para jugar con el sonido de las palabras.

—No, no exactamente. —«No en absoluto».

270

Hizo un ruido con la garganta.

—¿Cuántos novios has tenido?

—¿Qué? ¿En toda mi vida?

La respuesta era *cero*, a menos que contara una relación de una semana por internet con alguien que conocí en Tumblr. No, seguro que no contaba. No sé si Eurosnlife17 estaba muy ilusionado con nuestro breve encuentro, pero una semana después me pidió fotos desnuda, por lo que supuse que tenía unas cuantas amantes por internet y el equivalente en versión digital de un harén de contactos.

—Ninguno —le contesté al rato. Noté la vacilación en mi voz, pero no estaba segura de que me importara—. Creo que es porque tampoco he tenido mucho contacto con chicos.

Observé la curva de su cuello mientras tragaba.

—Vaya, ¿por qué no?

No había una razón concreta, simplemente era así.

Empecé a hablar, más que nada por darme una respuesta.

—No lo sé. No es que haya evitado salir con alguien, tan sólo no ha ocurrido. Tengo toda la vida por delante —dije. A él y a mí misma.

Tampoco era nada malo, pensé. No salía con chicos como Meg y todavía era virgen. No sabía qué se sentía al tener el cuerpo duro de un chico debajo del mío, y no sabía qué había que hacer con las manos durante los besos. Aún no había aprendido esas cosas, pero sólo tenía dieciséis años. Sí, me habría gustado encontrar a alguien en la escuela que me fascinara lo suficiente para salir con él, pero no abundaban las opciones.

Ni de broma me iba a conformar con un tipejo como River, que le rompió el corazón a Meg con un mensaje de texto una semana después de que se hubiera acostado con él y le hizo la vida imposible durante casi dos años. No quería que me humillara un chico como Josh Karvac, que se negaba a ponerse otra cosa que no fueran suéteres y que sólo había salido con Meg porque River le había dicho que la chupaba muy bien.

A veces, y sabía que era muy, muy egoísta, pensaba que era afortunada de tener una hermana con tanta experiencia. Yo no quería ser famosa por chuparla bien. Quería ser famosa por mis palabras y mis opiniones. El problema era que a los chicos no les importaba la opinión de una chica, sino callarles la boca metiéndoles un pito en la garganta.

—¿Nadie de tu escuela lo ha intentado? —preguntó Laurie.

Lo miré, pero en realidad estaba viendo los reflejos de las luces del techo en sus pupilas.

—Define *intentar*.

Él sonrió.

—La verdad es que no —dije—. Se han esforzado poco.

—Es difícil de creer.

—He oído esta conversación en una película.

Sonrió de nuevo.

—Estoy seguro. Es la vieja historia de la adolescente sarcástica y un poco hípster que no tiene ni idea de lo guapa que es y que nunca ha tenido novio. Pasa todos los días. —Dibujó un círculo con la mano delante de su cara y la sonrisa le arrugó las mejillas.

—No me llames *hípster* —pedí con un gesto.

—Pues no te pongas gargantillas. —Se echó a reír, y sentí su mirada acariciándome el cuello.

Me llevé la mano a la cinta de terciopelo alrededor de mi garganta.

—Me gustan las gargantillas, idiota.

Sus ojos no se apartaban de mí.

—A mí también.

Tragué saliva y de repente me entró ansiedad, como si estuviera a punto de suceder algo horrible pero no estuviera en mis manos impedirlo.

Quería que los aguijonazos de ansiedad se fueran por donde habían llegado. Parecía que los centímetros que nos separaban no existieran, y él olía a cigarros y a dibujos.

Me quedé mirándolo y él se me quedó mirando. Hasta que por fin dijo algo. Lo hizo con la vista fija en la pared:

—Seguro que encuentras novio en Nueva York.

—Eso espero.

Yo también estaba con la vista fija en la pared, y me pregunté por qué había mentido. Me importaba un bledo tener novio en Nueva York. Lo que me importaba era tener un trabajo y, tal vez, un gato.

—Y yo —dijo Laurie, aunque supe que él también estaba mintiendo.

»¿Tienes preguntas sobre el juego de salir con alguien?». —añadió unos segundos después.

—¿El juego de salir con alguien? ¿Por qué es un juego?

Se me quedó mirando.

—Porque eso es lo que hace la gente. Toman todo lo que en teoría es bueno para ellos y lo complican demasiado. Nos pusieron en este mundo para procrear, casarnos y continuar la especie, eso es todo. Ése es nuestro propósito, y todo el mundo hace que sea mucho más complicado de lo que realmente es.

Yo no podía estar más en desacuerdo.

—Espero que mi único propósito en el universo no sea procrear y mantener poblada la Tierra. Suena a novela distópica mala. Yo deseo que mi propósito vaya más allá de eso. A lo mejor no quiero casarme y tener hijos. A lo mejor quiero una carrera y vivir sola y dormir hasta tarde y poder subirme en un avión cuando me dé la gana. ¿Qué tendría de malo?

—No tiene nada de malo. —Laurie se me acercó un poco, pero no creo que se diera ni cuenta—. Sólo que no estoy de acuerdo. Por supuesto que me gustaría tener un papel vital en el universo y todo eso, pero también quiero casarme y tener familia y pasar tiempo con mi mujer y mis hijos.

—¿Ah, sí? —Tenía la boca seca. Era raro oír a un chico de la edad de Laurie hablar con tanta ilusión de tener familia.

—Sí. No tengo intención de ser como mi padre —dijo en voz baja, mirando a su alrededor como si alguien nos estuviera escuchando—. O como mi abuelo. Tiene una casa enorme y su legado en el ejército, pero nada más. Cuando muera, lo único que dejará será a un hijo soltero de mierda y a un nieto quejumbroso y malcriado.

Laurie decía sus verdades sin tapujos, era fascinante.

—¿Tú qué quieres dejar en este mundo? —le pregunté.

—Aún no lo sé, pero sé que será más importante que un puñado de condecoraciones en un uniforme. —Lo sentía realmente cerca—. ¿Tú qué quieres dejar?

—Todavía no lo sé, pero pretendo que sea épico.

—Épico —repitió con una mirada intensa—. Estoy viendo tu tumba: «Jo Spring, hija de Meredith, la que deja *epicidades*».

—«Laurie Laurence, hijo de un general del ejército, padre de mil bebés».

Llevó la mano a mi rodilla y me dio un apretón.

274

—¿Mil? Son demasiados, y no me llamo Laurie Laurence —protestó, y me reí como si me acabara de dejar una carta de amor en el casillero.

Cuando lo miré, se estaba acercando a mí, a un centímetro por minuto, era imposible que se moviera más despacio. El pelo le caía en la frente y yo estaba embelesada con la pequeña cicatriz cortada en su labio inferior.

Sentí su boca tocar la mía antes de ser capaz de formar un solo pensamiento coherente. No sabía cómo habíamos llegado hasta ahí, de reírnos y hacernos bromas, a besarnos. A lo mejor siempre era así, no tenía forma de saberlo. Lo único que sabía era que mi boca se abrió y su beso fue más tierno de lo que esperaba. Tenía los labios húmedos y suaves como las natillas de la tía Hannah. Nuestros dientes no chocaron, como en el primer beso de Meg. No sabía a cafeína azucarada, como siempre pensé que sabría mi primer beso. En aquel instante, en aquella habitación, la boca de Laurie sabía a peligro con un leve gusto a cigarros.

De repente comprendí por qué la gente se moría por el sabor del tabaco. La lengua de Laurie tenía un sabor dulce, a tierra, y se me cerraron los ojos cuando me besó y me llenó de estrellas. Sentí sus manos en mis caderas y que mi cuerpo perdía el control. Me parecía que sus manos me aferraban con todas sus fuerzas. Yo llevaba un suéter grueso que formaba bultos entre sus dedos. Me sujetó más fuerte aún.

—Maldita sea, Jo. —Quemó en mí las palabras y jaló mi cuerpo hacia su regazo.

La sangre me zumbaba en los oídos, y hundí los dedos en su pelo abundante.

Su beso sólo fue la semilla. Sus dedos se convirtieron en ramas que arraigaron en mi cuerpo. Mis manos ya no eran mías, y pensé que ése era el motivo por el que Meg se sometía a todo el dolor que conllevaban los chicos. Por esa sensación. Pensé que valía la pena mientras Laurie ponía mi mundo de cabeza. Qué rápido cambió mi mente, de conclusiones meditadas e inteligentes, a savia melosa que goteaba del tronco de un árbol.

Cuando su mano acarició mi vientre, moví las caderas para acercarme más a él. Su mirada me devolvía la mía como un eco. Sentí dentro de mí que subía otro peldaño hacia el ser mujer, que nacía y florecía y explotaba en pétalos carnosos de femineidad. ¿No era eso lo que debía sentir? ¿Una explosión en mi cuerpo? No creía que éste fuera lo bastante fuerte para aguantar mucho más, pero cuando nos interrumpió el timbre de la entrada, volví de golpe a la realidad y recé para que Laurie no acabara de arruinar todo lo que teníamos.

CAPÍTULO 27

Meg

Por las mañanas, en casa, esperaba a que el sol me despertara. Sentía su calor a través de las cortinas de punto man-
chadas de humo de cigarro. La capa extra de alquitrán que
colgaba de la tela no evitaba que entrara la luz del sol. Las
cortinas de mi cuarto habían sido de Meredith, de ahí el
estampado de girasoles. Mi madre llevaba toda la vida obsesionada con ellos. Tenía tazones y vestidos, llaveros y
una funda para el volante del auto con grandes girasoles.
Eso hacía que comprarle un regalo fuera muy fácil.

Cuando me desperté aquella mañana no estaba acurrucada en la cama en la que había dormido desde que tenía
uso de razón. Estaba en una cama matrimonial hecha de
las nubes más exquisitas que las antiguas fortunas del sur
podían comprar. La cama del hotel era etérea bajo mi pesado cuerpo y deliciosamente fresca contra la piel. Me había
levantado en plena noche y había bajado el termostato a
dieciocho grados. Después había dormido como un bebé.
El termostato funcionaba bien, no como el de la casa de
mis padres. En el del hotel, dieciocho grados eran dieciocho grados. El Ritz del barrio francés era una combinación

equilibrada de lo clásico y lo moderno. Me pregunté cómo sería despertarse en un lugar como aquél todos los días.

Podría despertarme junto a John en una casa que no estuviera bajo el control de mis padres. No imaginaba cómo sería un hogar en el que no hubiera tanta gente. Meredith siempre decía que me aburriría sin el relajo de mis hermanas pequeñas, pero por lo visto John se las arreglaba de maravilla para hacer ruido él solo. Para mi sorpresa, John Brooke no era de dormir acurrucado, y además roncaba como un oso. Juraría que en el pasado dormía rodeándome con los brazos. Recordé cuando nos quedamos en el Red Roof que está justo al salir de la base y me desperté sudando, con su cuerpo envolviendo el mío. Aquella vez tampoco roncó, no que yo recordara... Y aquellos sonidos de ballena no eran fáciles de olvidar.

Sólo habían pasado tres meses. ¿Por qué parecía tan lejano?

Dormía boca arriba y roncaba. Y, cuando digo *roncar*, quiero decir que emitía gruñidos similares a la llamada de apareamiento del oso gris y tosía como si se estuviera ahogando con su propia respiración. Tenía la esperanza de que lo del roncar fuera temporal. Tal vez necesitara un tiempo para aclimatarse tras los madrugones en West Point. Crucé los dedos de pies y manos. Menos mal que existían las tiras nasales. Íbamos a tener que comprar una caja antes del anochecer.

Mi padre roncaba como John, sólo que peor, por muy difícil que fuera de imaginar. Los rugidos nocturnos de papá eran una de las razones por las que mamá dormía muchas noches en el sillón reclinable cuando él estaba en casa. Y ahí estaba yo, pensando ya en todas las noches del resto de mi vida. Decir que John y yo habíamos pasado una noche emocionante y reconfortante sería como pensar que Dan Humphrey era Gossip Girl.

El suelo de nuestra lujosa habitación Club era negro como la noche. Las gruesas cortinas no permitían que entrara ni un rayo de sol del mundo exterior. Cuanto más tiempo pasaba mirando al techo, más se me agudizaba la vista, pero aun así detestaba no poder ver en la habitación.

A Jo le encantaba estar a oscuras, era como un murciélago, pero a mí no. Me incorporé un poco, me froté las manos para calentármelas y me estiré en la cama matrimonial para mirar la hora en el despertador que había en el buró. En la habitación hacía frío y yo no llevaba la parte de arriba. Tenía los pezones duros, y John ni se movió cuando le toqué la espalda con mi pecho firme y terso.

En la pantalla del despertador parpadearon dos unos y dos ceros. Me costaba creer que hubiera dormido hasta tarde, pero es lo que tiene dormir en las nubes. Tal vez los ronquidos de John no me molestarían mientras tuviéramos ropa de cama tan lujosa como la del Ritz.

Allí me sentía rica. Incluso en la habitación a oscuras me sentía como si fuera de la realeza en un lugar apto para una reina. En el barrio francés creía estar muy lejos de Fort Cyprus. La cama y la habitación parecían estar en alguna ondulante colina de la Toscana, al otro lado del océano. La Toscana me hizo pensar en Shia, que había subido fotos suyas en pequeños y preciosos pueblos de Italia, bebiendo y comiendo canastas enteras de pan recién horneado con mozzarella casero. Subió fotos de las costas rocosas de Nápoles y de la increíble catedral de Milán, entre otras muchas. Aseguraba que iba a Italia siempre que podía.

Yo viajaría allí algún día. La señora King decía que había bases militares en Italia, en Inglaterra y en Alemania. Jo explicaba que en Europa podías tomar el tren e ir a pasar el día al país que quisieras. Afirmaba que las familias americanas ahorraban durante toda su vida para ir a otros estados y nunca salían del país, porque era demasiado caro viajar fuera. Incluso ir a Disney World costaba miles de dólares. Una botella de agua allí valía más que una caja entera en el supermercado. Era una de las muchas cosas que Jo sabía y en las que yo nunca había pensado. Las redes sociales habían cambiado mucho las cosas.

Los teléfonos con cámara me habían arruinado la escuela. No me podía ni imaginar lo que harían Twitter e Instagram, que no paraban de crecer.

Al menos, había aprendido una lección. Pasaba buena parte de mi tiempo en internet, mirando fotos de gente que había terminado la escuela antes que yo y que no paraba de tener bebés a diestra y siniestra. Cuando iba a la preparatoria, la mayoría de mis amigas eran mayores que yo, así que ya tenían veintidós años e iban por el segundo hijo.

En aquella época, tenía una regla: no tomaría el autobús después de la primera semana de curso, por tanto me convertí en la chica popular, ingenua y con buenas tetas. Siempre había alguien que me llevaba en auto. Me molestaba lo mucho que me importaba lo que los chicos pensaran de mi cuerpo cuando estaba en la preparatoria. Qué manera de malgastar tiempo y energía. No sabía el control que tenía sobre mi cuerpo.

—John —susurré, pero él ni siquiera se movió.

Imaginé que podía distinguir su cabello cobrizo y su mandíbula apretada en la negrura. Amy dijo una vez que parecía como si siempre estuviera apretando los dientes. Tenía cara de soldado, la cara del rey del baile de fin de curso. Lo aprobé dándole un beso en la nuca.

—Ugh. —El rugido resonó en la oscuridad. Lo besé otra vez y lo mordí con suavidad—. Por favor, Meg, estoy muy cansado.

Sus palabras me sentaron como una bofetada, pero había que tener en cuenta que llevaba casi cuatro años cumpliendo con un rígido horario. Tenía que levantarse al alba para la instrucción, y West Point era mucho más estricta que otras bases. John Brooke estaba entre la élite. Uno de los mejores entre los mejores. Merecía dormir.

No iba a quedarme mustia y cruzada de brazos porque no quisiera levantarse conmigo, aunque lleváramos meses separados. Necesitaba tener en cuenta sus sentimientos, lo agotado que estaba. Así que, tras diez minutos más mirando el techo, me arrastré fuera de la cama y fui al baño.

Cuando le di al interruptor, las luces me deslumbraron. Las apagué y encendí las del techo, más tenues. Las puse al mínimo. Mi reflejo tenía las mejillas sonrojadas, como siempre, incluso en la semipenumbra. Me daba mucha rabia que, por mucha base de maquillaje verde que me pusiera, siempre estaba roja. Tenía la piel de mi madre, igual que Amy.

Abrí la llave del agua fría en el lavabo de mármol y pulvericé *shampoo* seco en las raíces oscuras de mi pelo. Esparcí con los dedos el polvo blanco y me lavé los dientes mientras deseaba en secreto que John se despertara antes de que terminara de vestirme. Pero no fue así y, veinte minutos después, llevaba una servilleta encima de mi vestido de tirantes de algodón y le estaba metiendo el diente a una auténtica *beignet* del Café Du Monde, sola. El azúcar glas voló por mi regazo y se pegó a la tela azul marino de mi vestido, pero me daba igual. Porque estaba increíble.

Bebí un trago de café para sentir que estaba desayunando y me acabé el plato en menos de cinco minutos. El café de aquel sitio estaba muy bueno, y el hecho de que sólo lo sirvieran de dos maneras lo hacía parecer aún más exclusivo. No era como Starbucks, donde pedía un café grande con hielo, con extra de café y de hielo, por favor. En el Café Du Monde sólo había dos opciones: café solo o con leche. Lo pedí *au lait*, mitad café, mitad leche caliente.

Pasaban los minutos, y cada vez me costaba más fingir que no me importaba que John no se levantara por mí. ¿Debería haber tratado de despertarlo de nuevo? No lo sabía, así que ahogué mis pensamientos con otro trago de café. Estaba rodeada de gente, un grupo de turistas chinos, vestidos con ropa limpia y almidonada, que compartían un par de platos de *beignets*. Una niña china de sonrisa resplandeciente señaló una paloma que comía de un plato a pocos metros. Una familia afroamericana con camisetas a juego en las que se leía REUNIÓN DE LA FAMILIA MERRIWEATHER se estaba preparando para irse, y vi a una chica preciosa de mi edad, con su pelo natural, tocar a una mesera en el hombro para darle una generosa propina. Un grupo de adolescentes, todos ellos mestizos, se reían y gritaban en una mesa del fondo. Un hombre blanco comía con una niña pequeña que no debía de tener más de cinco años y con una mujer que parecía una versión adulta de la niña rubia.

Nueva Orleans era un puñado de gente de todas clases, y me encantaba. Las bases militares también eran así, pero nunca estaban construidas con tanto esmero como dicha ciudad. Los edificios del gobierno eran, en su mayoría, cafés o de color tostado, y Nueva Orleans era una compleja mezcla de casas criollas y de estilo americano llenas de color y de detalles. El aire olía a café, a azúcar, a humo de cigarros y a sol a la vez. Sentada en la pequeña mesa de hierro forjado de la terraza del Café Du Monde, veía pasar gente con todas las tonalidades de piel. Era temprano aún, por lo que había más mesas vacías de las que había visto nunca, pero el lugar estaba bastante concurrido.

—¿Ya terminaste, cielo?

Alcé la vista y le devolví la sonrisa a un mesero mayor al que le faltaba un diente. Parecía muy dulce. Tal vez fuera por el pelo plateado y la cara curtida y arrugada. Era como si hubiera pasado una mala noche de las últimas cien.

—Sí —dije, deslizando mi plato hacia él.

Chasqueó la lengua.

—¿Vas a desperdiciar todo ese azúcar? —preguntó con una voz tan aguda como gris era su pelo.

En la cabeza llevaba un gorro de papel y vestía un uniforme blanco, el uniforme tradicional del Café Du Monde. Como no cerraban nunca, me pregunté si su turno acababa de empezar o estaba a punto de terminar.

Mis ojos se posaron en el plato que iba a retirar y en la montaña de polvo blanco en el papel. Parecía cocaína, sólo que un poco menos perjudicial para la salud. Dobló el papel encerado como si fuera un taco y todo el azúcar quedó en el centro. Era del mismo color que su pelo.

—Te voy a contar un pequeño secreto —me susurró con voz de confidencia.

Me recordó a cuando Jo solía despertarme en plena noche para que fuéramos de aventura. Salíamos a escondidas por la puerta de atrás de nuestra casa en Texas y nos colábamos en el centro cívico al final de una calle por la cerca rota.

Asentí y esperé a que el hombre compartiera su secreto conmigo.

—El secreto de los de aquí —continuó, volviendo a bajar la voz— es echar una parte —sacudió el azúcar con delicadeza— ahí —dijo señalando mi café.

Una sonrisa dividió en dos mi cara y le aseguré que me encantaría probarlo. Tras remover el azúcar sobrante, me bebí el resto de mi café *au lait* endulzado con el azúcar glas y sentí que formaba parte del barrio francés ahora que conocía el delicioso secreto de sus residentes. Le di un billete de diez y fui al establecimiento de al lado a torturarme un poco. Lo hacía con frecuencia. Era muy dura conmigo misma y me veía toda clase de defectos. La combinación era un circo.

Cuando entré, el olor a betún caramelizado era tan fuerte que me dio hambre al instante. Miré el celular por si tenía alguna llamada o un mensaje de John, pero sólo había un mensaje de voz del conserje del Ritz. ¿Y qué más? Nada de John. Pensé en llevarle unos panecillos al hotel. Ya me había comido una ración entera de *beignets*; si comía más, iba a tener que cambiarme el vestido manchado de azúcar glas. Como de costumbre, había fila en Aunt Sally's, así que era la última. La mujer que tenía delante llevaba un perro en un bolso y le hice una mueca. Gruñó y di un salto atrás, riéndome de mí. La mujer se dio la vuelta y me miró molesta, poniendo sus dulces ojos en blanco. Era una de esas mujeres melosas y empalagosas del sur, de las que te insultan en la cara y a continuación sueltan «Que Dios te bendiga».

Básicamente, mi abuela materna.

Conocía a las de su especie. Se quedó mirando el polvo blanco de mi vestido, y me pregunté si mis labios y mis caras pestañas le transmitirían el mensaje de que no era ninguna fiestera que hacía fila para obtener azúcar puro en una bandeja.

—Si no quiere llamar la atención, ¿por qué va por ahí con un perro en un bolso? —dije bajito.

La mujer me oyó y resopló airada, y entonces me dio la espalda. Olí su Chanel N° 5 y busqué la inmensa piedra que, efectivamente, decoraba su dedo de manicura. Los *jeans* que traía le hacían un trasero estupendo, y me dieron ganas de poner los ojos en blanco sin ningún motivo más que mi propia insignificancia. Malgastaba demasiados pensamientos despreciando a otras mujeres. Detestaba pensar en la cantidad de veces que había hecho eso cuando era más joven. Jo y sus documentales habían cambiado mi punto de vista. Seguía sin estar tan enojada con el mundo como mi hermana, pero tal vez debería haberlo estado.

La fila en Aunt Sally's avanzaba bastante rápido y, cuando llegué al mostrador para pedir, dudaba entre el original y el de chocolate. Quería los dos.

—Dos de chocolate, por favor. Y una caja mixta —dije por fin, tras una pausa de dos segundos.

Le entregué a la sonriente mujer mi tarjeta de crédito y esperé para firmar el recibo. Me preguntaba cuándo se iría Shia de Nueva Orleans, y si John tenía pensado reunirse con él. Todo en aquel establecimiento me recordaba a Shia y a nuestro primer encuentro, casi en el mismo sitio donde estaba ahora. Deberían acordonar la zona, o a él, al menos. Intenté pensar en John, en mi querido John, que casi con toda seguridad se estaría despertando en esos momentos. La noche anterior no había sido la velada romántica y apasionada que había anticipado, pero aquél era un nuevo día, y había comprado panecillos con betún.

Cuando salí, pensé que mi mente me estaba jugando una mala broma.

Pero no, estaba sucediendo de verdad.

Shia King, en carne y hueso, venía hacia mí, y ya me había visto. No podía salir corriendo ni esconderme. Bueno, poder, podía, pero, de hacerlo, él me alcanzaría. Y no quería correr. La calle era lo bastante grande para los dos. Era la peor persona posible con la que me podía topar en ese momento. Literalmente, la peor.

Aunque sabía que no iba a dejarme ir sin soltarme al menos un comentario mordaz, sólo para darle algo de juego al asunto, me giré en la otra dirección y di un bocado a mi panecillo. Aún no había acabado de hundir los dientes en el dulce cuando su mano me tomó del brazo. Lo aparté con suavidad, pero me encaré con él.

—¿Te conozco? —pregunté con la boca llena.

Shia era único logrando que perdiera los estribos. Su madre se habría horrorizado si me hubiera visto masticando con tan poca clase y con caramelo pegado a los dientes.

Se echó a reír en silencio. Su cuerpo se sacudía ligeramente, y negó con la cabeza. Su sonrisa era blanca e inmensa, con los dientes hundidos en su labio inferior. Siempre que hacía eso me dejaba sin aliento.

—¿En serio? —Inclinó un poco la barbilla y me miró con una ceja arqueada.

Sin embargo, esta vez contuve el aliento. Estaba comprometido con Bell Gardiner. Bell Gardiner, ni más ni menos.

—Mmm... No estoy segura.

Di otro bocado y empecé a caminar. Sabía que me seguiría.

—Te pareces al prometido de mi amiga.

Se asomó por encima de mi hombro.

—¿Eso es chocolate?

Aparté el panecillo de él antes de que sus dedos pudieran agarrarlo.

—Tal vez. ¿Qué puedo hacer por ti, Shia?

—Vaya, entonces ¿sí sabes cómo me llamo?

—Como dije, creo que estás comprometido con mi amiga.

Había un montón de gente a nuestro alrededor. Una pareja que empujaba un carrito de gemelos. Los niños llevaban unos gorritos a juego en sus cabecitas de papa. Uno de ellos me miró a los ojos y sonrió; le devolví la sonrisa.

Su sonrisa me puso un poco triste, pero era encantadora.

—Mmm, me temo que no —dijo Shia.

El bebé con el que pensaba que estaba compartiendo un momento bonito empezó a llorar de manera histérica. Eché a andar de nuevo.

Shia se rio a mi lado y añadió:

—Pero bueno, qué coincidencia. ¿Qué haces en el barrio?

Caminaba a mi lado, pero de espaldas. La luz del sol era tan intensa que tuve que entornar un poco los ojos para mirarlo. Vestía una sudadera de color verde terroso, y el libro de poemas de Jo me vino de nuevo a la cabeza. El que decía «un poco más humano que el resto». Shia traía el vello facial algo más largo de lo que estaba acostumbrada a ver, y eso lo hacía parecer mayor de lo que era. Nunca lo había visto en persona con sombra de barba, sólo en Facebook. Cuando estaba en casa, siempre estaba bien afeitado.

—Ocuparme de mis asuntos —contesté—. ¿Y tú?

Rio silenciosamente de nuevo.

—Yo no puedo decir lo mismo.

Traté de no reírme.

—¿Qué quieres, Shia? ¿Dónde está Bell Gardiner?

Su sonrisa no flaqueó ni lo más mínimo.

—Trabajando. ¿Dónde está John Brooke?

«*Touchée*, cabrón».

—Durmiendo —respondí sin mirarlo—. Vaya, no sabía que los bares abrieran tan pronto los domingos por la mañana. ¿O es que conoces a alguien que trabaja en uno y te dejan entrar cuando está cerrado?

Esperaba que mis palabras lograran molestarlo. Tenía suerte de que me dignara siquiera a hablar con él. O, al menos, eso era lo que intentaba decirme.

—Ja-ja, Meg. No te pongas celosa. No te queda nada.

Estuve a punto de chocar con un hombre que llevaba un helado de cono. El pobre tuvo que dar un brinco para apartarse de mi camino y me insultó entre dientes. ¿Cómo era posible que Shia estuviera caminando de espaldas y no chocara con nadie? Era demasiado despreocupado. Incluso en su forma de vestir, que tan bien le quedaba: una camiseta en la que decía MANILA en la parte delantera con un colorido autobús bajo la palabra y unos *shorts* deportivos negros con el logo de Nike, claro. Debía de tener esos *shorts* en todos los colores. Shia estaba siendo tan... Shia.

—No estoy celosa —repuse.

Fijé la vista en un taxi que pasaba lleno de hombres alborotados que gritaron algo grosero a un grupo de mujeres vestidas con las mismas camisetas. Sólo la de una era distinta: decía Novia en blanco en lugar de Zorras de la novia en negro. Las mujeres les contestaron.

—Qué asco —dijo Shia.

Siguió el taxi con la mirada hasta que éste desapareció y dejamos de oír los gritos de los hombres.

—Mucho —convine.

Esperaba que aquellas mujeres tuvieran cuidado en una ciudad repleta de taxis llenos de hombres hasta atrás de alcohol. Detestaba esa parte del barrio. Me encantaban la riqueza cultural, la comida y la música. Nueva Orleans tenía mucha belleza fuera de Bourbon Street. Soñaba con vivir en una casa adosada en el corazón del barrio. Pero tendría que esperar hasta que mi marido y yo nos retiráramos, ya que imaginaba que pasaría la mayor parte de mi vida en una base militar.

—Un momento, ¿tú qué haces aquí? ¿No se supone que deberías haberte ido ya? —le pregunté a Shia.

Llegamos a la esquina de Canal con Decatur y tuve que detenerme en el paso de peatones a esperar a que el semáforo se pusiera en verde. Había al menos media docena de personas en la banqueta con nosotros, pero no lo parecía. Todos estaban en lo suyo.

—Voy a quedarme en casa un poco más.

Lo miré a la cara, a los ojos.

—¿Por qué? ¿Es que Bell está embarazada o algo?

Su sonrisa se borró del rostro.

—Meg, ¿en serio vas a seguir comportándote de un modo tan inmaduro?

Estaba decidida a no decir nada...

—No estoy siendo inmadura —respondí, levantando un poco la voz.

Mi mirada pasó del suelo a la gente que nos rodeaba, y de ésta al tráfico de Canal Street.

Sonrió de nuevo.

—Lárgate —dije, aunque no quería que lo hiciera.

—No —respondió, sabiéndolo—. Creía que Bell y tú eran amigas. Además, antes dijiste que me parecía al prometido de tu amiga.

Me quedé mirándolo boquiabierta.

—¿Amigas? Estás bromeando, ¿no?

Bell y yo jamás habíamos sido amigas. Era una persona horrible; un lobo disfrazado de cordero. Me hacía pequeños insultos pasivo-agresivos, como aquella vez que me dijo: «Meg, conozco al mejor dermatólogo de la ciudad, por si necesitas uno» cuando sólo tenía un granito chiquitín en la barbilla. Las únicas veces que había sido «simpática» eran bastante cuestionables. Me invitaba una copa de vez en cuando en el trabajo, pero hasta eso dejó de hacerlo cuando a mi tía Hannah la contrataron de mesera en el mismo bar que ella. Reeder, Breyer, John y yo salíamos por el barrio cada vez que John volvía de permiso de Nueva York, pero aquel establecimiento pasó de ser mi sitio favorito al que menos me gustaba de la noche a la mañana.

Shia sonrió.

—Bueno, puede que no fueran amigas exactamente.

Estábamos caminando de nuevo, yo de frente y él de espaldas, a pesar de lo concurrida que estaba la calle al otro lado del paso de cebra. Estábamos en el centro del barrio, y no faltaba la gente yendo de aquí para allá aquel cálido domingo por la mañana.

—Pero no hay motivo alguno para que ella no te caiga. A mí John me cae bien.

El hotel estaba cerca. El camino de vuelta desde Aunt Sally's hasta el Ritz era casi un cuadrado perfecto. ¿Qué se suponía que tenía que hacer con Shia caminando a mi lado?

—John y tú eran amigos —repliqué—. No es lo mismo.

Saqué el celular del bolsillo y lo miré por si John me había dicho algo. Nada.

—No éramos tan amigos. Además, ¿a ti qué más te da con quién me comprometa? —dijo Shia, y se encogió de hombros.

El verde de su camiseta combinaba de maravilla con su piel oscura. No necesitaba esforzarse para estar guapo. Pero era mucho más que una cara bonita. Al igual que yo.

Shia ya me había dicho eso mismo sobre John antes, que no eran tan amigos. Cuando le pregunté por qué, sólo me dijo: «¿A ti qué te parece?», y abrió la puerta de la negra limusina que lo llevaría hasta el aeropuerto aquel septiembre.

Había habido un tiempo en mi vida, apenas unos meses atrás, en los que tenía la sensación de que siempre estaba despidiéndome de Shia. Éramos amigos, y John también era amigo suyo, pero lo cierto era que no sintió el más mínimo vacío cuando Shia se fue. Por otro lado, el propio John había pasado casi cuatro años en West Point. Mi amistad con Shia apenas había existido en comparación con mi relación con John, y los había visto a los dos más o menos las mismas veces. No solía pensar mucho en el poco tiempo que pasaba con John; sólo pensaba en lo mucho que me quería y en que era mucho más maduro que Shia. Shia y yo apenas nos habíamos hablado en los últimos tiempos. Quise fingir que no sabía la razón.

—Apenas hemos hablado en los últimos meses —dije por fin.

No permitiría que me hiciera hurgar en mi mente de esa manera que tanto le gustaba. No era la clase de chico con el que se hablaba de cualquier cosa y que respondía palabras grises y neutras como todos los demás. Él no te preguntaba por el clima, sino cuál era tu tipo de tormenta favorita. Sus conversaciones eran de los colores del arco iris. De todos los colores. Cuando Shia King te hablaba, se metía en tu mente y se llevaba trozos de ella. No preguntaba cosas mundanas del tipo «¿Cómo estás?».

—¿Habrías tenido algo que decirme, Meg?

El verano anterior, justo delante de Jackson Square, me había preguntado: «¿Cuál fue la última cosa que te hizo llorar?».

—No lo sé. Pero me habría gustado tener la opción.

Seguimos caminando y vi el hotel desde donde estábamos. La temperatura aumentaba conforme la mañana daba paso a la tarde. Shia guardó silencio mientras rumiaba mis palabras. Seguramente estaba buscando el modo de darme un ensayo por respuesta para llenarme la cabeza de pensamientos que no estaba preparada para tener.

Aquella noche, delante de aquel parque famoso por los artistas que vendían allí sus pinturas, algo había empezado a hacer que el abismo que existía entre nosotros creciera. Yo no sabía mucho de arte, a diferencia de Jo o de Shia King. Sin embargo, podía nombrar todos los tonos de labial de Tarte y decir qué estilo de peinado iba mejor con la forma de tu cara. Todos teníamos nuestras habilidades.

—¿Cómo está tu padre?

—Hace tiempo que no llama —le dije.

Aquella pegajosa noche de verano iba a ser una noche normal en la que iba a hacer de taxista para llevar a Beth a casa de su amiga para «estudiar» (entonces aún quería salir de casa) y para llevar a Jo al trabajo. Su último empleo era en una pequeña cafetería-crepería justo frente a Jackson Square. Tenía pensado dar una vuelta y tal vez ir al centro comercial, pero vi a Shia en la entrada y lo reconocí de la habitación de Reeder en el cuartel.

Pasé el turno entero de Jo hablándole sobre una publicación de River en Facebook. Era un meme sobre exnovias locas, y yo era la loca. Claaaro. Él no sólo había compartido con media escuela unas fotos mías desnuda que le había mandado de forma privada, sino que además no paraba de publicar estupideces sobre exnovias.

Para cuando le vomité la mitad de mis entrañas a Shia, Jo me envió un mensaje para que la recogiera del turno. No podía creer lo rápido que habían pasado aquellas cuatro horas, y tampoco que hubiera entrado en tantos detalles sobre toda la mierda que había soportado en Texas. No quería que aquella parte de mi vida me siguiera hasta allí, un nuevo estado, una nueva vida, pero se lo dije absolutamente todo.

Antes de esa noche, Shia y yo nos habríamos visto en unas seis ocasiones. Unas veces con John, otras con Reeder, pero nunca en casa de Shia. Siempre en los dormitorios del cuartel. Ni siquiera sabía que formaba parte de la familia real de Fort Cyprus hasta que a Reeder se le escapó una noche en el campo detrás de la tiendita, pero Shia se las arregló para desviar la conversación sin que nos diéramos cuenta de que lo hacía.

Después de derramar todo lo que tenía dentro, como si fuera vino tinto barato sobre una sábana blanca, Shia y yo nos hicimos amigos, por decirlo de alguna manera.

Luego nos peleamos aquella noche en la que llevaba una tiara en la cabeza. Me llamó *princesa* y me besó en la boca con sus labios de cereza y su lengua de plata. Ninguno de los dos quería que aquella noche nos atormentara, y después John me pidió que diéramos un paso más en nuestra relación. Incluso entonces, seguí saliendo con Shia, y él intentaba convencerme de que me fuera de la ciudad con él. Siempre se reía mucho al final al ver que yo no sabía si me lo decía en serio o no.

Su silencio me estaba sacando de quicio, de modo que volteé hacia él airada y le dije:

—John me está esperando en la habitación del hotel.

Shia mantuvo la mirada fija en la concurrida banqueta que teníamos delante, y el semáforo se puso en verde dejándonos pasar.

—¡Mentirosa! —gritó una voz desde la mitad de la calle.

Miré y vi a un indigente con las manos levantadas en el aire y su poblada barba empapada de líquido. Shia me dio unos suaves golpecitos en el brazo, instándome a seguir caminando.

La frustración se apoderó de mí.

—Si me vas a ignorar, ¿para qué te acercas, carajo?

Él se echó a reír, y yo protesté.

—No te ignoro. Sólo pienso antes de hablar. Deberías probar a hacerlo.

Puse los ojos en blanco de la manera más dramática posible.

—Además, quiero ver a John. ¿Puedo ir contigo? —propuso.

Esperó a que asintiera y me siguió hasta el hotel.

CAPÍTULO 28

Beth

—Llamó la tía Hannah —le dije a mi madre en cuanto entró en casa.

La puerta de madera se cerró sin apenas hacer ruido. No era como la gruesa puerta de caoba que teníamos en Texas, a la que Jo solía lanzarle afiladas estrellas ninja. Aquella cosa se cerraba de un portazo cada vez que el viento soplaba y sacudía nuestra casa. La puerta aquí parecía ser de abedul y daba la impresión de que podría volarse con el viento en cualquier momento.

Mamá dejó la bolsa en el suelo y a continuación se acercó al refrigerador. Advertí las líneas de tensión que se habían dibujado en su frente, sin embargo fingía que no pasaba nada.

—¿Y qué dijo?

La tía había llamado tres veces hasta que por fin contesté, y parecía estar tapando la bocina. Le habría dicho eso a mi madre si no hubiera sido porque tenía unas ojeras del color de mis *jeans*.

—Que necesita que le llames —respondí—. Parecía nerviosa. —Hice una pausa lo suficientemente larga como para que mi madre asomara la cabeza en el refrigerador y me evitara—. ¿Está todo bien?

Mamá se irguió de nuevo y cerró la puerta con un cartón de huevos en las manos.

—Sí, sí. Todo bien. ¿Hiciste toda la tarea? ¿Aún vas una semana retrasada?

Típico de Meredith Spring. Cambiar de tema se le daba aún mejor que a Amy. Conocía a mi madre el doble de bien que mis hermanas, y eso significaba que conocía todos sus movimientos. No tenía muchos, pero últimamente había estado poniéndolos todos en práctica. Intentaba distraerme preguntándome por la tarea y haciéndome hablar sobre mí.

—Me puse al día después de Navidad, ¿recuerdas? —Recordaba haber hablado en concreto de eso con ella en la sala.

—Ah, es verdad.

Mi madre abrió un estante y sacó un tazón grande. Aquellas semanas no tenía muchas ganas de cocinar, pero no pensaba sacarle el tema. Yo disfrutaba preparando todas las comidas, aunque no me importaba tener la mañana libre. Jo estaba arriba, escribiendo en su cuarto, y Meg estaba con John en el centro. Amy se encontraba en casa de alguna niña vecina, así que estuvimos solas casi todo el tiempo. Estaba lo más pendiente posible de mi madre, y lo hacía por mi padre. Hacía varios días que no llamaba, y esa mañana Meredith tenía los ojos inyectados en sangre.

Traía el pelo rubio recogido con una pinza. Su cabello clareaba en la parte delantera, e intentaba disimularlo dándose volumen. Meg no paraba de suplicarle que la dejara cambiarle el peinado, pero hasta el momento nuestra madre se había negado.

—¿Cuánto tiempo te queda? Debería saberlo —me preguntó, sacando una sonrisa del bolsillo de su camiseta favorita.

Dormía con aquella camiseta, que tenía el nombre de la antigua compañía de papá impreso encima de la imagen de un tanque. Estaba tan gastada que la tela negra se había vuelto gris, y el tanque había empezado a romperse. En ese momento parecía más una casa o cualquier otra cosa que un tanque.

—En teoría, hasta mayo, pero es posible que acabe antes.

Mi madre abrió el cartón de huevos y los inspeccionó.

—Tu padre siempre se preguntaba qué harías el año que viene. Y la preparatoria ha enviado un mensaje de correo electrónico... —Su voz flaqueó un poco.

Sabía que mi padre quería que fuera a una escuela «normal», pero jamás lo diría directamente.

—¿Qué clase de mensaje?

Tomó unos cuantos huevos y se acercó al tazón que estaba sobre la barra.

—Sólo es un mensaje de inscripción para ti, para Amy y para Jo. ¿Estás preparada para volver a la escuela?

Dejó de hablar, y me imaginé que estaba intentando ordenar sus pensamientos antes de expresarlos. Escogía las cosas más curiosas para tratarme como si fuera un gatito.

—¿Papá cree que debería volver a la escuela?

—No dije eso. Dije que en los últimos meses ha preguntado si estabas preparada para volver.

—Pero ¿por qué? ¿Hay algún problema con lo que estoy haciendo ahora? Voy adelantada, sólo me retrasé una vez y fue durante las vacaciones. Jo reprobó ese examen de matemáticas la semana pasada.

—No es por las calificaciones.

Mamá empezó a romper los huevos contra el borde del tazón. Los rompía con tanta fuerza que estoy segura de que cayeron dentro algunos pedacitos de cáscara, pero no quise señalarlo. Yo solía quitar los pequeños trozos de cáscara al final. A mi madre siempre le caían algunos dentro, pero al menos no era como Jo, que se negaba a mirar los huevos. Comía revuelto de carne, que no era carne de verdad, con tortillas para tacos, casi todos los días para desayunar. O, en ocasiones, un *bagel* relleno hasta los bordes de queso cremoso.

Esperé a que mi madre me explicara por qué estaba fracasando como adolescente.

—Es que estás en décimo —prosiguió—. Está claro que noveno es un curso muy duro, pero ya te has tomado un respiro. ¿Crees que puedes volver a intentarlo? Ahora Jo podría meterte en el anuario con ella. Eres muy lista, Beth.

Aquélla no era la primera vez que mi madre sacaba el tema, pero en esa ocasión estaba siendo mucho más directa que nunca.

—No lo entiendes. No tiene nada que ver con ser lista, Meredith —dije sin querer.

Noté que aquello la tomaba desprevenida. Mis hermanas habían adoptado el hábito de Jo de llamarla por su nombre, pero a mí me gustaba llamarla *mamá*. A veces la llamaba Meredith porque se me pegaba de ellas, pero intentaba no hacerlo.

—No tiene nada que ver con que sea lista, tiene que ver con que la mayor parte de la jornada escolar no guarda ninguna relación con los estudios.

—¿Qué significa eso? —repuso.

Suspiré. Creía que ya lo había explicado las suficientes veces ese año.

—¿Es por el acoso escolar? Porque...

—No es por el acoso escolar, mamá. Es por el hecho de que nadie entiende que no quiera estar con la gente del mismo modo en que lo hacen Meg, Jo, Amy, papá y tú. No puedo aprender en un salón lleno de personas. Lo siento si no es normal...

—Beth... —Mamá hizo una pausa.

No acababa de interpretar su tono, y sus ojos estaban cargados de culpa. No quería que se sintiera culpable, sólo deseaba que entendiera que eso no tenía nada que ver con ella.

—No estoy diciendo que tengas que volver a la escuela. Sólo te lo dije por lo del correo electrónico. Tú sabes lo que más te conviene, ¿de acuerdo? Confío en que sepas qué es lo mejor para ti, y si quieres seguir estudiando en casa hasta la universidad, no pasa nada.

Sabía que era afortunada de tener la opción de quedarme en casa. La mayoría de los padres habrían hecho lo contrario y me habrían obligado a «trabajar en mi ansiedad», cosa que los míos habían intentado hasta que ya no pude soportarlo más y empecé a faltar a clase.

—Gracias. —Suspiré y me apoyé en la barra.

Habría dicho que también pensaba estudiar una carrera a distancia, pero prefería zanjar la conversación.

Mi madre continuó preparando el desayuno hasta que Jo apareció con los brazos cargados de periódicos y dijo que Laurie vendría más tarde. Laurie había estado pasando mucho tiempo con ella, y me parecía algo positivo. A mi hermana no se le daba tan bien hacer amigos como a Meg y a Amy. No se le daba tan mal como a mí, pero aun así...

—¿Qué haces con todo eso? —preguntó mamá al ver el montón de periódicos.

—Estoy buscando una cosa —dijo Jo, como si eso explicara qué diablos estaba haciendo.

El olor a tocino inundó la cocina hasta que yo añadí cebollas al famoso desayuno del granjero de mi madre. Consistía en puré de papas, aceite, mantequilla, sal, pimienta, tocino, salchichas, huevos y queso. Jo tomaba su propia versión sin carne, y yo tomaba de ambos.

Tras devorar nuestros platos, Jo afirmó:

—Esto estaba buenísimo, gracias, chicas. —Y volvió a centrarse en su pila de periódicos mientras yo me ponía a lavar las sartenes.

El teléfono empezó a sonar de nuevo y le di a silenciar. Unos segundos después, alguien tocó la puerta. Jo dejó el periódico que tenía delante de la cara, y mi madre aguardó un momento antes de pedirme que abriera.

Esperaba que no fuera la tía Hannah, pero retiré mi deseo inmediatamente al ver a dos oficiales en la puerta.

CAPÍTULO 29

Meg

Llamé a John dos veces antes de que Shia y yo volviéramos al Ritz. No contestó, y no podía irrumpir en la habitación con Shia y despertarlo. De modo que, mientras esperábamos a que volviera a la vida, nos quedamos en el Club Room del hotel y encontré el modo de ingerir más comida. El espacio estaba dividido en tres salas, una con una exagerada exhibición de almuerzos dispuestos en una inmensa mesa de banquetes: carnes, quesos, bocadillos de sándwich hechos de quesos de los que jamás había oído hablar... También tenían fruta cortada con formas diversas y brochetas de uvas.

Las otras dos salas eran para sentarse. Había una infinidad de sillones y sofás, y allí el tiempo se había detenido hacía mucho. No sabía en qué época se suponía que estaba ambientada la decoración, pero definitivamente era alguna en la que a la gente le encantaban los estampados florales en todo. Shia y yo nos sentamos a una bonita mesa para cuatro que había en un rincón, al lado de una tele de pantalla plana que debía de tener al menos cincuenta pulgadas. Él tomó una galleta salada y se puso un poco de hummus en ella. No conocía a nadie más a quien le gustara el hummus. Sonreí al recordar aquella vez en que Amy lo llamó «comida de ricos» y Jo le dijo que se callara y que buscara algo en Google por una vez en su vida.

—¿Cuánto tiempo van a quedarse en este hotel? Es bonito, ¿verdad? —Shia se metió la galleta entera en la boca y masticó lentamente.

Su formación previa en el sofisticado protocolo de la mesa sureña le había caído de perlas. Yo asistí a un curso de etiqueta en la base cuando tenía doce años, pero Shia se había formado desde su nacimiento para ser un caballero.

—Una noche más —respondí.

Me ardía la garganta, de modo que bebí un poco de agua y terminé de responder a su pregunta.

—Y, sí, no está mal. Mira este lugar. —Señalé con la mirada todo a nuestro alrededor, y Shia me imitó.

—Te encantan las cosas lujosas.

Volví a fijar la vista en él.

—¿Y eso qué se supone que significa? —dije, sin apenas contener mi molestia tras las comisuras de mi boca sonriente.

Se encogió de hombros.

Miré hacia la sala de nuevo y me centré en el empleado del hotel que estaba colocando un mantel blanco limpio en la mesa que acababa de recoger.

—Nada en especial. ¿Acaso no es verdad? —me desafió.

Vi cómo levantaba la vista del polvo que manchaba el escote de mi vestido.

—No todos queremos despilfarrar nuestro fideicomiso y no ir a la universidad —repliqué.

A Shia se le salieron los ojos de las órbitas y su rodilla

golpeó la mesa antes de que me diera cuenta de lo que acababa de decirle.

¿Estábamos discutiendo?

Acababa de empezar una pelea, lo sabía, pero a veces ése era el único modo en que nos comunicábamos. Lo que le había dicho era demasiado personal y demasiado duro para nuestra típica plática. Esa plática no solía implicar una discusión; sólo nos echábamos en cara nuestras mierdas, pero nunca con mala intención, por mucho que les dijera a mis hermanas que lo odiaba.

—¿Despilfarrar? —repuso—. No tienes ni idea de lo que estás diciendo. Pero, tranquila, sigue en tu pedestal, Meg. Esta mañana recibí una llamada de una amiga de Camboya y me dijo que en un mes sacó a dos niñas de un burdel con el dinero que recaudamos para ello. Una de las niñas tenía doce años, la misma edad que Amy, y llevaba tres siendo una esclava sexual.

Se me revolvió el estómago.

—¿Qué has hecho tú —continuó— aparte de pintarle la cara a mi madre y sacar a sus perros a pasear?

Me quedé allí sentada, absorbiendo todas sus palabras y dándoles vueltas y más vueltas hasta que mi celular sonó encima de la mesa.

De algún modo, hallé mi voz.

—Tengo que contestar —señalé, y me mordí la lengua.

El nombre de John aparecía en la pantalla y deslicé el dedo para contestar. Me dijo que acababa de despertarse y, cuando le mencioné a Shia, contestó que se iba un rato al gimnasio a entrenar, que se bañaría y que se reuniría con nosotros.

Cuando colgué, Shia se echó a reír, pero sin malicia.

—¿A entrenar? Dios mío, no para.

—Sigue una rutina.

Pensaba que al menos me diría que volviera a la habitación mientras se bañaba, o que me colara con él en el gimnasio.

—Ya.

Shia miró hacia la televisión y puso los ojos en blanco.

—Nuestro país es...

—No empieces con los politiqueos. Necesito más café —protesté.

Era igual que Jo. Cuando comenzaban, no paraban nunca. Era algo que yo admiraba la mayor parte del tiempo, aunque no estaba tan comprometida como ellos, pero no ese día. Volví a pensar en aquella niña de doce años de Camboya. Intenté recordar si el artículo de Jo hablaba del mismo lugar...

—Bueno. ¿Qué tal te va en todo? ¿Te inscribiste ya en ese curso de maquillaje?

Quise rebobinar al instante. Negué con la cabeza y bebí otro sorbo de agua.

—No, aún no.

—¿Por qué? Empezará pronto. ¿Cuándo es? ¿En mayo?

El hecho de que se acordara me dejó pasmada.

«Claro que se acuerda», replicó la parte sincera de mi cerebro.

—Sí, seguro que ya no quedan lugares. De todas formas, este verano voy a estar muy ocupada.

No sé por qué había pospuesto la inscripción del curso. Había conocido a un maquillista cuando vino a Sephora para el lanzamiento de una marca. Me habló de un curso al que iba a acudir en Los Ángeles en verano. La maquillista que lo impartía era famosa en el medio y dominaba las técnicas más novedosas. Yo no tenía ninguna formación técnica en la materia, y el curso me daría algo más de credibilidad, pero se impartía al otro lado del país y era bastante caro.

—¿Eso son razones o excusas? —A Shia le encantaba hacer esa pregunta sobre cualquier cosa, desde el motivo por el que no le había devuelto las llamadas hasta las decisiones importantes de la vida.

—Ambas.

—¿Qué pasa, Meg?

Jugueteé con mi cabello y eché un vistazo hacia la sala. Había mucha menos gente que cuando habíamos llegado. Ahora sólo se veía a cuatro o cinco personas, y una de ellas era un anciano que se había quedado dormido sentado erguido en el sofá con los lentes descansando en la punta de su nariz.

—¿Qué pasa con qué? Sólo es un curso de maquillaje. —Me encogí de hombros y me acabé el agua.

Shia había parado de comer, y una mesera se acercó para retirarnos los platos. Yo aún tenía un bocadillo en el mío y quería acabármelo, pero él dejó que se llevara su plato. También le dio propina, y me pregunté con cuánta gente debería haber hecho yo lo mismo, aunque no lo había hecho desde que habíamos llegado. ¿Con el botones? ¿El valet parking? ¿El portero que había llevado el uniforme limpio de John por la mañana?

—Por tu vida. No vas a hacer un curso del que te pasaste semanas hablando. Y, de todas las personas que hay en el mundo, estás trabajando para mi madre. —Shia alargó la frase como si necesitara que de verdad prestara atención a lo que me estaba diciendo.

—Me paga bien. Más que en cualquier otro trabajo.

Él tenía una relación con la señora King distinta de la mía y, por muy intimidante que fuera conmigo, deseaba ser como ella algún día. Representaba todo lo que yo quería ser.

—¿Y qué haces para ella? ¿Piensas seguir haciéndolo a largo plazo? ¿Y adónde te va a llevar eso?

No respondí, de modo que continuó hablando. Suavizó la voz para que no alcanzara la intensidad que podría haber alcanzado y añadió:

—Mi madre me dijo que vas a casarte con John. ¿Es eso cierto?

—¿Ella te dijo eso? —El ardor que tenía en la garganta se extendió hasta mis orejas y mis mejillas.

—No literalmente, pero me lo insinuó. Me comentó que podríamos organizarte una gran fiesta de compromiso.

Hizo una pausa y, aunque sabía que no había terminado de hablar, lo interrumpí:

—¿Como la tuya?

Suspiró y se levantó la parte inferior de la camiseta para limpiarse la cara. Una línea de piel asomó por debajo y fijé la vista en mi plato. Quería mirarlo, pero no deseaba darle esa satisfacción.

—Parecida a la mía, pero más romántica. Más real, supongo.

—Mmm. —Me apoyé en el acolchonado respaldo de la silla.

No sabía hasta qué punto sería romántica mi fiesta de compromiso ni por qué Shia estaba insinuando que la suya no había sido real, pero no quería jugar a ese juego. Otra mesera distinta de la de antes se acercó con una jarra de agua y me llenó el vaso.

Me metí un cubito de hielo en la boca y él se inclinó hacia delante.

—Bueno, ¿qué? ¿Vamos a seguir fingiendo que no tenemos nada de qué hablar?

—¿Te refieres a tu compromiso?

Negó con la cabeza.

—No. Me refiero a ti. ¿Qué te pasó para que ya no quisieras largarte de aquí?

—Aún pienso largarme.

Se lamió los labios.

—¿Cuándo?

—Pronto. No lo sé. Mi padre no está, y Jo todavía no se ha graduado. No puedo irme sin más. Estoy trabajando y ahorrando dinero.

El hombre que antes dormía en el sofá se había despertado y estaba rebuscando en una canasta con bolsas de papas fritas que estaba dispuesta sobre la barra situada bajo la televisión más cercana a nosotros.

—Pronto, ¿eh? —insistió Shia.

Estaba tan enojada que sentía que mi ira iba a manchar la tapicería de la silla en la que estaba sentada con rayas rojas.

—Pero ¿a ti qué te pasa? —repliqué—. ¿Por qué te empeñas en discutir conmigo?

—No lo hago. Sólo me preguntaba por qué has cambiado todos tus planes. ¿Y ahora qué? ¿Vas a esperar a ver adónde destinan a John?

Su respuesta me recordó al discurso que me había dado justo antes de que nos viéramos el otoño anterior. Después llegó el invierno, y ya estábamos a punto de entrar en primavera.

—En serio, Meg. Tienes diecinueve años. Tienes mucho tiempo para hacer lo que quieras hacer antes de convertirte en una...

—Para. —Alcé la mano—. Ni se te ocurra sermonearme. Estás comprometido, Shia.

—¿Por qué no haces más que repetir eso? ¿Eso qué tiene que ver contigo, Meg? ¿No dijiste que estaba delirando y me lo había inventado yo todo en mi mente? Así que, si eso es así, ¿por qué no paras de mencionar lo de mi compromiso?

Ahí me había atrapado. No quería hablar del día en que terminamos con los restos de lo que fuera aquella relación que tuvimos. En esos momentos me sentía muy incómoda. No quería que las cosas se enredaran tanto entre nosotros. Normalmente, al discutir con Shia me acababa muriendo de la risa y sentía como si tuviera una pequeña chispa en la punta de la lengua, pero allí sentados, en el sofisticado Club Room del lujoso Ritz-Carlton del famoso barrio francés de Nueva Orleans, tenía la sensación de estar caminando sobre una inmensa tina de miel de maple.

—Vamos, ahora no te muerdas la lengua —dijo, después de que nos quedáramos mirándonos el uno al otro durante un minuto.

El anciano del sofá se alejó con tres bolsas de papas sabor sal y pimienta y una botella de Coca-Cola bajo el brazo.

Dejé escapar una pizca de verdad:

—Yo no dije que deliraras.

Shia se rio sin emitir sonido alguno.

—Claro que sí. Le contaste a Reeder una historia sobre nosotros que no tenía nada que ver con la realidad. ¿Te has estado contando la misma historia a ti misma? —preguntó, aunque no esperaba respuesta.

—¿Y qué querías que dijera? No quiero dramas en el grupo. Y tú tampoco deberías quererlos. Así que dije lo que tenía que decir para limpiar mi nombre.

—Sólo piensas en ti, ¿verdad? ¿Y qué es eso de «el grupo»? Nadie habla conmigo cuando no estoy. Y con John tampoco. Sólo yo, y tampoco con frecuencia. No tiene por qué haber ningún drama. Yo no soy River.

Mi pulso se disparó hasta el techo de la sala.

Shia continuó:

—No me habría enojado contigo por no acompañarme. Es tu decisión y tu vida. Pero habría estado bien que me hubieras dicho que no pensabas acudir al aeropuerto. Lo habría entendido si me lo hubieras explicado. Si hubieras sido sincera conmigo. —Juntó las manos formando un tazón frente a sí.

—Creía que estaba siendo sincera. Creía que podría ser como Jo por una vez en la vida y que podría subirme a un avión e irme sin un plan.

—Teníamos un plan —señaló con voz plana—. Era literalmente un viaje planeado con la fundación de mi padre.

—Ya sabes lo que quiero decir —repuse. Su semántica sarcástica no nos iba a llevar a ninguna parte—. Siento no habértelo contado... —recordé entonces el modo en que lo dejé plantado— hasta que aterrizaste.

—Yo no...

—Vaya, vaya. ¡Mira quién está aquí! —exclamó de pronto John a nuestro lado, dándole unas palmaditas a Shia en la espalda.

Y, así, sin más, se abrazaron como hermanos, y sus sonrisas eran demasiado grandes para lo falsas que yo sabía que eran.

CAPÍTULO 30

Jo

Cuando Beth volvió a entrar en la cocina, estaba blanca como la pared. A su espalda había dos hombres vestidos con el uniforme del ejército.

Meredith cayó de rodillas antes de que empezaran a hablar.

Beth corrió hacia ella.

Yo me había quedado anclada en el suelo. Era incapaz de moverme mientras se desataba el caos en la estancia.

Mi madre comenzó a gritar, pero los hombres la apaciguaron.

—¡Meredith! ¡Meredith! Sólo está herido. Vine porque Frank es amigo mío. ¡Siento que te hayamos asustado! —gritó el más alto.

El supuesto amigo de mi padre parecía querer que se lo tragara la tierra. Se había puesto como un tomate. Los periódicos de la barra estaban todos tirados por el suelo.

—¿Dónde está? ¿Dónde está mi marido? —inquirió Meredith.

El otro hombre dio un paso adelante y pisó con la bota la foto de una ceremonia de bienvenida para el pelotón de exploradores que había vuelto a casa hacía una semana.

—En Alemania. Está en un hospital de allí mientras recupera las fuerzas para regresar.

—¿En Alemania? —preguntó Beth.

Le expliqué que la mayoría de los soldados heridos acababan en Alemania antes de volver a Estados Unidos.

Beth cubrió los hombros de mi madre con algo y tuve la sensación de estar en un documental de *True Life* o algo así. No parecía que nos estuviera pasando de verdad a nosotras. Era como un artículo de internet. Una vez leí que, si veías demasiados documentales y videos de Facebook, acababas insensibilizándote frente a la violencia que tenías delante en la vida real porque tu cerebro y la memoria no eran capaces de distinguir la diferencia entre verlo en directo o verlo de manera virtual.

Tuve la sensación de que la estancia daba unas cuantas vueltas hasta que mi madre se tranquilizó. Beth la llevó frente al sillón reclinable de papá y le dio una taza de algo que olía un poco más fuerte que el café.

Después, llamó a la tía Hannah y a los abuelos.

Hacía tan sólo veinte minutos, yo estaba en mi habitación rebuscando en los viejos periódicos. Estaba escuchando música y buscando página por página en toda la cobertura de la ceremonia de bienvenida. Aún no tenía claro qué iba a hacer con ello, pero sabía que Laurie tenía un plan cuando me entregó una lista de nombres para buscar. De repente, al ver cómo temblaban los hombros de mi madre bajo la cobija que mi hermana le había puesto encima, mi búsqueda me pareció completamente insignificante.

La tía Hannah apareció treinta minutos después, y Amy volvió de casa de su amiga y no paró de preguntarle a Meredith qué pasaba hasta que recibió un grito. Beth estaba con la mirada perdida en la pared, y yo miraba la pantalla de mi computadora. La tía Hannah permanecía inmóvil, sentada en el sillón, mirando hacia la televisión apagada en la pared. El montón de cables que colgaban de él y alrededor del multicontacto gritaban «¡incendio doméstico!», pero había muchas cosas que conectar.

—¿Ya le avisaron a Meg? —preguntó Meredith cuando la tía Hannah le llevó otra bebida.

Ni siquiera hice una observación mental sobre lo mucho que estaba bebiendo. No tenía ningún derecho a cuestionarla en aquel momento. Hasta yo tenía ganas de beber, y eso que detestaba el alcohol.

Lo único que sabíamos era que el tanque de mi padre había pasado por encima de un artefacto explosivo improvisado que había al borde de la carretera y se había incendiado. De los cuatro hombres que lo ocupaban, mi padre era uno de los dos sobrevivientes. Uno de los hombres que había muerto acababa de tener un bebé estando en pleno despliegue. No era justo, pero no podía pronunciar la palabra *justicia*, ya que mi padre estaba vivo. Los hombres que habían venido a comunicarnos la noticia le habían dicho a mi madre que podía viajar a Alemania y estar con mi padre hasta que sanara, y ella les había contestado que tenía que ver si podía hacerlo.

En la cocina, Beth y yo analizamos con la tía Hannah las opciones que teníamos si Meredith decidía irse.

—Yo puedo llevar a Amy a sus cosas e ir yo misma al trabajo —me ofrecí—, sólo necesito sacar la licencia. Puedo ir el lunes.

La tía Hannah echó un vistazo a la sala y, después, se acercó a apagar el horno, que había estado encendido des-

312

de que Beth y mi madre habían estado preparando el desayuno, lo cual parecía toda una vida.

—Yo puedo quedarme casi todas las noches, pero trabajo cinco días a la semana —dijo la tía Hannah.

Beth asintió y se apartó un mechón de pelo castaño de la frente.

—Yo ayudaré en todo lo que pueda.

—Amy es la única que no puede cuidarse a sí misma —dije justo cuando mi hermana pequeña entraba en la cocina.

—Puedo cuidar de mí perfectamente, Jo. —Su tono era severo, pero no se lo tuve en cuenta.

Había sido un día muy largo, y nadie sabía nada de Meg todavía. Me planteé llamar a Shia o enviarle un *e-mail* a John, pero no sabía hasta qué punto podía arruinarlo todo si lo hacía.

—En fin... —Beth abrió el refrigerador y le dio a Amy un vaso de leche.

Después, tomó un paquete de galletas Oreo y se las deslizó por encima de la mesa. Por primera vez en su vida, Amy las rechazó.

—Entonces, Jo, deberás hacer el examen de manejo esta semana. ¿Cuántos turnos tienes en el trabajo? —preguntó Beth.

Tenía que revisarlo, y les dije a mis hermanas y a mi tía que se los diría en cuanto lo supiera. Apoyé los codos en la fría barra y sentí cómo el ambiente de la estancia se transformaba y nuestras vidas cambiaban con cada respiración.

CAPÍTULO 31

Meg

John estaba sentado a mi lado con una Coca-Cola de medio litro en la mano y un plato de ensalada y minisalchichas bañadas en una salsa oscura que parecía de carne.

—¿Qué han estado haciendo? —nos preguntó a Shia y a mí mientras mojaba un totopo en el aderezo *ranch* de la ensalada.

Shia me miró por un instante, como si prefiriera que contestara yo primero. Y yo quería que él hiciera lo mismo.

—Yo fui un rato a dar una vuelta por el barrio. No podía dormir —dije.

Me enrollé el pelo con la mano y me quedé mirando mi vaso de agua, que estaba repleto de gotitas perladas por fuera. Pasé el dedo por la humedad y dibujé pequeñas líneas con la uña. En el Ritz, ni siquiera los vasos de agua eran vasos normales; eran más como unas copas de cristal talladas con patrones exclusivos.

Repasé mentalmente mi mañana y acabé diciendo:

—Y compré esto. —Levanté la bolsa de panecillos del suelo—. Están buenísimos. Compré unos cuantos. —Sonreí, y John masticó su comida.

Volví a dejar la bolsa en el suelo, junto a mis pies.

John se cubrió a medias la boca y dijo:

—Genial, ¿es eso de los frutos secos? La tienda me gusta mucho, es mexicana o algo así, ¿no?

Shia tosió. O se atragantó. No estoy segura.

No sé cómo había llegado John a esa conclusión, pero es de cultura básica que el barrio francés no estaba vinculado históricamente a México. A España, sí. A México, no. Aunque, bueno, yo no sabría señalar en el mapa dónde estaba España. Sí sabía que estaba en Europa.

—Son criollos. ¿Quieres uno? —le ofrecí a Shia sin mirarlo, pero sentí el calor de sus ojos en mi rostro.

Él me dio las gracias y me pidió un panecillo de chocolate, y sabía que lo hacía para provocarme.

—¿Qué? —preguntó con una sonrisa de oreja a oreja, a sabiendas de que no diría ni una palabra delante de John.

El hecho de habernos encontrado en la misma tienda de panecillos en la que nos vimos por primera vez parecía sacado de una novela de Nicholas Sparks. Si yo hubiera sido la romántica empedernida que Jo siempre decía que era, habría creído que toparme con él en Aunt Sally's había sido alguna especie de señal mágica del destino y que estábamos predestinados a correr hacia la puesta de sol juntos.

Pero yo no era tan tonta. Sólo la mitad de como Jo me describía, cuando mucho.

John negó con la cabeza cuando le entregué a Shia el panecillo envuelto y masticó la comida sin cerrar del todo la boca.

—A los dos les gusta el dulce. Qué asco.

—Pfff... —fue el sonido que salió de mi boca.

Shia hizo ademán de decir algo, pero alzó la mirada al

techo, como meditándolo, y al final guardó silencio y volvió a apoyarse en el respaldo de su silla.

Al cabo de unos segundos, preguntó como si nada:

—Bueno, ¿qué planes tienes para hoy? ¿Qué se siente volver al mundo real?

John se pasó la mano por su afeitada barbilla y se echó a reír.

—Pues es raro, sin duda. Sobre todo, porque puedo vestir ropa normal durante todo el día —dijo, jalando la polo que traía con los dedos—. No lo sé. Meg había hecho planes, creo. ¿No, Meg? —Me miró.

¿Disculpa?

Me había dado la impresión de que él iba a planificar todo el fin de semana. De hecho, recordé concretamente la voz adormilada de John al teléfono diciendo: «No te preocupes por nada, nena. Yo me encargo de todo. Tú sólo tienes que meterte en el auto. Es lo único que tienes que hacer».

—¿Meg? —preguntó de nuevo y, mientras observaba cómo roía su totopo bañado en aderezo *ranch*, algo brillante se desprendió de sus hombros y desapareció en el cargado ambiente, dejándolo con un tono menos colorido de lo que lo recordaba.

—La verdad es que no he planeado nada —respondí despacio, y no sabría decir por qué aquella tarde me estaba resultando tan incómoda—. Pero supongo que hay un montón de cosas que podemos improvisar. Podemos ir tan sólo a dar una vuelta o lo que sea. Siempre hay algo que hacer. Podemos hacer aquel *tour* del terror que hicimos con Reeder y con ellos. ¿Te acuerdas? —Miré a John, Shia me miró a mí, y luego yo miré la mesa—. Estamos en pleno centro del barrio, hay muchas cosas para hacer.

—Claro. Por mí estupendo, nena. —John levantó la cadera para sacar su celular del bolsillo trasero—. Lo que tú quieras hacer me parece bien.

Asentí sonriendo. Él me devolvió la sonrisa, pero sólo un poco, y después miró su celular en la mano. Tenía un iPhone nuevo que tomaba fotos como si fuera una cámara profesional. Era como una pequeña computadora del tamaño de una mano. Yo quería con todas mis fuerzas tener uno, pero eran demasiado caros, y Amy ya estaba haciendo subir tanto la factura de nuestro plan de datos que Meredith la amenazaba con quitarle el celular todos los meses. No podía añadir otro gasto en casa, y no tenía ganas de oír a mis tres hermanas pequeñas protestando por ello. Amy no entendía que yo trabajaba precisamente para pagarme mis caprichos.

—Genial —respondí sin entusiasmo.

Me desconcertaba el hecho de que estar allí sentada con Shia y John fuera peor que aquella vez, con diecisiete años, que estaba en la silla del dentista para que me extrajeran la muela del juicio.

—Mmm... —murmuró Shia, interrumpiendo el silencio durante un segundo.

Me pregunté en qué estaría pensando, aunque, por supuesto, no iba a preguntárselo. La situación era muy incómoda.

Me preocupaba quedar como una idiota, no sólo delante de Shia King, sino también de John Brooke. Debía dar la impresión de que no me importaba lo más mínimo el tiempo que íbamos a pasar juntos. De haber sabido que se suponía que debía planificar algo romántico, habría reservado un masaje en pareja en el *spa* del Ritz. Habría reservado un desayuno en la cama con fresas y *champagne*. John tenía veintiún años, nos lo habrían permitido. Habría planificado un retiro perfecto de fin de semana para parejas, como cuando ayudé a la señora King a planear una escapada a Atlanta con el señor King. Recibieron un masaje de cuatrocientos dólares en el lujoso *spa* de Buckhead, y la señora King se hizo un tratamiento exfoliante con azúcar. Cuando lo reservé, añadí la hora de regalo en la sala para parejas. No había podido planear algo así para nosotros porque creía que John iba a encargarse de todo.

Llevaba mucho tiempo anhelando que llegara aquel fin de semana, pero ahora todo parecía un desastre. Mientras que en su día me había dado la impresión de que era algo perfectamente organizado, ahora parecía que no hubiéramos pensado en nada más que en reservar una cama para dormir. Pasar tiempo juntos era importante para mí, y quería transmitírselo a John. ¿Cuál era la finalidad de salir con alguien? ¿Demostrarle que podía ser una buena esposa? Al menos, ésa era mi finalidad. No estaba segura de que John tuviera una.

Para ser sincera, he de admitir que también quería que Shia fuera testigo de mi devoción por John. Quería restregárselo en la cara, como cuando yo tuve que ver la reluciente esmeralda en el delicado dedo de Bell Gardiner. Necesitaba vengarme. No hay nada como la emoción de saber que tienes el control de la situación. Ni los orgasmos, ni un trozo de pay de chocolate recién salido del horno, ni siquiera la piel de durazno que me quedó después de usar base de maquillaje por primera vez pueden compararse con la sensación de tener la sartén por el mango. Con River nunca sentí que tuviera el control de nuestra relación. Desde nuestro primer beso torpe (durante un juego de «Siete minutos en el cielo» al que ni siquiera quería jugar), hasta la primera vez que lo hicimos (incómodamente, en el asiento trasero de su auto), él siempre estaba al mando, y yo tenía la sensación de que había algo flotando sobre mi cabeza cuando estaba con él. No sabía si era por la presión de seguir siendo importante para él y para su grupo de amigos, pero en todo momento había algo sobrevolándome que me hacía estar ansiosa por ser la chica salvaje, la chica que se levantaba la camiseta en una fiesta o que se la chupaba a River en la habitación de uno de sus amigos.

Él siempre me decía lo bonita que era hasta que me desvirgó en el asiento trasero de su Lumina de 1991 y me pidió unas fotos de mis tetas. Entonces me convertí en un objeto, y los comentarios sobre mis bonitos y grandes ojos se transformaron en otros sobre mis grandes tetas y trasero, y ya jamás volví a oír la palabra *bonito*. Aunque la verdad era que en su momento tampoco lo extrañé. Vivía para el poder sexual que ejercía sobre él. Y era esa sensación la que tanto me gustaba.

A River nunca llegué a importarle de verdad. No tanto como le importaba ser el chico genial de la escuela, con fotos de Meg Spring desnuda. Incluso se rumoreaba que hacía que los chicos del centro le pagaran diez dólares por ellas. A las chicas se las mostraba gratis, para que me destrozaran, para que me insultaran y criticaran cada parte de mi cuerpo, desde mis «pezones como rebanadas de pepperoni» hasta las estrías que tenía en la parte superior de los muslos. Las chicas de mi antigua escuela eran aún peores que los chicos. Al menos, los comentarios de ellos no eran negativos.

River era despreciable y desconsiderado, y se suponía que John Brooke era todo lo contrario. Yo tenía el control, tenía las mejores cartas, y tal vez que Shia supiera que era feliz con él me haría sentir mejor sobre lo suyo con Bell. Ésa era mi lógica ilógica a los diecinueve.

Con cada semana que pasaba fuera de la escuela, tenía la sensación de que me iba conociendo cada vez más. Descubría cosas sobre mí a diario, como nuevas comidas que me gustaban, o diferentes maneras en las que podía apreciar mi vida. Jo decía que siempre llevaba el poder demasiado lejos, y que el poder puede ser silencioso, pero a mí me gustaba gritar y mandar. Había estado callada toda mi vida y, después de que me atormentaran por ser callada, no pensaba cerrar la boca. Jo me decía que con mi seguridad podría llegar a ser la directora ejecutiva de una gran empresa en Chicago o Nueva York, pero yo no me alimentaba de las masas ni me atraían las luces de la ciudad como a ella. Yo anhelaba oír las risas y los juegos de los niños, y quería tener una casa con jardín.

Mis sueños, a diferencia de los de mi hermana, no eran del tamaño de Nueva York, pero parecían mucho más divertidos. Jo deseaba ser un pececito en el océano, y yo deseaba ser un pez rico y exótico en una pecera limpia y bonita. Ella no quería ser admirada como yo. No todo el mundo podía ser como Jo, o incluso como Shia, y yo no quería serlo.

Con el segundo de mis pensamientos, volví a centrarme en Shia, que le había preguntado la hora a una mujer que pasaba por nuestro lado. Sabía que había grandes relojes en la pared y que tenía un celular en el bolsillo, pero supuse que sólo intentaba hacer que las cosas fueran menos incómodas hablando con alguien, fuera quien fuera.

Me pregunté quién de los tres se iría antes. Empecé a pensar que estaba siendo paranoica sobre lo violento de la situación, ya que ninguno de ellos parecía tener intenciones de irse o de sacar un tema de conversación. John seguía comiendo, y Shia estaba jugueteando con la pulsera de hilo que llevaba en la muñeca.

Estaba más incómoda a cada segundo que pasaba. Se me hacía raro que no hablaran cuando se suponía que eran «amigos». La situación me abrumaba, hasta que empecé a pensar que tal vez los dos estuvieran conspirando en mi contra. ¿Qué haría Jo en mi lugar? Seguro que tendría una teoría sobre el extraño comportamiento de esos dos jóvenes. John no actuaba como si acabáramos de reencontrarnos la noche anterior.

Al fin y al cabo, yo sólo quería pasar todo el tiempo posible con él. Cuanto más pensaba en ello, más consciente era de que, aunque habíamos estado «saliendo», no habíamos pasado mucho tiempo juntos. ¿Estaba Jo en lo cierto sobre nosotros cuando había dicho que nuestra relación no tenía ninguna base?

«Pero ¿qué sabrá Jo sobre salir con alguien?», pensé. Bueno..., en ese momento Jo había pasado más tiempo con Laurie que yo con John, y sólo eran amigos desde Navidad.

Carajo, últimamente la persona con la que más tiempo había pasado era la señora King, aparte de mi familia. Apenas tenía vida social, entre el trabajo y la obligación de estar llevando a mis hermanas de aquí para allá. Shia era mi amigo, al menos lo fue cuando me mudé a Fort Cyprus. Ahora que lo pensaba, no recordaba cuándo empezamos a ser algo más que amigos, o menos, pero sabía que si Shia hubiera querido estar conmigo, lo habría dicho. Nunca lo dijo. No como lo hizo John. Shia me había pedido que me fuera del país con él, pero usaba la palabra *amiga* demasiadas veces para mi gusto. Amigos que se besan, eso es lo que éramos.

Meg Spring era una chica con la cual besarse; Bell Gardiner era una chica con la cual casarse.

Me daban náuseas sólo de pensarlo.

Los chismes me rodeaban allá adonde fuera. ¿Cómo era posible que no hubiera oído nada sobre Shia y Bell? Pasaba al menos quince horas a la semana en casa de su familia, y no tenía ni idea de que estuviera saliendo con ella. No sabía nada sobre su apasionada relación. Miré a Shia, sentado frente a mí, y recordé los misteriosos *e-mails* de John, que en realidad no eran de John.

Aun así, no creía que Shia fuera capaz de hacer algo así. Él simplemente me mandaría un mensaje de texto o pasaría por mi casa para decirme que terminara con John si tuviera algún problema con lo nuestro. No encontraba ni una sola razón por la que pudiera molestarle nuestra relación, pero yo aún estaba lamiéndome las heridas de su compromiso con Bell Gardiner, y quería que le molestara aunque sólo fuera un poco. Sin embargo, Shia era mucho mejor que eso; incluso si le hubiera molestado, no habría perdido el tiempo creando una dirección de correo electrónico falsa y enviándome correos electrónicos falsos haciéndose pasar por John para hacerme enojar a propósito.

¿Quién perdía el tiempo en eso? Nadie. Nadie que tuviera algo real en su vida.

Shia estaba sentado frente a nosotros, y sus ojos reflejaban que estaba entre aburrido y centrado en la televisión que teníamos encima. Estaban pasando un partido de basquetbol y, consciente de que Shia no tenía el más mínimo interés en los deportes, sabía que estaba evitando la conversación, o tal vez no tuviera nada que decir. En una estantería que había detrás de John había una colección de enciclopedias, de modo que hice como Shia y les eché un vistazo. Parecían muy antiguas. Debía de haber una infinidad de enciclopedias y diccionarios cuya existencia se había devaluado cuando internet comenzó a dominar el mundo.

Observar las enciclopedias sólo me llevó un minuto o dos, y el silencio continuaba. Shia apoyó el codo en la mesa y empezó a echar un vistazo a la sala. John seguía mirando el celular en su regazo, y mi vaso de agua volvía a estar vacío.

¿Qué demonios podía ser tan interesante? ¿Más interesante que yo?

Shia se levantó entonces despacio de su silla y se estiró la camiseta.

—¿Quieres un poco más de agua, Meg? —Me miró directamente a los ojos, y notaba que quería decir algo, pero no sabía qué.

Negué con la cabeza, aunque sí quería más. Aún me ardía un poco la garganta. Ahora, además, sentía una fuerte opresión, como si estuviera comprimiéndola con tanta fuerza que cuando se rompiera sonaría como un aullido en comparación con el incómodo silencio que imperaba entre los tres. Shia tomó mi vaso, y tuve la sensación de que John estaba en su propio mundo, ajeno a todo lo demás.

Y vaya que lo estaba. La tensión y la hiperconsciencia de su presencia hervía entre Shia y yo. Y ahí se hallaba John, demasiado distraído con el teléfono como para darse cuenta de que el fuego se había encendido.

Sabía que estaba siendo un poco mezquina, y que seguramente John tuviera muchos amigos y familiares con los que ponerse al día ahora que se había graduado en West Point, pero quería que me prestara atención a mí, y no al estúpido dispositivo que tenía en la mano. John no dijo gran cosa antes de que Shia volviera con un vaso y una botella de agua. No creo que hubiera llegado a darse cuenta siquiera de que tenía el vaso vacío, por no hablar de si sabría que debía llenármelo a pesar de que había dicho que no. Pero ¿por qué debería hacerlo? ¿Debía John Brooke tener que jugar a esos juegos a los que yo parecía incapaz de resistirme?

—Bueno, yo ya me voy —dijo Shia—. Tengo que pasar por el despacho de mi padre, recoger a Bell en Spirits e ir a casa. Me alegro de haberte visto, amigo.

John se levantó para darle un abrazo. Shia era más alto que John, que sólo medía un metro setenta y seis y era de constitución fornida. Además, parecía mucho más maduro ahora que la última vez que lo vi. Por mi mente desfilaron imágenes suyas desde el día que lo conocí hasta entonces.

La despedida entre Shia y John duró apenas unos segundos, y se prometieron llamarse mutuamente. Imaginaba que no lo harían, pero no tenía claro quién de los dos estaba menos dispuesto a hacerlo. John parecía algo retraído, y Shia daba la impresión de no tener ni idea de qué decir o hacer por primera vez en su vida. No sabía si debía levantarme y esperé demasiado, de modo que Shia alargó la mano y me la estrechó, como si acabáramos de firmar un acuerdo de negocios o acabáramos de conocernos.

No como si me hubiera estado esperando en el aeropuerto para abandonar el país con él y yo no me hubiera presentado.

Cuando terminó de darme la mano, salió de la sala tan rápido que por un instante pensé que me había imaginado que había estado allí. John sujetó el descansabrazos de mi silla y la jaló para acercarla más a él. Di un gritito y él se echó a reír, y de repente todo pareció estar bien en el mundo. Bueno, al menos, en mi pequeña burbuja en el Club Room del Ritz del barrio francés. Me sentía un poco como Carrie Bradshaw en París con su artista, Alexander. Aunque al final Alexander resultaba ser un auténtico patán y el viaje acababa siendo un desastre y terminaba con Big yendo a recogerla a París para llevarla de regreso a casa. Mmm... Era la peor analogía del mundo. Bueno, no se me ocurría nada mejor, pero estaba segura de que había algún personaje de Chris Klein de algunos años atrás que sería más adecuado.

John daba la impresión de ser la clase de hombre que sabía exactamente lo que quería, y en aquel momento quería mi boca. Sus labios eran ásperos, y se los lamí para humedecerlos antes de que nuestras lenguas se encontraran. Sabía a refresco y a sal, pero su rostro era suave. Recuerdo que pensé que debía de haberse afeitado después de entrenar y de bañarse. Levanté la mano para acariciarle la piel, y casi quise abrir los ojos para asegurarme de que Shia ya no estaba en el Club Room. John me tomó de las caderas; mi vestido parecía muy fino cuando sus manos acariciaron el algodón que cubría mi piel sensible. Me incliné hacia él y apoyé las manos en sus muslos.

Sus pantalones eran rígidos, y habían sido planchados adrede para marcar la raya en la parte delantera de la pierna. Lo besé por el modo en que me había comportado cuando recibí aquellos estúpidos *e-mails*, chupé un poco su lengua por no haber planificado nada que hacer aquel fin de semana, y mis manos se deslizaron de manera seductora por sus muslos por haber llevado a Shia al hotel, aunque a John no parecía haberle importado en absoluto.

Alguien tosió al otro lado de la sala. No sabía si lo había hecho a propósito, pero interrumpí nuestro beso y John me sonrió. Tenía el pelo muy corto y los labios rojos por nuestros mimos.

—Te he extrañado esta mañana. —Me besó el pelo—. Te he extrañado mucho, sobre todo después de entrenar.

—Yo a ti también.

Me abracé a su cuello y me dispuse a besarlo de nuevo cuando, de repente, Shia volvió a entrar en la sala. Corrió hacia nosotros y yo me aparté de John, empujándolo por los hombros debido a la sorpresa.

—Meg. Llama a tu madre —dijo Shia apremiante.

Antes de que llegara a preguntarle por qué, me colocó su celular delante de la cara. Se me pusieron todos los pelos de punta como si cientos de espinas me estuvieran picando por todo el cuerpo. Tomé su teléfono y llamé a mi madre con la esperanza de que el horrible presentimiento que tenía se debiera sólo a la expresión que traía Shia.

—¿Qué pasa? —le preguntó John.

Shia no contestó. Supe que algo había ocurrido en el momento en que mi madre respondió a la llamada.

—Meg. Meg, por favor, ven a casa. Es tu padre. Por favor, ven aquí. —No estaba histérica, ni llorando; no era exactamente ella misma, pero sonaba tranquila y clara.

—¿Está...?

—No, está vivo. Pero en Alemania. —Se hizo una larga pausa—. En Landstuhl.

Sentí cómo mi rostro se iba calentando con cada pensamiento que se me pasaba por la cabeza. «¿Qué pasó?».

«¿Hasta qué punto está herido?». «¿Cómo están mis hermanas?». «¿Cómo está Meredith?». «¿Va a morir mi padre?» «¿Hasta qué punto es grave?».

John me observaba con expresión interrogante. Shia me tocó el hombro. Sentí que la garganta me ardía, hasta que cedí y dejé que un sollozo escapara de mis labios.

—Se pondrá bien..., es lo único que sabemos por ahora. Pero debo irme, y la tía Hannah va a necesitar que ayudes en casa. Mi vuelo sale dentro de un par de horas, así que tengo que salir de casa ya.

—Tardaré al menos una hora en llegar. —Debía hacer la maleta y recoger mi maquillaje del baño. Era imposible que llegara a casa antes de una hora.

—Ya, llevamos un rato intentando comunicarnos contigo. Lo siento, Meg, pero tengo que irme ya.

—No, tranquila. Lo entiendo, lo entiendo.

Colgamos el teléfono mientras mi mirada pasaba de Shia a John Brooke. Sus rostros me parecían diferentes, de modo que observé la sala. En aquel momento, todo en el Club Room había dejado de resultarme familiar. Parecía que había más gente que antes. Un lugar que iba perdiendo su brillo a cada segundo que pasaba.

Mi padre.

Su imagen se proyectó en mi mente, entrando en casa vestido con su uniforme de combate y quitándose las botas en el recibidor.

—Mi padre —logré decir.

Shia me apretó el hombro con un poco más de fuerza, e intenté contener las lágrimas cuando sentí cómo trataba de reconfortarme trazando suaves círculos con el dedo pulgar.

—¿Qué pasó? —preguntó John.

—Mi padre está herido. Tenemos que irnos. Ahora. Dios mío. —El corazón me latía con tanta fuerza que me dolía. Me llevé la mano al pecho con la esperanza de que aquello detuviera el dolor—. Dios mío.

—John, pide que traigan el auto y ve arriba a hacer las maletas —dijo Shia, y apartó la mano de mi hombro.

Empecé a temblar de inmediato.

—Ehhh, bueno. —John Brooke titubeó—. Meg, necesito ayuda con tus cosas.

Intenté asentir.

—¿Ayuda? ¡Tú haz las maletas! —exigió Shia con impaciencia.

John lo miró y se puso de pie. Los verdes ojos de Shia estaban fijos en mí, y el interior de mi cerebro parecía una rueda de hámster.

Saqué el teléfono de la bolsa y vi que la pantalla estaba llena de mensajes y de llamadas perdidas de todas mis hermanas, sobre todo de Jo, pero los nombres de Amy y de Beth también aparecían, junto con los de Meredith y la tía Hannah. Habían estado llamándome durante casi una hora. ¿Por qué no había mirado el celular? ¿Y cómo sabía Jo que debía llamar a Shia?

—Tengo que irme. —Me levanté—. Tengo que irme a casa ya.

No sé cómo pasaron los minutos desde el vestíbulo hasta la media hora de trayecto en auto de regreso a Fort Cyprus. La cadena de acontecimientos no era más que un borrón, a excepción del hecho de que Shia estuviera sentado en el asiento trasero, tarareando todas las canciones de la radio y frotándome suavemente el hombro donde mi piel tocaba el frío cristal de la ventanilla.

CAPÍTULO 32

Jo

En cuanto mi madre salió por la puerta y la tía Hannah entró por ella, mis hermanas empezaron a volverse locas. Amy no paraba de llorar en la silla de mi padre. Beth se limitó a quedarse mirando a la pared, como si ésta fuera algo vivo y fascinante. No lo era. Habían pasado más de dos horas desde que supimos que mi padre había volado por los aires.

Volado por los aires.

Qué morboso sonaba eso, ¿no? En realidad, era exactamente lo que había pasado. Hacía dos horas desde que las cosas se habían puesto de cabeza en nuestra casa del Estado. De pronto, fui consciente de que nuestra casa no era nuestra en realidad. Al igual que la de Fort Hood, a pesar de que había pasado la mayor parte de mi vida allí. Guardaba un cuaderno mental de recuerdos de aquel lugar. Desde el primer beso de Meg hasta cuando mamá perdió un bebé y Meg me leía *¡Qué lejos llegarás!* todas las noches durante las pocas semanas que Meredith pasó las noches llorando. Amy aprendió a caminar en aquella casa, y yo aprendí a leer. Escribí mi primer artículo en aquella casa.

Meredith aún lo conservaba; tenía pensado colgarlo en el refrigerador de mi primer departamento en Manhattan.

Cuando Frank recibió la orden de mudarse a Fort Cyprus, metimos nuestros recuerdos empacados en un inmenso camión de mudanzas del gobierno y lo seguimos desde el centro de Texas hasta el trasero de Luisiana. Sólo tardamos un día en llegar, incluida la parada que efectuamos en medio de la nada a las afueras de Houston, donde pasamos la noche en un hotel America's Best Value Inn, que Meg aseguraba que estaba encantado. Dormimos unas dos horas aquella noche, porque Meg no paraba de dar vueltas y Amy no dejaba de quejarse de que tenía miedo del dichoso fantasma que Meg se había inventado para asustarnos. Frank acabó inspeccionando la habitación con su linterna especial, un llavero con una pequeña linterna que llevaba enganchado junto a las llaves en la presilla del pantalón, para comprobar que no hubiera ningún fantasma. Buscó debajo de las camas y en los clósets. El resto de nosotras nos quedamos dormidas en una de las camas dobles de la habitación doble. Recuerdo lo cortas que se me hicieron esas dos horas entonces y, sin embargo, apoyada contra la pared de nuestra sala en Fort Cyprus, mientras intentaba procesar lo que estaba sucediendo, dos horas me parecían ahora una eternidad.

Dos horas y Meg seguía sin venir. Meredith estaba en el aeropuerto, preparándose para abordar en un vuelo a Alemania, y la tía Hannah ya había encontrado la botella de ron Captain Morgan de Frank bajo la pila de la cocina, justo detrás de las bolsas de basura y al lado del limpiacristales.

Beth estaba sentada en el sofá que había cerca de la pared repleta de marcos cuadrados con retratos de nuestra familia. En uno de ellos, yo estaba sobre los hombros de mi padre. Traía una gorra de beisbol y un muñeco, y estábamos delante de una estatua de bronce de Walt Disney y Mickey Mouse. Mi padre tenía los ojos entornados, lo que marcaba las arrugas de su rostro, como cuando se reía con ganas. Beth traía unos *shorts* lavados al ácido, como los que todavía vestía a sus quince años. En aquel entonces, casi siempre tenía el pelo recogido en una cola de caballo suelta justo por encima del cuello. Qué pequeñas estábamos todas en esa foto. Meg traía unos *jeans* cortados y una camiseta de Piolín con un nudo justo por encima del ombligo.

Con toda seguridad, aquel Frank que nos había llevado a Disney World y que me mantenía al día de las noticias y de las bromas y de la música, e incluso de los pasos de baile de mal gusto que estaban de moda, no sería el mismo que volvería a casa con nosotras. No sabía cómo procesar eso. Sabía lo que era el trastorno por estrés postraumático, y lo temía por el bien de mi padre, pero ignoraba cómo sería estar con una persona así. Sólo quería que él estuviera bien.

—¿Cuándo llegará Meg? —preguntó Amy, sorbiéndose los mocos con los ojos rojos y los labios agrietados.

Beth respondió con voz suave:

—Pronto. Viene en camino.

Amy dejó escapar un sollozo y se acurrucó con las rodillas en el pecho. Me pregunté si lloraba porque nuestro padre estaba herido o por el caos de la situación: que Meredith se hubiera ido, el silencio de Beth y que Meg no estuviera en casa.

Yo estaba cada vez más enojada por la ausencia de mi hermana. No se me ocurrió pensar que era injusto que estuviera enojada con ella. La necesitábamos en casa. Bueno, yo no, pero Amy no paraba de preguntar por ella. Mi celular no dejaba de vibrar en el bolsillo, y el nombre de Laurie aparecía en la pantalla. Tiré el teléfono sobre el sofá y me fui, molesta, a la cocina. No me gustaba el hecho de que probablemente la pequeña mente de Amy estuviera en *shock*. Había leído un artículo en internet que decía que el cerebro de un adulto joven puede perder literalmente un pequeño porcentaje de actividad por el impacto de la muerte de un ser querido. Sabía que aquello no había sido tan malo como la muerte de un ser querido, pero tampoco era tan ingenua como para no pensar que una parte de nuestro padre había desaparecido.

Me quedé frente a la barra y miré por la ventana de la cocina. Había luz en la gran sala, la que albergaba el piano de cola antes de que el abuelo de Laurie se lo regalara a Beth. Mi hermana había pasado muchas mañanas observando cómo los dedos de Laurie golpeaban las teclas de marfil. Me parecía que habían transcurrido siglos desde aquellas mañanas, incluso desde la semana anterior. ¿Aún tenía dieciséis años, o había estado en esa cocina durante días o semanas? Tenía los dedos de los pies dormidos; los sentía fríos, y no habría sabido decir por qué. Ni si en realidad lo estaban. Era posible que mi cuerpo se lo hubiera inventado para que pudiera trasladar el dolor a otra parte.

Alguien tocó entonces a la puerta, y ni siquiera me inmuté. Pensé que sería Meg, pero era Laurie. Estaba allí, de pie, todo lo alto que era, de manera que podía ver sus hombros y las puntas de su cabello rubio a través de la ventana de la puerta.

¿Qué quería? Estuve a punto de no abrir, pero supuse que si no lo hacía volvería. No entendía por qué no tenía ganas de verlo. Sabía que, con él allí, todo parecería mucho más real. Había estado pasando cada vez más tiempo con él, y lo conocía mejor de lo que había conocido a ningún otro chico jamás, pero no lo quería cerca para aquello. Las cosas estaban a punto de ponerse feas. Todo lo que mantenía la casa Spring de pie estaba a punto de desmoronarse. Sentía el suelo vibrar bajo mis pies; era sólo cuestión de tiempo antes de que empezaran las sacudidas. Después se agrietaría y se desmoronaría, y Laurie ya tenía bastante con el caos que había en su familia.

No deseaba meterlo en aquello. Ya éramos muchos, y con la tía Hannah bebiéndose el ron de Frank, y Meg sin aparecer...

—¿Quién es? —dijo mi tía a mi espalda, dirigiéndose a la puerta.

—¡No abras! —grité, pero era demasiado tarde.

Abrió la puerta tan rápido que me di cuenta de que debía de estar esperando que llegaran más malas noticias. Laurie entró con una enorme sonrisa en la cara. Llevaba un paquete de 3D en una mano y una botella de esa bebida gaseosa con sabor a manzana que había probado tres años antes en Múnich y con la que había estado obsesionado desde entonces.

—¡Hola! —Rodeó a la tía Hannah y vino hacia mí.

Levantó la barbilla y analizó mi rostro con su mirada láser.

—Oye, ¿qué te pasa? —preguntó, como si pudiera leerme como un libro abierto en cuestión de segundos.

Sacudí la cabeza y me solté el pelo de detrás de las orejas. Él dejó lo que llevaba en las manos sobre la barra y no dejó de caminar hacia mí, ni siquiera cuando la botella de cristal rodó y cayó al suelo. Afortunadamente, no se hizo añicos, pero dudo que le hubiera importado de haber sido así.

—Jo, ¿qué pasa? —Laurie volteó hacia mi tía—. ¿Hannah?

—Pues... —Mi tía me miró por un instante, y después volvió a mirarlo a él—. Es Frank. —Se aclaró la garganta—. Ha...

—¡Cállate! —le grité justo cuando Amy entraba en la cocina.

Sus frágiles hombros temblaban y llevaba puestos unos pantalones de pijama que eran demasiado cortos para sus piernas en desarrollo. Parecía que tenía el labio inferior cortado.

—Amy. —Me acerqué a ella y rodeé sus hombros con los brazos.

Mi hermana me empujó y trató de escaparse de mí. No le gustaba que nadie la abrazara, excepto papá y Meg. Meg sabía dar buenos abrazos.

—¿Dónde está Meg? —preguntó entre sollozos, y el horno empezó a sonar.

—¡Beth! —grité.

—¿Puedes llamarla otra vez? —preguntó Amy, jalando la parte inferior de mi camiseta.

Parecía tan pequeña en aquella cocina, como si tuviera de nuevo ocho años y acabara de cortarse el dedo gordo del pie con su *scooter* Razor rosa. Lloraba y lloraba preguntando por Meg, hasta que ella había vuelto de casa de River apestando a Smirnoff. Meg tuvo suerte de que nunca lo dije, pero estaba empezando a desear haberlo hecho cada vez que Amy preguntaba por ella.

—Bueno, la llamaré otra vez. —Le di una palmadita a Amy en la espalda, que estaba húmeda de sudor—. Laurie, ¿puedes llamar a Meg, por favor?

El horno sonó de nuevo.

—¡Beth! —grité, y Amy lloró con más intensidad—. Disculpa —le dije, y le acaricié la cara—. Estás ardiendo. —Sacudí la parte trasera de su camiseta.

Laurie se llevó mi celular a la oreja rápidamente y desapareció por el pasillo.

—¿Cuánto tiempo pasará hasta que sepamos algo de su madre? —nos preguntó la tía Hannah.

¿No se suponía que ella debería saberlo? ¿O al menos no ser tan egoísta como para preguntárnoslo? Éramos niñas, incluso yo. Meg era la única de nosotras que era adulta. Tenía licencia y pagaba su propia factura de teléfono y el seguro de su auto.

Y no estaba allí.

CAPÍTULO 33

Meg

Cuando nos detuvimos delante de la reja sentí alivio al ver que Reeder estaba de guardia. Por alguna razón, di por hecho que nos abriría rápido y que estaría en el camino de acceso a mi casa en menos de dos minutos. Sin embargo, en lugar de eso, permanecimos bajo la marquesina mientras John y Reeder intercambiaban saludos del tipo «Eh, amigo», y John se alargó unas cuantas frases más sobre su estancia en Nueva York al tiempo que yo contenía el aliento y esperaba a que pasara el tiempo.

—John, vámonos —dijo Shia, asomando la cabeza entre los asientos delanteros—. Meg tiene que llegar a casa.

John le susurró algo a Reeder, algo sobre mi padre, y él nos abrió la reja de inmediato. La atravesamos mientras yo miraba por la ventanilla. Paramos en el camino de entrada y corrí hacia la puerta.

Jo salió deprisa agitando los brazos delante de ella.

—¡Carajo, Meg! —gritaba al aire.

Me dio un empujón en los hombros y me caí al suelo. Me di un buen golpe. Creía que iba a abrazarme, no a tirarme al suelo.

Me puse de rodillas y vi a Shia delante de Jo, reteniéndola mientras ella nos gritaba a ambos.

—¡Amy no ha parado de llorar y de preguntar por ti, carajo! ¡Y tú no estabas aquí! ¿Dónde demonios estabas? ¡No se tarda tanto en volver en un jodido auto! —Jo nos miraba a los tres, cada vez más furiosa—. ¡Seguro que hiciste alguna parada en el camino de vuelta para chupársela a John Brooke! ¡O a los dos!

Nunca había visto a Jo tan enojada. No paraba de intentar venir por mí, mientras Shia la detenía. Me levanté y me dirigí hacia la casa.

Amy corrió sollozando a mis brazos.

—¿Se va a morir, Meg? ¿Se va a morir? —preguntaba con una vocecita muy aguda.

—No, cariño, no. No. —Le acaricié el pelo—. Anda, vamos a sentarnos —le dije sin voltear para mirar a Jo, que me había llamado lo mismo que en los pasillos de la escuela de Texas.

Una vez dentro de casa, subí al cuarto de Amy para tomar su cobijita con los parches de colores y se la llevé al sillón reclinable de papá.

No paraba de darle vueltas en mi cabeza a lo enojada que estaba Jo conmigo (Jo, que siempre parecía mantener el control y que no necesitaba nada ni a nadie) y a cómo iba a sobrellevar mi familia lo que estaba sucediendo. Quería darle una bofetada por ser una maldita egoísta, pero sabía que eso sólo causaría más problemas. Estaba harta de dramas. Tenía cosas más importantes de las cuales preocuparme en aquellos momentos, como el hecho de que nuestro padre estuviera en el hospital y cómo nos las íbamos a arreglar durante semanas sin mi madre.

CAPÍTULO 34

Jo

Amy estaba dormida en el sofá, con las mejillas todavía rojas dos horas después. Shia la tapó con una cobija mientras Meg se deslizaba de debajo de su cabeza. Yo estaba sentada en el suelo, mirándolos a los tres, sin nada que decir.

—¿Tienes hambre? —le preguntó él a Meg.

La manera en que ella lo miró me hizo sentir lástima por mi hermana mayor, por John Brooke y, sobre todo, por Shia, que jamás había tenido posibilidades con ella. Cuando Meg asintió, Shia la acompañó inmediatamente hasta la cocina. Laurie permanecía tan callado a mi lado que casi había olvidado que estaba allí.

—Puedes irte si quieres, ¿eh? —le dije a la vez que observaba cómo Amy dormía en el sofá.

A veces parecía tan pequeña...

—Tranquila, estoy bien.

Miré a Laurie. No entendía por qué se quedaba. Habían pasado horas desde que había entrado en el caos en el que se había convertido nuestra casa, y allí seguía, sentado en el suelo de la sala, con sus largas piernas extendidas como siempre. Parecía el mismo de antes de que mi vida cambiara en un instante, sólo que tenía los ojos brillantes y el pelo más ondulado en las puntas.

—En serio, puedes irte. Estoy bien —le dije.

Dobló una pierna y se inclinó hacia mí.

—¿Por qué insistes tanto en que me vaya? Sólo estoy aquí sentado.

—Exacto —contesté.

No pretendía ser tan hostil, pero no tenía fuerzas para disculparme.

Laurie no replicó. Se limitó a apoyarse en la pared y a negar con la cabeza un poco. Aquello me molestó. ¿Quién pensaba que era?

Transcurrieron unos cuantos minutos, y yo estaba cada vez más enojada con todo el mundo. Laurie empezó a chasquear la lengua y eso fue la gota que derramó el vaso. Me levanté y salí a la calle. Hacía frío, pero el aire seguía siendo algo pegajoso, no sé por qué. El cobertizo parecía hielo bajo mis pies descalzos. La puerta mosquitera se cerró de golpe, y yo continué caminando hacia el patio. Luego la puerta se abrió de nuevo a mi espalda. Protesté y volteé.

—Jo —me llamó Laurie, y observé cómo me buscaba en la oscuridad.

Incluso pensé en ignorarlo y correr lo más rápido y lo más lejos posible, pero me vio.

—¿Qué te pasa? —preguntó, como si mi padre no hubiera volado por los aires y mi madre no estuviera camino a Alemania y mi casa no se estuviera desmoronando.

—¡¿Que qué me pasa?! —le grité, sin importarme una mierda que nada de aquello fuera culpa suya—. Lo que me pasa es que... —Me detuve para pensar en qué era lo que me pasaba exactamente, aparte de lo obvio—. ¿Por qué sigues aquí? Hace horas que te dije que te fueras.

—No puedo dejarte así. Tú...

—Sé cuidarme sola, Laurie.

Suspiró y dio un paso hacia mí. Ahora, la luz de la calle lo iluminaba directamente, y me pregunté en qué punto nos habíamos desplazado al borde del patio.

—No dije que no sepas, Jo. Sólo intento...

—¿Qué intentas? Estar aquí y tratar de hacerme sentir mejor. Pues, ¿sabes qué? No va a funcionar, Laurie, porque, verás, ¡mi padre está acostado en alguna cama de algún maldito hospital, luchando por su jodida vida en estos momentos!

Sabía que no debía gritarle, pero la verdad era que me hizo sentir muy bien.

—Sólo estoy intentando... —trató de explicarme, pero lo interrumpí de nuevo.

—Pues para. No sigas intentándolo.

—¡Deja de interrumpirme! —dijo medio gritando, y me dio la espalda.

Hundió los dedos en su pelo lo más cerca posible del cuero cabelludo y volteó de nuevo hacia mí.

—Estoy intentando estar aquí para ti, Jo. Así que déjame hacerlo, por Dios.

—Dios no tiene nada que ver en todo esto.

—Jo, sé que estás enojada y...

No podía dejar que terminara la frase. No aquella noche.

—Tú no sabes nada. A mi padre le encanta...

Me detuve. ¿A qué venía eso? Ni siquiera esa versión de mí pudo terminar mi frase dañina. Pero cuando miré a Laurie supe que el daño ya estaba hecho. Su rostro se había ensombrecido, y fui incapaz de abrir la boca por la que hacía tan sólo unos segundos no paraba de proferir improperios.

—¿Sabes qué, Jo? Tú ganas. Me voy. Que disfrutes de la jodida noche. —Lo dijo con un acento tan marcado que casi no entendí la última parte.

Después salió corriendo hacia el otro lado de la calle, y yo me quedé allí plantada, helada por dentro y por fuera, esperando que volviera.

No quería ser la clase de persona que carga contra su familia...

Aunque Laurie no era de mi familia.

Era un vecino al que había pasado los últimos pocos meses conociendo a fondo, y lo único que había hecho había sido intentar estar ahí para mí. No era mi saco de boxeo, y tenía que encontrar las energías para mover el trasero e ir a disculparme. Olí el tocino friéndose en la cocina y mi estómago rugió a pesar de que hacía años que no comía carne.

Pensé en Shia y en las palabras de consuelo que les había ofrecido a Meg y a Amy mientras Meg jugaba con el pelo de nuestra hermana pequeña hasta que ésta se había quedado dormida sobre su regazo. John Brooke se había ido casi al llegar. Pero Shia aún estaba allí. Tragándome mi rabia y mi orgullo, crucé la calle y toqué a la puerta de Laurie.

La abrió tras una larga pausa, y yo permanecí allí, en silencio, hasta que me hizo un gesto con la mano para que entrara. Ninguno de los dos dijo nada hasta que estuvimos en su habitación. Ya se había puesto la pijama: una camiseta blanca y unos pantalones de algodón de cuadros azules. Su cama era un desastre, como si hubiera intentado dormir pero no hubiera dejado de dar vueltas.

Se sentó en el borde un momento antes de acostarse. Su cuerpo era casi demasiado largo para la cama. Me senté yo también y me acosté a su lado, como lo había hecho muchísimas veces antes, y él apagó la lámpara que había sobre su cabeza.

—Lo siento —le dije en la oscuridad.

—Ya lo sé —me susurró en respuesta.

CAPÍTULO 35

Nuestra casa se convirtió en algo entre una clínica y un velatorio cuando mi padre regresó de su ingreso en aquel hospital de Alemania. Los ánimos cambiaron considerablemente, y costaba recordar cómo era la vida antes de tener que acudir a diez citas a la semana con el médico, y con gente entrando y saliendo de nuestro hogar como si alguien hubiera muerto. Incluso Denise Hunchberg traía una especie de guiso casi todos los días desde el momento en que John Brooke ayudó a Meg a empujar la silla de ruedas de papá por la puerta. Recibíamos comida de bar del turno de noche de la tía Hannah en Spirits, los guisos con galletas saladas Cheez-It de Denise, y hasta fragantes ramos de flores que enviaba la mismísima señora King.

«Meg debe de haber aprendido a lamerle mejor el trasero a esa mujer», pensé.

La casa siempre estaba llena de gente, y empezaba a oler a fiesta. Por fin había sacado la licencia, de modo que podía ayudar a llevar a mi padre a las citas e iba yo sola al trabajo cuando podía. Pensé que tal vez tuviera que dejar mi trabajo en Pages si los médicos de papá seguían añadiendo especialistas a los cuales visitar. A diferencia de Meg, a mí me gustaba conducir por la base con papá; habíamos empezado nuestro propio «club de salir de casa» secreto.

Mi padre miró el reloj que había colgado en la pared de la sala de espera.

—Siempre me hacen esperar mucho.

—Sí, es verdad. Aunque apuesto a que esta doctora es más rápida que el doctor Alaban —dije.

Las páginas de la revista *People* que estaba hojeando se habían quedado pegadas, y las separé. Al parecer, Jennifer Aniston estaba embarazada de gemelos por décima vez en el último año... Y se había determinado que con toda probabilidad tendrían su pelo castaño.

Jamás entendería la obsesión que tenía la gente con que fuera madre. ¿Y qué si yo no quería tener hijos?

—Qué va. Lo que pasa es que el doctor Alaban es muy minucioso, Jo —repuso mi padre.

Levanté la vista de la falsa noticia de la página.

—¿Minucioso? Papá, tarda una hora incluso en llegar al consultorio, y tiene que auscultarte unas diez veces antes de emitir un diagnóstico.

Mi padre puso los ojos en blanco.

—Tu generación es demasiado impaciente.

Puse los ojos en blanco en respuesta. Luego me incliné hacia delante y puse una pierna bajo mi cuerpo para sentarme sobre ella en la silla acolchonada de la sala de espera.

—Lo que pasa es que no nos gusta perder el tiempo —repliqué—. A diferencia de la suya.

Mi comentario lo hizo reír.

—Claro, ¿y no pierden el tiempo en internet?

—Aprendiendo, sí.

—¿Aprendiendo qué? ¿Cómo acosar a los compañeros o crear *hashtags* para acontecimientos catastróficos?

—*Touché*.

La mujer que estaba tras el escritorio de recepción me sonrió cuando la miré. Estaba al teléfono y parecía gustarle su trabajo. Recordaba el nombre de mi padre cada vez que acudíamos al neurólogo. Debía de estar en la veintena y era guapa. Se parecía a Angela, de *Boy Meets World*.

—Pero tu generación educó a mi generación para que no nos gustara esperar sentados.

—Tampoco saben lo duro que es trabajar. Esperan que las cosas les lleguen solas. No me refiero a ti —dijo agitando la mano en mi dirección, y yo sonreí un poco.

Me estaba acostumbrando a la grieta que tenía en la esquina de uno de sus dientes delanteros. Meg había insistido en que se lo arreglara, pero él no quería.

—Esperamos cosas como asistencia sanitaria gratuita y seguridad social —bromeé.

Era verdad, pero no era culpa de ninguno de los dos.

—*Touché*. —Levantó el puño y lo pegó al mío.

Después lo retiró y, al hacerlo, profirió un extraño siseo. Intenté no echarme a reír.

—Papá. —Me mordí el labio y negué con la cabeza—. No. No hagas eso.

Se encogió de hombros y me dijo que era una aburrida. El teléfono del consultorio sonó de nuevo mientras mi padre se tocaba la piel en vías de curación de su cuello. Cada día que pasaba se me hacía más fácil mirarle las heridas. La primera vez que Meredith le dio un baño, acabó vomitando en el pasillo. Para enmascarar el sonido, Beth empezó a tocar el piano que el abuelo de Laurie le había regalado, pero Amy ya lo había oído. Lo vi en sus ojos azules de flor de algodón cuando miró hacia el pasillo, después tomó su celular y volvió a su cibermundo. A veces me daban ganas de revisar su historial de búsqueda, pero no podía ir en contra de mis principios esenciales sobre la privacidad. Por mucho que quisiera hacerlo.

Amy estaba portándose muy mal; sabíamos que tenía relación con el hecho de que mi padre estuviera en casa y que todo estuviera cambiando tan deprisa. Había tenido que empezar a ayudar a Beth con las labores de la casa, cosa que, por supuesto, no quería hacer. Pero Meredith estaba ocupada, y Meg y yo también. En las seis semanas que habían transcurrido desde que nuestro padre había regresado, la profesora de Amy ya había enviado mensajes de correo electrónico a Meredith para quejarse de su comportamiento. Papá decía que sólo quería llamar la atención, y yo pensaba que tal vez fuera cierto, pero ¿cómo no iba a querer llamar la atención? Tenía doce años, y su padre no sólo había cambiado por fuera, sino que también lo había hecho por dentro.

¿Y cómo no iba a cambiar? Cualquier persona que hubiera soportado cuatro despliegues y que hubiera sobrevivido de milagro al pisar una bomba improvisada en una calle residencial con un tanque habría cambiado.

Yo veía más de mi padre original que mis hermanas, pero ellas apenas pasaban tiempo con él.

La línea de su mandíbula era muy afilada, como la de Beth y Meg. Pensaba que yo era la que más se parecía a él, ya que había heredado su altura. Teníamos el pelo del mismo tono que el barro seco, o como el del chocolate con leche.

Aún tenía las piernas enyesadas, y la piel de la mejilla había empezado a curarse y se estaba convirtiendo en una especie de capa grasosa. La piel que habían usado para sustituir la que había perdido estaba muy roja. La semana anterior le había mostrado a mi familia un video sobre un grupo de médicos brasileños que estaban probando a usar piel de pez tilapia en humanos con quemaduras. Era básicamente un injerto de piel. Sólo a mi padre le pareció curioso e interesante. Meredith se levantó de la mesa.

Saqué el celular del bolsillo y vi que tenía un mensaje de Laurie. Me preguntaba a qué hora habría acabado, y decía que quería que pasara cuando volviera de estar por ahí con mi padre.

—¿Con quién hablas, que sonríes así? —preguntó mi padre.

—¿Quién sonríe? Nadie. —Me metí el pelo detrás de la oreja y me lamí los labios.

Yo no estaba sonriendo.

—Ya, ya.

Sonó el tono de alerta de un mensaje nuevo y el nombre de Laurie apareció en la pantalla.

—Sólo es Laurie —le dije a mi padre al ver que me interrogaba con la mirada.

Ladeó la barbilla.

—Sólo Laurie, ¿eh? Y... ese tal Laurie..., ¿es tu novio?

Me eché a reír.

—No, papá. No lo es.

El tictac del reloj de la pared marcaba los segundos con fuerza. Sonaba más fuerte que hacía un momento.

—Pues creo que él no lo sabe. Desde luego, parece que sea tu novio. No me ocultarías algo así, ¿verdad? —Mi padre tenía la boca un poco torcida, y decía que a partir de ahora siempre estaría así, que ni siquiera con dos cirugías habían podido colocarle la mandíbula donde había estado antes de la explosión.

Negué con la cabeza.

—Papá.

No era sólo que se me hiciera rarísimo hablar de chicos con mi padre, sino que tampoco tenía mucho que decir sobre Laurie y yo.

—Josephine, no voy a encerrarte en casa y a impedir que lo veas. Sólo quiero saber qué es de tu vida.

Suspiré.

—Sólo porque nos veamos mucho no significa que sea mi novio.

—Ese chico está tirado en el suelo de mi sala todos los días. Y, cuando no lo está, tú estás en su casa. A mí me parece que tienen una relación. Cuando yo salía con tu madre, ella no paraba de decirme que sólo éramos amigos. Pero los amigos no hacen las cosas que...

—¡Papá! ¡Por favor! —grité espantada.

Bueno, no era un espanto real, claro; sabía que mis padres tenían... momentos románticos, pero habría preferido no oírlo jamás de boca de mi padre.

—¿Qué? —Sonrió.

Puse los ojos en blanco y me eché a reír. Levantó la barbilla ladeada y pude ver la irregular cicatriz carmesí desde la curva de su barbilla hasta la clavícula. Ya me estaba acostumbrando a esas nuevas marcas en su cuerpo. A veces veía cómo Meredith o mis hermanas las miraban inconscientemente, como si mi padre no se diera cuenta. Sabía que no lo hacían a propósito, de modo que dejaba que se afligieran y se acostumbraran al modo en que sería en la versión de nuestras vidas tras haber regresado él a casa.

Pensaba que, cuando volviera, todo sería como antes. Que iríamos a Disneyland, en Los Ángeles, para las vacaciones de otoño. Meredith no paraba de decir que no tenía para nada el mismo encanto que el de Florida, y que era dos veces más pequeño, pero Meg y Amy se morían por ver el letrero de Hollywood y estaban entusiasmadas ante la posibilidad de toparse con Robert Pattinson en el famoso hotel Chateau Marmont de Sunset Boulevard. Las vacaciones en familia no eran precisamente mi cosa favorita en el mundo, pero Meredith siempre me decía que algún día me alegraría de haberlas tenido.

—¿Qué pasa con Meg y Brooke? —preguntó mi padre.

Lo miré durante un segundo y después bajé la vista hasta las rozaduras de mis Keds. Meredith me había advertido que no me comprara los tenis blancos, pero yo no le había hecho caso.

—¿Estás escribiendo un blog de chismes sobre la vida sentimental de tus hijas?... ¿A qué vienen tantas preguntas?

—No. Sólo quiero saber qué pasa. Hunchberg dijo que Meg quiere casarse con Brooke. Yo lo tomé a broma, pero la verdad es que no sé si es cierto. Y tú sabes más de lo que ella jamás me contaría.

—Bueno, pues siguen saliendo. Creo.

Pensé en el hecho de que John Brooke pasaba cada vez menos por casa, en que Meg pasaba cada vez más tiempo en casa de la señora King, y en que Shia estaba en la ciudad.

—Pero no van a casarse, ¿verdad? Son demasiado jóvenes.

—John tiene..., ¿cuántos? ¿Veintitantos? Y Meg tiene veinte.

—Sí, exacto.

—Mamá y tú se casaron en cuanto terminaron la preparatoria.

—Eran otros tiempos.

Vaya tontería. Ahora los tiempos eran mejores, en su mayor parte. Estábamos en otra guerra, pero ¿acaso no lo estábamos siempre? Tenía la sensación de que la gente seguía casándose joven, al menos en las bases del ejército. Los restaurantes que rodeaban la base estaban siempre llenos de jóvenes esposas de soldados que trabajaban como meseras. Algunas chicas de la antigua clase de Meg ya estaban casadas con soldados de Fort Cyprus. Las mujeres podían estudiar en la universidad y encontrar un puesto de trabajo con mayor facilidad que cuando mis padres se casaron, pero la dura vida del ejército hacía que las cosas fueran difíciles para ambas generaciones.

—¿Y cuál es la diferencia? —pregunté.

—Bueno, las chicas de su edad no necesitan desempeñar el mismo papel que cuando tu madre se casó conmigo. Especialmente en la vida militar. Es muy duro estar lejos luchando por tu vida año tras año. Y si además tenías hijos, las mujeres no tenían tiempo para trabajar. En algunos casos sí, pero no en la mayoría, así eran las cosas. Aunque, en fin, así funciona la economía. Es casi imposible alimentar a una familia de cuatro con el sueldo medio de un soldado.

Resoplé ante semejante verdad.

—Y es una auténtica perrada —repuse.

—¡Jo! —Mi padre alzó la voz un poco y me miró con reproche.

—Perdón. De todas formas, me parece absurdo que los soldados apenas puedan alimentar a sus familias en la mayoría de los casos, mientras que los políticos se gastan miles de millones en aviones privados y cenas y lo que sea que pongan en sus cuentas de gastos. Es una perr... —Me detuve antes de repetir la palabrota delante de mi padre.

La puerta se abrió y una enfermera con una bata de Hello Kitty entró en la sala de espera.

—¿Teniente Spring? —dijo con una carpeta sujetapapeles en la mano.

—¿Quieres que entre contigo? —le pregunté a mi padre.

A veces quería y otras no.

—Este..., sí. Entra conmigo.

Empujé la silla de ruedas de mi padre por el pasillo y estuve a punto de estamparlo contra la pared. Sabía que debía aprender a llevarlo mejor, ya que nadie podía decirnos cuándo mi padre volvería a caminar solo o si lo haría. La enfermera tenía una cara tan dulce que mi padre ni siquiera protestó por haber tenido que esperar tanto. Nos dijo que se llamaba Sirine, y en la etiqueta de su uniforme de combate se leía ORLEN. Llevaba el pelo recogido hacia atrás con unas apretadas trencitas que salían del cuero cabelludo y engelado o fijado. No llevaba ni un solo pelo encrespado. Me pregunté si llevar el pelo encrespado iba en contra de las normas del ejército.

El consultorio era completamente blanco y olía a látex y a alguna especie de desinfectante. Me senté junto a la mesa, con la silla de ruedas de mi padre delante, al lado de la camilla de exploración. Estaba cubierta de un grueso papel blanco que siempre crujía cuando te sentabas en él.

—¿Siente dolor en este momento? —le preguntó Sirine a mi padre.

Él la miró y abrió unos grandes ojos.

—Es una broma, ¿no?

Ella sonrió y volteó hacia la computadora que tenía delante.

—En una escala de cero a diez, ¿qué nivel de dolor siente?

Sacó su tarjeta de identificación militar y la insertó en una ranura del teclado de la computadora. Después tecleó con sus uñas sin pintar.

—Diría que... dos mil.

—Dos mil, de acuerdo. —Se echó a reír—. Bien, la doctora Jenner vendrá dentro de un momento. Voy a tomarle los signos vitales.

Cuando miré el celular, tenía un mensaje de Hayton, la compañera de trabajo que parecía tener café expreso corriéndole por las venas y con la que hacía la mayoría de los turnos. Me preguntaba si podía cubrir su turno, pero, por muy pronto que llegara la doctora, no estaría de vuelta a tiempo para hacerlo.

Mi padre pasó una hora recibiendo una clase magistral sobre distintos tipos de traumatismos por impacto, y la doctora le dijo que seguirían controlándolo. Él no dejaba de decirme que no había nada de qué preocuparse, mientras la doctora no paraba de hablar y volvía a meterme el miedo en el cuerpo.

Después de aquella cita, no estaba segura de si seguía confiando en mi padre de la misma manera.

CAPÍTULO 36

Beth

La primavera había llegado muy rápido aquel año. Estábamos paseando por el barrio, y hacía un sol de justicia. El aire olía a especias y a flores primaverales. Era la segunda semana de abril, y estábamos recorriendo las calles del festival del barrio francés. No había pensado en la cantidad de gente que habría allí, pero Meg me había suplicado que la acompañara, ya que iba con Laurie y con Jo y no quería ir de mal tercio. De modo que fuimos en el auto negro del chofer de Laurie, que olía a piel nueva y a Laurie. No tenía ni idea de lo rica que debía de ser su familia para poder permitirse tener un chofer en una base militar. Jo y él hablaban sobre hacer un viaje a Camboya cuando ella se graduara. Meg decía que detestaría estar atrapada en un vuelo tantas horas, pero quería que Jo publicara un montón de fotos en Facebook.

Yo estuve mirando por la ventanilla la mayor parte del camino, y Meg, al teléfono. Manejar hasta el barrio era fácil, sólo había que ir en línea recta por la autopista 90 y ya estábamos allí. El trayecto había sido muy tranquilo en comparación con las calles en las que nos bajamos del auto, lo más cerca que pudimos llegar de Jackson Square. La gente estaba dispersa por las zonas de pasto. La mayoría estaban comiendo. Había una pareja con lo que parecía un guiso de langosta en una bandeja de *catering* de aluminio. Mis sentidos estaban sobrecargados con tantos olores y griteríos diferentes. Me encantaban los olores porque me encantaba la comida, pero no tanto las noventa conversaciones que estaban teniendo lugar a mi alrededor.

—¿No les parece increíble? —Jo estaba superemocionada, y Laurie intentaba mostrar el mismo entusiasmo mientras ella revoloteaba en torno a nosotros—. ¡Dios! ¡Adoro esta ciudad!

Dio una vuelta y la falda de su vestido *swing* voló alrededor de sus muslos como una flor que alguien hace girar con el tallo entre los dedos una y otra vez.

Laurie la miraba como si estuviera embrujado. Y no me extrañaba. Jo tenía una seguridad en sí misma que la mayoría de las personas jamás llegarían a tener, y no sentía ningún miedo. No le importaba que algunas personas estuvieran mirando cómo mostraba su entusiasmo. Laurie se puso rojo; su cabello, largo y rubio, ya estaba casi seco y se ondulaba en las puntas.

—¿Qué hacemos primero? —preguntó Jo.

No podía fijar la vista en una sola cosa, y era normal.

Había un montón de puestos distintos de cocina tradicional de Nueva Orleans, y otros en los que vendían todo tipo de cosas, desde jabones artesanales elaborados con hibisco local hasta conos con palomitas hechas, cómo no, con azúcar de caña de la zona. Cerca se oía una banda de música.

—Me muero de hambre. Vamos por algo de comer —sugirió Laurie.

A mí me daba igual lo que hiciéramos.

Meg se había acercado a un puesto en el que vendían lo que, según el cartelito escrito a mano, eran Cosméticos naturales. Jo la siguió, y Laurie a ella. Esperamos a que Meg probara una sombra morado oscuro antes de ir por comida. Laurie parecía un niño en una tienda de dulces, nombrando todas las opciones:

—¡*Po'boy* de siluro ennegrecido! ¡*Étouffée* de langosta! —Su acento italiano era más marcado cuando pronunciaba palabras que eran más cercanas a otros idiomas.

Nos leía todos los carteles cuando nos parábamos en cada puesto para alucinar con los anillos con enormes y coloridas gemas y las bolsas cosidas a mano hechas de algodón teñido. Compré una rosa y amarillo para Amy, que aquella tarde se había quedado en casa con papá y mamá. Nuestro padre se había vuelto cada vez más irritable desde que estaba en casa, y seguía sin poder mover las piernas. Sólo disponíamos de unos cuantos meses más, tal vez un año, para encontrar un lugar en el cual vivir, ya que iba a recibir la incapacidad permanente, y eso hacía que el ambiente en casa fuera inestable como una mesa de madera con una pata rota. El amigo de la tía Hannah tenía un par de viviendas en renta en alguna parte, pero Amy estaba enojada porque no quería cambiar de escuela. Podíamos quedarnos en Fort Cyprus; Meredith intentaba convencer a mi padre de que debíamos hacerlo, pero él quería irse de la base, a pesar de que todos sus médicos estarían allí.

Jo se había convertido en adulta de la noche a la mañana. No paraba ni un segundo; siempre estaba llevando a Amy a alguna parte, trabajando o acompañando a papá a las citas con el médico. Invertía su tiempo libre viendo las noticias y discutiendo con mi padre sobre quién era el mejor presentador de los programas de la noche, y Laurie seguía siendo una sombra constante tras ella. Llevaba a papá a sus paseos, y recogían flores para que mi madre se las pusiera en el pelo, como había hecho todas las primaveras y los veranos en Texas. No sabía de quién había sido la idea. Supongo que de mi padre. Jo también pasaba mucho tiempo sentada en el suelo de la sala con Laurie, con la *laptop* encima de una pila de cojines.

Había estado escribiendo mucho más que antes. A veces, él también escribía; otras, escuchaba música o veía lo que fuera que Meredith estuviera viendo en la tele, y las demás veces se quedaba dormido.

Jo cobraba vida fuera de casa. Yo no. Todas las conversaciones que se daban a mi alrededor resonaban en mis oídos, y cada lugar al que nos acercábamos parecía más plagado de gente que el anterior. La mejor manera de describir la sensación que tenía sería decir que me sentía como si estuviera de pie en un escenario, dando vueltas, mientras veinte personas intentaban mantener una conversación. Nadie me miraba, era consciente de ello, pero la realidad lógica no cambiaba el modo en que mi cuerpo y mi mente reaccionaban.

Seguí a mis hermanas y a Laurie hasta el final de la fila para el Antoine's Restaurant, para que Laurie probara su famoso Baked Alaska con chocolate fundido. Él sonrió cuando Jo preguntó si era chocolate de verdad, y ella le dio un toque en el hombro con el suyo. Jo era alta, pero las piernas de Laurie parecían ocupar la mitad de su cuerpo, de modo que Jo parecía baja a su lado. Cuando esperábamos a que le sirvieran su postre, Jo señaló a una banda de jazz que iba tocando mientras avanzaban por la calle. Una pequeña muchedumbre los seguía, y la música se oía cada vez más fuerte conforme se aproximaban a nosotros.

Jo parecía muy feliz cuando estaba con Laurie, bueno, aparte de los momentos en los que estaba tecleando en la *laptop*. Cuando él estaba delante decía cosas que me sorprendían y que incluso me ayudaban a conocerla mejor. Arrugó la nariz al ver el postre que Laurie tenía en las manos, y él le preguntó si quería olerlo. Mi hermana frunció el ceño. Estaban bromeando, y era agradable ver a Jo comportándose así. Su estado de ánimo había pasado por muchos altibajos desde que papá había vuelto a casa. Cada una intentaba adaptarse a su manera, y tenía la impresión de que Jo se esforzaba al máximo por no derrumbarse.

—Hay demasiado de dónde elegir —dijo mi hermana en la tercera calle que recorrimos.

Laurie comía mientras caminábamos, y de alguna manera consiguió no dejar ni una mínima mancha en su camiseta blanca.

Yo tampoco me decidía, y había tanta gente por todas partes... Desde que había dejado la escuela, aparte del supermercado, nunca iba a lugares tan concurridos como aquél. Llegamos a un puesto en el que vendían anillos que cambiaban de color según el estado de ánimo, y uno de ellos me llamó la atención. La piedra era amarilla, y estaba incrustada en un aro oscuro que parecía de metal.

—¿Cuánto cuesta ése? —le pregunté a la chica del puesto.

Parecía tener mi edad, puede que fuera algo mayor, y tenía el pelo lacio y negro como el carbón, con las puntas de color gris acero. Lo llevaba cortado justo por encima de los hombros. Traía diamantina en el párpado inferior de sus ojos oscuros, como si hubieran esparcido polvo de hadas sobre sus mejillas, y estaba cargada de bisutería. Cuando se levantó, miré su pecho; estaba cubierto de un reluciente brillo dorado. Casi parecía pintura, y traía un montón de collares, todos distintos, pero que de alguna manera combinaban entre sí.

—Mmm, ése cuesta doce. Es un anillo que cambia de color según el estado de ánimo. —Su voz me resultaba familiar, pero estaba segura de que nunca la había visto.

Me acordaría. Parecía una gitana de alguna película. Tenía las uñas negras y brillantes, y traía un vestido largo estampado sin brasier debajo. Los lados del vestido estaban abiertos, de modo que podía ver su caja torácica llena de lo que parecían ser tatuajes de *henna*. No veía bien qué decía en el lado izquierdo, y no quería preguntarle y hacer el ridículo.

—Me lo quedo —dije mientras se lo entregaba.

Eché un vistazo a las innumerables hileras de joyas del estado de ánimo. Había pulseras y otra clase de anillos, aretes y brazaletes.

—Si compras dos, te llevas uno de regalo —me ofreció la chica—. ¿Has visto éstos?

Miré a Meg, que estaba a mi lado, dando por hecho que la vendedora debía de estar mirándola a ella. Era algo que solía pasar cuando, como en ese momento, Meg traía un vestido de tirantes con un escote pronunciado.

—Éstos son de cristal. —La chica señaló las hileras de anillos dispuestos en unos expositores negros—. Y éstos, de cuarzo —indicó a continuación, señalando otros.

Todos eran bonitos, y la mayoría de ellos se veían de color azul oscuro mientras descansaban en los expositores. El que ella tenía en la mano estaba amarillo, y había uno verde oscuro en la última fila de los anillos de cuarzo. La piedra, color verde bosque, estaba engarzada en una delgada línea de metal que parecía una vid. Incluso había una pequeña hoja justo en la curva inferior de la piedra ovalada.

—Me llevo el de la piedra verde también. ¿Los hiciste tú? —pregunté.

Una banda de jazz compuesta por hombres mayores bailaba y tocaba en la calle justo detrás de mí. Mis hermanas y Laurie estaban esperándome a unos metros de distancia. Meg estaba comiendo algodón de azúcar rosa y azul. Separó un buen pedazo y se lo llevó a la lengua.

—Sí. Soy Nat —dijo la chica, y señaló con sus largas uñas el cartel que había en la mesa.

En él se leía GUARIDA DE NAT escrito con pintura morada sobre un trozo de pizarrón negro.

—Yo soy Beth. Encantada. —Le ofrecí la mano.

Ella la miró, y sus labios formaron una sonrisa.

—Encantada de conocerte, Beth.

—También puedes decirme Bethany —le dije sin razón alguna.

Me miró directamente a los ojos.

—Tú puedes decirme Natsuki si quieres, pero sólo me dicen así mis padres.

—Natsuki —repetí, y se me hizo un poco raro pronunciarlo.

—Es japonés. Significa «luna». —El nombre le quedaba.

—Me gusta mucho. Yo no sé qué significa Bethany, y nadie me dice así en realidad. —Me pareció ver que algo destellaba junto a la diamantina de sus ojos.

Nat parecía un personaje salido de un libro o una dulce criatura de otro mundo cuando se reía. Su cuerpo se movía con su risa, y se cubrió la boca. Tenía los dedos repletos de anillos, todos de distintos metales, formas y gemas. Toda su apariencia parecía un disfraz, y era mucho más guapa que ninguna otra chica que hubiera visto, al menos desde que habíamos llegado de Texas. Las pulseras que traía en las muñecas sonaron como un carillón de viento cuando tomó una calculadora de la mesa y empezó a pulsar teclas.

—Ahora puedes escoger algo de regalo.

—¿Lo que sea?

Fijé la vista en un collar negro y morado. Las gemas eran mates, no brillaban en absoluto, pero el collar era precioso.

—Eso no. —Se echó a reír—. Algo del mismo valor o inferior. —Hizo una pausa y asintió—. ¿Sabes qué? Mis padres siempre dicen que soy una mala empresaria, pero está claro que se equivocan.

—Por supuesto. —Me reí con ella y me fijé en el modo en que sus ojos no apartaban la vista de mi boca.

Por lo general, habría dado por hecho que me estaba mirando la boca porque tenía algo entre los dientes o, si fuera como Meg, porque traía labial. Pero no había comido nada todavía que se me pudiera haber quedado entre los dientes, y no traía labial. Cuando miré sus largas pestañas y sus relucientes mejillas, deseé haberle hecho caso a Meg y haber dejado que me pusiera algo más en la cara aparte de BB Cream y rímel.

—Tranquila, tómate tu tiempo. Total, hay una inmensa fila de gente esperando detrás de ti —dijo, y puso los ojos en blanco.

Volteé ligeramente.

No había nadie más.

Era graciosa, y de repente me sentí tremendamente aburrida allí de pie, delante de aquel puesto mágico lleno de bisutería interesante y de la chica gitana que las hacía a mano. Yo traía puesta una camiseta verde en la que se leía Nueva York, aunque nunca había estado allí, y unos *jeans* rotos de las rodillas que mi madre me había traído de American Eagle. Al ver las sandalias de Nat y sus dedos de los pies decorados con anillos, metí los míos debajo del mantel de la mesa para que no viera mis uñas sin pintar.

Decidí regalarle a mi madre un anillo negro con la piedra azul marino. Cuando se lo entregué a Nat, sonrió y volvió a tomar la calculadora.

—Estudiar en casa no me ayudó mucho que digamos a desarrollar mis habilidades matemáticas —dijo, después de dos intentos de calcular los impuestos—. ¿Debo añadirle los impuestos?

—No tengo ni idea —respondí, y me encogí de hombros.

Había estudiado en casa, como yo, y eso la hacía todavía más genial a mis ojos.

—¿Sabes qué? —Tomó una bolsita verde de debajo de la mesa y la abrió—. Eres mi primera clienta del día, así que no voy a cobrarte impuestos.

Le di las gracias mientras metía mis anillos en el fondo de la bolsa y llenaba el espacio vacío con papel de seda blanco.

—Espero que te gusten los anillos y, si no..., finge que es así.

Nat levantó la calculadora para mostrarme el precio: veinticinco dólares.

—Pensaba que serían veinticuatro. Tenías razón con eso de que estudiar en casa no te ha ayudado con mate.

Esperaba que supiera que estaba bromeando, pero no recordaba cuándo había sido la última vez que había bromeado con alguien que no fuera de mi familia, o Laurie.

Por suerte, lo tomó bien y sonrió. Me preguntaba cuántos años tendría. ¿Cómo era posible que ya tuviera un negocio cuando yo creía que ni siquiera sabría lo que querría hacer con mi vida a los dieciocho? Jo supo qué quería ser justo después de su graduación, y Meg también. Amy seguramente lo sabía ya a los doce. Nat lo sabía y ahí estaba, vendiendo su bisutería en el festival.

Eché un vistazo a mis hermanas de nuevo para cerciorarme de que seguían cerca y vi que un grupo de chicas de mi edad se aproximaba al puesto.

—Gracias de nuevo —dije.

Le entregué a Nat un billete de treinta que había sacado de mi bolsillo y ella me devolvió uno de cinco que sacó de una bolsita de piel, y se despidió de mí con la mano.

Cuando me reuní con Meg, Jo y Laurie, Jo estaba apoyada contra la espalda de Laurie, y él estaba tomando una foto de sus coronillas. No pregunté por qué. Habían empezado a hacerlo hacía unas semanas. Incluso habían empezado a tomar fotos de toda la comida que yo preparaba en casa, y la gente en las redes sociales comentaba que quería un poco o lo bien que se veía. Amy no paraba de decirme que debería publicar videos de mí preparando la comida en una página web que ella seguía, pero yo no sabía de dónde iba a sacar el tiempo ni el valor para hacerlo. Entre mi padre en casa y la tía Hannah, que pasaba día sí, día no a comer, a pedir dinero para pagar el gas o para sentarse en el cobertizo con mi madre mientras ella se tomaba una copa o dos, ya tenía bastante. Además, también tenía tarea que hacer; estaba a punto de terminar mis materias de noveno grado. Ya quería estar en onceavo, y definitivamente quería cumplir dieciséis años.

Jo decía que los dieciséis es una edad que te transforma, y yo sí noté cierto cambio en ella cuando los cumplió. Y en Meg también. Justo cuando estaba pensando en que los dieciocho y los diecinueve también habían cambiado muchísimo a Meg, mi hermana ensartó su brazo en el mío.

—¿Qué compraste? —Miró la bolsa que llevaba en la mano.

Mientras caminábamos, Meg se probó los anillos. Levantó la mano y separó los dedos extendidos. Recuerdo cómo brillaba el sol a través de todos ellos.

—Carajo, son preciosos, Beth. ¿Cuántos tenía?

Meg alargó la mano por delante de Laurie hasta Jo, que estaba justo detrás de él.

—¡Qué lindos! —exclamó Jo.

—Deberíamos volver al puesto antes de irnos —dijo Meg.

Asentí. En parte, yo también quería volver al puesto de bisutería. Debería haberle comprado a la tía Hannah algún collar; tal vez uno negro y con una amatista para que lo usara en Spirits. Los colores del bar eran oscuros y deprimentes, y yo los asociaba con Nueva Orleans. Tenía la sensación de que la tía Hannah ya casi nunca trabajaba, pero pensaba que tal vez sólo me diera esa impresión porque pasaba mucho más por la casa.

—Bueno, ¿qué hacemos? ¿Queremos más música, más comida o qué? Podemos ir a buscar algún lugar en el pasto delante de Jackson Square para sentarnos a comer. Esta noche habrá fuegos artificiales sobre el río. —Laurie señaló detrás de mí, hacia el río Mississippi, donde los colores del arco iris estallarían en el cielo.

—¿Qué hora es? —preguntó Jo, y, en lugar de esperar a que alguien respondiera, levantó la muñeca de Laurie y miró su reloj—. Son las siete, así que nos queda más o menos una hora de sol.

Decidimos ir a buscar un lugar en el pasto e hicimos turnos para ir por la comida. De todos modos, iba a tocar una banda a las ocho, y los fuegos artificiales estaban programados para las nueve. Esperaba que, para cuando empezara el espectáculo, no hubiera demasiada gente en el pasto y, cuando eché un vistazo a mi alrededor, el festival parecía haber cambiado un poco desde que habíamos llegado. En tan sólo una hora, había menos niños y más vasos de plástico llenos de alcohol en las manos de la gente, que se balanceaba un poco más que antes. También gritaban más, e imaginé que, cuanto más alta estuviera la luna, más alborotado estaría el personal.

La luna me hizo pensar en la chica de la bisutería y me pregunté si su luz también la haría resplandecer.

CAPÍTULO 37

Meg

Me dolía el trasero, incluso a pesar de estar sentada sobre las dos cobijas que Laurie había comprado en un puesto. El suelo estaba duro, y en el lugar que habíamos elegido para instalarnos había más tierra que pasto, pero me la estaba pasando bien. Era evidente que Jo y Laurie habían quedado en salir, y él iba allá adonde fuera ella. En un momento dado, mi hermana estaba comiendo papas fritas con trufa y él no paraba de seguir el tenedor con la vista, arriba y abajo, y, cuando se le cayó una, él la tomó con una servilleta.

Pensé que tal vez era por las papas, porque, Dios mío, qué ricas estaban. Pero después vi que le ponía la papa cubierta de láminas de trufa entre los labios, y Jo le regaló una tímida sonrisa que se fue intensificando según se aproximaba a ella. Las piernas de Laurie eran tan largas que sobresalían más allá de las de ella y casi rozaban las chanclas de Beth, que estaba acostada boca arriba, mirando al cielo. No quería molestarla; sabía que estaría agobiada con tanta gente alrededor. A diferencia de mí, ella no había vivido la locura de trabajar en Sephora un *Black Friday* cerca de una base militar. Imaginaba que necesitaría un respiro.

—¿Ésa no es Bell Gardiner? —preguntó Jo con la boca llena de papas fritas.

Tomó una servilleta y se limpió la barbilla y los labios. Miré al otro lado del pasto, inspeccionando la multitud en busca de Bell, y tardé tan sólo unos segundos en encontrarla. Llevaba unos *jeans* cortados y rasgados, unas chanclas y una camiseta de tirantes naranja oscuro con un chal sobre los hombros. Un chal..., en serio.

—Ve a saludarla —bromeó Beth desde el pasto.

Me incliné sobre ella y cerró los ojos sonriendo.

—¿Debería? —pregunté, volteando hacia Jo.

—Carajo, no. Ni hablar. Se comportó como una auténtica idiota la última vez que te vio y aún no se ha disculpado. No le des ese gusto, Meg.

Beth añadió que sólo debía hablar con ella si ella se dirigía a nosotras. Me sacudí el vestido y me coloqué bien la gargantilla de cinta que llevaba en el cuello. Jalé una de las tiras de raso para igualar las dos puntas y me pasé las manos por el pelo. Ese tiempo odiaba mi pelo. La humedad de Nueva Orleans era un buen tema para iniciar una conversación durante todas las semanas desde abril hasta agosto. Cuando empecé a trabajar para la señora King, me quejé de lo encrespado que tenía el pelo a causa de la humedad, y ella se echó a reír y dijo con una copa de pinot noir en la mano: «Uy, pues ya verás en agosto. Esto no es nada».

Y vaya que tenía razón. Pero el fin de semana del festival del barrio francés se celebraba en abril, y ya tenía el pelo rizado hasta el cuero cabelludo. Me había pasado casi una hora alaciando mi cabello oscuro mechón por mechón. Jo detestaba el olor a pelo planchado, así que ponía velas aromáticas cada vez que lo hacía.

Me coloqué unos mechones por encima de los hombros y abrí la bolsa para sacar el brillo de labios. Beth estaba contemplando el cielo de nuevo, y Jo estaba mirando la pantalla de su celular con Laurie. Aunque ya era tarde, me di cuenta de que llevarnos a Amy habría sido mejor que arrastrar a Beth a esa clase de festival. No sólo porque Beth detestara las multitudes, sino también porque Amy habría accedido a hacer cualquier cosa que quisiera hacer yo. La habría convencido de ir a dar una vuelta por ahí conmigo, y ella me habría acompañado a plantarle la cara a Bell y a sus amigas. Bueno, habría sido patético ir con mi hermana de doce años detrás, pero es que Beth siempre intentaba evitar cualquier tipo de enfrentamiento. Me atrevería a decir que Beth era la más lista y la más sensata de las hermanas Spring.

El sol empezaba a ponerse, y la zona de pasto frente a Jackson Square se llenaba cada vez más conforme la luz desaparecía. De las, quizá, mil personas que allí había, acabamos rodeados por un grupo que, a primera vista, parecía tener mi edad. No reconocí a ninguno más que a un chico con el pelo casi blanco y justo por debajo de las orejas. No recordaba de qué lo conocía, y no pensaba preguntárselo. De modo que volteé hacia Jo y le hice la plática.

—¿De qué están hablando? —les pregunté a ella y a Laurie.

Mi hermana se echó a reír y me mostró el celular.

—De Amy.

Leí los mensajes en la pantalla y levanté la vista hacia Jo y Laurie. Él parecía algo incómodo, y Jo me estaba sonriendo.

—Mal momento —bromeó.

—No tiene ninguna gracia, Jo. —Tomé el celular y borré los mensajes.

Miré a Laurie cuando Jo puso cara de no entender por qué no me hacía gracia enseñarle a él lo que Amy le había enviado.

—¿Qué pasa? —Jo ladeó su rostro con forma de corazón y puso un gesto.

Tenía el aspecto de una chica que podría haber sido modelo en los noventa, con los labios generosos y las cejas espesas. Sus piernas eran largas y caminaba enérgicamente con ellas, pero rebosaba encanto hasta por las orejas. Una belleza sutil, como la que poseían las modelos de Calvin Klein o Guess.

—Laurie, tápate los oídos —dije.

Él miró a Jo y no se tapó los oídos.

—Puede oírlo. Sólo le bajó. No es para tanto. —Jo se inclinó hacia delante, cruzó las piernas por debajo de su cuerpo y colocó sus chanclas bajo los tobillos para no tocar el suelo.

—¿Que sólo le bajó? Jo... —Bajé la voz cuando Beth giró la cabeza para escucharnos.

—Meg, ¿en serio? ¿Vas a impedir que Laurie oiga hablar de la menstruación? La mitad de las personas que habitan el mundo son mujeres, y tienen la regla. Incluida su madre. Además, los chicos en Europa no son tan aprensivos con algo tan natural. ¿Verdad, Laurie? —Jo lo miró.

Daba la impresión de que él no quería para nada mantener esta conversación, pero ésa no era la cuestión.

—No pasa nada —me aseguró.

—¿Qué sucede? —Beth se incorporó y se sacudió las hojas de pasto seco de la espalda.

Le expliqué lo que estaba pasando, y Jo puso los ojos en blanco.

—A Amy le bajó cuando estaba por ahí con papá y está muerta de vergüenza.

—No dijo en ningún momento que estuviera muerta de vergüenza —repuso Jo.

Levanté el teléfono y leí los mensajes de nuevo. No entendía por qué Amy había preferido escribirle a Jo para contarle que le había bajado en lugar de a mí o a Beth. Jo y Amy apenas se soportaban la una a la otra, y había sido yo quien le había enseñado a Amy a rizarse el pelo y a pintarse la línea del ojo. Yo le regalé su primer brasier cuando Meredith opinaba que era demasiado pequeña para usar uno. Y, sin embargo, Jo había sido la hermana a la que había elegido para compartir un momento así.

—Puso —leí de la pantalla—: «Me muero de la vergüenza, Jo. Me manché los pantalones de sangre y tuve que amarrarme la camisa de papá a la cintura. Trágame, Tierra». —Miré a Jo y levanté las cejas.

—Sólo es la regla, Meg —dijo ella.

Protesté con frustración. Estaba de acuerdo con todos aquellos mantras de espíritu libre y liberal y demás historias de Jo, pero a veces restaba importancia a cosas que merecían más atención. Sabía que lo hacía porque tenía la convicción de que, si hacías caso omiso de algo o procurabas no reaccionar de manera exagerada, la sociedad acabaría haciendo lo mismo que tú. Pero Jo sólo tenía dieciséis años, casi diecisiete, y no tenía ni la menor idea de cómo reaccionaban los chicos que no eran Laurie ante un poco de sangre. Y no sólo los chicos. Las chicas malas de la escuela solían ser mucho peores que los chicos. De algún modo, Jo había pasado desapercibida en la escuela, mientras que yo había sido una seña que no podía pasar desapercibida por más que me esforzara. Siempre acababa siendo el centro de todos los dramas, siempre. Como en octavo, cuando me manché de sangre los *shorts* grises de deporte y un grupo de chicas de mi clase dibujaron furiosos garabatos rojos en un paquete de toallas femeninas gigantes y me las pegaron en la mesa.

—No es sólo la regla, Jo —le repetí, aunque deseaba que pudiera pasar toda su vida pensando que la regla no era para tanto.

—Bueno, basta ya de reglas. —Jo se echó a reír, mientras que Laurie parecía seguir sin inmutarse por nuestra conversación.

Beth se acostó de nuevo en el pasto, a pesar de la multitud que nos rodeaba, y Jo empezó a hablar de sus artículos y de que casi había terminado uno que quería enviar a *Vice*. Yo la escuchaba; Laurie entraba y salía de la conversación. Saqué mi celular y comprobé las notificaciones. Desde hacía un par de días ya no esperaba ver el nombre de John Brooke en la pantalla. Estaba de campamento, lo que significaba que no sabría nada de él durante algún tiempo. Deslicé el dedo y leí un mensaje de Meredith, uno de Reeder y uno de la señora King, que necesitaba que estuviera en su casa temprano para arreglarle el pelo antes de una especie de reunión que iba a celebrar allí.

La señora King vivía en un mundo de película, en el que celebraba reuniones y eventos de cosas de las que yo no había oído hablar en mi vida. De todos modos, necesitaba el dinero, y siempre había querido formar parte de esa clase de vida. Le envié mi respuesta y abrí Facebook. Mientras Jo hablaba con Laurie, revisé las fotos de los hijos pequeños de mis primos por parte de padre y las de la perra de mi antigua vecina con sus cachorros recién nacidos. Entre foto y foto, escuchaba fragmentos de su conversación. Mi hermana comentaba lo mucho que la enojaba que la mayoría de la gente asociara el barrio francés con alcohol, collares de cuentas y tetas, cuando la cultura única que tenía la ciudad era mucho más que eso. Laurie hizo una broma que no llegué a oír, y Jo levantó la barbilla y le ofreció una sonrisa tan luminosa que estuve a punto de decirle algo. No obstante, en lugar de hacerlo, volví a mirar el celular.

¿Cómo era posible que yo estuviera soltera y que Jo tuviera novio? Ella jamás dejaría que catalogara a Laurie como su novio, pero eso es básicamente lo que era. Por lo general estaba sentado en el sofá de casa, y yo siempre tropezaba con sus largas piernas, extendidas hasta el mueble de la televisión. A mi padre había empezado a molestarlo, en especial cuando intentaba pasar con la silla de ruedas. Bastante difícil era ya mover las ruedas por encima de la alfombra como para tener que esquivar las piernas extendidas de Laurie cuando se quedaba dormido en el sofá. El chofer de los Laurence incluso llevaba a Jo a la escuela la mayoría de los días.

Me preguntaba cómo sería el siguiente año de la vida de Jo. La viva luz de sus ojos cuando hablaba con él gesticulando con las manos y el modo en que Laurie observaba sus labios, tal vez leyéndolos, o tal vez pensando en cogérselos, cuando ella le hablaba, derretía a la romántica que había en mí, pero mi yo realista se preparaba para el desengaño amoroso. No era que tuviera el mejor historial de parejas del mundo, pero era bastante largo, así que tenía experiencia.

Me preguntaba si Jo acabaría quedándose en Fort Cyprus si ella y Laurie seguían juntos después del verano y de su último curso. Las relaciones a larga distancia eran difíciles, yo lo sabía de sobra. John y yo habíamos mantenido una y había que ver cómo estaba acabando. Habían pasado unos pocos meses desde la última vez que lo vi, pero parecían muchos más. Sabía que se estaba adaptando a su nuevo destino en Carolina del Norte, pero creía que a esas alturas ya debería haberme invitado a reunirme con él allí. En lugar de eso, cada vez me llamaba menos, y yo sabía qué estaba sucediendo, pero no estaba preparada para admitirlo.

En serio, con cada decepción que me llevaba con los chicos que me rodeaban, desde River hasta John, sentía que mis huesos se desgastaban un poco más, y tenía la impresión de que ganaba un poco más de experiencia. Conocía a un montón de mujeres que saltaban de decepción en decepción, buscando su identidad a través de aquellos hombres y marchitándose mientras satisfacían las necesidades de sus maridos. Era especialmente frecuente en las comunidades militares. La señora King no era así; ella se había casado con un estudiante de Derecho cuando todavía era demasiado joven como para saber lo que era el matrimonio, y había permanecido junto a él, apoyándolo y ayudando al señor King a convertirse en el magnate que era ahora.

Tenía diecinueve años, y anhelaba algo así. Lo deseaba más que ser una gran maquillista. Me encantaba el maquillaje, pero quería un compañero de vida. ¿Qué tenía eso de malo? Sabía que Jo consideraba que me estaba echando a perder como mujer por soñar con tener hijos y una vida llena de vacaciones familiares, con enseñar a miniversiones mías y de mi marido a ser personas decentes y con pasar las vacaciones en una cálida casa que olería a canela y a miel y estaría repleta de risas y de conversaciones. Había pasado toda mi vida siendo testigo de situaciones familiares desagradables. Meredith y la tía Hannah siempre se estaban peleando, ya fuera en la fiesta de cumpleaños de alguien en la pista de patinaje sobre hielo o en la comida de Navidad en casa de la abuela.

Una vez, después de que Amy empujara a Jo a la alberca del edificio donde la tía Hannah vivía en Texas, Meredith me dijo que la tía y ella nunca se llevaron bien hasta que las dos tuvieron veintitantos. Pero incluso entonces, mi madre siempre tenía que sacar a la tía Hannah de los problemas en los que se metía, y últimamente había una tensión rara entre ellas.

La relación entre mis hermanas y yo era diferente. Cada una era una criatura distinta por completo, y ya quería que llegara el día en que mi familia fuera a visitar a Jo a Nueva York, donde ella me mostraría su inmensa y sofisticada oficina con mesas de mármol y equipada con el último modelo de computadoras Apple. Me entusiasmaba sinceramente la idea de ver a Jo crecer e intentar conquistar el mundo, y yo haría lo mismo, sólo que mi mundo sería distinto del suyo. Sabía que ella llegaría a entenderlo algún día y que abandonaría ese juicio erróneo que tenía sobre los roles de las mujeres.

—¿Meg? —La voz de Jo interrumpió mis pensamientos. La miré parpadeando y salí de mi ensimismamiento.

—¿Eh?

—Que si quieres agua. Vamos por una botella.

Levanté la mano para protegerme los ojos del sol poniente.

—Sí, por favor. Beth, ¿quieres agua? —Volteé hacia mi hermana, que era probable que estuviera dormida sobre el pasto seco.

Me respondió Jo:

—Ya le pregunté. Dios mío, estabas en la luna. —Se rio ligeramente—. ¿En qué pensabas?

Negué con la cabeza. «En ti y en lo diferentes que somos».

—En nada —repuse, y miré a Laurie.

Estaba sentado a su lado, acariciando las puntas del suave y largo pelo de mi hermana.

—Mmm —bromeó Jo, y se levantó y se sacudió el trasero y las piernas—. Ahora volvemos. No se muevan, por favor.

Laurie la siguió y desaparecieron entre el gentío.

Observé la multitud y oí cómo uno de los organizadores del festival le pedía a la gente que se sentara antes de que empezara el concierto. El grupo que había estado cerca de nosotros hacía unos minutos estaba ahora más cerca todavía, y Beth seguía allí acostada, descomprimiendo, con los ojos cerrados, de modo que volví a mirar mi celular.

Estuve unos segundos pasando publicaciones hasta que me di cuenta de que estaba en la página de Facebook de Shia. Le resté importancia y lo achaqué a un impulso tras haberme pasado meses stalkeándolo. Tendría que ir quitándome esa costumbre. Me costaría trabajo, pero haciéndolo lo único que conseguía era torturarme y, ahora que éramos amigos en Facebook, no sé por qué, pero se me hacía aún más intrusivo. Tras aceptar la solicitud de amistad que me había enviado justo después de que mi padre regresara a casa desde Alemania, podía ver aún más cosas de su vida. Ahora veía sus estados y otras publicaciones que compartía. También podía ver fotos en las que Bell Gardiner lo había etiquetado, y puse todo mi empeño en no permitir que me hicieran vomitar el yogurt de fresa que desayunaba prácticamente todas las mañanas.

—Shia está ahí —me pareció que decía una voz.

Mierda, me estaba empezando a poner paranoica. Pensé que quizá debería eliminarlo de Facebook, pero me dije que así sólo conseguiría que las cosas fueran incómodas entre nosotros, y se suponía que íbamos a mantener una relación civilizada. Queríamos estar en la vida del otro, aunque manteniendo ciertas distancias.

—Basta ya. ¿Dónde? —inquirió una chica justo al lado de mi oreja.

—¡Te lo juro! —respondió otra.

Levanté la vista y vi que ambas estaban mirando un celular. No podía ver qué era, así que volví a centrarme en el mío. Se me pusieron un poco los pelos de punta mientras seguía escuchando. Era como si tuviera un sexto sentido.

—¡Carajo, vaya tetas! ¿Quién es ésa? —preguntó un hombre.

Levanté la vista y comprobé que no era un hombre, sino un chico con el pelo castaño y desaliñado, con el flequillo tan largo que casi le tapaba los ojos. Llevaba unas bermudas de color caqui dobladas hasta la rodilla. Sus botas me hicieron pensar que era rico, probablemente de Lakeshore o de Lake Vista. Olía a clase alta y a loción de Armani.

—Una chica de...

—¿Nos hemos perdido algo? —La voz de Jo me impidió oír la respuesta, y volteé hacia ella.

La paranoia se apoderó de mí. Tenía la sensación de que todo el mundo sabía algo que yo ignoraba. Me puse nerviosa, y el corazón se me empezó a acelerar.

—Qué va. El concierto está a punto de empezar. —Me debatí entre comentarle algo a Jo o no, pero, pensándolo bien, en realidad no tenía nada que decirle.

Habría sido una auténtica locura.

Jo me pasó una botella de agua y me mojé la mano. Beth también recibió la suya. Después, me acomodé en mi lugar sobre la cobija y estiré las piernas hacia delante. Tenía el pelo muy encrespado, lo notaba al tocarlo. La humedad era peor que en la mañana, y sentía la piel caliente y pegajosa. Me pasé la botella cubierta de gotitas de agua por las piernas, y el grupo que tenía al lado seguía hablando de lo que fuera que estuvieran mirando en ese celular.

—Hay que estar muy desesperada —dijo una chica cuya voz reconocí.

No la veía bien, porque estaba sentada, y la mayor parte de su grupo estaban aún de pie, a pesar de que los organizadores del festival habían pedido a la gente que se sentara.

—Bueno, es una chica Spring, y toda esa familia está loca.

Las palabras me golpearon directamente en la garganta y me hirieron hasta lo más profundo de mi ser. El grupo no paraba de hacer comentarios despectivos, cada vez más animados, y yo me sentía como si me estuvieran picando con un cincel.

—Es como si la tuvieran prisionera o algo.

—Meg es una puta, y la pequeña se nota que va a seguir su ejemplo.

Volteé rápidamente hacia ellos, pero ninguno se percató de mi presencia. No sabía si darle un puñetazo a uno de ellos y tirarlo al suelo con la esperanza de provocar un efecto dominó o largarme. Mi lado masoquista quería que-

376

darse allí sentada a escuchar la odiosa basura que estaban diciendo sobre mis hermanas y sobre mí para poder obsesionarme con ella lo suficiente para empezar a pensar que era cierta.

—Mi madre me dijo que los van a desahuciar porque a su padre lo van a echar del ejército.

«¿De quién es esa voz?». Estaba segura de que la conocía...

Sólo tardé unos segundos en ver que Shelly Hunchberg estaba sentada en el pasto, a unos cuantos cuerpos de distancia de mí. Sentí arder las llamas de la ira en mi interior.

—Jo —dije, justo cuando la gente empezaba a aplaudir a mi alrededor después de que la banda hubiera salido al escenario.

Qué oportunos.

—Jo —repetí más alto.

Ni ella ni Laurie me oyeron.

—¡Josephine! —casi grité, y tanto Laurie como ella voltearon hacia mí.

—¿Qué?

Me acerqué a mi hermana y le expliqué lo que estaba pasando. Lo mejor que pude.

La mirada de Jo se tornó furiosa.

—¿Así que estaban mirando esas fotos? Se van a enterar... —Estaba medio gritando, pero el sonido de las trompetas era tan fuerte que podría haber estado susurrando.

Ni siquiera había pensado en el celular ni en qué estaban mirando en la pantalla. Creo que una parte de mí lo sabía antes de que Jo se levantara, y era la razón por la que estaba paranoica, pero el resto de mi mente no quería ni pensarlo.

—No. —Tomé a Jo del brazo y la obligué a sentarse jalando de su muñeca.

Laurie se incorporó más y se puso en alerta inmediatamente.

—¿Por qué no? Si están viendo esas fotos... —Jo tenía las mejillas rojas y hablaba con los dientes apretados.

Si así era, ¿de dónde las habían sacado? ¿Cómo era posible que esas malditas fotos hubieran viajado desde Texas hasta Luisiana?

A través de internet, claro. No podía ser de otra manera.

Sentía que el pecho se me iba a colapsar y a aplastarme el corazón mientras intentaba pensar con claridad.

¿De verdad estaba ocurriendo? Sí, tenía que ser así. Habían dicho nuestros nombres. Me levanté. No sabía qué otra cosa hacer. Debería haberme ido sin más, pero, por supuesto, no lo hice. Jo, Beth y Laurie se pusieron de pie también. Antes de que pudiera decidir cómo actuar, oí una voz inconfundible procedente del grupo:

—Ni siquiera John Brooke la soporta. Está intentando terminar con ella, pero ella está demasiado desesperada. —Se rio—. Y he oído decir a la madre de Shia que Meredith Spring se volvió alcohólica.

Bell Gardiner. Su voz exudaba miel, pero dolía como un aguijonazo.

Pensé en aquella vez que estaba en la alberca, cuando estaba en sexto grado, y vi cómo una avispa partía el cuerpo de una abeja por la mitad y se iba volando con la parte inferior de su cuerpo, dejando allí tirada la cabeza.

Y pensé que Bell Gardiner era como un insecto cruel.

—¿Qué carajo les pasa? —dije cuando atravesé el grupito que habían formado.

Jo apareció a mi lado, seguida de Laurie y de Beth.

En lugar de mostrar sorpresa, los ojos de Bell se transformaron en dos ranuras, como los de las víboras, y se acercó a mí flotando como un fantasma. Se movía lentamente, como si, aunque se hubiera sorprendido al verme, no estuviera dispuesta a demostrarlo. Advertí que mi presencia le causaba un pequeño atisbo de ansiedad, pero no era tan evidente como la que yo habría mostrado si me hubieran descubierto hablando mal de alguien.

—Meg. —Me sonrió con falsedad, y su mirada rebotó de mí a Jo, de Jo a Beth, de Beth a Laurie y de nuevo a mí—. Hola.

Bell le dio un codazo a la chica que tenía al lado y alguien nos llamó la atención para que nos calláramos.

—¿Qué carajos te pasa, Bell? —gritó Jo a mi lado.

—Oye, yo no empecé. Además, ni que nadie hubiera visto a tu hermana ya.

Las voces a nuestro alrededor fueron cesando, pero la intensidad de la banda que ocupaba el escenario aumentaba a cada segundo que pasaba.

No quería que Jo empezara a pelearse con Bell, pero cada vez era más consciente de que un grupo de desconocidos estaba pasándose un teléfono con fotos de mi cuerpo desnudo en la pantalla y hablando sobre ello a menos de metro y medio de mí. Empecé a sudar, y de repente el aire se me hizo demasiado denso. Todo el mundo estaba comenzando a mirarme, y me di cuenta de lo que estaba ocurriendo.

Entre los susurros de la multitud y la falsa expresión de inocencia de Bell, me dieron ganas de gritar.

—Pero ¿a ti qué te pasa, Bell? ¿Quién carajos te crees que eres destapando esa mierda y divulgándola por ahí? —Jo agitó las manos señalando al grupo.

379

Bell parecía no saber qué responder a eso.

—Dios mío —oí que alguien decía desde detrás de Bell, y entonces vi que era Shia.

Me sentí tremendamente traicionada. Claro, debía de estar metido en esto. De lo contrario, ¿cómo iba a saber Bell que existían esas fotos?

—¿Qué está pasando?

—Que tu novia ha estado compartiendo esto —respondió Jo, y le quitó a Shelly Hunchberg el celular de las manos y se lo plantó a Shia en la cara.

Él apenas miró el celular y se apartó de Bell.

—El resto, ya pueden largarse —dijo Jo, sacudiendo la mano en el aire como si estuviera espantando moscas.

Beth enlazó su brazo con el mío, y Laurie permaneció detrás de Jo con cara de pocos amigos. Ojalá le diera un puñetazo a Shia en toda la garganta.

Por desgracia, no lo hizo.

—¿Qué estás haciendo? —le preguntó Shia a Bell.

Ella se puso algo nerviosa y empezó a juguetear con el fino tirante de su camiseta. Ahora parecía mucho menos arrogante y bastante más preocupada. Yo intentaba contener las lágrimas que me quemaban la garganta. No podía llorar delante de esos malnacidos, sobre todo de Shia y de su futura mujer.

—Sólo estábamos bromeando —dijo Bell con voz suave.

—¡No es ninguna maldita broma! —gritó Jo.

Sabía que era patético dejar que mi hermana pequeña librara mis batallas, pero me había quedado helada en el lugar y era incapaz de articular palabra.

—¿De quién es este celular? —Shia lo sostuvo en el aire.

Shelly Hunchberg levantó la mano y dio un paso adelante.

—¿En serio, Shelly? —intervino Beth—. Vámonos, Meg. —Me jaló del brazo.

Bien pensado, no había mucho que pudiera hacer ya. Podía quedarme allí plantada siendo humillada mientras Bell intentaba restarle importancia al hecho de que un grupo entero de gente hubiera estado burlándose de mí y mirando mi cuerpo, o podía irme.

Recogí del suelo la bolsa con los anillos de Beth y di media vuelta para irme. Ni siquiera quise mirar a Shia. Una mujer con un bebé amarrado a su pecho chocó conmigo y el niño empezó a llorar. Me sentía como una señal del universo, como un inmenso y brillante *Jódete* del universo.

Mientras Beth me jalaba a través de la multitud, oí que Jo seguía gritando, y que Shia gritaba mi nombre. Todos los rostros a mi alrededor parecían el de River, el de Bell, el de Jessica Fox, quien se suponía que era mi mejor amiga en Texas, hasta que pegó una de esas fotos mías impresas en la puerta de mi casa para que Amy la viera cuando regresara en el autobús. Recuerdo la expresión de mi padre cuando volvió de «hablar» con los padres de River. Quería presentar cargos por distribuir pornografía infantil, ya que yo no tenía aún los dieciocho y River sí, pero yo no deseaba tener que soportar la humillación y las consecuencias en la escuela.

A todo el mundo le gustaba River, y yo no era más que una perra que se la chupaba a los chicos en los asientos traseros de sus autos para gustarles más. Era la chica de las tetas grandes y la boca caliente. Lo sabía. Le había enviado fotos a mi novio, e iban a avergonzarme en los pasillos del instituto Killeen por ello. Ahora, al parecer, también iban a avergonzarme en Nueva Orleans.

Cuando nos aproximábamos a la calle, recordé la furia que irradiaba Meredith cuando recorrió a toda prisa los pasillos de la escuela para exigir que se borraran mis fotos de todas las computadoras. Recuerdo el día en que entré en la sala de informática y Jessica Fox había puesto mis tetas como fondo de pantalla en la mitad de los monitores.

El aire me quemaba en los pulmones y estaba sin aliento. Me detuve durante un segundo.

Beth me miró y dijo:

—Vamos a parar un momento.

—¡Eh! —nos gritó una chica desde un puesto de venta.

—Shia viene hacia aquí —me dijo Beth, y saludó con la mano a la vendedora.

—Sácame de aquí —le rogué a mi hermana.

No quería ver a Shia, y me faltaban tan sólo treinta segundos para ponerme a llorar sin parar. Estaba enojada; estaba muy enojada conmigo y con el mundo por ser tan idiota. Nunca debería haberle contado a Shia lo de esas estúpidas fotos.

—¿Estás bien? —dijo la chica del puesto.

Levanté la vista y vi que parecía una especie de princesa gitana sacada de algún cómic manga, que bien podría competir con Vanessa Hudgens como reina del festival de Coachella. Iba cargada de bisutería, y caí en la cuenta de que el puesto estaba repleto de los mismos anillos que Beth había comprado.

Mi hermana estaba hablando con la chica y no oía lo que decían, pero Beth me indicó que fuera con ellas a la parte de atrás del puesto a sentarme. En cuanto puse el trasero en la silla, me permití llorar.

Shia pasó por nuestro lado sin vernos.

Cuando llegamos a casa, Amy y papá estaban sentados en el sofá. Meredith estaba en la cocina, calentando un plato de comida que alguien había traído. Al parecer, nunca tendríamos que volver a cocinar.

—¿Qué tal? —preguntó Amy—. En internet parece genial. ¿Cómo estuvo?

Miré a Beth.

—Bien —mintió por mí.

La adoré por ello.

Abrió la bolsita del puesto de bisutería y desvió la atención de Amy con los bonitos anillos que cambiaban de color según el estado de ánimo.

—Voy a darme un baño —anuncié ante una habitación llena de personas que me respondieron «Bueno» como si no entendieran por qué tenía que informarles algo así.

Subí a mi cuarto y me dejé caer sobre la cama. Me sentía como si me hubieran derramado un cubo de sangre de cerdo sobre mi traje del baile de graduación. Me sentía muy sucia.

CAPÍTULO 38

Beth

La mañana siguiente al festival me desperté al oír los gritos de Jo y de Meg en el pasillo. Desde que Jo era niña, cuando se enojaba su tono se tornaba unas cuantas octavas más grave. Y a Meg le pasaba justo lo contrario: su voz, generalmente suave, se transformaba en una especie de ruido chillón, muy parecido a los ladridos de los perritos de la señora King.

—¡Podrías habérmelo dicho! —le gritaba Meg—. ¡Han pasado semanas y... nada!

Bajé las piernas por el borde de la cama para levantarme e ir a mediar en lo que fuera que estuviera pasando entre mis hermanas. Yo siempre era la mediadora. Pero ese día estaba muy cansada. Los ruidos, los olores, el caos del festival me habían dejado agotada. El cuerpo entero, incluida la cabeza, me latía cuando me había acostado en la cama la noche anterior. Aun así, por muy cansada que estuviera aquella mañana, no era tan importante. No tanto como lo que fuera que estuviera sucediendo en el pasillo.

—¡A mí no me eches la culpa! ¡Tú siempre eres la víctima! —gritó Jo en respuesta.

Cerré los ojos durante un segundo y me quedé mirando al techo. Nada cambiaría en los próximos segundos. El día anterior había empezado de una manera muy distinta de como había acabado. Cuando comenzó, estaba nerviosa, sí, pero nada comparable con el final de la noche, acompañando a Meg entre la multitud, escondiéndola en el puesto de la chica de los anillos que cambian de color...

De repente dejé de oír los gritos de Jo y de Meg. Levanté la mano en el aire y observé la piedra azul claro que llevaba en el dedo. En teoría, los tonos más claros de azul indicaban que estaba relajada. No estaba muy segura de creer que los anillos que cambiaban de color según el estado de ánimo funcionaran de verdad.

Oí un portazo, y luego Meg continuó gritando. Me levanté de la cama y seguí el escándalo. En la cocina, Meg estaba llorando y apoyaba los hombros contra el refrigerador. Jo no estaba, y la puerta mosquitera se había abierto y se movía ligeramente.

Mi padre entró en la cocina en la silla de ruedas.

—¿Qué es lo que pasa? —le preguntó a Meg, que no respondió.

Sólo lloró a lágrima viva, se tapó la cara y salió corriendo hacia su cuarto.

Mi padre y yo nos quedamos mirando el pasillo vacío durante unos segundos hasta que él dijo:

—¿Qué está ocurriendo aquí?

Yo no sabía qué decir, porque no tenía ni idea, y tampoco era consciente de cuánto sabía mi padre de lo sucedido la noche anterior. Bastante tenía él ya con lo suyo; sería egoísta añadir otro peso más sobre sus hombros.

—No lo sé —respondí—. Pero seguro que lo arreglan, sea lo que sea. —Lo miré—. ¿Quieres desayunar?

Mi padre me miró, miró la puerta y después de nuevo hacia el pasillo poco a poco. Suspiró, y sus hombros ascendieron visiblemente y volvieron a descender. Traía una camiseta gris con un pequeño agujero en el cuello. Su atuendo no variaba mucho: siempre traía camisetas de distintos colores y sudaderas. A veces se ponía una camisa, cuando iba a algún restaurante o a las ceremonias de la escuela de mi hermana. Y, en ocasiones aún más infrecuentes, lucía el uniforme de gala, cuando había algún baile o ceremonia militar.

Siempre me había encantado cuando mis padres tenían algún baile al cual acudir. Mi madre nos llevaba al centro comercial para que le ayudáramos a escoger el vestido que iba a ponerse y, en los últimos años, Meg la peinaba y la maquillaba. Era una de las pocas veces en que podíamos ir de compras al centro comercial. Y era muy divertido ayudar a Meredith a probarse ropa; de alguna manera, los probadores de JC Penney se convertían en el escenario de «¡Sí, quiero ese vestido!». Meg daba unas vueltecitas y se agachaba y se estiraba para mostrar cada centímetro de los vestidos que también se probaba. Después siempre íbamos a comer a Fridays, y a veces incluso tomábamos algo antes en Starbucks. Mi padre le regalaba a mi madre un ramillete y, cuando se lo colocaba en la muñeca, Amy hacía ruiditos como de besos. Ella casi siempre le picaba el pecho con el alfiler debido a la mala costumbre que tenía de hacerla reír en los peores momentos. Eran recuerdos maravillosos, pero a veces me resultaba difícil cuadrar al padre de mis recuerdos con el hombre que tenía delante ahora sentado en la silla de ruedas.

Miré en los estantes y en el refrigerador para ver qué podía prepararle. Su apetito había cambiado desde que había regresado a casa. Decía que el coctel de medicamentos que le había prescrito el médico le hacía tener demasiadas náuseas como para comer algo.

—¿Qué era todo ese relajo? —dijo mi madre con voz ronca mientras entraba en la cocina.

Se deslizó por detrás de la silla de ruedas de mi padre y se sentó en la mesa. Aquella mesa era el objeto más viejo que había en nuestra casa y nos la había regalado la abuela antes de que mamá y ella dejaran de hablarse. Me preguntaba si la tía Hannah aún se hablaba con ella... No estaba segura, por más información que tuviera sobre los asuntos de los adultos que nos rodeaban. La mesa se rayó y se rompió durante la mudanza de Fort Hood a Fort Cyprus, y mi madre había apoyado el codo justo en una honda rotura que había en la oscura y brillante madera. Parecía que llevara días sin dormir, a pesar de que acababa de despertarse. Cuando me levanté a hacer pipí a la mitad de la noche, vi que estaba viendo *Dimensión desconocida* en el sofá con un vaso en la mano.

—Meg y Jo estaban discutiendo por algo —respondió mi padre.

Entonces ella preguntó por los detalles y me encogí de hombros, abrí una caja de bollitos y empecé a preparar el desayuno para todos.

Minutos más tarde, Meg regresó a la cocina justo cuando le estaba pasando a mi madre su plato. Ya estaba más calmada, aunque algo desgreñada.

—¿Quieres un poco? —le pregunté.

Ella asintió y dirigió sus ojos hinchados y rojos hacia mi

387

madre, que estaba engullendo *biscuits and gravy*[1] y haciéndolos bajar con un vaso de leche. Una ligera mancha de leche blanca teñía su labio inferior mientras masticaba. No estaba segura de qué estaba mirando, pero algo en la pared que tenía a mi espalda parecía estar entreteniéndola.

—¿Ha llamado alguien preguntando por mí? —preguntó Meg. Su voz sonaba como si hubiera estado comiendo papel de lija en su cuarto.

—¿Llamado adónde? —dijo mi padre.

No había oído a Meg ni a nadie formular esa pregunta desde hacía... años. ¿Acaso no la llamaría a su celular quien fuera?

Meg parpadeó y murmuró:

—Da igual.

—¿Qué van a hacer hoy, chicas? —quiso saber mi padre a continuación, entre bocado y bocado.

Era evidente que ni él ni Meredith tenían ganas de entrar en lo que fuera que había provocado los gritos.

Al ver que mi hermana permanecía callada, supuse que no iba a contestar, así que lo hice yo.

—Yo no voy a hacer nada. Sólo unas tareas y lavar ropa. Eso es todo. —Me encogí de hombros.

—Qué divertido.

Me reconfortaba que mi padre aún conservara su humor sarcástico. Su comentario no sonaba tan malicioso o cruel como lo habría hecho de haber salido de boca de Amy, por ejemplo, e iba acompañado de una sonrisa y de la

---

1. Desayuno caliente muy popular en Estados Unidos, especialmente en el sur, que consiste en unos panecillos acompañados de salsa de carne de cerdo, harina y leche. (N. de las T.)

comprensión de alguien que recuerda su experiencia en la escuela. Se parecía mucho a mí.

—¿No tienes amigos por aquí? —preguntó.

—Me dieron tantas hermanas que no necesito amigos —repuse, y ambos nos echamos a reír.

Su risa era algo más ligera de lo normal, pero sonaba de maravilla en aquella cocina tapizada de amarillo.

—*Touché*.

—¿Jo no ha vuelto aún? —inquirió Meg.

No había comido mucho del plato que tenía delante.

Pensé en poner los trastes a remojar antes de desayunar para que la salsa no se pegara a la sartén, pero tenía tanta hambre y el *gravy* se veía tan bien...

—No —dijo mi padre—. Sigue en casa del vecino.

Que yo supiera, nadie tenía la certeza de que Jo estuviera en casa de Laurie, pero, de una manera inconsciente, todos lo sabíamos. Siempre estaba allí. En casa de Laurie, trabajando en Pages, en clase, y de nuevo en casa de Laurie.

—¿Nadie iba a contarme que Shia vino aquí aquella noche? —dijo entonces Meg señalando a mamá.

Meredith levantó la cabeza, pero mi hermana continuó:

—Me dijo que todos lo sabían. Se presentó en el barrio francés, y yo ni siquiera sabía que me estaba buscando.

—En fin, Meg, ¿y qué habría cambiado eso? —replicó mi madre, y siguió comiendo.

No parecía haberse dado cuenta de que se había manchado la camiseta de salsa.

A Meg se le desorbitaron los ojos. Se limpió la boca con una servilleta antes de hablar.

—¡Vino preguntando por mí y yo no tenía ni idea! —exclamó. Tenía la sensación de que su furia iba a hacer temblar la casa—. Llevaba muchísimo tiempo esperando que lo hiciera y ustedes no me dijeron absolutamente nada. Va a casarse...

—¿Y eso habría cambiado? Además, ¿qué pasa con John Brooke? —señaló mi madre.

Una parte de mí deseaba intervenir, pero otra no quería meterse en aquel tornado.

Nunca sabré lo que iba a responder Meg, porque Amy entró corriendo por la puerta trasera con los ojos hinchados y húmedos.

—¿Qué te pasa? —le preguntó mi padre, y observé cómo se esforzaba por ponerse de pie, como si sus piernas hubieran olvidado que aún no podían moverse.

De inmediato, volvió a hundirse en la silla.

—¡Mi vida...! ¡Todo es una mierda! —Amy pasó como un huracán por delante de nosotros y volteó cuando nadie intentó detenerla—. ¡A la mierda todo!

Su lenguaje hizo que mi madre se pusiera de pie.

—Amy, esa boca.

Ella resopló ante su advertencia y se puso a llorar de nuevo.

—Jacob Weber le dijo a Casey Miller que intenté besarlo, ¡y ahora todo el mundo me odia!

Caminó de un lado a otro de la cocina hecha una furia. Yo no sabía quiénes eran ninguno de esos niños, pero sí sabía que los rumores podían martirizar a alguien y arruinarle la vida. Había visto lo que le había pasado a Meg en Texas.

—¿Y por qué hizo eso? —le preguntó Meg a Amy.

Los rostros con forma de corazón de mis dos hermanas jamás se habían parecido tanto como en aquel momento en aquella cocina, con los ojos hinchados y los labios rosa.

—¡Porque es un imbécil! —La voz de Amy se tornó en un alarido como el que da un cachorro cuando alguien le pisa la cola.

Mamá no corrigió su lenguaje esta vez.

—¡Fue él el que intentó besarme a mí!

Nuestro padre no dijo nada; se limitó a observar cómo las mujeres presentes en la habitación revoloteaban alrededor de Amy.

—¿Estás diciendo que no querías que lo hiciera? —preguntó mamá, de pie y, de repente, muy alerta.

Era como si de pronto hubiera mudado una capa de piel gruesa y engrasada.

—¿Dónde estabas? —Meg se puso a acariciar el pelo de Amy como si hubiera olvidado que se hallaba en plena pelea con Jo.

Amy se inclinó hacia ella.

—¡Puaj! Pues claro que no quería. Habrá besado a todas las chicas de mi clase.

Tenía la punta de su naricita hacia arriba, y daba la impresión de que era más pequeña que una preadolescente.

—Cuéntanos qué pasó. —Mi madre deslizó la mano por su espalda, pero Amy se apartó.

—¡Meg...! —gritó entonces.

Mis hermanas se miraron a los ojos, y Meg nos dijo que iban a hablar a solas durante un minuto.

Mamá, papá y yo ladeamos la cabeza ligeramente. Supuse que mis padres se estarían preguntando en qué momento Meg y Amy se habían vuelto tan íntimas, pero yo las había sorprendido susurrando con frecuencia y sabía que

Amy se colaba en la cama de Meg muchas veces, así que aquello no me sorprendió tanto. Yo había ladeado la cabeza porque, en aquel momento, a Meg sólo le preocupaba Amy y se había olvidado de sí misma.

CAPÍTULO 39

La habitación de Laurie era un desastre. Siempre había estado algo desordenada, con una camiseta colgada en un lado de la cabecera o un café descafeinado del día anterior en una taza rota sobre su escritorio. Pero aquel día era un auténtico caos. Prefiero no describir el olor a rancio y a comida de hacía días que impregnaba el ambiente.

—¿Qué diablos pasó aquí? —le pregunté, abriéndome paso a través de una pila de ropa.

Él se paseaba por el cuarto como un loco. Llevaba su pelo largo suelto, rizado en las puntas, como a mí me gustaba. Parecía salido de una novela. El estereotipo de escritor que vivía en Nueva York, nacido en Boston o en algún lugar grande. No tan grande como la roja y jugosa Gran Manzana, pero más grande que esa burbuja de ciudad. Laurie, con su cabello largo y dorado y su sudadera *oversized* con coderas. Su aspecto era el de una persona inteligente que escribiría artículos sobre el clima o sobre el control de armas y, al mismo tiempo, el de alguien con quien pierdes la virginidad después de que te haya llevado en auto a un campo de flores cuya foto publicaste en Tumblr hace tiempo y que se encuentra a horas de distancia.

Su frente se frunció formando una arruga profunda que lo hacía parecerse al viejo señor Laurence y a su padre, a juzgar por las distintas fotos que había repartidas por aquella casa enorme.

—Hola —saludó sin explicar el desastre—. ¿Qué tal?

Levantó una pila de revistas y volvió a dejarlas sobre el escritorio.

—De mierda, la verdad —repuse.

Laurie continuó rebuscando en su caótico dormitorio y se dirigió hacia la ventana, a través de la cual el sol entraba e iluminaba las paredes y su piel. Cuando me quité la chamarra tejida y la dejé doblada sobre el respaldo de la silla, levantó la vista hacia mí.

—Meg se enojó conmigo porque no le dije que Shia había ido a buscarla a casa cuando ella estaba en Nueva Orleans con John Brooke, hace meses, el día que hirieron a mi padre.

Sabía que Laurie me estaba escuchando, pero no paraba de moverse. Me estaba poniendo nerviosa, así que seguí hablando.

—Me culpa porque no les dijo una mierda a Shia o a Bell cuando esos patanes se estaban metiendo con ella ayer. —Me senté en la cama, y Laurie se sentó a mi lado.

—¿Y tú qué culpa tienes? —preguntó.

Siempre se ponía de mi parte en todo. Eso me gustaba. Después, si no estaba de acuerdo, lo debatía conmigo, pero su reacción inicial era estar de mi lado.

—Exacto. Siempre se hace la víctima. Entiendo que esté enojada por lo que pasó en el festival. ¡Yo también lo estoy!

Estaba muy enojada. No quería que a mi hermana la acosara un puñado de imbéciles que destacaban en la escuela, pero Meg actuaba como si fuera culpa mía, cuando yo no era la difamadora.

Jugueteé con los hilos del agujero de la rodilla de mis *jeans*.

—Es como si creyera que el hecho de saber que Shia había ido a casa habría cambiado las cosas.

—Yo creo que habría sido así. —Laurie hizo una pausa cuando vio que lo miraba mal y levantó las manos cubiertas por las largas mangas de la sudadera—. Escúchame. Shia fue a su casa y después se dirigió al barrio francés, ¿no?

Asentí.

—Si a Meg le gusta Shia del mismo modo en que a Shia le gusta ella —prosiguió—, seguramente habría sido importante que hubiera oído lo que él tuviera que decirle.

—Pero al final hablaron. —Miré a Laurie y negué con la cabeza—. Además, está comprometido.

—Jo, siempre ves las cosas blancas o negras. A veces hay grises.

Suspiré.

—Estar comprometido no me parece nada gris. O vas a casarte con alguien pronto o no.

—O estás saliendo con alguien o no —dijo, mirándome a los ojos.

Sentí una opresión en el pecho y jalé los hilos de mi pantalón roto.

—Sí... y no. A veces las cosas son más complicadas.

—Como sucede con nosotros.

Aparté la mirada de sus ojos y la dirigí a sus manos, que jalaban su sudadera, y de ahí a los pants, y de los pants a sus calcetines blancos y limpios, y de ahí al suelo de la desordenada habitación.

—No estamos hablando de nosotros —dije.

—¿Y cuándo vamos a hacerlo? ¿Sabías que mi madre quiere que vuelva a casa?

Sentí que sus palabras envolvían mi garganta y apretaban un poco. Su «casa» no estaba al otro lado de la ciudad o de Estados Unidos: estaba al otro lado del océano.

—No. No lo sabía.

—Pues quiere que vuelva. —Laurie intentaba mirarme a los ojos, pero yo evitaba los suyos—. ¿Por qué no podemos hablar de ello? Pensaba que a estas alturas lo habríamos hecho. Pronto enviarás las solicitudes a las universidades. ¿Y qué pasará entonces?

¿Por qué elegía justo ese momento para sacar el tema? ¿No se suponía que debía tantear un poco el asunto y que debíamos involucrarnos un par de veces más al menos? Meg nunca me explicó eso. Cuando empezábamos a intimar entre nosotras, mi padre había regresado a casa y ella había dejado de contarme cosas. Nuestra relación ya no era tan íntima, y daba la impresión de que jamás lo había sido.

—Jo —insistió Laurie.

Lo miré y él se acercó un poco más a mí. A pesar de lo grande que era, la habitación se me hacía muy pequeña. Seguía jalándose las mangas.

—Si no quieres hablar, de acuerdo, me lo dices y ya está. No voy a obligarte a hacerlo. Sólo quiero saber lo que piensas. Nunca sé lo que estás pensando.

—Claro que lo sabes.

—No sobre mí. Sobre todo lo demás, sí. Pero sobre mí, nunca.

—Habla tú. No sé qué quieres decirme ni qué quieres que diga yo. Habla —le pedí.

Era verdad: no sabía cómo empezar o cómo terminar esa conversación.

—Bueno —accedió, y puso los ojos en blanco.

Se colocó el pelo detrás de las orejas y se lamió los labios.

—¿Quieres salir conmigo?

—¿Es así como funciona?

—Déjate de sarcasmos. Hablo en serio. —Su voz sonaba débil, y me detuve un momento a pensar antes de hablar, algo que sabía que debería hacer más a menudo.

—Disculpa —dije—. No sé estar seria en esta situación. Nunca había hecho esto, ¿recuerdas?

Echó los hombros hacia atrás.

—Bueno...

Levanté las manos de inmediato.

—No, no me refería a eso. No estaba insinuando que tú sí lo hayas hecho. Sólo me refería a que yo no, literalmente. —Hice una breve pausa—. Nunca.

—Si te resulta tan incómodo...

—No, no lo es. —Me acerqué a él cuando se apartó en la cama—. Tú habla. Di lo que tengas que decir, y yo diré lo que tenga que decir. —Me estaba quedando sin aliento—. Pero empieza tú.

Me mordí el labio con demasiada fuerza y descubrí a Laurie mirándome la boca justo antes de que apartara la vista.

—Bueno —accedió, y dejó escapar un largo suspiro—. Mi madre me ha estado preguntando si quiero volver a casa. Mi padre ha recibido instrucciones de permanecer más tiempo en Corea, y ella me extraña ahora que mi hermana tiene amigos.

Mantuve la boca cerrada mientras la cabeza me daba vueltas.

—Sólo me quedaría si supiera que vas a estar aquí... No digo que tengamos que comprometernos ni que quiera que nos vayamos a vivir juntos pronto, nada de eso, sólo quiero saber si vas a estar cerca...

—Estaré cerca —dije prácticamente en un susurro.

—¿Y qué pasa con Nueva York?

—Bueno, claro. Me iría a Nueva York...

Laurie suspiró.

—Ya. Entonces ¿yo estaría aquí, en Luisiana, y tú estarías en Nueva York?

Asentí.

—Podríamos hablar a diario y visitarnos el uno al otro —le expliqué. Había mucha gente que hacía eso, ¿no?

—Entonces ¿deseas que tengamos una relación a distancia?

No parecía entusiasmarle mucho la idea. La verdad era que no esperaba que tuviera intenciones de tener nada serio conmigo. Creía que seguiríamos siendo amigos, íntimos..., mejores amigos, y que tal vez algún día, cuando yo acabara la preparatoria y su padre hubiera vuelto a casa y mi padre estuviera mejor y tuviera tiempo para preocuparme por los chicos y por los brasieres a juego con los calzones...

—Supongo que sí —dije, encogiéndome de hombros—. Mucha gente tiene relaciones a distancia. Podríamos vernos los fines de semana.

—Es un vuelo de tres horas, por no hablar del precio de los boletos. Y en auto está a veinte horas sin paradas.

Se había estado informando.

—Entonces ¿qué hacemos? —pregunté.

Él negó con la cabeza, y yo pensé entonces en la primera vez que lo vi y en cómo me caí en el camino de acceso y le enseñé el dedo. En aquella vez fuera del centro comunitario con Meg y Reeder. Laurie me resultaba muy misterioso entonces, el típico rompecorazones.

Ahora, en cambio, lo veía de un modo tan diferente... Era mi mejor amigo. Era consciente de que me gustaba como algo más, pero eso me asustaba. No quería ser como Meg, cuando River la jodió. Quería entrar en mi primera relación con los ojos abiertos.

—¿Estás absolutamente convencida de que quieres ir a Nueva York? *Vice* tiene oficinas por todas partes. Una en Venice Beach, que está en Los Ángeles, otra en Toronto..., por todas partes.

—Quiero ir a Nueva York, creo.

Nunca me había planteado ir a Los Ángeles. A Toronto sí, pero en realidad era difícil salir del país para estudiar.

—Podrías venirte a Nueva York conmigo —propuse.

—¿Podría?

—Sí, ¿no? Bueno, quiero decir, ¿por qué no? ¿Qué vas a hacer aquí que no puedas hacer allí?

Se echó hacia atrás sobre la cama con las manos detrás de la cabeza.

—No lo sé, pero no quiero vivir en Nueva York. No me gustó nada cuando estuve allí más de unos días. Tú no has estado. No es tan genial como crees.

—Aún. Pronto iré —repuse, aunque mis padres todavía no me habían dado una respuesta clara a si podíamos ir a visitar algunos campus allí.

Mis calificaciones eran buenas, pero no tenía ninguna garantía de que fueran a admitirme en ninguna de las Facultades a las que quería ir. E, incluso aunque me aceptaran, tendría que preocuparme de pagar la inscripción, y el sueldo como general de infantería de mi padre sólo daba para que estudiara una de nosotras. Aunque nunca se había hablado de cuál.

—Creo que lo de la distancia estaría bien —le dije—. Y, si voy a Nueva York y lo detesto, pues ya veremos qué hacemos.

—Entonces ¿qué pasa si vuelvo a Italia? Tengo un amigo en Milán y podría vivir un tiempo en su casa. Así estaría más cerca de mi madre y seguiría estando a sólo un vuelo de distancia de ti.

Se había informado en serio. Casi demasiado...

—¿Has estado planeando esto? —le pregunté.

—Planeándolo, no. —Se rascó la frente—. Sólo lo he estado pensando. ¿Tú no has pensado en ello?

—Sí..., bueno, un poco. La verdad es que no lo he pensado mucho, pero es que creía que tú te quedarías aquí y que yo iría a Nueva York y volvería a casa para las vacaciones y eso.

—No sé... Además, ¿qué pasa con los chicos de la Facultad? Y casi con toda seguridad la distancia acabaría con nosotros. Suele pasar. —Laurie parecía estar buscando motivos para que lo nuestro fracasara.

Yo quería decirle que, estadísticamente, la persona con la que sales cuando estás en la preparatoria no es la persona con la que acabas teniendo una relación cuando eres mayor. De todas las parejas casadas que conocía, parejas mayores incluidas, la mayoría estaba en su segundo matrimonio. Laurie formaba parte de mí, y sabía muy bien que me destrozaría cuando lo nuestro dejara de funcionar. Me angustiaba pensarlo, pero era la realidad.

—Me dan igual los chicos de la Facultad —dije.

Él me sonrió y me tomó las manos. Su piel siempre era muy cálida. Levantó la palma de mi mano a la altura de su rostro, extendió mis dedos, los pegó suavemente contra su boca, y yo me estremecí entera. No tenía palabras para describir las cosas que me hacía sentir. La sangre se aceleraba detrás de mis orejas y notaba que estallaban palomitas de maíz en mi estómago.

Me incliné hacia él y Laurie me jaló sobre su regazo. Cada vez que nos quedábamos solos cruzábamos otra línea y dábamos un paso más hacia el sueño de lo que podría ser.

—Estamos tan bien como vecinos, cerca el uno del otro —afirmó a tan sólo unos centímetros de mi rostro.

Mis muslos enmarcaban su delgada cintura, y su gruesa y holgada sudadera se interponía entre nosotros.

Carajo, Laurie me nublaba la mente. Y eso me enojaba.

—¿Estás seguro de que quieres hacer esto? No podrás invitar a Shelly Hunchberg a tu casa para hablar sobre recaudaciones de fondos cuando yo esté en otro estado.

—Cállate, anda. —Sonrió.

Posó las manos en mi espalda y sentí su calidez a través de mi fina camiseta de tirantes.

—Serás tú la que se enamore de esos chicos y de los profesores que toman café.

—No. No tengo tiempo para ellos.

—Apenas tienes tiempo para mí —dijo, casi besándome.

—Lo sé —repuse. No quería mentir.

—Eres importante para mí, Jo.

Observé el rostro de Laurie y conté el pequeño puñado de pecas que tenía justo debajo del ojo. Sus pobladas cejas rubio oscuro tenían una expresión relajada, y sus labios eran de color rosa clavel.

—«Bésame y verás lo importante que soy» —dije, como si el espíritu de la típica chica genial que cita versos hubiera poseído mi cuerpo.

—He leído esos diarios. Los *Diarios completos* de Sylvia Plath...

Le cerré la boca con un beso y decidí que tal vez Laurie tuviera razón: había muchos grises.

CAPÍTULO 40

En la entrada a Pages hacía hora y media que había fila. La hiperactiva Hayton estaba bebiendo pequeñas tazas de café expreso que se sumaban a su locura personal. A Sam, el chico con el que sólo había trabajado dos veces, le costaba recordar los pedidos. Además, había cantado la comanda equivocada en cuatro ocasiones seguidas, lo que significaba que había tenido que volver a preparar cuatro pedidos, y todavía faltaba una hora para que acabara su turno. A mí me quedaban dos horas, lo que significaba que tendría que limpiarlo todo. Me dolían los pies y mi delantal estaba cubierto de salpicaduras cafés. Tenía los *jeans* llenos de café molido y en los restos de una cucharada de crema batida y, no sabía cómo, pero me había hecho una cortada en el codo con un rollo colgante de papel de la máquina registradora.

No era una mesera con clase, pero tampoco solía ser tan descuidada. Supongo que no era quién para quejarme de que Sam no atinara con las comandas. Sólo era que no podía dejar de pensar en lo que había sucedido por la mañana. El recuerdo era tan vívido que me quemaba como un hierro candente en la memoria. Laurie me había besado. Me había besado de verdad. Me había besado como nunca antes lo había hecho. Si no hubiera estado peleada con Meg, le habría pedido a mi hermana que me mirara la nuca por si la tenía llena de marcas de sus uñas en forma de medias lunas. Me escocía y tenía mariposas en el estómago, justo al fondo, y un cosquilleo en la boca. Lo extrañaba, deseaba que apareciera por Pages y me acorralara contra la pared...

—¡Un *moka* con hielo! —le gritó Sam a Hayton. ¿O era a mí? No estaba segura, pero me dio tal susto que di un brinco.

—Mierda. Estamos jodidos ¡Mira qué fila hay! —suspiró Hayton mientras señalaba con un dedo diminuto la zona de venta de libros.

Tenía razón: estábamos jodidos.

Lo peor de trabajar en Pages era cuando los clientes se acumulaban en ambos frentes. Como yo era uno de los dos empleados que cambiaban de un lugar a otro, podía abordar clientes de la librería para decirles por qué tenían que leer mis libros de poesía favoritos, preparar bebidas y poner panes y bollos a tostar cuando hacía falta. Ése era un día de ésos. Llevaba yendo de un lugar para otro desde el mediodía. Sabía que, cuando desapareciera la fila, iría a vender libros y tendría que recordar nombres de autores y géneros, el orden de publicación de los títulos de las sagas y, tal vez, tal vez, con un poco de suerte, la cabeza me explotaría y saldrían de ella confetis sobre libros.

—Lo siento —oí decir a Sam.

—¡No pasa nada! —exclamó Hayton con su sonrisa más adorable, como si estuviera planeando desollarlo vivo delante de la clientela.

Me dieron ganas de vomitar sólo de pensarlo, y maldije a Meredith y su pasión por las películas de terror, que me habían estropeado el cerebro.

Por lo que había visto desde que había empezado a trabajar allí, Pages tenía más clientes cada semana. Odiaba el largo trayecto en auto hasta el barrio francés, pero entendía por qué la gente, tanto los hípsters como los no barbudos, iba allí a tomarse fotos para subirlas a las redes sociales. El papel de flores azules contrastaba con las estanterías llenas de libros. Al fondo del local había una sección de compraventa que siempre estaba llena y en la que los verdaderos amantes de los libros adquirían la mayoría de sus ejemplares. Pero los coleccionistas de estética querían la tapa dura y reluciente que hacía juego con su taza de café de diseño y con el dibujo de su manicura.

Pages tenía todo lo que uno podía desear en una librería pensada para pasar el rato (y para atraer a los turistas). Cuando se corrió la voz y los blogs no paraban de hablar del establecimiento y una chica con un millón de seguidores en Instagram subió una foto de un café con leche con un pingüino dibujado en la espuma, las filas se multiplicaron. Casi todo el mundo le tomaba una foto a su café, y yo ya sabía quién iba a subirlas de inmediato a Instagram. ¡Era tan *chic* tomarse un *moka* de chocolate blanco y coco de seis dólares! Nada dice *café de diseño* como un pequeño dibujo en la espuma.

En serio. Y no era un secreto que me encantaban esas fotos. El Instagram de Laurie estaba lleno de fotos nuestras.

Laurie... Volví a sentir mariposas en el estómago.

El negocio floreciente en Pages me habría hecho feliz en el pasado, pero desde que mi padre volvió a casa no tenía tiempo para matarme a trabajar al salir de clase y seguir partiéndome el trasero en casa. Siempre estaba ocupada yendo y viniendo del médico, llevando a Amy con las Girl Scouts y acudiendo a trabajar. Para cuando me anudaba el delantal a la cintura, apenas me quedaban fuerzas para preparar un café con hielo, mucho menos para despachar una larga fila de clientes con voz simpática y una gran sonrisa.

Estaba sudando y había perdido la cuenta de cuántos *bagels* había tostado o cuántos cafés con leche y vainilla había preparado. La camiseta de color roja se me pegaba a las gotas de sudor que rodaban por mi espalda.

Cuando creía que era imposible añadir algo más a la lista, el celular me vibró en el bolsillo. Lo saqué y vi que aparecía el nombre de papá en la pantalla. Ignoré la llamada y le grité a Hayton que volvería al cabo de un momento. No esperé a que me contestara. Me metí en la sala de personal y llamé a mi padre. Contestó a la primera.

—Hola, Jo. ¿Puedes venir ahora a recogerme a Howard? —preguntó.

Al parecer, había tenido una cita con el médico en el hospital de la base. Aquello era un no parar. Ni siquiera estaba al corriente de ese día.

—No puedo, estoy trabajando. Salgo a las cuatro, llegaría dentro de dos horas —le dije—. ¿Tuviste cita con el médico en domingo?

Oí que se ponía en marcha la batidora y recé para que no fuera Sam, que jugaba a preparar bebidas.

—No, vine a la ebanistería a ver si conocía a alguien, pero estaba llena de soldados nuevos. Tu hermana me dejó de camino a... —hizo una pausa—, no me acuerdo. Pero me trajo ella. ¿Podrías venir a recogerme?

—Salgo de trabajar dentro de dos horas —repetí.

—Ningún problema —dijo mi padre—. Te espero aquí.

Un recipiente metálico cayó al suelo e hice una mueca. La batidora, un recipiente de metal, Sam... Pintaba mal. Tenía a lo mucho diez segundos antes de regresar fuera y ponerme las pilas o no saldría de Pages en todo el día. Quería volver a casa de Laurie..., o al menos ver a Laurie..., y quería comprobar si Meg seguía enojada conmigo por todo el problema con Shia. Tenía la espalda tensa a más no poder, como si me estuvieran clavando un millón de alfileres entre el cuello y los hombros.

—Y una mier... —Me detuve para corregirme—. Ni hablar. Voy a ver si Laurie puede pasar por ti. Te mando un mensaje en cuanto lo sepa.

—Gracias, Jo. Te quiero.

—Te quiero, papá.

Colgué y moví los hombros hacia atrás para intentar aliviar el dolor. Deseaba apoyarme contra la pared, pero no podía ponerme demasiado cómoda. Mi cuerpo estaba agotado de pies a cabeza. Miré el panel gigante que colgaba en la sala con los horarios. Mi nombre aparecía cuatro veces a la semana. Me sobraban tres. ¿La vida siempre era tan dura a los dieciséis? Debería estar preparada para eso. La tele, las películas y los medios en general me habían preparado para eso. *Gossip Girl*, *Boy Meets World*, narraciones imperfectas de lo que era ser adolescente en mi época.

Laurie respondió al teléfono tras el segundo timbrazo.

—Hola, tengo que pedirte un favor —dije.

De fondo oía como un zumbido o un siseo bajo.

—Hola. Está bien.

—¿Podrías ir a recoger a mi padre a la ebanistería que hay enfrente del hospital Magnolia?

—¿Ahora? —preguntó él.

—Sí. ¿Puedes? ¿No tienes un conductor a tu disposición esperando a que lo llames?

Laurie se echó a reír.

—Ja, ja. Sí, pero iré yo mismo. Sé manejar, ¿no es increíble? —El sarcasmo juguetón bailaba con su acento. Al «ja, ja» casi ni se le oía la jota.

—Alucinante —confirmé, siguiéndole la broma.

Manejaba de pena. Cuando salíamos juntos limitaba su tiempo al volante. Desde que había conocido a Laurie me había acostumbrado a que me llevaran y me trajeran. Seguía tomando el autobús y el metro, pero eso de sentarme en un asiento de piel negra que siempre estaba a la temperatura perfecta para la calurosa primavera de Luisiana mientras manejaba alguien que, a diferencia de Laurie, no se salía de su carril, me gustaba muchísimo.

—Salgo enseguida, en cuanto termine de bañarme.

Ah, de ahí el siseo de fondo...

—Gracias, Laurie —susurré por el celular.

—De nada, Jo.

Él colgó primero e intenté pensar en otra cosa que no fuera Laurie en la regadera. Lo que fuera que les ponía a los besos habría que embotellarlo y vendérselo a las chicas virginales del mundo entero.

La campana de la pared sonó junto a mi oído para decirme que habían abierto la puerta del local y me llevé un susto de muerte. Me limpié las manos en el delantal sucio y volví a la tormenta de Pages. Sólo que no había ninguna tormenta. Era como un rayo de sol tras el temporal. En la cafetería ya no había fila, y Sam estaba limpiando mesas. Hayton estaba ocupada barriendo detrás de la barra. Incluso la librería estaba más tranquila y sólo había dos clientes en la caja. Una chica rubia y un chico tatuado estaban familiarizándose con una montaña de libros de segunda mano. Apenas había alboroto y se oía la música de fondo. La puerta volvió a abrirse y apareció Vanessa, la última incorporación al equipo. Miel sobre hojuelas. Me encantaba trabajar con Vanessa. Sabía lo que se hacía y era divertida, ingeniosa y tan buena en su trabajo que con ella todo era más fácil.

El caos se había esfumado. Las vibraciones de Laurie habían traído la calma.

Cuando entré a rastras por la puerta de casa después del trabajo, Laurie estaba sentado en el sofá, con sus largas piernas extendidas en la alfombra gastada de Afganistán. Traía unos *jeans* claros con hoyos en las rodillas y el elástico de los calcetines blancos se veía sucio. Amy estaba sentada a su lado, con la *laptop* sobre las rodillas.

—Y entonces le gritó a Jo y ella se fue dando un portazo a tu casa. Meredith y papá estaban enojados porque me había besado un pervertido de la escuela, Jacob Weber —decía con cara de haber mordido un limón.

Me apoyé contra la pared para quitarme los zapatos. Necesitaba un baño. Ya.

—De verdad, Amy...

Ella se limitó a poner los ojos en blanco antes de voltear hacia Laurie.

—En fin, es un desastre.

Me acerqué al sofá y me senté sobre las rodillas de él. Si mi hermana no hubiera estado allí, me habría sentado entre sus piernas, como cuando nos llenábamos de series de Netflix en su casa.

—Y este año ninguno de mis amigos está en mi salón. —Amy suspiró como si no fuera ya muy afortunada por tener amigos.

Y, hablando de tener amigos, Beth entró en la sala y le dio a Amy un plato con comida. Eran pequeños sándwiches tostados de mantequilla con jamón y queso.

—Graciaaaaaaas. —Amy le lanzó un beso a Beth y le dio una patada al sofá, en el que llevaba sólo un calcetín. Se había maquillado, se había aplicado rubor y labial rosa.

—Dios mío —dijo Laurie meneando la cabeza.

Se había recogido el pelo detrás de las orejas, pero se lo retocó mientras hablaba con mi hermana de doce años sobre su crisis preadolescente.

—Es muy duro. Algunos chicos pueden ser unos ca... —se aclaró la garganta—, pueden ser bastante desconsiderados a veces, sobre todo con las chicas. Me gustaría poder decirte que mejoramos con los años, pero no sé si es verdad.

—Algunos ganan mucho —repuse.

Me apoyé contra su pierna y él me frotó el hombro con la mano que estaba más lejos de Amy. Sentí un leve dolor por lo tensa que tenía la espalda, pero la presión de su mano lo aliviaba. Me relajé al instante. Levanté los brazos y me solté el pelo para ocultarle a mi hermana el gesto de afecto.

—Sí —dijo Laurie sonriente—. Algunos mejoramos.

Amy le dio un bocado a su quebradizo tentempié y Beth se quedó de pie a mi lado, observando la mano de Laurie en mi hombro, cómo me masajeaba la tensión del día. Con Beth no me daba ninguna vergüenza, cosa rara, porque con Amy sí.

—Voy a llevar a mamá al centro comercial de la base —dijo entonces.

—¡Me apunto! —exclamó Amy, escupiendo pequeños trozos de pan tostado en su blusa blanca.

Beth meneó la cabeza.

—Deberías quedarte en casa con Jo y Laurie. Sólo vamos a comprar un par de cosas y a recoger el pastel de cumpleaños para la tía Hannah.

—No quiero quedarme en casa con Jo y Laurie —protestó Amy.

Desde que había empezado a rizarse el pelo y a ponerse unos pequeños aretes de diamantes, parecía incluso mayor que Beth. Era extraño. Juraría que desde que había empezado a tener la menstruación había envejecido dos años. Parecía inmadura para su cuerpo, con una gargantilla blanca en el cuello y los *jeans* acentuando sus incipientes caderas. Iba a tener el mismo cuerpo que Meredith y que Meg. Lo sabía. Ya tenía más tetas que yo, y sólo tenía doce años. Me pregunté cómo lo llevaría y si necesitaría que le recordara que el poder de su cuerpo le pertenecía a ella y que nunca debía consentir que otra persona lo usara en su contra.

—Pero no vamos a comprarte nada, ¿entendido? —susurró Beth.

—Bueno, entendido.

—En serio, Amy. No puedes esperar a que estemos allí y empezar a pedir cosas, porque a mamá y a papá se les acumulan las deudas y está también lo de la gala benéfica.

Sabía que Amy siempre hacía lo mismo. Una vez hizo un gran berrinche en pleno centro comercial porque se había empecinado en que le compraran un *spray* corporal. Mis padres no solían pegarnos, pero aquel día Meredith le dio tres o cuatro nalgadas de camino al auto.

—Ya te dije que sí. —Amy puso los ojos en blanco.

Laurie me dio un apretón un poco más fuerte que los otros en el hombro, y me volteé hacia mi hermana pequeña.

—Amy, un poco de respeto —le dije.

—Métete en tus asuntos, Jo —me contestó con altanería. Me lanzó una mirada tan adulta que daba un poco de miedo, aunque me enojó bastante. Odiaba que las chicas se pavonearan delante de los chicos, y eso era justo lo que Amy estaba haciendo.

—Amy —le advertí por segunda vez.

Laurie apartó la mano de mi hombro muy despacio.

—Voy a preguntarle a mamá —señaló ella entonces, levantándose del sofá tan deprisa que la *laptop* se cayó al suelo.

Me dio un ataque.

—¡Cuidado! —grité, intentando agarrarla.

Laurie apartó las piernas de mi camino.

—Chicas —dijo tímidamente Beth para tratar de aliviar la tensión.

—¡Chicas! —Meredith entró en escena—. Fin de la discusión.

—¡Rompió la *laptop*! —grité. No miré a Laurie.

—¡Josephine, dije que se acabó! —Meredith estaba furiosa. No había visto tanta emoción en su rostro en mucho tiempo. Le quedaba bien.

Amy le explicó entonces que quería ir al centro comercial y, cuando Meredith le dijo que no, me arrancó la *laptop* de las manos. Me estaba apuñalando con la mirada, de pie como una leona, con el labio curvado como si estuviera a punto de ir por mi yugular, sacando las garras.

—¡Suéltala! ¡Dámela! —vociferé.

Levantó más la *laptop*.

—¡Amy! —grité, intentando asimilar lo que estaba haciendo.

¿De verdad sería capaz de destrozar la única computadora que teníamos pese a saber que nuestros padres no podían permitirse comprarle una falda o unas sandalias nuevas ni mucho menos una *laptop* nueva?

La rabia me consumía y sólo podía pensar en empujarla al suelo, subirme encima de ella y hacerla entrar en razón por las malas. No pensaba con claridad cuando empecé a gritarle. Meredith fue hacia ella, pero no fue lo bastante rápida.

Amy también se puso a gritar, a decir que yo era una embustera y que me odiaba. ¿En qué le había mentido yo? A saber. No tenía ni idea de qué hablaba, pero le grité que yo también la odiaba. Cuando Beth iba hacia Amy, le di un empujón en los hombros y ella estrelló la *laptop* contra el suelo. Entonces ella gritó y me clavó las uñas afiladas en la piel. Laurie se agachó y levantó la computadora para apartarla de nuestros pies.

—¡Paren ya! —gritó Beth quitándome a Amy de encima.

Meredith estaba muy disgustada con nosotras.

Mi padre vino todo lo deprisa que pudo.

—¿Qué pasa aquí? —preguntó con voz atronadora.

Laurie desvió la mirada, un poco asustado de la voz de militar de mi padre.

413

—Las chicas se están peleando —explicó Meredith.

—¿Por qué se pelean ahora?

—Quiero ir al centro comercial —dijo Amy, al mismo tiempo en que yo decía:

—¡Rompió la *laptop*!

—¿Rompiste la *laptop*? No vas a ir al centro comercial. A tu cuarto —ordenó mi padre, señalando hacia el pasillo.

Amy se molestó y nos miró mal a todos, incluso a Laurie, antes de salir muy digna de la sala.

—Vámonos, Beth —pidió Meredith exhausta—. Los domingos cierran temprano.

Laurie esperó a que mi padre saliera también antes de volver a sentarse en el sofá.

—Las malas noticias primero —dije cuando me acomodé a su lado.

Laurie tenía la *laptop* abierta sobre las rodillas, pero yo no veía la pantalla. Se pasó la lengua por los labios y revisó con el teclado y el mouse.

—Bueno, ya no está congelada. Creo que ha sufrido algunos desperfectos y le cuesta cargar, pero... —Se detuvo y miró detrás de mí, hacia el pasillo.

La casa estaba en silencio, salvo por las noticias que estaban pasando en la televisión y el tictac del reloj de pared. Amy no había salido todavía de su habitación, y yo sabía que estaría llorando y derramando lágrimas de culpabilidad durante lo que durara el sermón de papá.

—Pero ¿qué? —pregunté, acercándome más a Laurie.

Vaciló.

—No lo sé... Creo que encontré... Es muy raro. —Volteó la pantalla hacia mí.

—Enséñamelo. —Me agaché para verla.

414

En la pantalla se veía la bandeja de entrada de una dirección de correo electrónico con el nombre de Meg. Laurie hizo clic en los correos enviados y me quedé mirando la pantalla con cara de no entender nada mientras mi cerebro trataba de unir los puntos. Había sólo unos pocos correos, todos enviados a la misma persona: Meg Spring.

—Ábrelo —le pedí a Laurie.

Leí el mensaje en cuanto apareció en pantalla.

No podía creer lo que veían mis ojos.

CAPÍTULO 41

Beth

Los domingos no solía haber mucha gente en el centro comercial de la base. El resto de la semana era mejor no pisarlo, porque los soldados estaban de permiso, pero el domingo era un día para la familia en las bases militares. Mamá y yo fuimos a comprar pilas y unos *jeans* nuevos para papá justo después de que Amy rompiera la *laptop* delante de todos, incluido Laurie.

Meredith permaneció en silencio casi todo el trayecto y manejó más despacio que de costumbre. Supuse que estaría cansada. Todos andábamos muy ocupados, no era culpa suya. Antes tardaba una hora en dormirme, pero ya no. Caía rendida a los diez minutos de poner la cabeza en la almohada.

—¿Tendrán los oscuros en treinta y seis? —me preguntó mi madre.

Estábamos buscando la talla de mi padre en las pilas de *jeans* doblados. Meredith acababa de contarme los últimos acontecimientos: habían acusado a Denise Hunchberg de quedarse con parte del dinero de la gala. No parecía que nadie tuviera pruebas de ello, pero la madre de Mateo

Hender aseguraba tenerlas y había dicho en la página de Facebook del Grupo de Apoyo a las Familias que la dejaría en evidencia. Como los hijos de ambas estaban saliendo juntos, se iba a armar una buena en la escuela de Jo.

—Los encontré. —Tomé un par de *jeans* azul oscuro y los puse en el carrito.

Ya casi teníamos todo lo que había en nuestra pequeña lista, y me estaba dando hambre. Debía terminar la tarea de lengua y literatura antes de acostarme, y estaba segura de que nadie había hecho la cena. Tendría que pensar en algo y rápido. No iba a complicarme con nada que llevara mucho tiempo, y esperaba disfrutar de un poco de tranquilidad cuando volviera a casa antes de que Amy fuera a acostarse a nuestro cuarto.

—¿Qué hay para cenar? —pregunté.

Mi madre tomó una camiseta gris oscuro y la examinó atentamente. Tenía el logo de Nike en el bolsillo.

—¿Cuarenta dólares por esto? —Abrió la boca hasta el suelo al leer la etiqueta y colgó la camiseta de nuevo en la percha. Luego tomó otra parecida—. He pensado que podríamos comprar pizzas en Little Caesars al parar en Kmart. Voy a comprar las pilas allí, tengo un cupón.

Empujó el carrito hacia la fila de la caja.

Cuando Meg estaba en la preparatoria había trabajado en Kmart unas dos semanas antes de dejarla. Durante aquel breve periodo se obsesionó con las pizzas del Little Caesars que había allí. Le sonreí a mi madre. Me dolía el estómago. La fila para la caja estaba tardando más que de costumbre, pese a que tampoco había tanta gente para pagar. Me desconecté mientras mamá se ponía a platicar con el cajero de espeso bigote que nos atendió.

Empecé a pensar en lo rápido que se había torcido el fin de semana. Entre el festival, lo de Meg y Bell Gardiner, lo de Meg y Jo, y Jo y Amy...

—No la leyó bien. Trate de pasarla de nuevo —le indicó el cajero a mi madre.

A Meredith le dio pánico en el acto.

—Está bien —dijo, y pasó la tarjeta de nuevo.

Segundos después, el lector empezó a emitir un sonido horrible y el hombre meneó la cabeza.

—¿Tiene otra tarjeta?

Mi madre puso la bolsa sobre el mostrador y comenzó a buscar la cartera. Se le veía muy avergonzada, pero yo sabía que estaba intentando disimularlo.

—Creo que tengo mi tarjeta Star.

La encontró y la pasó, y luego compró con ella un par de tarjetas Visa de regalo por si la otra, explicó, seguía sin funcionar hasta el día de cobro.

«Un momento... —pensé—. Si acaba de ser el día de cobro».

La tarjeta Star sólo servía en la base, pero nos había salvado la vida cuando papá estaba fuera y Meg y Jo no tenían trabajo.

Ninguna de las dos dijo nada hasta que llegamos al auto. Mamá arrancó el motor, puso la radio y luego permaneció inmóvil unos segundos detrás del volante. Se parecía mucho a Amy y a Meg. Las tres tenían la cara en forma de corazón y la misma boca.

Entre el suave ronroneo del auto al volver a la vida, mi madre me preguntó con calma:

—¿Puedo pedirte un favor que no debería pedirte?

Asentí, pero ella no volteó para mirarme.

—Sí —contesté.

—Por favor, no le cuentes a tu padre lo que pasó. Estoy intentando arreglarlo. —Suspiró y se llevó la mano a la boca como si quisiera limpiársela.

—Mamá, sabes que quiero ayudarte todo lo que pueda...

Alzó la mano para que no prosiguiera.

—No es algo por lo que debas preocuparte, y siento haberte metido en esto. A menudo se me olvida que eres una niña.

Yo no me habría considerado exactamente una niña. Ayudaba a llevar la casa, pero no era el momento de recordárselo.

—Meg y Jo también te ayudarían si se lo pidieras —repuse.

—Beth... —Sonrió—. No les corresponde hacerlo. La madre soy yo. Aunque sé que estos últimos meses no lo parece. —Bajó la mirada al volante.

—Es normal, son muchas cosas a la vez. Lo entiendo.

Me tomó la mano que tenía en el regazo.

—A veces me asusta que seas tan generosa, la verdad.

—¿Por qué?

Movió las piernas y apagó los faros. No había muchos autos en el estacionamiento y la tienda estaba a punto de cerrar. La gasolinera de al lado parecía una ciudad fantasma.

—Porque el mundo es muy grande, bichito. —En ocasiones, mi madre nos llamaba *bichito* cuando éramos pequeñas, pero llevaba años sin hacerlo—. Me preocupa qué será de ti cuando tus hermanas se vayan de casa.

Me reí a medias, no muy segura de lo que me estaba diciendo.

—¿Por qué?

—¿Qué tienes pensado hacer cuando termines la preparatoria? O incluso antes; ¿vas a quedarte en casa hasta entonces?

Asentí.

—Sí, si papá y tú me dejan. —Era la verdad, pero me hacía sentir como imaginaba que se sentía uno cuando tenía cruda.

Respiró hondo y dejó salir una larga bocanada de aire.

—Por supuesto que te dejaremos. Nunca te obligaría a volver a la escuela si tanto la odias. Pero necesito asegurarme de que estás bien. ¿Estás bien estudiando en casa? ¿Estoy haciendo por ti lo que debo hacer como madre?

Saltaba a la vista que se sentía culpable. Para ser sinceros, la familia Spring distaba mucho de ser perfecta, pero yo estaba convencida de que Meredith hacía todo lo que estaba en su mano. Aunque últimamente los nervios le afectaban. Ya la había visto tan triste antes, por eso no me sorprendía, pero ser la causa de su tristeza era harina de otro costal. Una parte de mí se sentía mal al verla de ese modo por mi culpa, pero otra parte, una pequeña, estaba desesperada por recibir un poco de atención.

—Estoy bien —afirmé—, sólo que mi forma de aprender es distinta de la de mis hermanas. No hay dos personas iguales.

Se echó a reír.

—Ya lo sé. Lo digo en serio, Bethany. Si necesitas hablar con alguien o que te lleve al médico, dilo. No tiene nada de malo. Nada en absoluto. Haré cuanto esté a mi alcance para que tengas lo que...

—Mamá —la interrumpí, estrechándole la mano—. Estoy bien. Gracias.

La miré. Se parecía más a la Meredith Spring de antes de la primavera. La de la lengua afilada y el humor negro. La guerrera con un mundo a sus espaldas que, pese a todo, seguía bailando en el salón al ritmo de los viejos temas de Luther Vandross.

—Te quiero y estoy bien. Lo único que de verdad necesito es saber que papá y tú están conformes con que estudie en casa.

—Y tú sabes que si te gusta alguien, sea morado, negro, blanco, azul o beige, sea él o ella o alguien que...

—Lo sé, lo sé. —Sonreí. Llevaba con la misma canción desde que era pequeña. Siempre se inventaba canciones para las cosas más raras—. No estoy con nadie. Si apenas salgo de...

—A eso me refería. —Ladeó la cabeza y me miró de esa manera.

—Estoy bien, de verdad. Si la situación cambia, te lo diré.

Entrelazó el meñique con el mío.

—¿Me lo juras por el meñique?

—Hecho —asentí, y me sonrió.

—Hecho.

CAPÍTULO 42

Meg

La señora King estaba casi lista para abandonar su cena mensual con el comité de su asociación contra el cáncer. Me pidió que fuera al mediodía para peinarla y maquillarla, dar instrucciones al *catering*, pasear a sus perros y preparar las etiquetas para su correspondencia de la semana. No me importaba hacer de ayudante personal, pero prefería encargarme sólo de ponerla guapa.

La reunión acabaría en cualquier momento. Hacía ya un cuarto de hora que habían servido el postre. Aproveché aquellos minutos de descanso para retocarme el maquillaje en el espejo del pasillo. Todavía tenía los ojos un poco hinchados de la noche anterior, y el tono rojo de mi piel empezaba a asomar por debajo de la base de maquillaje. El festival me había destrozado. Había sido como viajar atrás en el tiempo: me encontraba otra vez en Texas, con una puñalada en la espalda. Detestaba sentir que los dos mundos se estaban fusionando. Pensaba que mi pasado estaba muerto y enterrado. Imbécil de mí. Me puse brillo en los labios y me arreglé el pelo e intenté ocultar el desastre de mi vida a golpe de capas de rímel. Vi mi reflejo en el espejo de la pared y guardé el aplicador en el tubo de rímel.

Shia estaba allí, de pie, con una camiseta cubierta de sudor. No se movía, sino que sólo me miraba a través del espejo. Desvié la vista, recogí rápidamente el maquillaje y cerré el estuche.

—Espera —me llamó, pero yo seguí en lo mío—. ¡Meg!

Doblé la esquina y eché a andar por el pasillo. El despacho del señor King estaba a la mitad del pasillo y, aunque él no estaba, sabía que no debía husmear por aquella parte de la casa.

Me di la vuelta para mirar a Shia.

—¡No! ¡Déjame en paz!

—No seas así, Meg. Escúchame.

Negué con la cabeza.

—No. No, Shia. Váyanse a la mierda tú y Bell Gardiner.

Él se echó a reír.

—No tiene gracia —repliqué—. Se lo dijiste tú, ¿verdad? —Bajé la voz—. No sé cómo fuiste capaz. Sé que es tu prometida y hasta que la muerte los separe y todo eso, pero creía que tú y yo éramos amigos.

Abrió tanto los ojos que estuvieron a punto de desorbitársele.

—¿Amigos, eh?

—Shia.

—Margaret.

Miré a un extremo y a otro del pasillo. Lo último que necesitaba era que la señora King saliera allí con un grupo de miembros del comité ataviados con sus mejores galas.

—No le he contado a nadie nada sobre ti —aseguró Shia—. Sabes muy bien que yo nunca haría eso. Bell dice que se las mandó Shelly y que no sabía quién se las había enviado a ella. Sabe que lo que hizo estuvo mal, pero fue cosa de Shelly, Meg. De verdad.

Meneé la cabeza. No lo creía.

—¿Crees que me importa quién envió qué? No sabes la vergüenza que estoy pasando. Me humillaron delante de todos tus amigos y de mis hermanas.

Me di la vuelta cuando las lágrimas empezaron a arderme en los párpados.

—Lo sé. Lo sé. —Su voz hizo eco en el pasillo. Era una de las pocas zonas de la casa en las que no había un reloj colgando de la pared o enmarcando a la perfección una mesa de bufet.

—No voy a hablar de esto contigo. No hay nada que decir. Debo regresar al trabajo.

—No seas tan necia. ¿Estas fotos no eran cosa del pasado?

Volteé hacia él y levanté la voz.

—Tu prometida y tú se pasaron de la raya y tengo todo el derecho del mundo a estar dolida y enojada. —Me aseguré de mirarlo directamente a los ojos—. Te odio. Los odio a los dos.

—No es mi prometida —creí oír que decía.

—¿Eh? —Volví a recorrer el pasillo con la mirada para comprobar que estábamos solos.

Él se lamió los labios.

—Ya no estamos comprometidos. Terminé con ella de vuelta a casa después del festival. Siento mucho que participara en aquello.

—¿Por qué? —Tenía la garganta como si hubiera comido tierra y necesitara bajarla con una jarra de agua.

Shia suspiró y se acercó a mí.

—Por muchas razones. Soy demasiado joven. Ella es demasiado joven. No nos conocemos bien. No tenemos nada en común. Le gusta armar alborotos, se portó fatal contigo. Lo de siempre... —Sonrió.

Contuve una sonrisa antes de que ésta se dibujara en mi cara.

—¿Es en serio? —No estaba segura, pero me parecía que sí—. Entonces ¿qué hacías con ella?

Se encogió de hombros.

—Es guapa. —Se detuvo—. Bueno, a veces. Es divertida, y hacía mucho tiempo que no tenía novia y sabía que así mis padres dejarían de obsesionarse con mi partida. De ese modo, mi madre tendría otra cosa en la cual pensar.

—Se preocupa por ti.

—Ya. —Se frotó la nuca con la mano. Llevaba recogidas las mangas de la camiseta y, al igual que a mí, se le veía cansado.

—¿Y ahora qué? —pregunté. Nuestra conversación progresaba a toda velocidad.

—Me voy el martes.

«Guau».

—¿Este martes?

Asintió.

—Bueno.

Me tragué mis palabras y la sorpresa. Sabía que se iba. Es más, sabía que mi vida en Nueva Orleans no iba a verse afectada por su partida. Lo conocía de hacía poco, pero me había acostumbrado a sus ausencias.

—¿«Bueno»? ¿Eso es todo?

—¿Y qué esperabas que dijera? —Apoyé el hombro en la pared beige.

425

El gigantesco retrato de familia colgaba de ella, a la altura de mis ojos. Miré la cara del pequeño Shia y el osito de peluche que sujetaba en las manos.

—No lo sé. Algo más que «bueno».

—¿Por qué no me dices tú algo a mí? —repuse—. Está claro que eres tú quien tiene algo que decir.

Cerró los ojos un segundo y se me acercó, acorralándome contra la pared.

—Siento mucho lo de Bell, de verdad. No tuve nada que ver con aquello, pero, aun así, te pido disculpas. —Su mano se elevó hacia mi cuello, justo por encima del tejido fino de mi camiseta.

Iba vestida en plan informal, con una camiseta blanca de las que tienen bolsillo, metida en unos *jeans* negros rotos y unos botines negros. Si hubiera sabido que iba a vérmelas con Shia me habría puesto unos zapatos más cómodos y una camiseta más sexy.

—¿Qué más pretendes que te diga, Meg? ¿Que haces que me suba por las paredes la mitad del tiempo? ¿Que eres una malcriada o que desearía ser lo que tú quisieras? —Se acercó unos centímetros más.

¿Qué? Iba a besarme. Ay, Dios mío.

Era muy mala idea. Jo habría opinado que era una idea pésima.

—Ni lo sueñes —le dije, sin dejar de sonreír y volteando la cara cuando sus labios se aproximaron mucho a los míos—. ¿Qué es lo que quiero exactamente? —pregunté sin aliento.

Shia tenía la palma de la mano en la base de mi cuello. Sonrió.

—Quieres la vida de la mujer de un oficial. Quieres ser como ellas o como mi madre.

—¿Y eso qué tiene de malo?

Su cuerpo estaba a escasos centímetros del mío, me tenía casi pegada a la pared.

Tomó un pellizco de mi camiseta con el puño y me jaló en su dirección. Cuando sus labios hicieron contacto, mis talones chocaron contra la pared. Arqueé la espalda para apartarme de él y, con delicadeza, sus manos sujetaron mis muñecas. Su madre venía hacia nosotros y yo estaba intentando que no me entrara el pánico.

—No huyas —me suplicó—. Tenemos que hablar.

—¿Meg? —La señora King me estaba buscando.

—Mierda, mierda. Tu madre va a matarme —dije, dando un paso hacia la luz—. ¡Ya voy! —dije justo cuando me vio.

El vestido de color rojo le quedaba perfecto, y las tiras de los tacones iban más allá de su tobillo. Traía el pelo lacio, como un río negro que caía sobre sus hombros.

—Ya terminamos. Si quieres, ven a la sala mientras lo recojo todo, repasamos la semana que viene y luego podrás irte a casa.

No parecía sospechar nada... Hasta que Shia salió de detrás de la esquina y se colocó detrás de mí. La señora King ni siquiera pestañeó al verlo.

—Volviste —le señaló a su hijo cuando él empezó a caminar hacia ella. Con sus tacones de diez centímetros era casi tan alta como él.

—Sí, sólo había salido a entrenar. Te lo dije.

—Tu hermana dice que tu vuelo sale el martes.

No debería haber estado presente mientras discutían sobre asuntos familiares, pero la única forma de salir de allí era pasando junto a ellos. Me acordé de la discusión que había presenciado en el despacho desde el pasillo y recé para que la historia no se repitiera.

—Mamá, yo siempre vuelvo. —Se acercó a abrazarla y ella señaló su camiseta sudada—. Vamos, mujer —dijo él riéndose y ladeando la cabeza.

La engañó al instante.

—Me vas a matar con tanto ir y venir. Tu hermana ya sentó cabeza. ¿Cuándo vas a hacer tú lo mismo? —Lo estrechó con un brazo. Era la pregunta de una madre preocupada, no de la señora King que firmaba mis cheques. Siempre era cortés conmigo, pero con su hijo era un amor.

—Volveré a finales de verano —declaró él.

Caminamos los tres hacia la escalera.

—Septiembre queda muy lejos.

Shia se iba dentro de dos días y no volvería hasta finales de verano. Se me hacía una eternidad.

—Estarás bien. A lo mejor tienes suerte y una de las chicas queda embarazada —bromeó Shia, apartándose de su madre.

Mi corazón empezó a bajar de pulsaciones tras nuestra «conversación».

Ella lo miró poniendo los ojos en blanco.

—Muy gracioso. Es posible que me den la alegría que tú no quieres darme. Vamos, vete a molestar a otra parte para que podamos trabajar. —Y, con las manos, le hizo un gesto para que se fuera.

Me mordí la mejilla interna para no reírme, aliviada de que su conversación hubiera sido agradable.

Shia besó a su madre, se despidió de mí con la mano y sin mirarme, y desapareció por el vestíbulo. Seguí a la señora King a la sala, donde se había celebrado la cena. Siempre me recordaba que podía asistir a las cenas, pero mi capacidad de atención no daba para tanto. Dos empleadas domésticas lo estaban recogiendo todo, y la señora King tomó una bolsa de basura y empezó a recoger la mesa.

—Salió muy bien —dijo—. Vamos a conceder otra beca y tenemos ideas para una nueva página web. Necesitamos un diseñador gráfico. ¿Conoces a alguno? —Jaló a la bolsa de basura un plato tras otro de comida que nadie había tocado.

Empecé a recoger las tazas.

—Creo que el novio de mi hermana lo es. —Laurie tenía toda la facha—. Le preguntaré y se lo confirmo.

—Gracias, Meg. ¿Qué tal tu noche? Comiste algo, ¿verdad? Espero que sí.

Asentí y fuimos de silla en silla. La señora King siempre se aseguraba de que comiera todo lo que quisiera cuando ella celebraba sus reuniones y, por eso, yo siempre escogía lugares que me gustaban para el *catering*. La mayoría de las veces me llevaba sobras para mis hermanas.

—¿Qué has estado haciendo? —insistió.

«Ay, Dios, me va a interrogar».

Tenía la garganta sequísima.

—Nada. Di una vuelta por ahí y me topé con Shia. —Me exprimí para esbozar una minúscula sonrisa, como el que aprieta el tubo para extraer la última gota de pasta de dientes.

—Sí, lo vi. ¿Cómo está John Brooke?

Se me cayó el alma a los pies.

—Bien —dije—. Bueno...

Estaba limpiando tan rápido que apenas podía seguirle el ritmo. Una vez más, deseé haberme puesto unos zapatos más cómodos.

—Fue a visitar a su familia unos días antes de presentarse en su primer destino.

—¿Cuántos años debe al ejército?

—Cinco.

—Eso es mucho tiempo —me dijo, como si yo no lo supiera ya.

La mesa ya estaba limpia, y yo ya quería irme a casa y alejarme de todo aquel que se apellidara King.

Bueno, tal vez no de Shia...

Dios, estaba muy confundida.

—Sí —logré contestar.

La señora King permaneció a mi lado, alzándose sobre mí.

—¿Vamos a la cocina?

Pasó por delante de mí y yo fui tras ella y miré la hora en el celular. Había pasado todo el día allí. Nadie me había enviado ningún mensaje. Jo seguramente seguía enojada conmigo, y ya ni siquiera recordaba sobre qué habíamos discutido. La señora King se acercó al sofisticado refrigerador americano y sacó una botella de dos litros de leche.

—¿Tomas dos tazas? Y el plato verde. —Señaló el plato verde de galletas que tenía delante.

Me reuní con ella en la isleta y me pasó un vaso de leche y una cuchara. Deslicé las galletas entre las dos, con la esperanza de que ya supiera mi horario para la semana siguiente.

Le di un bocado a una galleta con pepitas de chocolate justo cuando la señora King me preguntaba:

—¿Debería estar preocupada por los sentimientos de mi hijo hacia ti?

Casi me atraganto.

—Mmm..., ¿qué? —dijo mi bocota.

—¿Debería estar preocupada respecto a ti y a mi hijo? —reformuló con inmensa calma y vocalizando perfectamente.

Fui cuidadosa con mi respuesta:

—¿En qué sentido?

—En el sentido romántico.

—¿Y por qué iba a preocuparse? —Bebí un trago de leche.

La señora King apoyó los codos sobre la isleta de mármol y se inclinó hacia delante.

—Las cosas que me preocupan son la infidelidad, la paciencia y el modo en el que se conserva nuestro apellido.

Sentí una inmensa opresión en el pecho.

—Yo no estoy siéndole infiel a nadie. John y yo apenas... —No quería darle excusas—. Terminaría con John antes de comprometerme con su hijo.

Ni siquiera sabía si quería hacer eso. Sabía que él estaba diciendo la verdad respecto a no haberle dicho nada a Bell, pero eso no significaba que nuestra relación pudiera llegar a tener algún sentido o durar más que uno de sus viajes.

—¿Y respecto a la paciencia? —Mojó la galleta que sostenía en la mano en su vaso de leche.

—¿A qué se refiere? —Detestaba tener que pedirle que fuera más clara, pero, si eso era alguna especie de examen, quería aprobarlo.

—Se va a esos viajes y estará en aldeas donde no hay internet. Volverá a casa sin dinero porque lo habrá donado todo. Es un buen hombre, y estoy orgullosa de él, pero todo tiene un límite, y Shia necesita estar con una mujer con mucha paciencia.

—¿Le hizo esas preguntas a Bell Gardiner? —Tenía que saberlo.

La señora King negó con la cabeza.

—No fue necesario.

—¿Porque ya sabía las respuestas? —Aun así, tenía que saberlo.

—No. Sabía que no iba a durar lo suficiente para que debiera formularlas.

Su respuesta me tomó por sorpresa, pero mi boca habló antes de que tuviera tiempo de pensar:

—Creo que soy paciente.

No era tan paciente como... Beth, por ejemplo, pero sabía esperar las cosas que valían la pena.

—¿Y lo del legado de la familia? —pregunté.

No estaba segura de querer oír la respuesta. Los King eran demasiado buenos para mí.

—¿Sabes qué me importa más que el color de tu piel o tu apellido? —empezó.

—No. —Lo cierto era que no tenía ni idea.

—Pues si eres o no luchadora. ¿Podrás soportar la presión que supone pertenecer a una familia como ésta? Shia y su padre pueden pasar meses sin hablarse, pero, para mí, nuestra familia es lo más importante.

Asentí.

—Y me da igual a qué universidad hayas ido, o si has ido a la universidad. Sé que eso no es para todo el mundo, y soy consciente de que ustedes, los *millennials*, saben sacar la casta de otras maneras. ¿Serás capaz de hacer que mis nietos crezcan fuertes y estén dispuestos a comerse el mundo independientemente del color de su piel?

Asentí de nuevo.

—Sé que parece mucho —sonrió, y su gesto le quitó peso a la inesperada conversación—, y que sueno como una madre sobreprotectora, pero no es el caso. Si esto no funciona, cambiarán muchas cosas. Tu trabajo podría verse comprometido, la amistad que comparten, la amistad que compartimos. No quiero perder el tiempo, ni que mi hijo y tú lo pierdan, Meg, si no estás preparada para esto.

La cosa seguía pareciéndome un poco intensa, pero, en serio, había estado planificando mi boda y bautizando a mis peluches desde que empecé a hablar. Yo no era como Jo. Ser madre era algo muy importante para mí, y siempre había sabido que, fueran de la raza que fueran mis hijos, yo sería su mayor defensora. Deseaba convertirme en esposa y en madre algún día.

Pero aún faltaba mucho para eso, por mi parte y por la de Shia.

—Lo entiendo. Pero todavía somos muy jóvenes para eso.

—Bueno, yo lo que quiero es que lo pienses con perspectiva. Detestaría perder la relación laboral que tenemos ahora si acaban dejando lo suyo.

Para dejarlo, antes tendríamos que empezarlo, pensé, pero no dije nada.

—Señora King, yo le prometo que si... si se da el caso, estaré preparada para lo que ha planteado —aseguré, a ella y a mí—. Para todo.

Shia y yo no podíamos empezar a salir así, sin más. Teníamos que volver a ser amigos antes, y eso no podía suceder porque se iba hasta después del verano, y todavía estábamos en primavera.

—Eso era todo lo que quería saber. Y, por favor, no le cuentes que te dije estas cosas. —Su sonrisa era tan cálida que consiguió derretir toda incomodidad—. Ah, y tienes que aprender a preparar estas galletas para mis nietos.

—Hecho. —Levanté otra galleta en el aire.

—Hecho —repitió ella, y brindó conmigo con su galleta a medio comer.

Durante los siguientes veinte minutos repasamos el horario de la semana, incluyéndolo todo, desde las citas en la peluquería canina de la mañana siguiente hasta la cita del jueves para actuar de jurado. Entre cita y cita, que yo iba añadiendo al calendario de su celular, no paré de mirar hacia la puerta con la esperanza de volver a ver a Shia antes de irme. Sólo le quedaban dos días más allí, y sabía que esos días pasarían volando, y entonces, ¡puf!, estaría al otro lado del mundo de nuevo.

Desgraciadamente, no entró por la puerta. Pero justo cuando estaba a punto de irme con una bandeja llena de sobras, el celular de la señora King sonó sobre la barra donde lo habíamos dejado.

Lo tomó y leyó el mensaje en la pantalla mientras me acompañaba hasta la puerta.

—Buenas noches, Meg —dijo—. Y avísame si quieres tomarte el martes libre.

Asentí, le di las gracias y me dirigí a mi auto lo más aprisa que pude.

«¿Qué acaba de pasar?», pensé.

CAPÍTULO 43

Beth

La pizzería Little Caesars estaba vacía salvo por nosotras y por la chica embarazada detrás del mostrador. Sólo había dos porciones de pizza en la bandeja caliente. Sabía que estaban a punto de cerrar y ya me sentía fatal por aparecer en el último momento. Y hacer que una embarazada nos ayudara todavía me hacía sentir peor. Se llamaba Tawny y tenía los ojos grandes y cafés y el pelo rizado. Parecía muy joven.

—Hola —le dijo mi madre con una sonrisa.

Mamá era una clienta educada y nos había enseñado a ser siempre corteses. Estaba menos alegre que antes, pero últimamente todos estábamos un poco más exhaustos en la familia Spring.

—Hola, ¿en qué puedo ayudarlas?

Mi madre le pidió, por favor, por favor, a Tawny la embarazada que preparara más pizzas y le prometió una propina que valdría la pena, además de pedirle disculpas sin parar. No sabía lo que pasaría aquella noche después de que las grasientas pizzas llenaran nuestros estómagos felices y la película que eligiéramos ver acabara y mi madre y mi padre se fueran a su cuarto y nosotras a los nuestros.

No sabía quién de mis hermanas estaría en casa, y esperaba que al menos una estuviera disponible para hablar con ella cuando mis padres cerraran la puerta de su habitación y Meredith tuviera que decirle a mi padre, otra vez, que no teníamos dinero.

—Sólo jalapeños y cebolla en esa mitad —dijo mi madre, pidiendo la pizza favorita de Jo.

Esperaba que Jo se hubiera calmado lo suficiente para estar bajo el mismo techo que Amy. Y también esperaba que al día siguiente mi madre pudiera decirle a mi padre que nunca iba a volver a la escuela pública y que él lo tomara bien y yo pudiera centrarme en mi tarea.

—Al menos, no somos los únicos que han venido a la hora de cerrar —dijo una voz femenina a mi espalda.

Me resultó familiar y, al mirar atrás, comprendí por qué.

Apoyada en el barandal y vestida con unos pants ajustados y una camiseta verde oliva estaba Nat, la chica que vendía joyería artesanal en el festival. Buf, ese festival... Sería genial poder borrarlo de la historia de la familia Spring. La visita a su puesto había sido lo único bueno de aquello. Ella se había mostrado muy amable, e incluso nos había ayudado a esconder a Meg. Se le veía muy relajada con su ropa de calle. Sus orejas asomaban por debajo de la coleta, y vi que estaban decoradas. Nat estaba de pie junto a un hombre que imaginé que sería su padre, señalando la carta que colgaba de la pared.

Para ser una chica a la que sólo conocía hacía un fin de semana, no paraba de encontrarme con ella. En el festival estaba trabajando, eso tenía una explicación muy sencilla, pero ¿lo de la pizzería? Las posibilidades de que ella y su padre... En fin, era raro. Tenía las mejillas al rojo vivo e intenté no mirar la pared de espejo que había detrás del mostrador. Lo intenté y... fracasé. Mi aspecto era el de alguien que llevaba una semana sin dormir.

—¿Qué dijo tu madre que quería? —le preguntó a Nat su supuesto padre.

Con los dedos, traté de peinarme los mechones enredados que escapaban de mi coleta, pero no acabó de funcionar.

—Jamón y queso —contestó ella.

Él le preguntó entonces por la tarea, y la estaba observando cuando miró hacia mí y me sorprendió.

Pestañeó tres veces muy rápido y sonrió.

—¡Eh, hola! ¡Yo te conozco!

—Hola —dije justo cuando mi madre se volteaba.

—¡Hola! ¿Quiénes son? —preguntó Meredith, saludando a Nat y a su padre con la mano, y luego se presentó.

—Yo soy Nat. —La chica sonrió a mi madre y, a continuación, señaló al hombre con el dedo pulgar—: Y él es mi padre.

—Shin. Encantado de conocerlas. —Le ofreció a mi madre la mano para que se la estrechara.

Nat volteó hacia mí.

—¿Cómo estás? Qué casualidad que seamos las únicas de la ciudad en Little Caesars —dijo, riéndose un poco y llevándose un mechón oscuro detrás de la oreja.

Su coleta parecía muy suave, la definición perfecta de un chongo despeinado de Tumblr. La mía nunca parecía elegante y desenfadada. Nunca.

—Ya —respondí.

Estaba nerviosa, aunque no sabía por qué. No había fila detrás de nosotras ni más voces de gente hablando, sólo música pop de hacía diez años y el zumbido del refrigerador. Sólo estábamos nosotros cuatro..., bueno, seis si contábamos a Tawny y a su bebé, pero el corazón me latía como si estuviéramos en pleno Black Friday (que ya empezaba en Acción de Gracias) en Walmart.

Nat me miraba como si se me hubiera olvidado contestarle, y con razón.

—Cierto —añadí—. Pensábamos que éramos las únicas a las que aún les gustaba este lugar.

Entonces una sonrisa le iluminó la cara y volvió a reírse.

—Nosotros igual.

Nuestros padres estaban hablando de distritos escolares o algo parecido. Ni lo sabía ni me importaba.

—¿Qué estaban haciendo? Fort Cyprus está muy tranquilo esta noche —dijo Nat mirando el Kmart vacío.

Supe entonces que era de familia militar, porque había llamado a la ciudad Fort Cyprus. Los pocos civiles que había por la base y que no tenían parentesco con militares llamaban a ese lugar por su verdadero nombre.

—Resolviendo pendientes —contesté—. Fuimos al centro comercial. —El recuerdo me resecó la garganta—. Y ahora, vinimos por pizza para cenar. Luego nada, veremos una peli de miedo. ¿Y ustedes?

—¡Me encantan las películas de miedo! —dijo ella levantando un poco la voz. Era muy animada cuando hablaba, me recordaba a Jo.

Tawny se nos acercó para preguntarle a Nat qué querían tomar. Ella pidió pizza para llevar para su familia y su padre se dispuso a pagar.

—Fuimos a la tienda de manualidades a comprar una bomba neumática para no sé qué cosa flotante —me explicó.

—¿Para tus hermanos o hermanas? —pregunté.

—No, para mi madre. Es para el jardín, cuando llegue la primavera. Es raro lo mucho que le gusta decorarlo. —Nat se echó a reír. Si hubiera visto la casa de mi madre en Halloween o la de mi abuela en Navidad...—. Soy hija única —añadió.

Casi me atraganto.

—¿Eres hija única?

Se echó a reír.

—Si te vieras la cara... —Abrió los ojos, imitándome, y siguió riéndose a carcajadas.

—Es que tengo tres hermanas —le dije a la preciosa alienígena que tenía delante.

«¿Hija única? —pensé—. ¿Cómo debe de ser eso?».

—¿Tres? —Ahora le tocaba a ella poner cara de sorpresa—. Caray. Son muchas.

—Ya te digo —sonreí.

—Mañana es el cumpleaños de mi madre y vamos a inflar un montón de adornos y a llevarle pizza. —Nat se relamió y miró hacia atrás para ver qué tal iba su padre.

Parecía mucho más joven sin maquillaje y sin diamantina ni *henna* por toda su piel de color crema. No habría sabido decir si tenía mi edad o era mayor.

—Genial. Mañana nosotras celebramos en casa el cumpleaños de mi tía —dije, no sé a cuento de qué.

Nat seguía sonriendo.

—Suena divertido —comentó como si de verdad lo pensara—. Yo quería dejar que mis padres disfrutaran de un rato a solas, pero mi padre se ofreció de voluntario para acompañarme. —Se dio una palmada suave en la frente. Me hizo reír, lo cual se agradecía—. Sé que parece raro que quisiera darles a mis padres tiempo para estar solos...

Mi madre nos miró, yo miré a Nat y traté de no reírme.

—Un poco, pero lo comprendo —dije.

Mis padres nunca habían tenido tiempo a solas.

—¿Y si vienes a mi casa? —En cuanto lo dije, me pregunté si me habría pasado. ¿Le parecería bien a mi madre? ¿Esperaría ella a decirle a mi padre lo del dinero hasta que estuviéramos todas en la cama? Tartamudeé un poco cuando añadí—: Tengo que preguntarle a mi madre..., vamos, si quieres. Tampoco lo sé...

—Sí, claro. Si a tu madre no le importa. Total, sólo son las siete. Podría estar en casa para las nueve y media... Aunque tampoco es que tenga que ir a clase mañana.

Acto seguido, volteó hacia su padre y se lo preguntó.

Mamá asintió mirando a Nat, luego lo miró a él y después a mí.

—¿De qué la conoces? —me susurró.

—Hace los anillos que llevé a casa. Aquel anillo oscuro que compré para ti.

Mi madre no se lo había puesto aún, pero me había prometido que se lo pondría cuando fuera a un lugar especial.

—¿De verdad? Vaya..., si sólo tiene diecisiete años. Su padre dice que quiere ir a la Universidad Estatal de Luisiana en otoño. Pero, sí, puede venir, pueden quedarse en la sala y ver una película.

—Mamá...

—Se te aplican las mismas reglas que a tus hermanas. No hasta que cumplas los dieciséis.

Menos mal que Nat no podía oírla. Ya quería que acabara de hablar.

—Bueno, como quieras —accedí, y el padre de Nat asintió.

—He tenido esta conversación con todas mis hijas. Con Meg, con Jo y ahora contigo. —Mi madre seguía hablando en susurros.

Nunca habíamos mantenido esa conversación porque yo nunca había invitado a nadie a venir a casa, ni chicos, ni chicas.

—Bueno —repetí.

Meredith asintió y volteó hacia Nat.

—¿Qué pizza pidieron? Nosotras...

Era como si todo a mi alrededor estuviera cambiando a gran velocidad desde que papá había vuelto a casa, desde que Jo había conocido a Laurie, desde el regreso de Shia King, desde que a Amy le había venido la primera regla, desde que yo había hecho mi primera amiga en mucho, mucho tiempo. Rezaba para que los días transcurrieran más lentamente durante el verano. ¿O acaso ser adolescente era eso? Todo pasaba volando y tenías que intentar disfrutar de las cosas buenas mientras podías.

CAPÍTULO 44

Jo

—Esto es increíble —dije por enésima vez en cinco minutos.

Laurie se encontraba sentado en su cama, tecleando y revisando mi *laptop*. Yo estaba furiosa con Amy. ¿Cómo podía tener esa pequeña bruja el corazón tan frío?

—Se lo voy a decir a Meg. Tengo que contárselo.

Me senté en el borde de la cama y saqué mi celular del bolsillo. El día se me estaba haciendo eterno y no veía la hora de que se acabara.

—Eso no es asunto mío —repuso Laurie—. Tú eres la que sabe lo que es mejor para tu familia. Mira. —Se incorporó hacia mí y colocó la pantalla en ángulo para que pudiera verla—. Tu redacción estaba aquí, hay una copia de seguridad. La envié a mi correo por si acaso. Siempre deberías enviarte tus documentos.

—¿Ya está? ¿Ya terminaste? —Lo miré arqueando una ceja, y él asintió—. Gracias, de verdad. Vaya lío, Laurie. Vaya desastre de familia que tengo. Lo de Amy... Es que no puedo creer que le enviara esos correos a Meg. A Meg, que es su favorita... ¡Imagínate lo que tendrá planeado para mí!

No quería ni pensarlo.

—Todas las familias tienen sus cosas, y lo sabes. Mira la mía.

Asentí con un suspiro.

—Sí, pero al menos están distanciados. Eso ayuda un poco, ¿no?

Alargó el brazo para tomar el fino tirante de mi camiseta y jaló para atraerme hacia sí. La pelea con Amy parecía un recuerdo demasiado lejano para haber sucedido hacía apenas una hora. Era como si la discusión hubiera comenzado años atrás y sólo ahora llegara a su culminación. ¿Qué habría pasado si Laurie no hubiera estado allí y yo no hubiera podido ir a tranquilizarme a la casa de al lado? Cuando me fuera del estado ya no tendría un santuario.

—Ayuda muy poco, casi nada —respondió él.

—Desearía poder irme muy lejos, pero me pregunto si me sentiría culpable por abandonar a mi familia.

Laurie me había pasado el brazo por los hombros, pero se las arregló para tomarme la mano y entrelazar sus dedos con los míos. Se había convertido en mi mejor amigo. Mi familia más cercana, mi más todo en las últimas semanas. Había empezado a contarle cosas que normalmente no habría dicho en voz alta, por eso lo sabía.

—Mucha gente se va de casa para estudiar, ¿lo sabías? Conocí a estadounidenses de todos los estados paseando por las calles de Nápoles, de París, de Berlín... En todas partes. La gente se va de casa, es la vida. Es parte de hacerse mayor, ¿no?

Asentí y apoyé la cabeza en su hombro. Olía a jabón y a óxido.

—Sí, pero Meg tiene dos trabajos y, si se casa con John Brooke, tendrá que mudarse y dejará a Amy con Beth y conmigo. Un conductor menos, un auto menos. Si yo me voy, otro conductor menos... ¿Me comprendes?

Apartó la *laptop* de sus piernas y giró el torso hacia mí. Luego estiró el edredón que se hallaba entre nosotros de la cama destendida.

—Sí, te comprendo, pero ésa no es tu responsabilidad. Sé que es duro oírlo, pero tú sólo eres responsable de ti misma y de ayudar cuando puedas, nada más. Si te quedaras aquí, serías muy desgraciada. Tu familia desea que te vayas si es que eso es lo que quieres, ¿no?

—Supongo. Mi padre fue el primero en decir que tendría que irme de casa por mis estudios. —Meneé la cabeza—. Tú no lo entiendes porque tu familia no está tan unida como la mía. Yo comparto la habitación con mi hermana y vivo con mi padre y con mi madre.

Laurie pareció entristecerse.

—No lo dije con mala intención, perdóname —me apresuré a añadir—. A veces me preocupa que, si me voy, todo se irá al diablo. Aunque tampoco es que esté haciendo mucho para impedirlo.

—Háblalo con Meg, a ver qué dice ella.

Asentí. Estaba de acuerdo con él. Tomó mi taza de café.

—Sólo somos puntos diminutos en tu mapa, Jo. Éste no es tu lugar, y lo sabes, aunque espero ser lo bastante bueno para que me mantengas un poco más a tu lado.

Me dio un vuelco el corazón.

—Lo eres —le susurré—. Vamos a hacer que funcione a distancia, ¿verdad? Eso si seguimos juntos lo que queda del año...

Laurie puso los ojos en blanco.

—¿Es en serio, Jo?

Me eché a reír.

—Yo sólo digo que primero hay que ver qué tal se nos da el año.

—Antes tengo que ir a visitar a mi madre.

—Lo sé. Ya nos las arreglaremos. Así practicaremos para cuando yo me vaya a la universidad, si es que todavía seguimos juntos.

Esta vez no se rio, ni siquiera sonrió. Me miró.

—¿De verdad piensas así? Al principio tenía gracia, pero no paras de repetirlo. ¿Para qué intentarlo siquiera si en realidad no tienes intención de intentarlo?

Me aparté de él.

—Lo estoy intentando. Era broma..., lo retiro... Sólo necesito saber con seguridad que esto es lo que yo quiero y lo que tú quieres.

—Creía que estábamos de acuerdo en que sí.

Laurie parecía agotado.

Como todos.

—Así es. —Me froté el cuello—. Pero estoy siendo realista y sincera.

—Genial.

Nos quedamos sentados un momento en silencio antes de que él lo rompiera.

—Jo, tengo que saber qué es esto. No te estoy pidiendo un compromiso de por vida, pero ¿podemos al menos acordar que estamos saliendo juntos o no? Voy a volver pronto a Italia y me van a preguntar si estoy soltero...

«¿Qué?».

—¿Eso qué significa? ¿Quién va a preguntártelo? —dije levantándome de la cama. Normalmente tenía el tamaño perfecto para los dos, pero ahora se me hacía pequeña.

Laurie titubeó.

—Me refería a mis amigos y también a mis amigas. No estoy diciendo lo que crees que estoy diciendo, pero, sí, las chicas me lo van a preguntar, Jo.

Normal. No había más que verlo.

Me enojaba a más no poder. ¿Salir con Laurie siempre iba a ser así? ¿Con un montón de chicas listas para abalanzarse sobre él en cuanto se quedara solo?

—No entiendo por qué es tan importante para ti decir que estamos juntos. Si tan poco claro lo tienes, ¿qué estamos haciendo? —le dije a la defensiva—. Si tienes tantas opciones haciendo fila frente a tu casa, ¿qué estamos haciendo?

Meneó la cabeza.

—Estás siendo una hipócrita. Lo sabes, ¿no? —Se llevó las manos al flequillo.

—Sí, lo sé. Y tú eres un maldito mujeriego. Lo entiendo.

Laurie abrió entonces la boca completamente, se levantó de la cama y se dirigió hacia la puerta. La abrió, y esperaba que me corriera, pero lo que hizo fue irse él. Aguardé menos de un minuto antes de tomar mi celular, la *laptop*, mis llaves y largarme. Los escalones crujían al pisarlos y, por lo general, me encantaba la personalidad que le conferían a la casa, pero con cada crujido me daban ganas de gritar mientras bajaba a toda prisa. El aire era pegajoso y olía como si fuera a llover. Pensé en ir a dar un paseo, pero quería irme a casa y acostarme en mi cama.

Cuando llegué, todo estaba en silencio. La luz de la sala estaba apagada, pero el resplandor de la televisión iluminaba toda la estancia. Mi padre estaba sentado en la silla de ruedas al lado de su sillón reclinable, Amy estaba acostada en el sofá, viendo la tele. El Prius de Meg estaba en el camino de acceso, por eso sabía que estaba en casa.

—¿Meredith no ha vuelto aún? —pregunté a quien quisiera contestarme.

—Todavía no. Deberían llegar en cualquier momento —dijo mi padre.

Meg apareció entonces por el pasillo y miró hacia la sala.

—Ah, eres tú —suspiró cuando me vio bajo el resplandor de la televisión.

Le dije que necesitaba hablar con ella. Ya. No quería discutir; estaba cansada de dramas. Necesitaba contarle que había sido Amy la que había enviado esos *e-mails*.

—Acompáñame arriba un momento —le pedí en voz baja.

Mi padre no dijo nada; mantuvo la mirada fija en el programa que estaba viendo.

Meg accedió y, cómo no, Amy lloriqueó diciendo que quería venir arriba con nosotras. Intenté recordar mis doce años: ¿era entonces tan impertinente como ella?

—No —le espeté.

Meg me miró y yo negué con la cabeza.

—En cuanto termine de hablar con Jo, bajaré y me acostaré contigo en el sofá y te cepillaré el pelo, ¿de acuerdo? —la arrulló ella.

Estaba arrullando a la niña de doce años que había intentado sabotear su relación con John Brooke enviando mensajes de correo electrónico falsos, pero, claro, Meg no tenía ni idea de eso.

Amy accedió como la pequeña sabandija mimada que era, y yo seguí a Meg arriba.

—Más te vale que sea importante —me amenazó ella.

Estaba en pijama, pero totalmente maquillada. Cómo no.

—Acabo de volver después de haber pasado todo el día en casa de la señora King, no me jodas —dijo, al ver que la juzgaba con la mirada.

Entró en nuestro dormitorio. La seguí y cerré la puerta.

—Tengo que contarte algo sobre alguien próximo a nosotras.

Meg parecía superescéptica. Yo estaba irritada a causa de mi pelea con Laurie y el hecho de que mi familia se estuviera derrumbando. Estaba harta de todo y quería que mi hermana dejara ya el rollo de chica guapa y tonta.

—Déjate de dramas y cuéntame lo que sea.

—Lo digo en serio. Es sobre esos *e-mails* de John Brooke. Los que recibiste cuando...

Me interrumpió agitando la mano en el aire.

—¡Ya sé de qué *e-mails* me estás hablando, Jo! Continúa —me apremió.

—Antes, cuando Amy tiró la *laptop* al suelo, Laurie le echó un vistazo y encontró una dirección de correo electrónico a la que Amy estaba conectada...

—¿Qué? —Meg miró hacia la puerta que tenía a mi espalda y, luego, de nuevo a mí.

—Sí —proseguí, bajando la voz—. Amy tenía iniciada la sesión en la cuenta de correo desde la que te llegaban los mensajes de un falso John. No sé por qué lo habrá hecho, pero tenemos que contárselo a mamá y a papá y decirle algo a ella ya. Todo el asunto es muy retorcido.

Esperaba una respuesta de su parte, pero Meg sencillamente permaneció allí plantada, procesándolo todo, de modo que empecé a pasear por la habitación porque alguien tenía que estar haciendo algo.

—¿Amy? ¿Estás segura? —preguntó al cabo.

Se le estaban poniendo los ojos rojos. Debería haberle gritado a Amy que subiera para poner todas las cartas sobre la mesa.

—Sí. Si quieres, hablo yo con ella.

—No. —Meg negó con la cabeza.

Sus rizos castaños rozaban sus hombros conforme se movía. Estaba peinada a la perfección y con unas pestañas larguísimas. Siempre parecía estar lista para las cámaras o algo así. Incluso en aquel momento.

—No quiero decirle nada.

«¿Qué?».

—Claro que sí.

—No. —Sacudió la cabeza de un lado a otro con vehemencia—. No, Jo. ¿Para qué? Sus motivos tendría para hacerlo.

—Sí, porque es una...

—No, Jo. Porque tiene doce años y a su padre lo han herido en Iraq, sus dos hermanas mayores tienen novio y nunca están en casa, su madre bebe y apenas se percata de su presencia... Está llamando la atención.

—*Pretende* llamar la atención.

—Da igual. Piensa por qué lo hace, y en por qué no puedo sencillamente prestarle la atención que busca y esperar que no vuelva a hacerlo. Debemos tener también en cuenta sus sentimientos. Tiene doce años y no la está pasando bien. Piensa en cómo la habrías pasado tú cuando tenías su edad si papá hubiera vuelto a casa así.

—¿Por qué eres tan... tan...? No sé. En parte tienes razón, pero ¿por qué vas a dejarlo pasar?

—No es exactamente eso. Pero es mi hermana pequeña —explicó Meg con tranquilidad.

Tenía demasiada paciencia. Yo era más vengativa.

—Deja que yo me encargue, Josephine. —Meg se sentó en su cama, tomó el libro que le había regalado en Navidad y lo hojeó.

—Bueno, *Margaret* —repuse.

Permanecimos calladas durante un minuto, yo sentada en mi cama y Meg en la suya. Recordé cuando éramos pequeñas y ella a veces me hablaba o me pedía que le contara mis historias sobre Jack Smead. Ella se reía sin parar hasta que Meredith venía a callarnos y nos amenazaba con quitarnos internet si no nos callábamos. Aquella época era sencilla, antes de los chicos, y el sexo, y el dinero.

—Lamento lo de esta mañana —dijo ella al fin—. Estaba enojada con Shia y conmigo, y lo pagué contigo.

La miré y Meg me ofreció una media sonrisa; qué guapa era. Se le veía un poco marchita esa noche, como una flor que necesita un beso del sol, pero seguía estando guapa. Como lo sería Amy cuando fuera más mayor.

—Yo también lo lamento —dije—. No pensé que fuera a cambiar nada. No lo pensé, y lo lamento.

Sonrió.

—Gracias. ¿Lo ves? No es tan difícil.

—Ja, ja —repuse con desgana—. ¿Qué pasa con Shia?

Imaginaba que no querría hablar de ello, y menos conmigo, pero se lo pregunté de todas formas. Así no pensaba en Laurie.

—No lo sé. —Se llevó los dedos a los labios—. Se va el martes.

—¿Este martes?

Asintió.

«Qué pronto».

—Ah, vaya.

—Sí. —Apartó la mirada—. Voy a terminar con John Brooke. Lo enviaron muy lejos y apenas me ha escrito en los últimos días y...

—Y quieres a Shia.

Asintió de nuevo.

—Sí, creo que sí. —Parecía estar muerta de miedo.

—¿Y cuál es el problema?

—Estoy harta de relaciones a distancia.

Uf. Otro golpe contra mi épica saga con Laurie.

—Pues vete con él —sugerí.

A Meg le haría bien pasar una temporada fuera de este lugar.

—¿Cuánto tiempo estará fuera?

—Hasta septiembre. —Hizo una pausa—. No puedo irme. Ni hablar. No voy a dejarlos aquí tirados.

Al parecer, tenía las mismas preocupaciones que yo.

—No te preocupes por eso. Nos las arreglaríamos. Deberías irte.

La idea de que Meg se fuera se me hacía rara. No parecía algo que pudiera llegar a ocurrir, pero sinceramente esperaba que así fuera. Sería emocionante. Un cambio en la casa de la familia Spring. Toda una reestructuración.

—No podría hacerlo —dijo, y se mordió el labio inferior—. ¿Verdad?

—Claro que puedes —repuse asintiendo—. Pídeselo.

—Parece muy irresponsable de mi parte. Yo no soy como tú, Jo. No me gustan las sorpresas, y no me gusta ir de aquí para allá.

Me encogí de hombros.

—¿Y cómo lo sabes? Nunca lo has intentado. Dices que no eres como yo, pero a mí me da la sensación de que sólo tienes miedo.

Torció el gesto.

—Me da igual lo que pienses, Jo. Tú no sabes nada de la vida. ¿Te crees que sí porque pasas el día sentada viendo documentales? Has tenido una vida bastante cómoda.

Me quedé de piedra. No podía estar hablando en serio.

—¿Yo? Pues igual que tú, princesa Meg. Perdóname por preocuparme por lo que pasa en el mundo cuando a ti sólo te preocupa cogerte a tipos para que se casen contigo y alimenten tu estúpida obsesión. Me alegro por ti, conviértete en una ama de casa si es lo que deseas, pero ¡no me juzgues porque yo no quiera serlo, carajo!

Mi hermana se puso de pie y supe que estaba perdiendo los estribos, y me parecía bien, porque yo ya los había perdido.

—¿Que no te juzgue? ¡Eres tú la que me juzga a mí, Jo! No quiero estar sola, ¿de acuerdo? Y no pasa nada. ¡Tú estás tan obsesionada con ser una sabelotodo que olvidas cuál es la parte más importante de ser una mujer fuerte!

Estaba casi temblando de rabia. ¿Cómo podía estar enojada conmigo? Yo no la estaba juzgando…, bueno, puede que sí, pero ella a mí también. Ella no era la víctima allí.

—¿Y cuál se supone que es exactamente? ¡Ilumíname! —le grité en respuesta mientras me levantaba de la cama.

—¡La libertad de elección, Jo! Se trata de mi elección como mujer. Si quiero pasar la vida siendo madre de tiempo completo y organizando recaudaciones de fondos y excursiones familiares, ¡puedo hacerlo! ¡Carajo, puedo hacer lo que me dé la gana! Si tú quieres mudarte a una gran ciudad, terminar con Laurie y centrarte en ti misma, ¡adelante! ¡No seré yo quien te juzgue! Pero ¡al menos yo sé lo que quiero!

452

No lo podía creer.

—¡No sabes de lo que estás hablando! ¡Ni siquiera puedes escoger entre Shia y John! ¡John Brooke, que es aburrido como un caracol, o Shia, que te hace actuar como un ser humano decente!

La puerta del cuarto se abrió entonces y Amy irrumpió en la estancia. No soportaba estar con ninguna de las dos en ese momento, pero, cuando intenté irme, Meg me cortó el paso.

—¿Yo? ¡Mírate en el jodido espejo, Jo! ¿Aún estás en la preparatoria y pretendes darme lecciones de vida? Tienes a Laurie delante de tu cara, dispuesto a todo por ti, ¿y sólo porque no le pones una etiqueta a lo suyo te crees que eres mejor que yo? Si no te comprometes con él, espero que encuentre una buena chica en Italia que lo haga.

«Auch».

—Vete a la mierda, Meg.

La empujé a un lado y bajé corriendo la escalera. Meredith se estaba estacionando en el camino de acceso cuando pasé por delante de la ventana, de modo que salí por la puerta trasera. Crucé el jardín a toda prisa y sin poder creer la osadía de mi hermana. Era muy consciente de lo que tenía con Laurie, y Laurie me conocía mejor de lo que me había conocido ella.

Sabía que había algo de cierto en sus palabras y deseaba demostrarle que se equivocaba respecto a mí. Sí sabía lo que quería.

A Laurie y Nueva York. Podía tener ambas cosas, a diferencia de Meg. Toqué la puerta de los Laurence con frenesí, pero nadie abrió. Toqué de nuevo, apoyándome con impaciencia en un pie y en el otro hasta que al final giré la manija para comprobar si la puerta estaba cerrada. No lo estaba, de modo que entré y me dirigí hacia la escalera. No se oía la televisión a todo volumen, así que supuse que el viejo señor Laurence no estaba en casa.

El corazón me latía a mil por hora. Esperaba que Laurie estuviera allí. Y esperaba que quisiera verme.

Debería haber reflexionado acerca de ello antes de llamar a la puerta de su dormitorio, pero no estaba pensando en nada más que en verlo. Y ahí estaba yo, sin un atuendo precisamente sexy y sin acabar de cepillarme los dientes. ¿Y si se había llevado a una chica a su cuarto?... No, él no haría algo así. Sabía que no lo haría.

Justo antes de que cambiara de idea y diera media vuelta, Laurie abrió la puerta. Estaba confundido, enojado y tremendamente guapo. Era tan sensible y tan tierno comparado con la idea que me había hecho de los chicos... Él me escuchaba, me ayudaba, me enseñaba. Había estado ahí para mí durante toda esa mierda con mi familia, y ahí estaba también ahora, delante de mí, aguardando a que hablara.

—Hola —dije sin aliento.

—Hola.

Lo tomé de la camiseta y lo atraje hacia mí para que me besara. Estaba completamente abierta a él, sin saber si él me empujaría o me aceptaría, y gemí aliviada cuando sus brazos envolvieron mi cintura y estrechó mi cuerpo contra el suyo.

—¿Qué haces...?

—Estoy segura. Estoy del todo segura. Funcionará. Puedes irte a donde quieras, a Italia...

Su lengua me quemaba la piel mientras recorría mi pulso. Cuando se apartó, extrañé tanto su sabor que me dolía. Fue así de rápido. Era como si alguien hubiera encendido un interruptor en mi cuerpo, y la presión en mi vientre, que latía con expectación, me iba a partir por la mitad, estaba convencida de ello.

—¿En serio? —Lamió la parte más sensible de mi cuello.

—Quiero... —no sabía cómo decirlo, pero quería mantener el control— estar contigo.

Empujé sus hombros, busqué su boca y lo guie hasta la cama. Se acostó boca arriba y yo lo monté con ambas piernas sobre su definido cuerpo. La camiseta se le había subido por encima del ombligo y vi que las pecas salpicaban su piel bronceada como un montón de semillas esparcidas. Tenía las pupilas enormes, como dos pozos de tinta negra que contenían palabras que sólo yo podía leer. Sabía que eso lo cambiaría todo. Que siempre recordaría a quién le había entregado mi virginidad. Siempre.

—Te quiero... Creo.

Se detuvo en seco y sostuvo mi rostro entre las manos para obligarme a mirarlo.

—¿Me quieres?

Asentí.

—Creo que sí.

Sonrió, y la sonrisa alcanzó sus ojos oscuros. Luego su boca rozó mis labios y susurró:

—Yo también.

Lo amaba. Me había enamorado por primera vez. Mi vida era complicada y mi futuro estaba completamente en el aire, pero sabía que estaba enamorada de Laurie y que no había ningún otro lugar en el que quisiera estar más que allí, y que así era como se suponía que tenía que ser, en eso consistía este lío confuso que es la vida.

Tomé la parte inferior de mi camiseta y me la quité por la cabeza. Laurie analizó mi rostro, y yo asentí. Tomé sus manos y las coloqué sobre mis pechos.

—Te deseo —dije.

—¿Estás segura o sólo lo crees? —Sonrió.

Puse los ojos en blanco de broma.

—Te va a doler —afirmó.

No era un comentario romántico ni meloso, ni tenía por qué serlo. Mi vida, o mi relación, con Laurie no era así.

—Lo sé. Voy a sangrar, y supongo que lloraré. —Arrugué la nariz.

Él se rio y me mordió el cuello.

—Bueno, bueno. Conozco las precauciones. Vamos a besarnos un rato y a ver...

Besé sus labios y él se dio la vuelta colocándose sobre mí. No tenía miedo de lo que estaba por llegar. Siempre me había preguntado cómo sería. La primera vez de Meg había sido una auténtica mierda. Estaba segura de que la mía sería mejor. Laurie me dijo cuánto adoraba cada parte de mí mientras descendía por mi cuerpo. Mi respiración iba bien, todo era muy tranquilo, la sensación de tener su boca entre las piernas era agradable. Tenía la mente despejada y deseaba cada segundo de lo que estaba sucediendo.

Me dolió, tanto como había imaginado, pero Laurie fue muy tierno conmigo, y ambos estuvimos algo torpes, y lo quise aún más cuando me acosté a su lado y me contó la cantidad de veces que había pensado en que aquello sucediera, pero que nunca creyó que llegaría a pasar en realidad. Me encantaba lo sincero que era conmigo.

Después, tras pasar un rato callados y acurrucados, dije:

—No me siento diferente en absoluto.

—¿Deberías? —Se puso de lado y me besó la frente.

Me encogí de hombros.

—Sí, creo que sí.

—Entonces ¿reprobé? —bromeó, y me besó cuando asentí.

Mi celular sonó unas cuantas veces. Observé el nombre de Meg en la pantalla hasta que desapareció.

—Tengo que irme. Tengo que disculparme con ella.

—¿Viniste aquí sólo para eso? —Miró mi cuerpo desnudo, que envolvía el suyo.

Asentí.

—Más o menos.

De camino a casa, con cada paso que mi calzado avanzaba por el pasto, me iba sintiendo más y más poderosa. Estaba feliz, no horrorizada.

Era amada, no usada.

Meg abrió la puerta justo cuando llegué al cobertizo. Salió y cerró tras de sí.

—Lo siento —dije.

—Yo también, Jo.

—Tenías razón, ¿sabes? Sobre Laurie.

La miré a los ojos. Ella analizó mi rostro y abrió la boca formando una inmensa «O».

—¡Jo! —gritó, y a continuación susurró—: ¡Qué fuerte! Lo hiciste. Qué fuerte...

—Meg, por favor. —Me eché a reír y me tapé la boca.

—Jo, ¡qué fuerte! Beth tiene a una chica en casa, tú te has acostado con Laurie y yo me voy del país el martes. Acabo de decírselo a mamá y a papá.

Pensé en abrazarla, pero no sabía si debía hacerlo, de modo que la seguí hasta la casa y pasé por delante de Amy, que estaba dormida en el sofá. Todavía opinaba que Meg debía decirle algo sobre lo de los *e-mails*, pero era asunto suyo.

—Mamá y papá están en su habitación —dijo Beth desde el sofá.

Estaba sentada junto a una guapa chica japonesa que me resultaba familiar, pero no habría sabido decir dónde la había visto antes. Estaban viendo el final de una de esas películas de la saga *Halloween*, la tercera parte, creo.

Beth nunca había traído a ninguna amiga a casa, y me alegré de que lo hubiera hecho. Estaba agotada. El cuerpo me dolía, de haber estado con Laurie, del trabajo, de no dormir lo suficiente. Las cosas estaban cambiando mucho y muy deprisa.

A mis hermanas y a mí se nos daba cada vez mejor esa cosa llamada *vida*, y yo me sentía más preparada para enfrentarme a este gran pequeño mundo junto a mi familia y junto a mi hermana mayor, a dondequiera que el destino la llevara.

AGRADECIMIENTOS

Este libro es muy distinto de todo lo que había escrito antes, y me he cuestionado prácticamente en cada página, hasta que mis humanos favoritos me recordaron mis motivos para escribir esta historia. Suelo cuestionarme con frecuencia (y cuando digo *con frecuencia* me refiero a cada segundo de cada página). Como escritora no debería estar diciendo esto, pero es la pura verdad.

Adoro esta historia, adoro a las hermanas Spring y, en este apartado, me gustaría dar las gracias a mis «hermanas», es decir, a las mujeres que me rodean y que me animan a ser la mejor versión de mí y a vivir la vida de la mejor manera posible. Rebecca, Jen, Ruth, Erika, Nina, Erin: ustedes son mi tribu y las quiero por su amistad, su amabilidad, su aliento y su apoyo constante para que acabara este libro, y para la vida en general.

Adam Wilson, ¡otro libro más! Hacemos un buen equipo, aunque sea la responsable de muchas de tus futuras canas por ser incapaz de llegar a las fechas de entrega ni aunque mi vida dependiera de ello. Te aprecio más de lo que soy capaz de expresar, y ya quiero conocer a tu bebé.

A los departamentos de producción, ventas y *marketing* de Gallery: chicos, son fantásticos, y ninguno de mis libros habría visto jamás la luz del día de no ser por ustedes. ¡Gracias por todo su esfuerzo! ¡Mi revisor de textos merece chorrocientas mil cestas de fruta (o galletas) virtuales!

Chels, Bri, Trev, Lauren y Diana, están ahí desde el principio y los quiero, los quiero, los quiero.

Y, por último, pero no por ello menos importante, a mis lectores y editoriales de todo el mundo: chicos, hicieron mis sueños realidad. Yo no era más que una chica con una *laptop* vieja que no tenía ni idea de qué hacer con su vida; ustedes me la cambiaron por completo, y ni un millón de palabras podrían explicar jamás lo mucho que eso significa para mí.

Ash y Jord, son <3

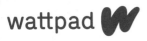